Eva Maaser

Die Rückkehr des Moorkönigs

EVA MAASER wurde 1948 in Reken (Westfalen) geboren. Sie studierte Germanistik, Pädagogik, Theologie und Kunstgeschichte in Münster.

Neben ihren Kriminalromanen *Das Puppenkind* (2000), *Tango Finale* (2002), *Kleine Schwäne* (2002), *Die Nacht des Zorns* (2005) und *Der Clan der Giovese* (2006) waren besonders ihre außergewöhnlichen historischen Romane *Der Moorkönig* (1999), *Der Paradiesgarten* (2001) und *Die Astronomin* (2004) erfolgreich.

Eine Kältewelle hat im Winter 1830 das Land gepackt, Hunger droht, und ein furchtbarer Mord sät Misstrauen: Im Venner Moor hängt ein Toter am Baum, nackt, Kopf und Hände sind abgehackt. Es könnte der Bauer Bernard Droste Tomberge sein, aber auch der Landrat wird vermisst.

Als Jan, der jüngere Bruder des verschwundenen Bauern, aus seiner Schäferei am Ort des Verbrechens eintrifft, spürt er sofort, wie man sich noch immer vor ihm fürchtet. Seit der Kindheit ist er mit der Gabe der Hellseherei geschlagen, und da er sich damals nur im Moor wohl fühlte, nannte man ihn bald den »Moorkönig«.

Der Verdacht, dass Jan es war, der seinen Bruder getötet hat, wird verstärkt, als auch die Schwägerin ermordet wird. Von Schreckensvisionen heimgesucht, beginnt selbst er, an sich zu zweifeln. Unter den wenigen, die an seine Unschuld glauben, ist die Nachbarstochter Marie. Auch um ihretwillen muss Jan die Lösung finden: Sie liegt im Moor, dieser Landschaft zwischen Alptraum und Wirklichkeit.

Pressestimme zu »Der Moorkönig«:
»Das Grauen dieser unheimlichen, unergründlichen Landschaft schickt Eva Maaser über den Rücken des Lesers.«

Münstersche Zeitung

Eva Maaser

DIE RÜCKKEHR DES MOORKÖNIGS

Roman

rütten & loening

ISBN 978-3-352-00781-1

Rütten & Loening ist eine Marke der Aufbau Verlag GmbH & Co. KG

1. Auflage 2010

Umschlaggestaltung Bauer und Möhring, Berlin,
unter Verwendung des Gemäldes »Portrait des Achille-Etna Michallon«,
1818/19, von Leon Cogniet, Musee des Beaux-Arts/Giraudon/bridgemanart.de
und des Gemäldes »Blick auf den Schmiedeberger Kamm«, um 1837/39, von
Caspar David Friedrich/akg-images
Druck und Binden CPI – Clausen & Bosse, Leck
Printed in Germany

www.aufbau-verlag.de

Kapitel 1: Die Krähen

1

Die Rabenvögel freuten sich. Vor lauter Übermut überschlugen sie sich in der froststarren Luft und schrien: »Aas, Aas, Aas!«

Die Rufe hallten unter dem nebelgrauen Himmel, der an diesem Dezembertag schwer aufs Feld herunterdrückte. Und es war kalt – viel zu kalt. Der Winterweizen, der in den letzten Wochen im Schlamm versunken war, würde dem Frost zum Opfer fallen, wenn es nicht endlich schneite.

Das Aas hing an einem Baum auf Droste Tomberges letztem Acker direkt an der Grenze zum Venner Moor. Auf der anderen Seite des Felds verlief ein rumpeliger Weg, der eine Meile weiter nördlich auf die Straße traf, die nach Münster führte. Und aus dieser Richtung näherten sich schweigend zwei Männer, die breitrandigen Hüte tief ins Gesicht gezogen. Der eine, kleinere und offenkundig ältere, ging leicht vorgebeugt, obwohl kein Wind blies und sich die feuchte Kälte so oder so in die wärmsten Kleider stahl. Unter den Tritten der Männer brachen die spärlichen Halme des Winterweizens wie Glas.

Die Krähen mussten wissen, wer das Stück Aas einmal gewesen war. Immerhin hatten sie Zeit genug gehabt, das nackte Fleisch mit ihren Schnäbeln aufzuhacken. Überall zeigten sich kleine Wunden wie die Geißelmale am Leib des gekreuzigten Jesus, der über dem Altar der Venner Kirche hing.

Allerdings war dieser Körper hier an den Füßen aufgehängt.

Unter dem Baum glitzerte tiefrot eine große gefrorene Blutlache, und ringsum war das Feld zertrampelt. Unter den weit ausladenden Ästen der alten Buche erwartete eine schweigende Schar von Nachbarn die beiden Männer, von denen der größere jetzt ein wenig zurückblieb, als wäre er sich nicht sicher, willkommen zu sein.

Einer nach dem anderen wichen die Menschen zurück und bildeten eine Gasse, die dieser breitschultrige, hochgewachsene Fremde – oder doch nicht Fremde –, den sie erwartet hatten, aber nicht betrat.

Jan Droste Tomberge betrachtete erst einmal das, was da am Baum hing. Er konnte gar nicht anders, obwohl ihm unaufhaltsam ein Grauen in die Glieder kroch, das ihn in eine Art Starre versetzte.

Wie viel Mensch blieb übrig, wenn der Kopf fehlte?

Mensch?

Vom unteren Bauchansatz bis hoch über die Brust zur Halsgrube war der Körper senkrecht aufgespalten. Wie ein Schwein, das man nach dem Schlachten auseinandergespreizt auf eine Leiter vor den Schweinestall hängt.

Jan atmete ganz flach. Je länger er hinschaute, desto mehr spürte er einen herben, metallischen Geschmack im Mund. Aufgespalten wie ein Schwein! Warum hatte Anton nichts davon erzählt?

Warum hatte er ihn auf dieses Grauen nicht vorbereitet?

Eine Hand legte sich mit einem zarten, zögerlichen Druck auf seinen Arm.

»Es tut mir leid, Jan, es tut mir so leid! Aber es ist gut, dass du kommen konntest. So rasch.« Zuletzt hob sich die Stimme wie zu einer Frage.

Kurz schloss Jan die Augen. Er konnte nicht sprechen. Noch nicht. Noch drückte ihm das Grauen die Kehle zu. Aber da hatte etwas in der Stimme geklungen, etwas Unausgesprochenes, das ihn hellhörig machte. Er wischte es beiseite. Jetzt nicht. Später.

Sich zur Ruhe zwingend, wandte er den Kopf.

»Möhne Klara?«

»Aber sicher bin ich Möhne Klara, kennst du mich denn nicht mehr?«, sagte die Frau mit einem Hauch von Entrüstung, dann lächelte sie. Es war ein fadenscheiniges, geisterbleiches Lächeln, mit dem Klara Potthoff ihn begrüßte, dennoch tröstete es. Am liebsten hätte er die rundliche ältere Frau vor Dankbarkeit umarmt, aber das schickte sich nicht. Alles, was er tun konnte, war, das Lächeln zu erwidern. Auch Möhne Klara brauchte Trost, das konnte man ihr ansehen.

Ihr mehr als den anderen.

Fast alle waren sie da, die Leute von den sechs Höfen, die eine Nachbarschaft am Rand des Venner Moors zwischen Senden, Ottmarsbocholt und Münster bildeten. Die Potthoffs, die Pentrops, die Holtkamps, die Lütke Wierlings, die nur einen Heuerlingshof bewirtschafteten, der den Droste Tomberges gehörte, und die Schulze Hundrups. Natürlich waren die Schulze Hundrups da. Bestimmt einer oder zwei. Noch konnte Jan nicht alle Gesichter einem Namen zuordnen. Da waren junge, die er gar nicht kannte. Einer nach dem anderen nickte Jan zu, der eine steif, der andere wie unter dem Zwang, wenigstens der Höflichkeit Genüge zu tun. Alle neugierig, alle fragend – und voll abwartender Vorsicht. Vor Jans Blick schoben sich Erinnerungsbilder. Gesichter wurden überlagert von ihrem früheren Abbild, Gestern und Heute taumelten durcheinander. Nachbarn, Freunde, Gefährten seiner Kindheit. In diesem Augenblick merkte er, dass er sie vermisst hatte. Sie alle, selbst die, die er nicht kannte. Neun Jahre Abwesenheit, neun Jahre Stille. Eine bleierne Schwere senkte sich auf seine Brust. Wie hatte er das bloß ertragen können? Neun Jahre Einsamkeit. Nein, das stimmte so nicht. Aber hier, in diesem Moment, waren es neun lange Jahre Einsamkeit gewesen, die ihn nun hilflos und verwundbar machten.

Er ballte die Fäuste und verbarg sie in den Ärmeln seines langen Schäfermantels. Niemand sollte seine Trauer und Verwirrung bemerken.

»Ist er's?«, fragte Anton Potthoff, Klaras Mann, der Jan hergeholt hatte, mit gedämpfter Stimme.

Ein Jammern drang in Jans Bewusstsein. Ein Jammern, das schon die ganze Zeit über zu hören gewesen war, aber nun an Intensität zunahm.

Am Fuß des Baumes kauerte eine Gestalt, die sich langsam aufrichtete. Ein aufgedunsenes bleiches Gesicht, umrahmt von dünnen Haarsträhnen, die sich aus der Flechtkrone gelöst hatten, starrte Jan mit unversöhnlichem Hass entgegen.

Jan antwortete nicht. Das Unbehagen der Umstehenden nahm zu, jetzt begannen die Leute sich zu regen und von einem Fuß auf den anderen zu treten, als hielten sie es nicht mehr aus unter dem Baum und in der Gesellschaft eines Toten, der keinen Kopf hatte und dessen Leib wie der eines geschlachteten Schweins aufgespalten war. Flüchtig kam Jan in den Sinn, dass alle, alle, die ihn hier umringten, am liebsten davongelaufen wären, bloß weg, um den Schrecken hinter sich zu lassen. Fliehen wäre eine sehr normale Reaktion gewesen.

Niemand hatte es anscheinend gewagt, den Leichnam zu berühren. Schlaff hing das Geschlecht herab, madenweiß, hässlich, der Körper wirkte obszön in seiner ungeschützten Nacktheit. Etwas Blutiges, Steifgefrorenes quoll unten aus dem stümperhaft durchtrennten Hals heraus. Bevor er sich dagegen wappnen konnte, überflutete Erbarmen Jan, zusammen mit heftiger Übelkeit, und er spürte, wie seine Augen feucht wurden.

»Er weiß es!« Die kauernde Gestalt streckte sich. »Warum sagt er es nicht?«

»Lass es gut sein, Agnes«, beschwor Anton die Frau. »Lass ihm Zeit.«

»Warum glaubt ihr mir nicht?«, schrie die Frau auf. »Schickt ihn weg. Niemand braucht ihn hier. Ich will, dass er geht.« Immer gellender klang die Stimme, ihr schrilles Schreien wurde von den Krähen aufgegriffen und in den Himmel hinauf getragen.

In Jans Schläfen begann es zu pochen. Er riss eine Hand hoch, presste sie seitlich an den Schädel. Dennoch setzte Schwindel ein. Der Baum, das Feld, die Menschen begannen ihm zu entgleiten. Er taumelte zwei Schritte zurück, wollte sich umwenden und davonstürzen. Da fing er einen Blick auf. Unversehens legte sich der Schwindel.

Jan blieb stehen und nahm langsam die Hand herunter.

Auf diesem einen, ihm zugewandten Gesicht schien sich das spärliche Licht des trostlos grauen Tages zu konzentrieren und hob es aus der dumpfen Menge der anderen heraus. Irgendetwas in dem hellen, jungen Gesicht kam ihm vertraut vor.

Das Schultertuch war nicht wie bei Klara und den übrigen Frauen über den Kopf gezogen und das üppige, blonde Haar im

Nacken nachlässig zu einem Knoten geschlungen. Die junge Unbekannte wirkte bekümmert, ja entsetzt, aber dennoch nicht so niedergedrückt wie die anderen. Einen Moment war er versucht, zu ihr hinüberzugehen und sie zu fragen, wer sie sei und warum sie ihn auf diese unerschrockene Art anschaute.

»Warum habt ihr den Toten nicht längst geborgen?«, fragte er leidlich ruhig und beherrscht.

»Weil der Knecht steif und fest behauptet, es sei der Freiherr von Schonebeck. Der Landrat«, erklärte einer der Männer.

»Welcher Knecht?«

Einer der Zuschauer löste sich aus der Runde. War das der Knecht? Jan kramte in seinem Gedächtnis und fand den richtigen Namen. Der Mann war aber kein Knecht. Paul Schulze Hundrup musste jetzt der Bauer auf dem Schulzenhof sein, dem größten Hof in der Venne gleich nach dem Drostehof.

»Paul!«, begrüßte Jan den Mann mit der vierschrötigen Figur und dem Quadratschädel, ein Ebenbild des alten Heinrich Schulze Hundrup, der vielleicht gar nicht mehr lebte.

Paul schlug ihm genauso derb auf die Schulter, wie sein Vater es getan hätte. Auch die ölige, selbstherrliche Stimme war gleich.

»Gut, dass du da bist! Agnes« – er wies nickend auf die Frau, die nicht aufhörte zu jammern – »gibt keine Ruhe, sie hört nicht auf uns. Kümmere dich um deine Schwägerin, bevor sie vor Kummer den Verstand verliert. Du bist für sie verantwortlich!«

Unwillig schüttelte Jan die Hand ab und ärgerte sich gleich darauf über sich selbst. Wieso vererbten sich seit Generationen die Großmäuligkeit der einen und die Empfindlichkeit der anderen? Seit Jahrhunderten wollte die eine Familie gewitzter, reicher und angesehener als die andere sein. Ein albernes Gerangel. Jan wollte weder jetzt noch später in etwas hineingezogen werden, was ihn nichts anging. Schon längst nicht mehr.

»Zunächst einmal ist sie deine Schwester, hast du das vergessen?«, entgegnete er beherrscht.

»Seit sie deinen Bruder Bennard geheiratet hat, ist sie eine von euch«, widersprach Paul bestimmt, »das scheinst du vergessen zu haben. Du warst zu lange weg.«

»Nicht meine Schuld«, entgegnete Jan bedächtig.

Anton Potthoff zupfte ihn am Ärmel. »Hör zu! Euer Knecht, der alte Jupp, ist gestern auf der Suche nach deinem Bruder bis Senden gekommen. Dort hat ihm einer erzählt, der Schonebeck ist weg. Verschwunden. Jupp schwört Stein und Bein, dass der Tote der Landrat ist.« Anton dämpfte die Stimme. »Das könnt schon sein. Aber darüber reden wir noch. Später. Agnes bleibt dabei, dass es Bennard ist, dein Bruder. Bloß will's keiner von uns glauben.« In seine Stimme mischte sich als Zeichen des Entsetzens, das ihn gerade wieder einholte, ein Keuchen. »Hab viel in meinem Leben gesehen und gehört. Aber sag mir mal: Wer sollte Bennard so was antun?«

Wer konnte überhaupt einem Menschen so etwas antun?

Der alte Mann, Bernards Knecht, einer der wenigen, der sich kaum verändert hatte, wie Jan nun bemerkte, kam in seinen Holzklompen schwerfällig zu ihnen herübergestapft. »Es ist der Baron«, murmelte er störrisch.

»Den du ohne Kopf erkennst, weil du ihn mal beim Pissen beobachtet hast?«, spottete Paul. Überhaupt schien er Wert darauf zu legen, allen zu zeigen, wie wenig ihn der Fund des grausig zugerichteten Leichnams aus dem Gleichgewicht gebracht hatte. Ihn, hieß seine Botschaft, focht so leicht nichts an. »Oder woran siehst du, dass er's ist?«

»Hört auf!«, kreischte Agnes. »Als ob ich meinen Mann nicht kenne, der jede Nacht neben mir gelegen hat.«

»Aber lange nicht mehr auf ihr«, murmelte Jupp kaum hörbar.

»Das langt!«, rief Klara. »Habt ihr denn überhaupt keinen Anstand? Und kein Mitleid mit Agnes? Komm, Änne, hilf mir. Wir bringen sie von hier fort.« Sie winkte eine der älteren Frauen zu sich, gemeinsam fassten sie Agnes unter die Arme und stellten sie auf die Füße.

In diesem Augenblick schallte vom Weg ein Ruf herüber. Ein Reiter näherte sich in einem holprigen schwerfälligen Galopp, und dahinter kamen noch mehr, drei oder vier, und holten den ersten ein.

»Wir haben nach dem Pfarrer geschickt und nach dem Amtmann.« Josef Lütke Wierling hatte sich Jan genähert, oder vielmehr war er zu den anderen neben ihm getreten, ohne ihn direkt anzusehen oder anzusprechen, obwohl die Mitteilung offensichtlich ihm galt. Die anderen mussten doch Bescheid wissen. Josef kehrte Jan, eine Schulter vorgezogen, halb den Rücken zu. Bestürzt erkannte Jan, welch unausrottbarer Hass in Josef Lütke Wierling schwelte. Nicht nur Agnes hasste Jan noch immer. Konnten die alten Geschichten nicht endlich mal begraben sein? Armer Josef. Aber so waren die Menschen hier. Hatten sie erst einmal eine Meinung gefasst, blieben sie dabei bis in alle Ewigkeit.

Unauffällig musterte er Josef von der Seite.

Die vergangenen neun Jahre waren nicht gut mit ihm umgegangen. Er war schon immer schmächtig gewesen, nun wirkte sein gekrümmter Körper fast verwachsen. Alt war er geworden, alt und grau und halb erloschen wie Klara und Anton.

Die Neuankömmlinge legten das letzte Stück im Schritt zurück. Anton trat an das Pferd des ersten heran und hielt es am Zügel, während der Reiter bedächtig abstieg. Er schien kaum gealtert, seit Jan ihn zum letzten Mal gesehen hatte.

»Um der Barmherzigkeit Christi willen«, rief Pfarrer Niesing, »warum hängt er noch da? Schneidet ihn ab, sofort.« Dann schlug er die Hand vor den Mund. »Barmherzigkeit!«, wiederholte er stotternd und starrte von Entsetzen überwältigt den Toten an.

Aber bevor sich noch einer überwinden und mutig Hand an die Leiche legen konnte, schrie einer der anderen Reiter: »Untersteht euch!«

»Wer ist das?«, fragte Jan halblaut und merkte, dass er sich die Frage sparen konnte. Dem Mann, der sich mit einer sparsamen Bewegung aus dem Sattel schwang, war die Amtsgewalt deutlich ins Gesicht geschrieben. Das war kein Westfale, das war einer von denen, die der preußische König ins Land geschickt hatte, um in der rückständigen Provinz Westfalen für preußisches Recht und preußische Ordnung zu sorgen, auf die einzig richtige, nämlich die preußische Art. Nur konnten die Westfalen, und insbesondere die Münsterländer, selbst beinahe dreißig Jahre nach dem Tod des letzten Fürstbischofs Max Franz von Habsburg im Jahre 1801, nicht aufhören, seiner Herrschaft nachzutrauern, unter der alles gemächlich vor sich gegangen war und der allgemeine Stillstand etwas Normales und Gottgewolltes gewesen war.

Die Preußen, das war der erklärte Feind, der nun im Innern wütete. Dass der Fürstbischof der Provinz Westfalen dreieinhalb Millionen Reichstaler Schulden hinterlassen hatte, kümmerte nur die, die sich eine solch fantastische Summe vorstellen konnten. Ein Schwein kostete zwölf GuteGroschen. Zwanzig GuteGroschen machten einen Taler. Was machten dreieinhalb Millionen Reichstaler in Schweinen?

Was dagegen jeden hier empfindlich schmerzte, waren die erhöhten Steuern auf alles und jedes, mit denen die Schulden sukzessive abgetragen wurden. Und diese hartherzige preußische Genauigkeit, das Fehlen der Verbindlichkeit im Umgang miteinander oder anders ausgedrückt, der Umschweife, die die althergebrachte Höflichkeit erforderte.

Aber selbst die preußische Art, alles mit Strenge, Sachlichkeit und Effizienz anzugehen, hatte ihre Grenzen. Der Preuße stolperte zwei Schritte auf den Baum zu, blieb stehen, den Blick wie vorher der Pfarrer starr auf die Leiche gerichtet. Sein Mund klappte auf, er fuhr sich mit einer fahrigen Geste über das Gesicht und schüttelte abwehrend den Kopf.

Einer seiner Begleiter übergab sich geräuschvoll.

»Was zum Teufel …«, ächzte der Preuße.

Pfarrer Niesing hatte sich inzwischen halbwegs gefasst. Er maß den Amtmann mit einem vorwurfsvollen Blick, fiel auf die Knie und begann zu beten. Nacheinander knieten auch alle anderen nieder und stimmten in das Gebet um Gottes Erbarmen mit dem Toten ein.

Hier war ein Mensch gewaltsam zu Tode gebracht worden, gefällt und aufgehängt wie geschlachtetes Vieh. In einem Atemzug schürte Niesing das Grauen und betete dagegen an.

Der Amtmann war stehen geblieben. Niesing sprach weiter, begann das Gebet von vorn, alle fielen wieder ein, weil sie begriffen, dass es um etwas Großes ging, um ein höheres Gesetz als das des preußischen Königs.

Um Gottes Allmacht und Gerechtigkeit.

Der Amtmann stand immer noch, während seine Begleiter bereits mit verkniffenen Mienen auf der knochenharten, eisigen Erde knieten und widerborstig vor sich hinmurmelten.

Niesing gelang es, den Eindruck zu erwecken, als ginge er vollständig im Gebet auf, seine Stimme klang mit jeder Wiederholung sonorer und gottgefälliger.

Dann aber ließ sich endlich auch der Amtmann auf die Knie nieder, übertönte die anderen und stieß ein harsches Amen hervor, bevor Niesing die Litanei noch einmal beginnen konnte. Allerdings hatte der Pfarrer das gar nicht vorgehabt. Rascher als die anderen erhob er sich und wollte an die Leiche herantreten.

»Untersteht Euch!«, raunzte der Amtmann wieder. »Niemand rührt den Leichnam an! Wer hat ihn entdeckt? Und wann? Und was machen all diese Leute hier? Habt ihr nichts anderes zu tun, als zu gaffen?« Offensichtlich wollte er seinen Anflug von Schwäche angesichts des Toten wettmachen.

Augenblicklich strafften sich die Männer, die vorher verstört, verwirrt oder nur traurig und ratlos gewirkt hatten, in eindeutig feindseliger Abwehrhaltung. Keiner ging. Alle blieben, wie um zu zeigen, dass sie auf ihrem ureigenen Land standen und ein Preuße weder das Recht noch die Macht hatte, sie von dort zu vertreiben.

Jan hatte die Arme über der Brust verschränkt und wich unauffällig zurück, während er den Amtmann beobachtete, der nun Bernards Knecht Jupp verhörte, der den Toten entdeckt hatte. Die Schirmmütze in der Hand, wie es sich gegenüber einer Respektsperson geziemte, gab er Auskunft.

Je länger er lauschte, desto weniger hielt Jan von dem Preußen. Allzu planlos erschienen ihm die Fragen, unsinnig auch die Wiederholungen. Als er jedoch genauer hinhörte, erkannte er sie verblüfft als Fangfragen. So dumm war der Mann also doch nicht. Erst als der Knecht mit der Behauptung herausrückte, dass es sich bei dem Toten um den Freiherrn von Schonebeck handeln müsse, den Landrat, glitt ein Schatten von Unsicherheit über das Gesicht des Amtmanns.

»Ja, das, das ist doch ...«, stammelte er. Um seine Irritation zu kaschieren, trat er an den toten Körper heran und begann ihn hier und da zu betasten, während er mit der anderen Hand einen seiner Begleiter herrisch zu sich heranwinkte und sich halblaut mit ihm unterhielt. Seiner Vermutung nach hing der Tote wenigstens seit der Nacht hier, er war vollkommen steif gefroren, was dank der eisigen Temperaturen keine Überraschung darstellte.

Inzwischen hatte sich auch Jan ein wenig gefasst. Erstaunlich, wie rasch die erste Erschütterung abklang. Dennoch glitt sein Blick immer wieder geradezu zwanghaft zu dem Toten, und jedes Mal versetzte ihm der Anblick einen bis in die Kniekehlen spürbaren Schlag.

Um sich abzulenken, betrachtete er die silbrigen Birken, die nicht weit vom Feldrand den Beginn des Moors markierten. Als Kind hatte er das Moor über alles geliebt. Kein ungefährlicher Ort, wie er nur zu gut wusste. Selbst in hellen, heißen Sommern nicht nur von Kröten, Molchen und Hütejungen bevölkert, sondern ebenso von geisternden Toten und Spukgestalten, die ihm die Seele rauben wollten. Aber das war jetzt, da er erwachsen war, wohl vorbei.

Jan riss den Kopf herum und erhaschte wieder einen Blick des Mädchens. Für einen Moment lieferte er sich ihm bereitwillig aus. Ein Strahlen ging von diesem Gesicht mit den weit auseinanderstehenden Augen aus. Um Himmels willen, wer war sie?

»Niemand außer diesem Knecht, der mir nicht ganz bei Verstand zu sein scheint, weiß, wer der Tote ist?«, fragte der Preuße mit harter, durchdringender Stimme.

Auch wenn ihn nicht alle anschauten, so spürte Jan, wie sich die Gedanken der Umstehenden unerbittlich auf ihn konzentrierten. Auf ihn allein. Daran bestand kein Zweifel. Als ob er aufgrund seiner besonderen Fähigkeiten in der Lage wäre, das Rätsel zu lösen, das ihnen allen so maßlose Furcht einflößte. Wer ist der Tote? Wer hat ihn erschlagen?

Sobald er erkannte, dass ihn die Nachbarn in eben jene Rolle hineinzwingen wollten, die ihn vor neun Jahren vertrieben hatte, überfielen ihn Wut und Panik zugleich.

»Was ist mit Ihm?«, wandte sich der Amtmann wie in einem hellseherischen Geistesblitz ausgerechnet jetzt an ihn. »Was sagt

Er? Ist der Tote Sein Bruder?« Irgendeiner der Umstehenden musste dem Preußen erklärt haben, wer er war.

Mit ein paar tiefen Atemzügen rang Jan um Fassung, bevor er sich zu einer Antwort aufraffte.

»Das kann ich Euch beim besten Willen nicht sagen. Ich habe meinen Bruder seit neun Jahren nicht gesehen. Und so, wie der Tote hier hängt …« Er beendete den Satz nicht. Bernard war immer von kräftiger Statur gewesen, aber dieser schwammige Körper, an dem das schlaffe Fleisch in Wülsten herabhing, hatte nichts mit seinen Erinnerungen an ihn zu tun. Wenn das hier Bernard war, was war in den vergangenen neun Jahren mit ihm geschehen?

»Dann kommen wir doch einmal zu dem, was fehlt. Wo ist der Kopf und wo sind die Hände?«, setzte der Amtmann anklagend nach. »Von der Kleidung ganz zu schweigen.«

Die Arme hingen bis auf den Boden herab und endeten in Stümpfen. Alle hatten es gesehen, aber anscheinend niemand ganz wahrgenommen. Alle hatten nur nach dem Hals geschielt und dem klaffenden Schnitt, aus dem steif gefrorene Eingeweide hingen und graugelbes, teigig und ranzig wirkendes Fett in dicken Blasen hervorquoll.

Kopf und Hände. Warum Kopf und Hände? Jetzt kamen die entscheidenden Fragen. Mussten ja kommen.

Niemand antwortete. Mittlerweile zitterten alle vor Kälte. Klara hatte ihr Schultertuch um Agnes geschlungen und presste die leise wimmernde Frau an sich. Von ihr hatte der Amtmann genauso wenig Notiz genommen wie von einer der anderen Frauen. Aus schmalen, eisigen Augen schaute er über sie hinweg, als existierten sie nicht. Mitleid, Erbarmen oder Güte gehörten wohl nicht zu den preußischen Haupttugenden.

»Ihr alle kommt morgen in meine Amtsstube, da werden wir die Befragung fortsetzen. Und jetzt fort mit euch. Wo bleibt der Karren?«

Als Antwort war ein Rumpeln zu hören. Ein Leiterwagen bog vom Weg ab und holperte über die Saatreihen heran. Unter der Aufsicht des Amtmanns wurde der Tote vom Baum abgeschnitten und der brettsteife Körper zum Wagen getragen. Einer der

Männer hatte nicht fest genug zugepackt, und so entglitt der Tote seinen Händen und plumpste würdelos in den Karren.

Das Krachen des Aufpralls holte Agnes aus der Erstarrung, in die sie gefallen war. Sie riss sich von Klara los und stürzte zum Karren.

»Das dürft ihr nicht! Wohin wollt ihr mit ihm? Das ist mein Mann, er gehört mir. Bringt ihn auf den Hof. Und will denn niemand wissen, wer ihn getötet hat? Ich weiß es.« Suchend sah sie sich um und deutete unmissverständlich auf Jan.

»Der war es! Er hat ihn immer gehasst. Ja, fragt, wen ihr wollt, Herr Amtmann, alle wissen's. Neidisch ist er, ein Neidhammel, wie er im Buche steht. Wer soll's denn sonst gewesen sein? Er hat meinen Mann, seinen eigenen Bruder, auf dem Gewissen.«

Verblüfft klappte der Amtmann den Mund auf, sagte aber nichts.

Jan hatte die ganze Zeit gespürt, dass Agnes nur auf diese Gelegenheit gelauert hatte. Dafür hatte sie ihre letzte Kraft aufgespart. Unversöhnlich starrte sie ihn an, klagte ihn an, und ihre monströse Anklage brachte sie nicht einmal sonderlich überspannt vor, sondern einigermaßen würdevoll forderte sie Gerechtigkeit. Wohl oder übel musste man sie ernst nehmen.

»Er will den Hof, er hat immer nur den Hof gewollt.«

Die Miene des Amtmanns blieb undurchdringlich. Knapp nickte er Jan zu. »Dann auf morgen. Ihn erwarte ich als Ersten zur Befragung. Punkt neun Uhr in meiner Amtsstube.« Brüsk wandte er sich ab, stakste vom Acker, ließ sich von einem seiner Untergebenen die Zügel seines Pferdes reichen und saß auf. Ohne sich umzublicken, führte er den kleinen Trupp an, der ihm mit dem Karren folgte.

»Mach dir nichts aus Agnes' Gerede. Ist ja kein Wunder, dass sie wirr im Kopp ist. Sind wir alle. Aber das legt sich.« Antons flacher, ausdrucksloser Stimme fehlte die Überzeugungskraft. Jan konnte die Erschöpfung, die Schwäche des alten Mannes heraushören. Das hier war auch für einen Stärkeren zu viel.

»Der Amtmann glaubt, dass der Tote der Herr von Schonebeck ist«, sagte Jan langsam.

»Glaubst du das auch?«, fragte Anton rasch.

»Das ist der Schonebeck. Ich könnt dir zwei oder drei nennen, die sich seinen Tod gewünscht haben«, mischte sich Bernards alter Knecht ein.

Unbehaglich zog Anton die Schultern hoch.

»Ja, du auch«, fügte der Knecht hinzu und schlurfte davon.

Die Menge zerstreute sich. Jan fühlte ein letztes Mal den Blick des Mädchens auf sich ruhen, das sich Klara und Änne Holtkamp anschloss, die Agnes in die Mitte genommen hatten. Ein unverhoffter Hauch von Wärme überlief ihn.

»Hör nicht auf ihn. Er war und ist ein Faselhannes, der seine Nase zu tief in den Bierkrug steckt, verstehst du? Und überhaupt: Du wirst sehen, es steht nicht gut auf euerm Hof. Komm man zu uns, wenn du Fragen hast oder was brauchst.« Anton wandte sich nun auch zum Gehen. Jan blieb stehen.

»Was ist?«, fragte Anton verwundert. »Kommst du nicht mit?«

»Geh du nur voraus.«

»Ich dachte, ich begleite dich wenigstens bis zu euerm Hof.«

Jan schüttelte den Kopf.

»Aber du bleibst doch und kehrst nicht sofort nach Gimbte zurück?«

In der Heide bei Gimbte, etwa acht Meilen nordöstlich von Münster, befand sich die Schäferei, in der Jan seit neun Jahren hauste und in die er sich nun heftig zurücksehnte.

»Ich bleibe noch«, hörte er sich erklären.

»Du kannst auch bei uns unterkommen«, bot Anton zögernd an.

»Danke, ich will die Gelegenheit nutzen, um zu Hause nach dem Rechten zu sehen. Jetzt, wo Bernard anscheinend nicht da ist. Ich muss es ja tun, da hat Paul schon recht.« Es war ungefähr das Letzte, was sich Jan im Augenblick wünschte. Trotz der überwältigenden Sehnsucht, an den Ort seiner Kindheit heimzukehren, die ihn vorhin noch geplagt hatte.

Anton hatte ihm erzählt, was geschehen war, nachdem er ihn auf der Straße nach Münster getroffen hatte.

Bernard war zwei Tage zuvor von einem Ritt nach Senden nicht zurückgekehrt. Nur das Pferd hatte spätabends im Hof gestanden, als hätte es allein heimgefunden. Am nächsten Morgen war die Suche nach Bernard aufgenommen worden und hatte erst nach einem weiteren Tag zu dem grausigen Fund auf dem abgelegenen Feld geführt.

»Sicherlich. Und wirst du mit Agnes …« Anton wusste nicht weiter.

»Mach dir mal um Agnes und mich keine Sorgen. Ich werde mit ihr fertig.« Langsam wurde Jan ungeduldig. Anton schien nicht zu begreifen, dass er allein sein musste. Oder wollte er ihn nur von diesem verfluchten Ort fortlocken, der als ein Ort des Schreckens und der Schuld sich auf ewig ins Gedächtnis der Nachbarschaft einbrennen würde?

Als Anton sich endlich entfernte, schaute er sich wenigstens noch dreimal um. Und selbst, als er verschwunden war, spürte Jan noch seinen Blick im Nacken oder vielleicht auch nur den Nachhall all der zudringlichen, bohrenden Gedanken, die versucht hatten, ihn in die Enge zu treiben.

Aber jetzt war er mit den kreischenden Krähen und all seinen Erinnerungen allein.

Er blieb stehen, wo er war, zwei Schritte von dem unseligen Baum entfernt, und verwuchs praktisch mit der Stelle unter seinen Füßen, wie er es vom Schafehüten gewohnt war.

Nichts durfte ihn ablenken.

Warum hatte Bernard den Baum nicht längst gefällt? In Gedanken fällte er nun den Baum, und das erfüllte ihn mit grimmiger Genugtuung. Es war ein knorriger Baum mit spiralig gedrehtem Stamm, dessen Krone sich so weit über den Feldrand neigte, dass ein nicht unbeträchtlicher Teil über den Anfangsgründen des Moorgebiets hing. Es war eine Nachlässigkeit, einen solchen Baum so lange stehen zu lassen, wusste doch jeder, dass die nach links gedrehten Bäume Unglück anzogen. In Jans Hand zuckte es. Er hätte gern die Hand an den Stamm gelegt, aber er traute sich nicht.

Er dachte an Bernard, der fast schon ein Mann gewesen war, als er geboren wurde. Bernard, der Hoferbe, der sich mit geradezu lässiger Großmut um den nachgeborenen kleinen Bruder kümmerte, dieses seltsame Kerlchen, das von niemandem verstanden wurde. Der die Leute so sehr erschreckte, dass er schließlich nicht mehr hatte bleiben können.

Die Schäferei in der Gimbter Heide wurde seine Zuflucht, dort konnte er sein, der er war, denn in der Heide waren Leute wie er nichts Besonderes.

Ein Hellseher, ein Spökenkieker.

Jemand mit Aussatz war einigen hier in der Venne immer noch lieber als einer mit der Gabe, durch den Dunst der Zeiten Dinge auszumachen, die sonst jedem verborgen waren.

Oft genug hatte er in den vergangenen Jahren voller Sehnsucht und schmerzlichem Verlangen an den Hof und Bernard gedacht – sie beide waren ja die einzigen, die von einer großen Familie übriggeblieben waren –, aber nie hätte er es gewagt, ohne ausdrückliche Einladung zurückzukehren. Nichts als dummer, verdammenswerter Stolz! Warum war er nicht früher darauf gekommen?

Die Krähen wurden mutig. Die ersten ließen sich nicht weit von ihm auf das zertrampelte Feld nieder. Aufgeregt hüpften sie herum und hackten in die hier und da aufgebrochene Ackerkrume, auf der Eiskristalle glitzerten.

Ganz in Gedanken, hatte Jan nun doch die Hand an den Stamm des Hexenbaums gelegt. Sofort meldete sich erneut der Druck auf seine Schläfen, Beklemmung befiel ihn, und es war ihm, als würde seine Brust von einem eisernen Reifen zusammengepresst. Schmerz, heftiger Schmerz! Sein Bewusstsein wurde aufgesogen von etwas Fremdem, ein irrwitziger Taumel setzte ein. Gleich würde er sich selbst verlieren, aufgehen in einem …

Von einem Moment auf den anderen verschwand die Welt vor seinen Augen fast vollständig hinter blutroten Dunstschleiern. Durch das Gewaber wischte eine Bewegung, ein schwerer Schlag.

Mit einer ungeheuren Anstrengung riss er die Hand zurück, aber das Rot hielt sich. Das Rot hielt sich! Er atmete ganz flach, kniff die Augen zusammen. Durch den blutigen Dunst bemerkte er zwei Krähen, die sich um etwas zankten, das in einer Ackerfurche stecken musste.

Der Schwindel kam zurück. Jan presste die Fingernägel in die

Handflächen, um das Bewusstsein wach zu halten, und taumelte durch den dicken blutroten Nebel, den Blick starr auf die beiden Rabenvögel gerichtet. Sie erhoben sich mit ungelenkem Flügelschlag, flatterten dicht über dem Boden und zankten sich weiter. Eine Wolke von Krähen flog schreiend auf. Wieder kreischten sie: »Aas, Aas!« Ein ganzer Hexenkessel von Krähen tobte irrlichternd um Jan herum, ihr Schreien stach ihm in die Ohren und hallte wie im Innern einer Riesentrommel. Sein Herz jagte und schmerzte zum Zerspringen, während er vorwärts stolperte und schließlich in die Knie ging.

Als er wütend in die Hände klatschte, fiel etwas aus dem roten Himmel klirrend zurück auf den frostharten Boden. Das Geräusch dröhnte in seinen gepeinigten Ohren. Drehschwindel. Jan schwankte haltlos auf den Knien hin und her. Immer noch die Sicht verschwommen. Durch sein Blickfeld ging wieder das unheimliche Wischen, der schwere Schlag. Ein beängstigendes Echo von Wut, von Zerstörungswillen.

Wie blind tastete Jan mit klammen Fingern auf der Erde herum. Kälte, Eis. Taubheit in den Fingerspitzen.

Endlich. Ein rundes Ding.

Eiskalt brannte es in seiner Handfläche, als er die Finger darum schloss. Erst mal zur Ruhe kommen. Nicht denken, nicht sehen.

Das Ding. Er wusste, was es war. Ein Beweis. Wohin damit? Mit weichen Knien stand er auf. Als er vom Acker taumelte, barg er das Ding in einer der Taschen, tief unter all dem anderen Zeug, das er dort verwahrte, drückte es in eine Ecke, damit es ja nicht verlorenging.

Nach drei Schritten blieb er mit pfeifendem Atem stehen. Seine Beine zitterten.

Auf einmal merkte er, dass er nicht allein war.

Jemand beobachtete ihn. War einer der Nachbarn zurückgekommen? Er musste wissen, wer. Langsam drehte er den Kopf. Blickte um sich.

Das Feld lag verlassen da, aber hinten am Weg stand einer zwischen den kahlen Hasel- und Holunderbüschen. Jan kniff die Augen zusammen. Plötzlich sah er wieder klar, der rote Dunst hatte sich verzogen. Eine Uniform, eine graue Uniform mit etwas Blau und Rot, und dann begriff er, dass der Amtmann jemanden zurückgelassen hatte, einen von seinen Leuten mit weiß Gott was für einem Auftrag. Vielleicht, die Stätte des Verbrechens im Auge zu behalten.

Jan kam sich wie ein Tölpel vor.

Langsam klopfte er sich die Knie ab, ließ noch mal den Blick schweifen und ließ ihn schließlich auf dem Pferd ruhen, das er am Ackerrand zurückgelassen hatte. Das Mietpferd, mit dem er an diesem Tag unterwegs war. Alle Nachbarn waren zu Fuß da gewesen bis auf Anton, der mit einem betagten Kabriolett über die Landstraße nach Münster gezuckelt war, um Jan abzuholen. Der Einspänner und Antons Pferd waren längst verschwunden.

Als er die ersten Schritte auf dem Weg hinter sich hatte, machte sich der Gendarm davon.

2

Klara trug zusammen mit der Magd und mit Marie das Abendessen auf. Ihre gewohnte Ruhe hatte sie längst noch nicht wiedererlangt. Das innerliche Zittern, das auch von der Kälte draußen kommen mochte, hielt sich.

Es würde erst Suppe und dann Schwarzbrot mit etwas Panhas geben, Wurst aus Mehl und Blut, denn sie hatten am Tag zuvor geschlachtet. Die Kälte war ideal zum Schlachten gewesen, nur dass an diesem Schlachttag statt der sonst üblichen Ausgelassenheit gedämpfte Stimmung geherrscht hatte. Zu schlecht war die letzte Ernte ausgefallen, zu große Sorgen drückten, da wirkte selbst mäßige Fröhlichkeit wie ein Frevel. Als ob man dem Schicksal nicht den nötigen Respekt zollte. Im Nachhinein schien die gedrückte Stimmung wie eine Vorahnung von größerem Unheil, und in Klaras Erinnerung mischte sich das Bild des aufgebrochenen Schweins mit dem der Leiche am Baum.

Sie würde nichts essen können an diesem Abend.

»Marie!«, schalt sie ihre Tochter, als sie bemerkte, dass das Mädchen mitten im Raum mit der dampfenden Suppenschüssel in der Hand stehen geblieben war, statt sie auf den Tisch zu stellen.

»Es ist schon so lange her. Ich hab mich gar nicht mehr an ihn erinnern können«, sagte Marie versonnen.

»An wen?«, fragte Klara, obwohl sie die Antwort ahnte.

»Habt ihr ihn wirklich den Moorkönig geheißen?«, fragte Marie mit einem wohligen Schaudern.

»Ach was!«, mischte sich Anton ein. »Ich glaube, das war Bennard gewesen, und dann haben es ihm eine Zeitlang alle nachgeplappert. Das war, bevor … da war Jan noch ein kleiner Junge.«

»Und jetzt ist er ein Mann. Er ist ein sehr … sehr …« – Marie nahm ihren Mut zusammen – »… ansehnlicher Mann«, fuhr sie entschlossen fort.

Verblüfft zuckte Klara zusammen. Jan Droste Tomberge ein schöner Mann? Ungläubig dachte sie darüber nach, sie hatte ja immer noch den kleinen Jan vor Augen, das unglückliche, verloren wirkende Kind oder den störrischen, halb verrückten Jüngling, der nie gelernt hatte, anderen offen in die Augen zu sehen. Den Sonderling mit der Sehergabe, der sich vor den Menschen versteckte, dort, wohin ihm niemand folgen mochte. Im Moor. Wie alt war er, als er die Venne verließ? Neunzehn, nein, achtzehn Jahre, rechnete sie nach. Da war Marie knapp neun gewesen.

Ja, es war erstaunlich, wie er sich zum Guten verändert hatte. Nicht die Spur mehr geduckt und verdreht. Ein stattlicher Mann, größer als die meisten, kräftiger und ansehnlicher – ja, das auch. Das dichte Haar, das unter dem breitkrempigen Hut hervorquoll, hatte nichts von seinem makellosen Blond verloren, die Züge waren immer noch feiner als die anderer Männer, die sie kannte. Das war kein breites Münsterländer Bauerngesicht mit rot gebrannter Haut. Aber die Augen waren auch noch dieselben. Wasserhelle Augen mit einem Blick, dem niemand lange standhalten konnte. Der Blick eines Sehers ließ einen frösteln und ging einem durch und durch, wenn man nicht aufpasste.

Und leider konnte man nie wissen, wann in einem Menschen mit dieser Gabe der Seher zum Vorschein kam, nicht einmal er selbst, wie ihr Jan verraten hatte.

Hatte Marie denn diese Augen nicht bemerkt? Jeder vernünftige Mensch konnte Jan nur darum bemitleiden.

»Lass dich von seinem Äußeren mal nicht blenden. Alle Schäfer sind arme Schlucker«, sagte Anton trocken. »Jan bestimmt auch.«

»Na, na«, wandte Klara ein. »Wie ein Hungerleider sieht er mir nicht aus. Und ordentlich gekleidet geht er auch. Seine Stiefel sind fast neu. Richtige Stiefel und nicht etwa Klompen mit angenageltem Lederschaft wie deine. Hast du das nicht bemerkt?« Sie hielt kurz inne. »Eins versteh ich nicht«, fuhr sie fort. »Du hast ihn auf der Straße nach Münster getroffen? Einfach so? War er schon auf dem Weg hierher? Hat er das gesagt? Ausgerechnet heute? Nach so vielen Jahren?«, fragte sie ungläubig.

Das war tatsächlich das Merkwürdige gewesen. Anton hatte Klara erzählt, dass er noch vor Münster auf Jan gestoßen war, noch vor dem letzten Schlagbaum an der Chaussee. Jan war gerade dabei gewesen, einem Bauern aus Amelsbüren zu helfen, dem ein Rad von der Deichsel gesprungen war. Ein seltsames Zusammentreffen. Fast hätte Anton seinen Einspänner vorbeigelenkt, da er es ja eilig gehabt hatte, aber dann hatte er doch angehalten, um ebenfalls zu helfen. Von Klaras Fragen angestachelt, rief er sich die Begegnung noch mal in Erinnerung.

Jan hatte eher gewusst, wen er vor sich hatte, da war er sich beinahe sicher. Aber erst, nachdem sie gemeinsam das Rad befestigt hatten, hatte er sich zu erkennen gegeben. Reichlich spät und zögernd, wenn es Anton recht bedachte.

»Scheint so«, antwortete er unbehaglich. Die Eheleute sahen sich an, beiden ging der gleiche Gedanke durch den Kopf. Natürlich, einer wie Jan wusste und sah mehr als andere. Dem musste niemand Bescheid sagen. Auch das hatte Anton seiner Frau erzählt: Jan war seltsam gefasst geblieben, als er erfuhr, warum er nach Hause kommen sollte. Unterwegs hatte er kaum Fragen gestellt, sondern auf seinem Gaul vor sich hingebrütet, während Anton neben ihm herfuhr. Anton schauderte es ein bisschen. Er mochte Jan, hatte ihn immer gemocht, aber mit seiner Sehergabe war er noch nie klargekommen. Fremd, geisterhaft und schicksalsträchtig, wie sie war. Nee, nee, dachte er traurig, die wünscht man keinem, die macht einsam oder bekloppt oder beides.

Anton saß auf seinem Stuhl am Herdfeuer und rauchte eine Feierabendpfeife. Das einzige Vergnügen, das er sich überhaupt gönnte. Noch. Nun stand er auf, löschte mit einem Stopfer die Glut, legte die Pfeife behutsam in das offene Fach in der gekachelten Herdwand und schlurfte in seinen Holzpantinen zum Tisch. Auch die anderen fanden sich ein. Der Knecht, die zwei erwachsenen Söhne und die kleine Magd, die bei ihnen war, seit sie die älteste Tochter verheiratet hatten. Den Knecht würden sie wohl Lichtmess entlassen müssen, weil sie ihn sich nicht mehr leisten konnten.

Schweigend nahmen sie Platz, murmelten ihr Tischgebet und griffen nach den Löffeln. Anton tauchte als Erster den Löffel in die Suppe aus grauen Erbsen. Eine einzige, mürbe gekochte Speckscheibe schwamm in dem dicken Brei, und nacheinander zwackte jeder mit dem Löffel ein Stückchen davon ab – nicht mehr, als ihm zustand.

Nach der Mahlzeit hatte Anton gerade wieder seine Pfeife in Brand gesetzt, da hob sich der Riegel an der Tür, die zur Tenne führte. Jemand schob die Tür ein Stück auf.

»Kiek man in«, rief Anton und war nur mäßig erstaunt, als Jan eintrat.

Auf der Tenne hatte Jan den süß-säuerlichen Geruch bemerkt, der noch nicht ganz verflogen war und ihm verriet, dass kürzlich geschlachtet worden war. Auch in der Küche roch es nach Geschlachtetem, nach fettiger Wurst, nach Pökelfleisch und nach den Wacholderbeeren, mit denen der Schinken im Wiemen über dem Herdfeuer gewürzt war. Und es roch nach dem Abendessen, das gerade vorbei war. Es erinnerte ihn an seinen leeren Magen.

»Ich hoffe, es macht nichts, dass ich mein Pferd auf eure Tenne gebracht hab«, sagte Jan zur Begrüßung und blieb abwartend stehen. War er denn wirklich willkommen?

»Woher denn auch«, antwortete Anton prompt. »Hast du es an die Futterraufe gestellt?«

»Ohne zu fragen?«, entgegnete Jan mit einem schiefen Lächeln. »Es hat seinen eigenen Hafersack. Ich hab ihm nur Wasser gegeben.«

Anton schien erleichtert. Er winkte Jan ans Feuer, und als dieser sich bescheiden einen Stuhl ganz links nehmen wollte, auf der Seite für Kinder, Mägde, Knechte und anderes niederes Volk, schüttelte Anton nachdrücklich den Kopf und wies auf den Ehrenplatz neben sich.

Aufseufzend nahm Jan Platz.

Dieselben durchgesessenen Binsenstühle wie vor Jahren rahmten die Feuerstelle ein, den Boden bedeckten noch immer die blank gescheuerten Sandsteinplatten, die Jan mit allen eingetretenen Dellen vertraut waren, und der riesige Bosen über ihm war beinahe schwarz vom Rauch. Unter der Esse roch es nach Schinken, frischen Mettwürsten und Kindheit. Zu den Potthoffs war er immer gern gekommen, denn hier hatte selbst er sich angenommen gefühlt. Von Anton in seiner geraden, bedächtigen Art und von Klara, die weniger zu Mütterlichkeit als zu handfester, praktischer Freundlichkeit neigte.

Und dann bemerkte er sie.

Das Mädchen war da. Also hierher gehörte es. Mit einem Stolpern beschleunigte sich sein Herzschlag. Dabei kannte er das junge Ding gar nicht. Sie war wirklich noch sehr jung. Siebzehn? Oder schon achtzehn? Und nun sprach sie zu ihm.

»Kennst du mich noch? Ich bin die Marie.«

Sie lächelte ihn freimütig an.

Das war also die kleine Marie, die er als spilleriges Ding in Erinnerung hatte. Klaras Jüngste. Die hatte sich aber herausgemacht! Ohne das Umschlagtuch und mit ein, zwei Schichten Kleidung weniger als draußen auf dem Feld sah man deutlich, wie gut sie gewachsen war – vor allem oben herum, wo sich das blaue Leinenmieder um recht ansprechende Rundungen spannte.

Jan konnte sie nur dümmlich anstaunen. Sie hielt eine Stuhllehne umklammert und betrachtete ihn mit viel mehr Neugier, als die Höflichkeit erlaubte.

»Marie«, mahnte Klara, »bring Jan ein Bier. Du magst doch einen Schluck?«, wandte sie sich an ihn.

Er nickte benommen, noch immer von Marie betört. Und eh er sich versah, kam sie mit dem Bierkrug. Aus nächster Nähe verlor sich ein bisschen, was er draußen auf dem Feld zu sehen gemeint hatte: das Helle, Strahlende, Eigenwillige. Gesichter wie ihres, ein wenig zu rund, zu flach, mit zu kurzer, breiter Nase gab es überall in Westfalen. Er seufzte auf, als sie ihm den Bierhumpen hinhielt und es schaffte, kurz seine Hand zu berühren. Es kitzelte. War das Absicht gewesen? Ein geheimes Zeichen? Mit jungen Frauen kannte er sich herzlich wenig aus. Verunsichert nahm er einen tiefen Schluck und wischte sich danach den bitteren braunen Schaum vom Kinn. Erst als sie sich ohne sonderliche Eile auf die Kinderseite zwischen ihre älteren Brüder Hinnerk und Johann gesetzt hatte, war er imstande zu reden.

»Ich bin wegen dieses Amtmanns hier, wie heißt der überhaupt?«, fragte er mit belegter Stimme. »Ich wüsste es gern, bevor ich morgen aufs Amt gehe. Und wohin muss ich reiten? Nach Senden oder gleich nach Groß-Schonebeck?« Groß-Schonebeck war der Amtssitz des Drosten gewesen, der im Auftrag des Domkapitels über verschiedene, weitverstreute Liegenschaften der Domherren gebot. Seit der Herrschaft der Preußen residierte hier der Landrat. Aber ob Droste oder Landrat: der Herr war derselbe geblieben, und die Befugnisse waren annähernd die gleichen. Auch die Gerichtsbarkeit für den Kreis, zu dem neben Senden und anderen Orten die kleine Bauernschaft in der Venne gehörte, lag beim Landrat.

Anton sah ihn verwundert an. »Klobbicke«, sagte er kurz angebunden. »Den kennen wir alle. Ein Preuße. Seine Amtsstube ist in Senden, du brauchst nicht bis Groß-Schonebeck. Aber ich sag dir gleich, du bist der Einzige, der hingeht. Wenn der Herr Klobbicke was von uns will, soll er herkommen.«

»Scheint nicht gerade beliebt zu sein, der Amtmann Klobbicke«, nuschelte Jan in den Bierkrug. Aus den Augenwinkeln sah er, dass Marie ein Spinnrad herangezogen hatte, von dem sie Garn auf ein Weberschiffchen abhaspelte. Klara hatte sich früher ein Zubrot mit Leinen verdient, das sie aus selbstgesponnenem Garn webte, und ihre Töchter hatten ihr natürlich geholfen. Daran hatte sich anscheinend nichts geändert.

»Um den Klobbicke geht es gar nicht«, sagte Klara ruhig. »Wir haben gedacht, mit der neuen Ordnung im Land wendet sich alles zum Besseren. Stattdessen müssen wir jetzt mehr Pacht zahlen. Die Höfe sind alle fürs Kataster neu vermessen, und es heißt, wir haben mehr Morgen unterm Pflug, als in den Büchern steht. Drei mehr. Und wir können nichts dagegen machen. Nur an den Schonebeck zahlen.«

Der Freiherr Erasmus von Schonebeck war nicht nur früher Droste gewesen und jetzt Landrat, sondern vor allem einer der großen Grundbesitzer. Zu seinem Privatbesitz gehörte das Gut Klein-Schonebeck, und zu Klein-Schonebeck gehörten noch viele andere Höfe außer dem der Potthoffs.

Mit einer resignierenden Geste wandte sich Klara einem anderen Thema zu. »Jetzt erzähl mal lieber was von dir. Was macht die Schäferei? Wie geht's denn dem Hannes Bredenbeck? Haben seit Ewigkeiten nichts von dem gehört.«

Bevor Jan antworten konnte, wandte sich Hinnerk, Antons Ältester, an ihn. »Was meinst du? Hat man ihm den Kopf mit einer Axt oder mit einem Beil abgehackt? Dem Schonebeck.«

Marie schrie auf und ließ das Schiffchen in den Schoß fallen.

Jan war zusammengezuckt und hätte Hinnerk am liebsten eine gelangt. Dabei bewies seine Frage doch nur, dass der gesichtslose Tote anwesend war, hier mitten unter ihnen. Niemand konnte sich von ihm freimachen.

Jan beugte sich vor, ergriff den Schürhaken und stocherte ein wenig in der Glut herum. Als er sich hinreichend gefasst und Anton seinen Sohn wegen der Frage zurechtgewiesen hatte, lehnte er sich zurück und merkte, wie ihn Marie wieder anstarrte.

»Marie? Was ist?«, fragte er zögernd.

»Dir fehlt ein Knopf an der Joppe. Hast du ihn noch?«, wisperte sie. »Dann hole ich rasch Nadel und Faden.« Sie schob das Spinnrad von sich. Vielleicht wollte sie nur einfach hinaus und sich ein wenig bewegen, um des Schreckens Herr zu werden.

Jan war es bei seiner Ankunft so kalt gewesen, dass er den Mantel nicht abgelegt, sondern nur aufgeknöpft hatte, und auch jetzt fror er noch. Er schielte auf die Joppe hinunter, die er unter dem Mantel trug. Tatsächlich fehlte ein Knopf. Mit einer Hand raffte er den Mantel, der über der Brust aufgeklafft war, zusammen. »Ich hab den Knopf nicht mehr«, bekannte er.

»Aber ein Silberknopf! Wie kann man den verlieren?«, entrüstete sich Marie.

Silberknöpfe waren Spargeld. In den Familien wurden sie satzweise vererbt, auch Jans Knöpfe waren keineswegs neu, sondern so alt und abgegriffen, dass vom Muster auf der Oberseite kaum mehr als ein paar unregelmäßige Erhebungen übrig waren. Der Sage nach hatte einmal ein Adler mit ausgebreiteten Schwingen die Knöpfe geziert. Maries Entrüstung hätte ihn normalerweise amüsiert. Aber es wäre ihm lieber gewesen, sie hätte den fehlenden Knopf nicht bemerkt.

»Marie, jetzt sei aber still!«, tadelte Klara. »Du bringst Jan in Verlegenheit. Geh die Hühner füttern, und wenn du fertig bist, hilf der Magd die Kühe melken.« Sie fügte noch ein paar weitere Anweisungen hinzu, bis sich das Mädchen folgsam erhob und hinausging. »Sie ist nicht wie ihre ältere Schwester. Die war nie vorlaut«, fuhr Klara fort und lächelte entschuldigend, als die Tür zur Tenne hinter Marie zuklappte.

Jan ließ sich nicht täuschen. Klara war stolz auf jedes ihrer Kinder, sie und Anton ließen auf ihre Brut nichts kommen. Überhaupt die Potthoffs. Antons Blick leuchtete unmerklich auf, sobald er auf seine Frau fiel, und Klara berührte ihren Mann gern und oft, selbst jetzt noch nach so vielen Ehejahren. Jan beneidete die beiden um die Wärme, die das ganze Leben dieser Familie durchdrang. Selbst in seinen schönsten Erinnerungen aus der Kindheit hatte es in seinem Elternhaus kaum mehr als einen Hauch davon gegeben. Und es bestand keine Hoffnung, dass es in seiner Familie jemals anders wurde.

In sein Seufzen mischte sich ein verräterisches Magenknurren.

»Hast du Hunger?«, fragte Klara erschrocken. »Mein Chott! Ich hab dir nichts angeboten. Was sind das bloß für Sitten in diesem Haus. Willst du Panhas? Es ist noch was da. Hat dir Agnes denn nichts gegeben?«

»Ich war noch gar nicht zu Hause. Ich hab mich nicht getraut«, bekannte Jan ehrlich.

»Ach herrje!« Klara sprang auf. »Aber Agnes erwartet dich

doch. Änne Holtkamp und ich haben ihr gut zugeredet, nachdem wir sie heimbegleitet haben. Sie ist nun ruhiger, du brauchst dich nicht zu fürchten. Oder bleibst du doch bei uns?«, fragte sie zweifelnd. Agnes hatte getobt und lästerliches Zeug von sich gegeben und vor allem mit ungesunder Beharrlichkeit ihre Anklage gegen Jan wiederholt. Es war eine hässliche Szene gewesen, von der es Klara jetzt noch schauderte. Nein, wirklich gefasst war Agnes nicht gewesen, als sie sie endlich allein gelassen hatten. Jan würde eine böse Überraschung erleben, aber daran war nichts zu ändern.

Dankbar aß Jan seinen Teller mit Schwarzbrot und Panhas leer, und mit dem halbwegs vollen Magen kehrte ein wenig Frieden ein, ein zittriger Frieden, der nur kurze Zeit vorhalten würde. Wenigstens dem Anschein nach stellte er sich nun bereitwillig Klaras vielen Fragen zur Schäferei in der Gimbter Heide. Wie früher wollte sie alles genau wissen, und dabei blühte sie so weit auf, dass sich der verheerende Eindruck von Alter, Erschöpfung und Bedrücktheit milderte.

Nach seiner Vertreibung vom elterlichen Hof, erzählte Jan seinen aufmerksamen Zuhörern, hatte ihn Großonkel Hannes Bredenbeck in der Schäferei willkommen geheißen. Hannes war der Bruder seiner Großmutter. Mit den Jahren hatte Jan immer mehr Arbeiten und Verantwortung übernommen, während die Kräfte des Alten langsam schwanden. Im Großen und Ganzen waren es gute Jahre gewesen.

»Du und der Hannes!«, warf Klara nachdenklich ein. »Hab manchmal an euch gedacht. Der war doch so ein Schweigsamer oder nicht?«

»Ja schon«, antwortete Jan vorsichtig.

»Hattest nicht so viel Gesellschaft an ihm, nicht wahr?«

»Welcher echte Schäfer will das schon«, entgegnete Jan mit einem Anflug von Humor. »Wir machen uns halt fidele Gedanken, wenn uns danach ist. Hindert uns ja niemand daran.« Wohin führte dieses Gespräch bloß? Jan überlegte, wie er Klara davon überzeugen konnte, dass er gern Schäfer war. Leider fiel ihm wieder ein, was ihm heute durch den Kopf geschossen war, draußen, auf dem Acker: neun Jahre Einsamkeit. Ach was!

Klaras Blick war nicht skeptisch, sondern wissend, als Jan eilig fortfuhr: »Vor zwei Jahren ist Hannes gestorben und hat mir die Schäferei hinterlassen.«

»Dass Hannes Bredenbeck tot ist, davon haben wir nichts erfahren«, mischte sich Anton vorwurfsvoll ein. »Nicht ein Wort. Wusste Bennard das?«

»Nein. Wozu auch?«, erklärte Jan knapp, immer noch ein wenig aufgewühlt von Klaras Versuch, in seiner Seele herumzubohren. Grootohm Hannes war in aller Stille gestorben. Und vorher hatte er das Rechtliche geregelt, und so hatte Jan aus mehr als einem Grund keinen Anlass gesehen, Verwandte, die ihn nicht sehen oder sprechen wollten, von dem Trauerfall zu unterrichten.

»Das gehört sich nicht«, wandte Anton gedämpft ein.

»Er hat dir die Schäferei vermacht?«, fragte Klara, und als Jan vorsichtig nickte, bemerkte sie: »Ich hab gehört, dass viele Schafe in diesem Jahr an einer Seuche krepiert sind.«

»Es war die Feuchtigkeit, die den ganzen Sommer herrschte und die die Schafe nicht vertragen haben. Ja, ich hab einige Verluste hinnehmen müssen.«

»Verluste hinnehmen! Na so was«, wiederholte Klara versonnen. »Wo hast du bloß diese vornehme Sprache her?«, murmelte sie halb bewundernd, halb abwehrend. »Muss dir dieser Lehrer beigebracht haben. Dieser Bücherwurm. Wie hieß der bloß? Ist ja lang her, dass der weggegangen ist.«

Klara hatte es damals am meisten bedauert, dass der Lehrer nach wenigen Jahren aufgegeben hatte und in die Stadt zurückgekehrt war. Denn sie hatte sich einiges von seinem anspruchsvollen Unterricht für ihre Kinder erhofft. Ein Sohn war dann tatsächlich Apothekergehilfe in Münster geworden, entsann sich Jan. Und die eine oder andere Redewendung und ein paar Ausdrücke, die die Kinder im Unterricht aufgeschnappt hatten, hatte auch Klara ihrem Wortschatz einverleibt.

Sie sah ins Feuer und fuhr lauter fort: »Was bringt die Schafhaltung denn heute überhaupt noch ein?« Klara brauchte nicht zu erwähnen, dass die englische Wolle der westfälischen heftig Konkurrenz machte. Die großen Wollwebereien in Flamen und

Wallonien bevorzugten die günstigere und hochwertigere Wolle aus England, seit ihre Regierung die Einfuhrzölle den Bedürfnissen der Webereien angepasst hatte.

Jan hätte sich lieber über seine wirtschaftlichen Verhältnisse ausgeschwiegen, wollte aber in den Augen der Potthoffs nicht als armseliger Wicht dastehen, der eine Mahlzeit schnorren musste, um sich mal satt zu essen. »Hannes und ich konnten ein paar gute Kontrakte aushandeln. Vor drei Jahren hat die Regierung in Münster in der Loddenheide hundertundsieben Hektar für Waffenübungen gekauft und einen Schießplatz eingerichtet. Ich halte mit meinen Schafen die Heide frei vom Baumbewuchs. Und ebenso die in Mauritz rund um das Pulvermagazin.« Er hätte noch einiges hinzufügen können über einträgliche Abkommen mit dem Sudmühler Walkmüller, der gut damit zu tun hatte, Tuch für das preußische Militär herzustellen, und selbst über die kratzige Wolle von Jans Schafen hocherfreut war. In Münster waren das III. Armeekorps und das Generalkommando stationiert, Münster war von Militär überlaufen. Mehrere der Anfang des Jahrhunderts in der Säkularisation aufgehobenen Klöster dienten auch jetzt noch als Depots und Unterkünfte, eine Schande in den Augen aller bischofstreuen Katholiken.

An den Mienen von Klara und Anton sah Jan, dass er besser den Mund hielt.

»Du machst Geschäfte mit den Preußen?«, stieß Anton angewidert hervor. »Mit dem Militär? Weißt du denn nicht, wie das Pack in Münster haust?« Auf einmal war alle Freundlichkeit erloschen.

Das hätte sich Jan doch denken können. Anton verstand ihn nicht.

»Eine Schande ist das«, murmelte jetzt auch Hinnerk, der nicht halb so viel Hirn wie sein Vater hatte.

»Jan muss sehen, wie er zurechtkommt«, widersprach Klara leise. »Sind halt harte Zeiten. Wenn einer nach allem greift, was sich bietet, ist das bloß vernünftig«, setzte sie ohne große Überzeugung hinzu und äugte wieder zu ihm hinüber. Etwas hatte sie bestimmt noch auf dem Herzen.

»Nicht, wenn's um Geschäfte mit den Preußen geht, wer's mit

den Saupreußen hält, ist selbst so einer«, sagte Hinnerk und funkelte ihn böse an.

Jan fühlte sich zunehmend unbehaglich. Es wurde Zeit aufzubrechen, dennoch konnte er sich nicht dazu entschließen. Was ihn auf dem elterlichen Hof erwartete, war auf alle Fälle schlimmer als die plötzlich spürbare Ablehnung Antons und seiner Söhne. Und Klara war immer freundlich zu ihm gewesen. Nur, was wollte sie jetzt von ihm? Da war doch was. Klara konnte nicht mehr still sitzen und hielt ihre Hände im Schoß fest ineinandergehakt.

»Hast du sie noch?«, fuhr sie zögernd fort.

»Was?«

»Die Sehergabe.«

Die Frage kam Jan wie ein Schlag aus dem Hinterhalt vor. Das war es also. Möhne Klara wollte, dass er seine Hellseherei nutzte. Sie wollte es nicht nur, sie würde es fordern, sie würde ihn in die Enge treiben, ihn unter Druck setzen, ihn an Christenpflicht und Verantwortung mahnen … Alles, um das Unheil, das sich mit dem grauenhaften Mord über der Venne zusammenbraute, abzuwenden. Dafür brauchte sie ihn. Als ob das jemals in seiner Macht gelegen hätte.

Unwillig erhob er sich.

Dafür also hatte sie Anton ausgeschickt, um ihn nach Hause zu holen. Ganz sicher war sie auf die Idee gekommen.

»Nein!«, antwortete er sehr bestimmt.

Erschrocken über seinen Ton fuhr Klara zusammen. »Bitte, setz dich wieder. Bitte, Jan, und nimm's mir nicht übel, wenn ich dir zugesetzt hab. Das wollte ich nicht. Ich hab ja nur gemeint. Wir haben gehofft …«

Natürlich wollte sie. Und ob sie das wollte! Er durfte ihr keine Gelegenheit dazu einräumen.

»Dann habt ihr falsch gehofft. Ich kann euch nicht helfen«, stieß er ungehalten hervor.

»Wenn's Bennard ist, ist es schlimm. Wenn es der Schonebeck ist, dann Gnade uns Gott«, sagte Hinnerk bedächtig – und hatte vollkommen recht damit.

Selbst einer, der nicht übermäßig helle war, hatte den Ernst der Lage erkannt. Jan fühlte sich von Hinnerks Bemerkung mehr getroffen, als er sich eingestehen mochte. Im trüben Licht des heruntergebrannten Feuers rutschte Hinnerk unruhig auf seinem Stuhl nach vorn, näher an das Feuerloch heran, als erwartete er Trost durch Wärme und Licht.

Er musste schon die dreißig hinter sich haben. Längst im Heiratsalter, aber Anton hatte keine Schwiegertochter erwähnt. Wie lange wollte er noch warten, bis er den Hof übergab? Flugs rechnete Jan nach. Anton war an die siebzig und Klara etwa fünfzehn Jahre jünger, beide alt genug, um aufs Altenteil in die Lieftucht zu ziehen. Bloß gab es auf dem Hof nicht so ein Austragshäuschen, das es den Generationen ermöglichte, sich zeitweilig aus dem Weg zu gehen. Alle mussten sich hier im Haus arrangieren und die Spannungen, die aufkommen würden, irgendwie aushalten.

»Ich sag's noch einmal: Ich kann euch nicht helfen«, wiederholte Jan bedachtsamer, aber nicht weniger nachdrücklich. »Neun Jahre sind eine lange Zeit, und ich muss erst einmal dahinterkommen, was sich alles geändert hat. Vielleicht erfahre ich das eine oder andere vom Amtmann morgen.«

»Du willst wirklich zu ihm?«, fragte Anton. »Na, du wirst schon wissen, warum du ihm auf die Amtsstube rückst.«

Hinnerk beugte sich vor und spuckte ins Feuer. »Bist ja vertraut mit den Preußen.«

Der allgemein verbreitete Hass auf die neuen Landesherrn ging Jan nichts an oder war bei ihm nie recht angekommen, nicht nur weil sich gute Geschäfte mit ihnen ergeben hatten, sondern weil er ohnehin wenig mit Menschen zu tun hatte. Das brachte das Schäferleben ja mit sich. Vielleicht würde es ihm sogar schwerfallen, sich selbst für die kurze Zeit, die er sich in seiner alten Heimat würde aufhalten müssen, umzustellen. Daran hatte er noch gar nicht gedacht.

»Wer kümmert sich denn um deine Schafe, wenn du weg bist?«, warf Klara ein, um dem Gespräch noch einmal eine Wende zu geben.

»Mein Hilfsschäfer. Ein Jahr nach Grootohm Hannes' Tod hab ich einen eingestellt«, brummte Jan und stand nun endgültig auf. »Ich geh dann jetzt. Danke für die Bewirtung, Klara.«

»Nichts für ungut, Jan, komm wieder, wenn du magst«, sagte Klara seufzend.

Auf der Tenne verbreitete eine Laterne gerade so viel schummriges Licht, dass er sich im Halbdunkel zurechtfand und nicht über eine Mistforke oder einen Eimer stolperte. Das Gespräch hatte ihn mehr erschöpft als die härteste Arbeit. Er sehnte sich nach Stille, nach Ruhe und einem Winkel, in dem er wieder zu sich kommen konnte. Erst als er aufschaute, bemerkte er, dass Marie neben seinem Pferd stand.

Marie hatte vielleicht schon eine Weile auf ihn gewartet, und allein das hätte ausgereicht, sich geschmeichelt zu fühlen, aber nach dem allerersten Moment des freudigen Zusammenzuckens überwog, aus welchen Gründen auch immer, die Vernunft.

»Geh rein zu deinen Leuten«, sagte er nüchtern. »Was willst du hier auf der kalten Tenne?«

Es war nicht kalt. Kühe und Pferde hielten den Stall warm genug, so dass es sogar in den Hillen, den winzigen Schlafkammern über der Pferdeseite, selbst im strengsten Winter für die Knechte und Mägde auszuhalten war. Bei seinem Eintritt zwei Stunden zuvor hatte Jan zwei gut gepflegte Pferde auf der einen Seite und auf der anderen fünf Kühe und vier Kälber entdeckt, die einen weniger guten Eindruck machten und ihn auf die Frage brachten, ob Anton genug Heu hatte, um das Vieh über den Winter zu bringen. Das gemähte Gras war im Juni vielerorts im Regen auf den Wiesen verfault. Und Raufutter allein würde nicht genügen.

»Ich dachte, ich könnte dich noch was fragen, bevor du gehst«, sagte Marie und lächelte, aber Jan spürte in diesem Lächeln doch einen leichten Hinterhalt. Marie ähnelte in diesem Augenblick ihrer Mutter, die dafür bekannt war, jedem Menschen die Zunge zu lösen und oft mehr zu erfahren, als manchem lieb war.

»Frag mich lieber nichts. Von Fragen hab ich für heute genug«, antwortete Jan abwehrend. »Sei so gut und geh beiseite, Marie, du stehst mir im Weg.«

Sie rührte sich nicht von der Stelle. »Willst du nicht wenigstens eine Laterne mitnehmen? Oder wie willst du sonst zu euerm Hof finden? Aber vielleicht sollte ich dir heimleuchten?« Schalk zuckte um ihre Mundwinkel, und ihre Augen blitzten auf. Was für ein aufreizendes Geschöpf! Drauf und dran, die Herausforderung anzunehmen, warf er über die Schulter einen Blick zur Tür, die zur Küche führte. Dort hing die Laterne und dort stand Klara auf der Schwelle, etwas hatte ihm verraten, dass er wieder unter Beobachtung stand.

»Marie«, sagte sie, »was treibst du hier noch? Bist du mit der Arbeit fertig?«

»Ja, Modder«, antwortete sie und schlug etwas zu unterwürfig die Augen nieder. »Ich hab Jan fragen wollen, ob er nicht eine Laterne mitnehmen will, und ich glaube, er weiß noch nicht, dass Pfarrer Niesing uns alle morgen in der Kirche haben will, um eine Buß- und Bittandacht für den Toten zu halten. Oder hast du's ihm gesagt?« Marie schob sich an Jan vorbei, aber nicht ohne ihm aus dem Augenwinkel zuzuzwinkern. Grundgütiger Herr Jesus! Was für eine kleine, wilde Hexe.

»Es ist gut, Marie«, sagte Klara streng.

Sie entzündete eine Laterne, die sie Jan hinaufreichte, als er draußen auf dem Hof aufsaß, und eilte dann rasch aus der Kälte zurück ins Warme und schlug die Niendüer zu. Merkwürdig, dass sie ihm nicht wenigstens noch einen guten Ratschlag mit auf den Weg gegeben hatte.

3

»Hätten wir ihm was von dem Prozess erzählen sollen?«, fragte Klara. Sie saß noch mit Anton am glimmenden Herdfeuer, während die Kinder und das Gesinde längst in den Betten lagen. Wegen Marie, die im Schrankbett an der Wand zur Upkammer schlief, dämpfte sie die Stimme fast zu einem Flüstern.

»Wozu?« Ganz gegen seine sonstige Gewohnheit schmauchte Anton eine zweite Pfeife und sog so vorsichtig den Rauch ein, als reute ihn bereits die Ausschweifung. Aber dieser Tag gehörte zu denen, die die Welt aus den Angeln hoben, da bedurfte es besonderer Maßnahmen, um nicht Verstand und Gottvertrauen zu verlieren.

Klara bedachte ihren alten Ehemann mit einem nachsichtigen,

geradezu zärtlichen Blick. Anton hatte die siebzig erreicht, sich aber in den letzten Jahren nicht wesentlich verändert, so dass man ihn leicht für sechs, sieben Jahre jünger halten konnte. Freilich wusste sie, dass der Verfall ganz rasch eintreten konnte, da reichte ein geringer Anlass, und davor fürchtete sie sich.

»Ich mein ja nur. Soll Jan nicht Bescheid wissen? Ich kenne keinen, der mehr Grund hat, den Herrn von Schonebeck … zu …« Über ihre eigenen Gedanken erschrocken, schwieg Klara einen Moment. »Was soll nun aus dem Droste-Hof werden? Agnes und Bennard haben ja keine Kinder. Mein Chott, gut zwölf Jahre verheiratet und nur einmal guter Hoffnung. Und das eine Mal ging auch noch schief.«

Anton nahm die Pfeife aus dem Mund. »Zwei Jahre nach der Hochzeit war doch klar, das wird nie was.«

»Was weißt du schon!«, entgegnete Klara mit leisem Spott. Seit sie in der Venne lebte, stand sie den Nachbarinnen als Hebamme bei, wenn es zu spät war, die in Senden ansässige, in einer Hebammenschule ausgebildete Geburtshelferin zu holen. Wenn überhaupt jemand, war Klara in der Lage, über die Unfruchtbarkeit einer Frau ein Urteil abzugeben. »Manchmal erbarmt sich Gott doch noch.«

»Das nützt auch nichts, wenn Bennard nicht wieder auftaucht.«

»Ach, Bennard«, seufzte Klara. »Es bedrückt mich alles so.« Wieder herrschte Schweigen, ein einträchtiges Schweigen, in dem jeder seinen Gedanken nachhing.

»Zuerst hab ich Jan fast nicht erkannt«, begann Klara wieder. »Er ist so … so stattlich geworden, dass ihn unsereins leicht für einen richtigen Herrn halten könnte. Dabei ist er man bloß ein Schäfer.«

Anton blinzelte belustigt. Er genoss diese späten Unterhaltungen mit seiner Klara. Immer wieder überraschte sie ihn mit ihrem Scharfsinn, aber manchmal lag sie doch mit ihrer Meinung daneben.

»Welcher Herr trägt denn einen Schäfermantel? Sag mir das mal. Mich bringt auf, dass er sich so mir nichts, dir nichts mit den Preußen gemeingemacht hat. Das ist nicht anständig.« Missbilligend schüttelte er den Kopf. »Nein, hätte ich nie von ihm gedacht. Ich hätte gedacht, dafür ist er nicht helle genug.«

Klara lächelte flüchtig. Jan zu unterschätzen wäre ihr nie in den Sinn gekommen. Schon durch seine Bildung war er den meisten in der Venne überlegen. Auch dem lieben Anton, dachte sie.

»Wenn Bennard verschwunden bleibt, wird er den Hof übernehmen müssen, ist dir das klar?«

Anton klopfte die Pfeife am eisernen Feuerbock aus und begann, den Pfeifenkopf behutsam auszukratzen. »Kann sein, kann auch nicht sein. Da ist ja immer noch Agnes«, sagte er zerstreut, während er darauf bedacht war, von den Resten nicht mehr als nötig zu entfernen, um den im langen Gebrauch eingebrannten Geruch von altem Meerschaum und verkokeltem Knaster zu bewahren. Mit jedem weiteren Jahr wurde die Pfeife empfindlicher und zerbrechlicher, genau wie er selbst.

»Nein, die zählt nicht. Der Hof ist ein Vollerbenhof, der nach dem Erbrecht in der Blutlinie bleibt, bis kein Droste Tomberge mehr übrig ist. Wozu erzähl ich dir das? Das weißt du doch selbst.«

»Ich weiß nur eins: Wenn Bennard wieder auftaucht, werden wir uns über was ganz anderes Gedanken machen als über die Droste-Tombergische Blutlinie.«

Die sechs Höfe, die zu der kleinen Bauernschaft im Venn gehörten, formten ein Dreieck, dessen Spitze nach Süden wies. Diese Spitze nahm der Hof von Anton und Klara Potthoff ein. Die nördliche Seite bildeten, nahezu in einer Reihe liegend, die Höfe von Schulze Hundrup, Holtkamp und Pentrop. Der Hof von Droste Tomberge lag zwischen dem von Potthoff im Süden und Pentrop im Nordosten. Und zwischen den Höfen von Potthoff und Droste Tomberge, aber ein Stück mehr ins Venn hinein, befand sich der Heuerlingshof der Wierlings. An diesem musste Jan vorbei, um nach Hause zu kommen. Den Weg kannte er noch immer wie im Schlaf. Er war ihm so vertraut, dass auch das Pferd nur durch den Schenkeldruck des Reiters und eine sachte Verlagerung des Gewichts auf seinem Rücken begriff, wie und wo es zu laufen hatte. Die Laterne brauchte Jan nicht, ja ihr Licht störte geradezu, denn ihr gelber Flackerschein huschte über Bäume und Sträucher, ließ den Raureif aufglitzern und die Dunkelheit dahinter nur tiefer und bedrohlicher erscheinen. Er hatte die Hofeinfahrt zu Lütke Wierling beinahe erreicht und sah bereits die Schatten der Wallhecke, die auch dieses eher kümmerliche Anwesen umzog, da hieß er das Pferd mit einem Zungenschnalzen stehen zu bleiben. Es schien ihm unmöglich, weiterzureiten. Etwas hielt ihn auf.

Er lauschte.

Die Nacht war ruhig.

Da war nichts.

Und doch.

Etwas hielt ihn auf. Unwillig schüttelte er den Kopf. Hirngespinste. Altweibergehabe. Hatte er etwa Angst, Agnes unter die Augen zu treten? Vielleicht …

Nein, es hatte nichts mit Agnes zu tun. Da war etwas anderes, was sich unmerklich in sein Bewusstsein stahl.

Und auf einmal begriff er, dass es noch etwas zu tun gab, bevor er endlich heimkehren durfte.

Langsam wendete er das leise schnobernde Tier und redete ihm gut zu. Die Laterne schützend, die er nun doch brauchen würde, begann er den Weg ein Stück zurückzutrotten, bog dann ab und ritt in der noch einmal zunehmenden Kälte, bis er die Straße nach Münster erreichte, nahm aber die entgegengesetzte Richtung. Nach einer ganzen Weile tauchte eine Ansammlung von Gebäuden auf, aus deren Mitte sich ein Kirchtürmchen in den Nachthimmel reckte.

Jan band das Pferd an einem Busch an, klopfte dem unruhigen Tier auf die Kruppe und ging, die Laterne in der Hand, am Portal der uralten geduckten Venner Kirche vorbei auf die andere Seite.

Bei Nacht gehörte ein Friedhof zu den unbegreiflichen Orten. Alles Mögliche trieb sich zwischen den Gräbern umher, nur die Toten nicht, deren Gebeine hier moderten. Für die Staubschicht der Trauer, die bei Tag aus Grabsteinen, Kreuzen und Einfassungen aufwirbelte, waren sie selbst nicht mehr verantwortlich. Vielmehr bildeten die ungelösten Rätsel, nie offenbarten Geheimnisse und verpassten Gelegenheiten ihres Lebens die Grundlage für diese Stimmung.

Manche der Gräber waren so alt, dass die Inschriften auf den

Steinen kaum noch zu entziffern waren. Flechten hatten sich in die Rillen und Ritzen gesetzt und die Schrift unkenntlich gemacht. Auch die Namen der Droste Tomberge waren nicht mehr alle lesbar, aber Jan kannte sie ohnehin. Seine Eltern Mia und Hubert lagen Seite an Seite vor Grootvadder, den Jan schon wegen seines kauzigen Humors besonders gemocht hatte. Sein Bruder Anton, der mit dreizehn Jahren im Moor versunken war, hatte kein Grab hier. Nur Lina, Jans Schwester, die nicht ganz bei Verstand gewesen und in einem Brand umgekommen war, den sie selbst entfacht hatte, lag bei den Eltern. Jan betete ein kurzes Gebet, das sie alle einschloss. Alle seine Lieben, um die er hier, jetzt, tiefe Trauer empfand, als läge der Verlust nicht Jahre zurück.

Der Strahl der Laterne, die er vor sich auf die Erde gestellt hatte, schuf um das untere Ende der Grabsteine eine dunstige Lichtglocke. Jan spähte umher.

Kein neues Grab, da war er sich sicher.

Kein Grab eines Droste Tomberge, das er nicht kannte. Hatte ihn am Ende diese Frage hergetrieben? Nur, was war das? Er hob die Laterne auf und ließ ihr Licht etwas weiträumiger leuchten. Da ragte ein wenig schief ein schlichtes rohes namenloses Kreuz aus der Erde. Es beunruhigte ihn, ja es löste einen unerklärlichen Schauder aus. Die ganze wohldurchdachte Ordnung der Gräber wurde durch dieses Kreuz empfindlich gestört. Ihm stellten sich die Nackenhaare auf.

Seltsam.

Friedhöfe flößten ihm keinerlei Furcht ein – schon gar nicht dieser überschaubare hier –, und doch hatte sich Furcht bei ihm eingeschlichen. Gerade so viel, um ihrer bewusst zu werden. Langsam richtete er sich aus der leicht gebückten Haltung auf, in der er das Kreuz und die benachbarten Gräber betrachtet hatte. Ein Hauch von Moder hing in der Luft, und das war ungewöhnlich genug im Winter. Weit und breit fehlten verwelkte Blumen, denen …

Eine flüchtige Wahrnehmung, ein Zucken wie ein Wimpernschlag. Eine Eule? Hatte er eine Eule aufgestört?

Gerade als der kurze Schreck nachließ, stellte sich Gewissheit ein: Da war jemand. Ein Schatten in den dunklen, unauslotbaren Schatten ganz am Rand, nah der Hecke hinten, die den Friedhof begrenzte.

Aber ja. Hinter den letzten Grabsteinen lauerte jemand in der Dunkelheit.

Beobachtete ihn.

Niemand ging nachts auf diesen Friedhof, höchstens ein Verrückter wie er selbst. Dennoch war er noch nicht gewillt, die Situation ernst zu nehmen. Was konnte ihm hier passieren? Sobald er laut schrie, würde ihn Niesing oder der Lehrer, der in seinem Schulhaus neben der Pfarrei wohnte, hören. Woher dann dieses Gefühl, dass sich dort im Dunkeln etwas verbarg, dem nicht mit normalen Mitteln beizukommen war?

Jan zwang sich, nicht hinzustarren. Erst abwarten, erst das Gefühl reifen lassen. Auf einmal schien es ihm ungeheuer wichtig, auszuharren, obwohl er davor zurückschreckte.

Ein Laut erreichte ihn, nur die Ahnung eines Lauts, aber er ging ihm durch und durch. Kehlig, dunkel, gefährlich.

Der Tote am Baum war mit einer Axt erschlagen worden.

Jan fiel ein, dass er nicht einmal ein Messer bei sich trug. Nichts, rein gar nichts, um sich zu verteidigen.

Längst hatte sich zu der Furcht etwas Neues in sein Inneres geschlichen. Etwas Verworrenes, Tieftrauriges. Rachsucht, Wut und …

Der Wunsch zu rufen wurde übermächtig, die Spannung war nicht mehr auszuhalten.

Bloß nicht rufen. Warte. Halt still. Lausche. Auf was? Es ist wichtig …, es ist … Wer schlitzte einem anderen Menschen den Leib auf wie einem Schwein beim Schlachten? Was war das für ein Mensch? Welche Zerstörungswut steckte in ihm, und richtete sie sich nun gegen ihn?

Die Nacht wandelte sich zu einem modrigen, klammen Leichentuch.

Sein rechtes Bein zuckte, lange konnte er nicht mehr ausharren. Vor seinen Augen flimmerte es, er wollte wenigstens aus dem Lichtkreis heraustreten, wagte es aber nicht.

Wieder dieser Laut. Was sollte er tun, was um Himmels willen …? Seine Gedanken verwirrten sich, er merkte, wie sich sein Bewusstsein zurückzog, wie er tiefer in das Grauen eindrang. Näher, etwas kam näher. Schlurfen, rauer Atem, Kälte, Erstarrung.

Ein Hund schlug an. Es war ein so klarer, eindeutiger, diesseitiger Laut! Bloß ein Hund, dessen Gebell Jan aber augenblicklich erlöste. Rasch löschte er die Laterne, während das Bellen in ein Knurren überging. Der Friedhof grenzte an das Anwesen der Schule, das außer einem bescheidenen Gebäude und einem winzigen Stall auch einen Garten umfasste. Das Bellen kam von dort. Eine Tür klappte.

Jan wartete nicht ab, bis der Lehrer auftauchte oder Pfarrer Niesing vom Pfarrhof herüberkam. Geräuschlos zog er sich zurück, machte das Pferd los und schwang sich in den Sattel.

Wer war dort auf dem Friedhof gewesen? Jetzt konnte er wieder klarer denken. Vielleicht hätte er ihn doch anrufen sollen, er hatte sich viel zu wenig in der Hand gehabt. Einen Dummkopf schalt er sich selbst, einen elenden Angsthasen. Er horchte in sich hinein. Wie ein Nachwehen spürte er noch einmal die Intensität dieser fremden Gegenwart, schwer und lastend und – ja doch: gefährlich.

Es musste bereits auf Mitternacht zugehen, als er sich zum zweiten Mal Wierlings Kotten näherte. Von der Hofeinfahrt her bemerkte er Licht. Das Haus stand ein wenig schräg zur Straße, und der trübe Schimmer drang aus dem Küchenfenster. Was hielt Josef jetzt noch wach? Konnte er nicht schlafen, weil ihm Gedanken an den Toten durch den Kopf gingen? Sein Kotten gehörte den Droste Tomberges, Josef war auf Gedeih und Verderb von ihnen abhängig. Vielleicht dachte er daran, was aus ihm und seiner Frau Martha werden sollte, wenn Bernard nicht zurückkehrte. Jan sah ihn wieder vor sich. Gebeugt, alt, verbraucht und voller Hass auf ihn. Mit einem Schaudern trieb er das Pferd an.

Von außen wirkte das Anwesen der Droste Tomberge wie eine Festung. Das lag an der dichten Wallhecke und an der breiten Gräfte, die den Hof an drei Seiten umgab. Dieser Wassergraben war in früheren Jahrhunderten mal so etwas wie ein Adelsbrief gewesen, denn er wurde nur jenen Höfen zugestanden, auf denen mehr Rechte lagen und die in Kriegszeiten als einigermaßen befestigte Anlage eine gewisse Zuflucht für die Nachbarn boten. Diese Zeiten waren zwar längst vorbei, aber die Gräfte gab es noch. Jan schwang sich aus dem Sattel und klinkte das große Tor zur Hofeinfahrt auf. Den Rest des Wegs führte er das Pferd am Zügel.

Nirgends brannte ein Licht, das ihm ein Zeichen hätte geben können, dass er erwartet wurde. Aber als er den Platz vor dem Haus erreicht hatte, verriet ihm ein leises Scharren und Tappen, dass seine Ankunft nicht unbemerkt geblieben war. Ein Hund trottete auf ihn zu. Jan hielt geduldig still.

Statt anzuschlagen, knurrte der Hund nur tief und kehlig. Jan gab ein kurzes scharfes Kommando, dann wurde sein Bein gestreift und sein Knie angestupst.

»Na, lass mal«, sagte Jan leise, »ich gehöre hierher, genau wie du, verstehst du?«

Ein kurzes Japsen, und schon leckte eine raue Zunge über seine Hand.

Behutsam griff Jan in struppiges, schmutziges Fell. Ein alter Hund. Er spürte die Wirbel und jede einzelne Rippe unter den Fingern. Schlecht gehalten, stellte er mit aufkeimendem Zorn fest. Wenn der Hund nichts mehr taugte, hätte Bernard ihn abtun müssen. Abtun und nicht hungern lassen, bis er von allein krepierte.

Die Angeln der Niendüer quietschten vernehmlich, als Jan sie aufstieß und mit dem Pferd die Tenne betrat. Hinter der Tür blieb er stehen.

Würde ihn das Haus noch erkennen? Jeder, der in einem so alten Haus lange Zeit gelebt hatte, hinterließ Spuren, die nie mehr zu tilgen waren, die das Haus in seine Seele aufnahm.

Hühner gluckste verschlafen, eine Kuh bewegte sich träge, ein Pferd schnob. Jan ließ die Geräusche auf sich wirken, während er die Luft mit den vertrauten Gerüchen einsog. Alle seine Sinne stellten sich auf die Umgebung ein. In völliger Dunkelheit nahm die Tenne Gestalt an. Wände, Balken, Geräte, raschelndes Stroh, Spinnweben, verlassene Schwalbennester hoch unter der Decke, mit eingetrocknetem Vogelkot auf den gekalkten Wänden unter ihnen. Ein Eintauchen.

Ein kleiner verwirrender Rausch befiel ihn, ein Flirren aus langer Vergangenheit und Gegenwart. Soviel lang Entbehrtes.

Erst nach einer Weile entzündete er Klaras Laterne wieder. Er stellte das Pferd zu den anderen und gab sich dabei keine Mühe, besonders leise zu sein. Aber niemand ließ sich blicken. Kein Knecht, keine Magd, von Agnes ganz zu schweigen.

Hatte er ernsthaft erwartet, dass der ganze Haushalt zur Begrüßung herausgerannt käme und Aufstellung nahm? Er grinste schief. Wie viele Knechte mochte Bernard haben? Fünf, sechs? Die Gesindekammern lagen oben in den Hillen über der Pferde- und der Kuhseite. Bretterverschläge mit Wandbord und eingebauten Betten. Früher hatte er in einer dieser Kammern geschlafen.

Im Herdfeuer glimmte noch schwache Glut, die er rasch wieder anfachte, danach legte er Torf nach. Nach einigem Herumsuchen stellte er eine Pfanne auf das Drehgestell unten am eisernen Schwenkarm, der seitlich in der Herdwand verankert war und an dem man auch die verschiedenen Töpfe einhängen und über die Glut schieben konnte.

Er gab einen Löffel Schmalz aus dem Napf neben dem Herdfeuer hinein, in den das Fett aus einem frischen Schinken im Wiemen tropfte. Dann briet er ein paar Speckscheiben scharf an, über die er Spiegeleier setzte. Gerade, als er die köstlich duftende Pfanne vom Feuer nehmen wollte, regte sich etwas hinter ihm.

»Da brat mir doch einer einen Storch!«, sagte jemand.

Langsam wandte sich Jan um. Den Jungen hatte er in der Zuschauermenge um den Baum gesehen. Wie es sich in der gegenwärtigen etwas ungeklärten Lage gehörte, hielt er einen derben Knüppel in der Hand, ließ ihn aber nun sinken.

»Der Schäfer!«, setzte der Junge mit zusammengezogenen Augenbrauen hinzu. »Wieso hat der Hund nicht gebellt?«

»Weil er ein kluger Hund ist. Wie heißt du?«

»Was hast du mit dem Hund gemacht? Er beißt jeden.«

Jan lächelte flüchtig. Schäfer kannten sich mit Hunden aus. »Du bist einer von den Knechten, nehme ich an. Also, wie heißt du?«

»Matthias«, stieß der andere unwillig hervor. Jan schätzte ihn auf etwa zwanzig. Ein kräftiger junger Kerl, der ihn voller Misstrauen anstarrte. Sandbraunes Strubbelhaar fiel ihm in die Stirn. Immerhin hatte er sich noch die Hose angezogen und das Nachthemd nachlässig hinten in den Bund gestopft.

»Bist du für die Kühe zuständig?«, fragte Jan, ohne sich durch die feindselige Haltung aus der Ruhe bringen zu lassen.

»Kühe, Pferde … Möchte wissen, was dich das angeht.« Matthias warf die langen Haare aus der Stirn und stemmte eine Faust in die Hüfte.

»Wieso stehen die Kühe auf so altem Stroh? Erklär mir das mal«, forderte Jan bedächtig. Das Stroh roch modrig, als wäre es seit Wochen nicht erneuert worden. Eine solche Schlamperei zu dulden, sah Bernard gar nicht ähnlich.

»Was soll das heißen? Bist du jetzt hier der Bauer?«, fragte Matthias höhnisch und schlug sich mit dem Knüppel in die offene Handfläche. Eine Drohung. Dabei musste er genau wissen, wen er vor sich hatte. Irgendjemand hatte ihm bestimmt gesagt, dass der Schäfer ein Droste Tomberge war.

Jan nickte kühl. »Bin ich, und du gewöhnst dich besser gleich daran.«

Einen Augenblick verschlug es Matthias die Sprache. Dann schüttelte er den Kopf. »Das lass ich mir nicht gefallen. Ich bleib sowieso nur noch bis Lichtmess. Hab die Schnauze voll.« Sein Knüppel beschrieb einen Kreis. »Von allem hier.«

Jan nahm die Gabel, die er neben dem Herdfeuer bereitgelegt hatte, betrachtete sie, bedachte Matthias mit einem Seitenblick und widmete sich dem Essen. Klaras Panhas hatte ihn nicht wirklich satt gemacht, denn er hatte seit dem frühen Morgen nichts mehr gegessen. Unwillkürlich stöhnte er vor Behagen auf und merkte, dass sein Stöhnen ein Echo hervorrief.

»Hol dir eine Gabel, wenn du mithalten willst«, bot er, ohne sich umzudrehen, an, »bring aber einen Kanten Brot mit.«

Matthias schielte zur Pfanne, wog unschlüssig den Knüppel in der Hand und lehnte ihn schließlich mit einer entschiedenen Geste an den nächsten Stuhl, bevor er Brot und Gabel holen ging. Jan hatte ihn richtig eingeschätzt. Ein Kerl wie der hatte immer Appetit.

»Du kannst wirklich kochen«, murmelte Matthias wenig später mit vollem Mund.

»Lernt man als Schäfer, sonst geht man leicht vor die Hunde«, erläuterte Jan. »Wo sind die anderen? Wieso hab ich nur dich aufgescheucht?«, fügte er beiläufig hinzu.

Matthias wischte sich das Fett vom Kinn. »Welche anderen? Der alte Jupp hat sein Quantum Bier gekriegt, danach weckt ihn nicht mal das Jüngste Gericht auf. Wir sind nur noch zu zweit seit St. Martin. Hier bleibt keiner länger als ein, zwei Jahre. Wegen der da. Der Bäuerin.« Sein Kinn wies zur Upkammer.

Am 11. November, dem Namenstag des heiligen Martin, waren nicht nur Steuern und Abgaben fällig, sondern auch die Löhne, und das Gesinde konnte den Dienst aufkündigen. Manche nahmen allerdings Lichtmess als Tag des Einstands oder Austritts.

Jan rechnete jeden Augenblick damit, dass Agnes die Stiege herabkam, und lauschte auf jedes Geräusch aus dieser Richtung. Aber außer einem Knacken der alten Balken, das hin und wieder das Knistern der Flammen übertönte, war nichts zu hören.

Die Pfanne war fast schon leer. Sacht zog er sie näher zu sich heran, so dass Matthias' Gabel einen weiteren Weg zu dem guten Essen zurücklegen musste.

»Mehr Gesinde gibt es nicht? Nur zwei Knechte?«, fragte Jan ungläubig. Auf Matthias' letzte Bemerkungen einzugehen gehörte sich nicht.

»Und Stine«, gab Matthias knapp Auskunft.

Da hatte ja doch jemand zugehört! Die Tür zum Wandbett neben der Stiege zur Upkammer wurde ein Stück aufgeschoben, und ein Kopf lugte heraus. Stine hatte große Zähne, von denen einer über die Unterlippe ragte, und schielte bedenklich. Ansonsten mochte alles mit ihr in Ordnung sein. Aber das würde Jan erst am nächsten Tag überprüfen können. Auf seine Aufforderung herauszukommen, zog Stine hastig die Tür wieder zu.

»Ein hässliches Tier«, sagte Matthias bedauernd, »aber dafür kann sie nichts. Das Brot hat sie gebacken. Davon versteht sie was.«

Jan grübelte noch darüber nach, warum so ein »hässliches Tier« als einzige Magd Dienst tat, als Agnes sich blicken ließ. Unter ihrer zerdrückten Nachthaube kamen dünne, fettige Strähnen hervor, die über die Schultern herabhingen. Über das Nachthemd hatte sie ein wollenes Schultertuch geschlungen. Eine Hand um den Handlauf gekrallt, stolperte sie schwankend die Stiege herab. Jan roch bereits den Fuselatem, bevor sie die unterste Stufe erreicht hatte.

Der Knecht war aufgesprungen. Jan blieb sitzen und kratzte sorgfältig die Reste in der Pfanne zusammen. Da war noch etwas Gelbei übrig, flüssig, vom Speckaroma durchtränkt, das Leckerste von allem. Agnes schlurfte, den Kopf vorgestreckt, näher. Endlich blieb sie stehen und starrte ungläubig auf die Pfanne.

»Was hast du da? Spiegeleier und Speck? Ich glaub's nicht. Spiegeleier und Speck in meiner Küche mitten in der Nacht! Wer hat die für dich gebraten?« Vor Staunen dämpfte sie die Stimme.

»Das war ich.«

»Du bist einfach an meine Vorräte gegangen? Wer hat dir das erlaubt?«

Jan betrachtete sie schweigend.

Es war lange her, dass sie sich in diesem Haus begegnet waren.

Seit Bernard Agnes auf den Hof gebracht hatte, hatte sich das Verhältnis der Brüder geändert. Wie vielen aus der engeren und weiteren Nachbarschaft graute es Agnes vor Jan wegen seiner Sehergabe, und sie machte von Anfang an keinen Hehl daraus. In ihren Augen war er eine Abscheulichkeit, ein krankhaft Besessener, dem nicht mal mit Weihwasser oder einer Teufelsaustreibung zu helfen war.

Ja, sie hatte dafür gesorgt, dass sich Bernard völlig von ihm abwandte. Jan hatte damals auch noch den letzten Halt verloren, war in tiefe Einsamkeit gestürzt und wirklich an den Rand des Wahnsinns geraten, den sie ihm schon immer unterstellt hatte. Kein Wunder, dass ihn Bernard schließlich hinausgeworfen hatte.

Agnes verdankte er es, dass er sein Zuhause verloren hatte, aber der Gedanke ließ ihn seltsam unbeteiligt. Eine Feststellung, nichts weiter. Kein Gefühl. Schon gar kein Rachegedanke. Nicht dieser erbärmlichen Frau gegenüber.

Agnes holte Luft. »Was fällt dir ein, dich mitten in der Nacht reinzuschleichen! Hab ich nicht gesagt, dass ich dich hier nicht haben will! Ich hab's Klara gesagt, ich hab's Änne Holtkamp gesagt. Jedem! Scher dich weg, scher dich von meinem Hof. Matthias, schmeiß ihn raus, sofort. Hetzt den Hund auf ihn«, kreischte sie.

Was hatte Klara behauptet? Agnes hätte sich beruhigt und erwartete ihn, nachdem Klara ihr gut zugeredet hatte?

Jan stellte die Pfanne beiseite, stand auf, schob Agnes aus dem Weg und klopfte ans Schrankbett. Als Stine nicht sofort reagierte, zog er die Tür auf.

»Steh auf«, wies er sie an. »Mach mir ein Bett in der Stube zurecht. Jetzt gleich. Den Ofen kannst du auch einheizen.«

Stine gab ein Winseln von sich und kroch aus dem Bettkasten. Sie war ein untersetztes Wesen, dessen Augen in verschiedene Richtungen auf der Suche nach Hilfe herumirrten. Fast hätte dieser Blick Jan aus dem Konzept gebracht, aber dann gehorchte Stine zum Glück und schlurfte schwerfällig davon.

Matthias schien unschlüssig, auf wessen Seite er sich schlagen sollte. Jan wollte nicht warten, bis sich der Knecht zu einem Entschluss durchrang, der ihm nicht gefiel.

»Ich habe die Laterne auf der Tenne brennen lassen. Lösch sie, bevor du wieder zu Bett gehst.«

Der Knecht war kleiner als er, streng schaute Jan auf ihn herab. Matthias konnte seinem Blick nicht lange standhalten, niemand konnte das, und so bewegte er sich, den Knüppel verlegen hinter dem Rücken versteckt, rückwärts zur Tennentür.

Als sich Jan umwandte, hetzte Agnes die Stiege hinauf und warf oben die Tür hinter sich zu.

Bitterkeit überkam ihn erst, nachdem er unter die klamme Bettdecke gekrochen war und einzuschlafen versuchte. Bitterkeit und Trauer über die gründlich missglückte Heimkehr.

Kapitel 2: Der Amtmann

1

Als Jan im Morgengrauen aufbrach, führte er das Mietpferd am Zügel mit sich. Er hatte sich das beste Pferd seines Bruders für den Ritt nach Senden selbst gesattelt, da sich weder Matthias noch Jupp so früh blicken ließen und er nach kurzer Überlegung dem Drang widerstanden hatte, die beiden Faulpelze aus dem Bett zu schmeißen. Mit ihnen würde er sich später befassen, jetzt hätte ihn eine Auseinandersetzung nur aufgehalten.

Der erste Mann, dem Jan in Senden begegnete, konnte ihm Auskunft geben. Ohne große Mühe fand er den Mietstall, den das einzige größere Gasthaus als Nebenerwerb betrieb. Nachdem er den Besitzer wachgeklopft hatte, wurde er mit ihm bald einig. Das Mietpferd, das er sich in Münster genommen hatte, würde gegen Zahlung einer angemessenen Summe zurückgebracht. Danach ließ sich Jan in der Gaststube, die nach kaltem Torfrauch stank, einen starken Kaffee brauen und versuchte, ein wenig den Gastwirt auszuhorchen, der die ganze Zeit die Nachtmütze nicht vom Kopf nahm. Der Mann war ein Schlauberger, der sich nicht festlegen ließ und ungern klare Auskünfte erteilte, also verschwendete Jan hier nur seine Zeit.

Gegen zehn fand er sich vor der Amtsstube ein. Das eigentliche Landratsamt befand sich auf Groß-Schonebeck, aber hier gab es eine Nebenstelle für die Bauern der Umgebung. Immerhin hatte der Gastwirt Jan verraten, dass Klobbicke nur an einem Tag in der Woche in Senden Dienst tat. Wie günstig, dass es gerade dieser Tag war. Hatte Anton das gewusst, als er ihn hierher verwies?

Draußen herrschte fahles Licht, als wollte sich der Tag bereits wieder schlafen legen, und die feuchte Kälte biss noch immer. Jan schlug fröstelnd die Hände zusammen, als er nach Amtmann Klobbicke fragte.

Klobbicke hatte zu tun. Er schaute nur kurz und ungnädig auf und versenkte sich wieder voller Konzentration in Papiere, die vor ihm auf dem Tisch ausgebreitet lagen.

Außer ihm war noch ein Schreiber anwesend, der an einem Schreibpult stand und dessen Nasenspitze beim Schreiben fast das Papier berührte. Ab und zu trat er katzbuckelnd an Klobbicke heran und fragte ihn leise und nervös etwas oder zeigte ihm, was er geschrieben hatte, und Klobbicke gab ihm murmelnd Anweisungen.

Hinter dem Amtmann befand sich ein Gestell mit lauter Schubkästen, deren Beschriftung Jan auf die Entfernung nicht lesen konnte und aus denen Klobbicke hin und wieder Papiere hervorkramte. Im Übrigen war der Raum groß und kahl und der Fußboden abgetreten und schmutzig. Hoch oben an der Wand tickte aufgeregt eine kleine Uhr, deren Gewichte an langen rostigen Ketten herabhingen und die bei jedem Pendelschlag leise knackte und klopfte, als hätten sich im Uhrgehäuse Holzwürmer eingenistet.

Das Gebäude, in dem sich die Amtsstube befand, diente nach Auskunft des Gastwirts als Depot für Naturalabgaben und als Unterkunft einer kleinen Soldatentruppe, die über Kornsäcke, Schinken und Mettwürste wachte und außerdem ein Auge auf das Treiben auf der nicht ganz unwichtigen Landstraße hielt, die an Senden vorbei von Lüdinghausen nach Münster führte. Es war die übliche Beschäftigung für Soldaten in wenig aufregenden Friedenszeiten.

Jan hatte sich Klobbickes Tisch gegenüber auf eine Bittstellerbank ohne Rückenlehne setzen müssen, unter ein lausig zugiges Fenster. Immer wieder einmal warf der Amtmann einen finsteren Blick auf ihn und arbeitete weiter.

Ja, Klobbicke arbeitete tatsächlich. Erst allmählich wunderte sich Jan darüber. Früher, in den alten Zeiten, hätte ein Amtmann sein Salär eingestrichen und gegen einen geringen Teil davon die ganze Arbeit seinem Schreiber überlassen. Dieser hier, ein älterer

Mann, schwitzte bei der Arbeit, ein sicherer Beweis, dass er sich immer noch nicht daran gewöhnt hatte, so unter Aufsicht zu stehen. Ein Amtmann alten Schlages hätte höchstens einmal in der Woche nach dem Rechten gesehen und in den trödeligen Gang der Dinge nur selten eingegriffen. Und das hieß, dass man sich früher – als Untertan des Fürstbischofs – einer gewissen Freiheit erfreute und sich in aller Regel selbst zu helfen wusste. Und das war das Dilemma mit den Amtmännern neueren Schlags. Bauern wie Anton Potthoff musste so ein eifriger preußischer Beamter, der jede Verordnung nicht nur kannte, sondern auch anwandte, wie ein Geschwür am Hintern vorkommen.

Nach einiger Zeit beschlich Jan der Verdacht, dass sich Klobbicke nicht entblödete, einen der allerältesten Tricks anzuwenden, um ihn nervös und kleinmütig zu machen. Der Papierkram konnte doch nicht so unaufschiebbar sein, um nicht zwischendurch eine Unterredung führen zu können. Tatsächlich war bereits zweimal ein Gehilfe eingetreten, hatte sich kurz mit dem Amtmann verständigt und war wieder gegangen.

Diese Zermürbungstaktik mochte bei anderen anschlagen, bei ihm, Jan, zog sie nicht. Scheinbar sorglos nahm er nach einer Weile Schwarzbrot und Speck aus der Tasche, eingewickelt in ein leinenes Schnupftuch, und begann verspätet zu frühstücken. Das Schwarzbrot war wirklich ausgezeichnet, das musste man Stine lassen. So ein kräftiges Brot, mit etwas Rübenkraut versetzt, vierundzwanzig Stunden im Ofen eher getrocknet als gebacken, entwickelte am zweiten Tag seine volle Würze. Darüber war dieses allerdings hinaus, nach Jans Einschätzung hatte sein Brot den Backofen vor etwa drei Wochen verlassen. Uneingeweihte und von weit her Gereiste neigten dazu, Schwarzbrot der Farbe und der Form wegen mit den Torfbrocken zu verwechseln, die in manchen Gegenden Westfalens im Winter verfeuert wurden.

»Was tut Er da?«, polterte Klobbicke auf einmal aufgebracht.

Jan schaute auf.

»Ich frühstücke«, antwortete er friedfertig.

»Hör Er sofort auf damit! Das hier ist kein Gasthaus.«

Ungerührt aß Jan weiter.

»Hat Er nicht gehört?« Klobbickes Blick schweifte zur Uhr. »Wo bleiben die anderen? Es ist weit nach elf.«

Also das war der Grund für die Verzögerung. Klobbicke wartete auf die Venner Bauern, die nicht auftauchen würden. Warum, das musste er schon selbst herausfinden. Dabei würde Jan ihm nicht helfen.

»Ich weiß von keinen anderen.«

Klobbicke warf den Federkiel, den er in der Hand hielt, aufs Pult, und Jan stellte sich vor, wie die Tinte über die Papiere spritzte.

Während er hektisch mit Löschpapier hantierte, fluchte Klobbicke halblaut. Jan verstaute die Reste seiner Mahlzeit in der Tasche, zog sein Strickzeug hervor und ließ gleichmütig die Nadeln klappern. Nun verlor Klobbicke endgültig die Beherrschung. »Ist Er nicht bei Trost?«, bellte er. Dann legte er den Kopf schief und sprach auf einmal ganz vernünftig und beherrscht.

»Sag Er mir seinen vollständigen Namen.«

Umgehend kam Jan der Aufforderung nach. Klobbicke verließ den massiven Tisch und trat näher. »Er ist also der Bruder des Bauern und domkapitularischen Pächters Bernard Droste Tomberge. Wann hat er ihn zuletzt gesehen?« Sein Blick wurde lauernd. Der Mann war eher klein und schmächtig, aber wahrscheinlich dennoch drahtig. Wie Jan sich erinnerte, hatte er sich auf seinem Pferd ganz gut gehalten. Kein reiner Stubenhocker. Über seiner Stirn standen die rötlichen Haare dachstrohartig vor, die Augen waren blutunterlaufen wie von schlaflosen Nächten, und ein Augenlid zuckte. Klobbicke fühlte sich unwohl, ihm fehlte die träge Gelassenheit seiner Amtsvorgänger, stellte Jan fest. Fast tat er ihm leid. Wie kam er wohl mit seinem Vorgesetzten, dem Schonebeck, zurecht?

Der Gastwirt hatte erstaunt getan, als Jan sich nach dem Landrat Erasmus von Schonebeck erkundigte und schließlich fragte, ob dieser vermisst würde. Ja, wieso denn? So ein allseits geachteter und bekannter Mann verschwand doch nicht. Da musste jemand Jan einen Bären aufgebunden haben. Ihm, dem Wirt, sei nichts dergleichen bekannt. Allerdings schaue er nicht täglich auf

Groß-Schonebeck vorbei und erkundige sich nach dem gnädigen Herrn.

Jan überlegte, wie lange es dauern würde, bis Klobbicke das eine oder andere über ihn herausbringen würde, und entschied, sich auskunftsfreudig zu geben.

»Oktober 1821«, antwortete er. Danach wollte Klobbicke noch viel mehr wissen. Wo er die letzten neun Jahre verbracht hatte und warum er ausgerechnet jetzt nach Hause zurückkäme, das war doch mehr als Zufall. Jan brachte Anton Potthoff ins Spiel. Klobbicke wollte Einzelheiten des Zusammentreffens wissen. Anton würde seine Angaben mehr oder weniger bestätigen, wusste Jan. Klobbicke fragte kreuz und quer, wollte vor allem Auskünfte über Bernard, aber da konnte Jan getrost auf Unwissenheit verweisen und höchstens das eine oder andere von früher erwähnen, das aber auf kein großes Interesse stieß.

Allmählich ging ihm auf, was ihn so merkwürdig vorsichtig machte. Er wollte Klobbicke nicht die Klärung des Mordfalls überlassen, bevor er sich nicht selbst Gedanken darüber gemacht hatte. Allerdings war er nicht sicher, ob die Aufklärung überhaupt Klobbickes Aufgabe war. Und wenn doch, konnte dieser Amtmann mit einiger Sicherheit die hiesigen Verhältnisse kaum richtig einschätzen und würde eher Verwirrung stiften. Oder vielleicht hatte er, Jan, sich von Antons Bedenken gegen den Preußen inzwischen anstecken lassen. So oder so war es schwierig, stellte er fest, sich eine Meinung zu bilden.

Während des Gesprächs kam wieder jemand herein, und einmal ging Klobbicke kurz nach draußen und erteilte Befehle. Nach seiner Rückkehr nahm er ein Blatt vom Pult.

»Hier hab ich ein Verzeichnis aller Höfe in der Venner Nachbarschaft und gehe davon aus, die meisten der Bewohner waren gestern dabei, als der Tote von den Gendarmen geborgen wurde. Sag Er den Leuten«, Klobbicke las die Namen ab, »den Schulze Hundrups, den Holtkämpers …«

»Holtkamps«, berichtigte Jan.

»… den Potthoffs«, fuhr Klobbicke scharfer fort und nannte noch einige andere Namen aus der weiteren Umgebung, auf die Jan aber nicht achtete, »sag Er ihnen allen …« Es folgten einige

Drohungen, die Jan sich leicht merken konnte. »Und was Ihn betrifft, so bin ich nicht mit Ihm fertig. Er hat in der Gegend zu bleiben, hat Er verstanden?«

»Das hatte ich ohnehin vor, solange mein Bruder fort ist.«

»Er ist fort? So? Wohin?«, hakte Klobbicke sofort ein. »Nicht tot, sondern fort?«

Unglücklich zuckte Jan die Schultern. »Ich wäre froh, wenn ich das wüsste«, sagte er leise und schaute an Klobbicke vorbei zur Tür.

»Seltsame Familienverhältnisse sind das, wo zwei Brüder sich neun Jahre lang nicht sehen und sprechen. Und keine Briefe?«, fragte Klobbicke streng. »Von dem Prozess weiß Er dann auch nichts?«

»Nein«, sagte Jan und stand auf. »Ich weiß nur, dass Ihr in die falsche Richtung blickt. Wenn mein Bruder mit einer Axt zuschlägt, leistet er ordentliche Arbeit und kein Stümperwerk.« Der Hals des Toten war nicht sauber durchtrennt worden. Da hatte jemand mehr als einmal zugeschlagen, und aus dem Stumpf hatte allerhand herausgehangen, blutige Fasern, Sehnen und …

»Eine Axt«, sagte Klobbicke nachdenklich. »Er weiß also, dass dem Toten mit einer Axt der Kopf abgeschlagen worden ist?«

»Ach woher denn! Aber was soll es denn sonst gewesen sein? Ein Henkersbeil? Kann ich nun gehen?«

Gnädig entließ ihn Klobbicke. Die Befragung hatte alles in allem mehr als zwei Stunden gedauert. Höchste Zeit für Klobbickes Mittagsmahl, das er in dem Gasthaus einzunehmen pflegte, das Jan bereits kannte. Es würde Speckklöße geben.

Auf dem Heimweg hatte es Jan nicht eilig, weil ihm mancherlei durch den Kopf ging. Irgendwann fasste er den Entschluss, nicht direkt zum Droste-Hof zurückzukehren, sondern einen Umweg einzuschlagen.

Er ritt an vom Winterwind zerzausten, kahlen Hecken entlang, jetzt nur wirrem, hässlichem, mehr als mannshohem Gestrüpp. Was genau ihn wieder hertrieb, hätte er nicht zu erklären gewusst, ein Gedanke oder ein Gefühl, über das er sich lieber nicht Rechenschaft gab.

Als er den Acker erreicht hatte, musste er überrascht feststellen, dass er nicht allein war. Männer krochen auf allen vieren über das

Feld, beachteten ihn aber nicht. Es waren drei Gendarmen und fünf oder sechs Soldaten. Anscheinend suchten sie jede Ackerfurche rund um den Baum ab. Da findet ihr nichts mehr, hätte Jan ihnen zurufen können, ihr kommt zu spät.

Ein Soldat war in den Baum geklettert und machte sich an dem Rest des Stricks zu schaffen, mit dem der Tote aufgehängt worden war. Erst als Jan am Feldrand das Pferd zügelte, wurde ein Gendarm aufmerksam.

»Was hat Er hier zu schaffen? Scher Er sich weiter.«

Im Näherkommen langte der Mann nach seinem Degen, der mit den Waffen der Übrigen am Stamm des Baumes lehnte. Als ob Jan ihm Angst einjagte.

Angst, hallte es in Jans Kopf wider. Angst, Angst, Angst … Über dem Acker hing der Nachhall von Angst, alles, alles triefte vor Angst, sie wallte aus dem Boden empor, trieb auf ihn zu, wurde übermächtig. Jan spürte, wie sich sein Herz im Griff einer Riesenfaust zusammenzog. Blutroter Nebel fiel über das Feld, ganz nah schwang ein Arm etwas Schweres, Blitzendes, tödlich Scharfes …

»He!« Der Gendarm hatte in den Zügel gegriffen. »Sag Er mir sofort, wer Er ist und was Er hier herumzulungern hat.«

Die Stimme traf Jan wie eine Peitsche.

Mit größter Anstrengung kämpfte er gegen das Gesicht an, das sich gerade entwickelte, während er sich benommen auf dem Pferd hielt. Eine elende Schwäche hatte ihn überkommen, die bis ins Mark ging. So fühlte er sich äußerst angreifbar. Fahrig wischte er sich über die tränenden Augen. In diesem armselig schwachen Zustand war er nicht in der Lage, dem Gendarm eine unverfängliche Antwort zu geben.

Er brauchte noch etwas Zeit.

Ein paar Schritte von ihm entfernt, schnitt der Mann im Baum den Rest des Stricks ab. Natürlich, es war gescheit von den Männern, den Strick zu bergen. Hatte Klobbicke ihnen den Auftrag dazu gegeben?

»Das ist der Todbringer«, meldete sich eine helle Stimme.

Jan spürte einen Stich im Nacken, bevor er sich, immer noch elend und schwach, dieser Stimme zuwandte. Das Bürschchen konnte kaum älter als neun sein. Mager und für die Kälte viel zu leicht gekleidet. Der Kleine stolperte hinter einer Kopfweide hervor, von der aus er die Männer heimlich beobachtet haben musste, wies mit weit ausgestrecktem Arm auf Jan und schrie: »Er ist der Todbringer, Todbringer, Tod…«

Während ihm die Stimme nachgellte, riss Jan das Pferd herum, gab ihm die Sporen und galoppierte davon, ehe ihn jemand aufhalten konnte. Wahrscheinlich war es das Allerdümmste gewesen, was er tun konnte. Kopflos, feige und … Als er wieder langsamer ritt, verfluchte er sich. Wenigstens war er auf diese Weise der Befragung durch den Gendarmen ausgewichen. Trotzdem. Was nun?

Es gab noch einen Ort, an dem er etwas herausfinden konnte.

Der Ritt nach Groß-Schonebeck kostete ihn eineinhalb Stunden, weil er sich einige Male nach dem Weg erkundigen musste. Kurz vor Appelhülsen erblickte er dann das ausgedehnte Anwesen, zu dem ein doppelter Gräftenring und niedrige Wälle gehörten, in der Ferne. Die unbefestigte Straße schlug einen großen Bogen, so dass er fast die gesamte Anlage zu umrunden hatte, um zum Haupteingang zu gelangen.

Auf der Vorburg befand sich das wuchtige quadratische Gerichtshaus. Eigentlich nur ein dicker, altertümlicher Turm mit angebautem Treppentürmchen und einer Gefängniszelle im Keller. Er überlegte nicht, ob es gescheit war, hier vorzusprechen.

2

Das Innere der Venner Kirche beherrschte seit Jahrhunderten die schwere braune Holzbalkendecke. Die Bemalung mit Rosetten, Ornamenten und Ranken, einstmals in kräftigem Rot, Grün und milchigem Weiß gehalten, war längst verblasst, und kein Pfarrer war je auf die Idee gekommen, gutes Geld in eine Auffrischung zu stecken. Hauptsache, die Balken hingen nicht allzu sehr durch und die Decke brach nicht ein.

Unter ihr staute sich die dumpfe Luft, die die vielen Leiber sacht erwärmten. Nach Geschlecht getrennt, saßen die Leute dicht aneinandergedrängt in den schmalen harten Bänken. Schweißige, zu lange getragene Kleidung verbreitete einen muffigen Geruch, den Pfarrer Niesing aus seiner Wahrnehmung ausklammern musste, um nichts von seinem väterlichen Erbarmen für die Leute zu verlieren. Er entzündete zwei Kerzen mehr am Altar, denn draußen begann der Winterabend hereinzudämmern.

Über die Bauernsprache, die Nachrichten in genauer Reihenfolge von Hof zu Hof trug, hatten sich seine Pfarrkinder, wie von ihm verlangt, nach der Stallarbeit zusammengefunden.

Niesing hatte zunächst eine Andacht gehalten und gehofft, dass das Beten alle ein wenig erleichtern und das Entsetzen mildern würde. Aber kaum war sie vorüber, lebte der Schrecken wieder auf. Unruhiges Füßescharren verriet die allgemeine Anspannung. Niesing räusperte sich, er wollte nun zum Eigentlichen kommen, wusste aber nicht, wie und womit beginnen. Jupp hatte ihm vor der Kirche noch einmal im Vertrauen versichert, dass für ihn kein Zweifel an der Identität des Toten bestand.

Die Leute von Droste Tomberges Hof waren als Letzte eingetroffen, und es stieß Niesing sauer auf, dass Jan fehlte. Ausgerechnet der. Aus der Geschichte mit dem Toten am Baum konnte so viel weiteres Unheil erwachsen. Niesing spürte die Verantwortung.

Der gewaltsame Tod des Landrats! Schrecklich! Die Tat eines Wahnsinnigen, eines Fanatikers. Bloß Wahnsinn allein erklärte die Tat doch nicht. Was steckte dahinter? Darüber zermarterte sich Niesing vergeblich das Hirn. Sicher war nur, dass diese Mordtat den Preußen einen willkommenen Anlass bot, mit den störrischen Bauern abzurechnen, die sich gegen jedes neue Gesetz, das ihnen keinen unmittelbaren Vorteil versprach, mit einer Heftigkeit wehrten, die an die Auseinandersetzungen in den Religionskriegen des vorvorigen Jahrhunderts gemahnte. Wer hatte den Landrat Schonebeck am meisten gehasst? Durfte er sich überhaupt einer solchen Frage hingeben? Was Niesing besonders schmerzte, war die unbestreitbare Tatsache, dass der Herr von Schonebeck ein Hiesiger war und kein zugereister Preuße. Vorstand des Landwirtschaftsvereins. Stifter eines Silberkreuzes für den Kirchenschatz, das Niesing gut sichtbar auf den Altar gestellt hatte. Als Mahnung, als Hinweis, dass er es lieber früher als später gesehen hätte, dass sich der Schuldige zu erkennen gab.

Was also konnte der gewaltsame Tod des Landrats, so gottlos und entsetzlich die Sache an sich schon war, für die Bauern in der Venne bedeuten und letztlich auch für die Pfarre?

Er würde das Dach des Schulhauses im Frühjahr erneuern lassen, nahm er sich vor, und würde das Vorhaben in Groß-Schonebeck zur Sprache bringen. Das Schulehalten war eins der großen Anliegen der Regierung in Münster. Mit einer guten Schule konnte man Eindruck machen. Eigentlich passte ihm dieses Kriechen und Anbiedern nicht. Der Bischof in Münster war auch ein Widerständiger, an ihm sollte er sich ein Beispiel nehmen. Gerade in Schulangelegenheiten. Jetzt war er weit abgeschweift. Er rief sich zur Ordnung. Den Tod Schonebecks ansprechen, den Leuten ins Gewissen reden! Mit aller Härte und Eindringlichkeit, solange der Schrecken noch frisch war.

Niesing holte tief Luft und setzte zum Sprechen an, als die Tür aufgestoßen wurde. Ein Schwall eisiger Luft drang herein. Auf der Türschwelle, vom Kerzenlicht kaum erreicht, stand eine hochgewachsene Gestalt so dunkel und drohend, dass sich nicht wenige in den Bänken duckten und Niesing ein Schreckenslaut entfuhr.

»Da kümmt de Deivel«, sagte ein Kind.

Als Jan endlich auf den Hof eingeritten war, kam ihm niemand entgegen. In der Küche war nur hastig das Geschirr zusammengeräumt worden und vom Düörgemüs, dem üblichen Eintopf, war nicht einmal ein Rest für ihn übriggelassen worden. Auf sein Rufen meldete sich niemand, Stine nicht, die Knechte nicht und Agnes auch nicht. Auf der Suche nach ihr stieg er zur Upkammer hoch, blieb aber auf der Schwelle stehen. Der große Raum war recht schlicht eingerichtet. Die zwei Fenster wiesen zum Garten, und die Balken an der niedrigen Decke hingen vom Alter leicht durch. Statt der Truhe, die Jan in Erinnerung hatte, stand nun eine wesentlich größere unter dem einen Fenster. Auf ihrem Runddeckel lagen unordentlich zusammengeknäuelt ein

Wollrock und eine blaue Leinenschürze. Über dem Brettstuhl am Bett hing ein Männerhemd, und unter dem Stuhl standen Klompen, die sicher Bernard gehörten, denn für Agnes waren sie zu groß.

Früher, zu Zeiten seiner Mutter, hatte es hier schwach nach dem Lavendel gerochen, der draußen im Garten wuchs. Nun roch es ranzig, säuerlich und leicht nach Fusel. Je ekliger Jan der Geruch in die Nase stieg, desto klarer hatte er das Bild der Frau vor Augen, die nun in der Kammer hauste, und endlich gestand er sich den tiefen Widerwillen ein, den Agnes ihm einflößte. Vor allem hier, in diesem Raum, wo er geboren worden war. Bevor er der Versuchung erliegen konnte, die Fenster aufzureißen, damit der widerliche Geruch verflog, schloss er die Tür und ging die Treppe hinab zurück in die Küche.

Wo waren nur alle? Sie konnten doch nicht gemeinsam den Hof verlassen haben? Warum denn? Zurück im Stall, fiel ihm beim Versorgen des Pferds ein, wo er die anderen finden könnte.

Aus der Kirche drang weder Gesang noch Beten, aber schwacher Lichtschein. Das genügte Jan. Die Türklinke bereits in der Hand, besann er sich noch einmal, aber dann gab es kein Zurück mehr. Er riss die Tür auf.

Als das Kind schrie, zuckte er zusammen. War das der gleiche Junge, der ihn »Todbringer« genannt hatte? Es konnte doch nicht mehr als einen von dieser Sorte geben.

Ohne nach rechts und links zu sehen, schritt er durch den Mittelgang auf den Pfarrer zu.

Niesing erwartete ihn mit einer Miene, die nichts Gutes verhieß.

»Dass du auch noch kommst«, brummte er. »Hast du dich endlich auf deine Christenpflicht besonnen?«

»Er hält andere Pflichten für wichtiger«, meldete sich Paul Schulze Hundrup zu Wort. »Wie man hört, war er in Senden beim Amtmann.«

Woher wusste Paul das? Wahrscheinlich von Agnes. Nein, darüber hatte Jan mit ihr nicht gesprochen. Blieb nur Anton.

Unmut brach sich in Gemurmel und gedämpftem Fluchen

Bahn, feindselige Blicke trafen Jan. Sehr viel anderes konnte er nach Pauls Eröffnung nicht erwarten, deshalb ließ er sich nicht allzu sehr beeindrucken. »Ja, ich war in Senden«, bekannte er mit fester Stimme, »und es war nicht klug von euch, die Aufforderung des Amtmanns zu missachten.«

Paul schob sich an den anderen vorbei aus der Bank. »Genau das haben wir gebraucht: Dass du hier aufkreuzt und uns sagst, was wir zu tun haben. Willst dich wohl als Klobbickes neuer Besen bewähren, der bei uns auskehrt. Pfui Deivel.«

Es war zum Verzweifeln. Jan war in bester Absicht gekommen, und nun schlugen ihm Feindschaft und Verachtung entgegen. »Ich wollte euch doch nur warnen«, rief er beschwörend.

»Hört nicht auf ihn.« Agnes raffte ihr Tuch enger um sich, während sie ebenfalls aus ihrer Bank drängte. Klara, deren Platz eigentlich weiter hinten war, die aber ausnahmsweise neben ihr saß, versuchte sie zurückzuhalten, aber Agnes riss sich los. »Ich weiß genau, was er vorhat. Er will, dass ihr ihm glaubt und ihm folgt, bis er kriegt, was er will.«

Niesing hob abwehrend die Hand. Agnes stellte sich neben Paul, ihren Bruder, und so standen sie nebeneinander, die beiden, die auf den größten Höfen das Sagen hatten. »Aber mir kann er keinen Sand in die Augen streuen. Ja, er ist ein Teufel, und er hat nichts Gutes im Sinn. Das war früher schon so. Erinnert euch doch! Paul, dir ist der Bulle verreckt, nur weil er seinen bösen Blick drauf geworfen hat. Josef, du hast deine beiden Kinder durch seine Schuld verloren. Klara, denk an deine ertrunkene Tochter. Ja, ja, die hat er auch auf dem Gewissen! Ich könnt euch noch mehr erzählen, hat ihn ja keiner so gut gekannt wie ich. Nur Bennard, und der ist tot, glaubt mir endlich. Mein Bennard! Man hat ihn mir weggenommen.« Unversehens wurde ihre Stimme schrill. Und zu Niesings größtem Entsetzen fiel sie vor ihm auf die Knie und hob flehend die Hände. »Was soll denn jetzt werden? Ich kann ja niemanden rumschicken, der den Tod des Bauern überall ansagt, wenn mir keiner glaubt. Wie soll denn das alles gehen, die Messe, das Begräbnis, ohne den Leichnam? Was wird denn jetzt?«

Niesing schüttelte konsterniert den Kopf, aber so irre, wie er vielleicht glaubte, redete Agnes gar nicht daher. Jan verstand sie nur zu gut.

Ein toter Bauer gehörte ordentlich aufgebahrt, auf seiner eigenen Tenne, nachdem sein Tod allen Nachbarn feierlich angesagt worden war, und alle Nachbarn hatten ihre Aufgaben, um die Hinterbliebenen zu stützen und zu stärken. Auf einem Hof, auf dem der Bauer gestorben war, übernahmen in der ersten Trauerzeit die Nachbarn das Regiment, bis der Sohn nach Fug und Recht das Erbe antrat. Einen Sohn Bernards gab es nicht, aber wenn die Schulze Hundrups, Potthoffs, Lütke Wierlings und die anderen Agnes auch nur ein bisschen ernst nahmen, hatte Jan auf dem Hof bald nichts mehr zu melden. Obwohl diese kleinen Ränke nicht sonderlich schwer zu durchschauen waren, wirkte Agnes in ihrer Seelenqual sehr überzeugend. Niemand konnte ihre Verzweiflung leugnen, nicht einmal Jan. Das machte ihn geradezu hilflos.

In einer der hintersten Bänke entdeckte er den Jungen, der ihn beschimpft hatte – draußen auf dem Feld und eben wieder. Er saß neben Josef Lütke Wierling auf der Männerseite. War er mit ihm verwandt? Die Feindschaft dieses Kerlchens, das ihn mit glühendem Hass anstarrte, brachte ihn vollends aus der Fassung. Er wandte sich zum Gehen, als Niesing Agnes energisch aufhalf.

»Setzt euch alle wieder!«, befahl er und schob Agnes Klara entgegen, die mit Änne Holtkamp herbeieilte. »Und du wirst uns sagen, was du zu sagen hast«, fuhr er Jan an. »Du wolltest doch warnen, oder habe ich dich missverstanden? Wovor? Wovor willst du gottesfürchtige Menschen wie diese warnen?«

Bevor Jan die Kirche betreten hatte, war er sich seiner Sache so sicher gewesen, aber nun? Hatte es noch Sinn, mit diesen störrischen Leuten zu sprechen?

Jetzt starrten ihn alle an.

»Ganz recht, ich war beim Amtmann, als Einziger von euch.« Er stockte. Wie sollte er es ihnen begreiflich machen? Dass so ein Mord amtlicherseits nicht einfach hingenommen wurde. Eigentlich mussten das doch alle wissen. Was erwartete sie denn jetzt? – Klobbicke!

Anton saß auf seinem Platz in der sechsten Reihe und schaute ihn erwartungsvoll an. Es war leichter, zu jemandem zu sprechen, der es gewohnt war, bedächtig abzuwägen, bevor er urteilte, deshalb wandte er sich an ihn.

»Du hast gesagt, dass Amtmann Klobbicke zu euch kommen soll, wenn er was von euch erfahren will. Erinnerst du dich? Glaub mir: Er kommt. Zu euch allen. Er bringt seine Leute mit und wird auf euren Höfen das Unterste zuoberst kehren. Schafft also das Vieh und die Hühner weg, die ihr bei der letzten Steuererhebung an St. Martin nicht angegeben habt, bringt das unversteuerte Korn auf die Seite und macht euch darauf gefasst, dass er genau wissen will, was ihr in den letzten Wochen gesagt, getan und gedacht habt. Denn sobald er mit euren Höfen fertig ist, schnüffelt er in euren Köpfen herum, bis ihr euch selbst fremd geworden seid. Und er wird, wie ich ihn einschätze, alles aufschreiben und miteinander vergleichen. Am Ende werdet ihr es bitter bereuen, heute nicht auf dem Amt erschienen zu sein.«

Es war sehr still in der Kirche geworden.

Niesing war nicht der Einzige, der eine betroffene Miene zeigte. »Ihr habt's gehört«, sagte er schließlich gedämpft, »und nehmt es ernst. Dann geht jetzt nach Hause. Geht, geht, es ist ja auch längst dunkel draußen.«

»Ja, was denn!«, schrie Paul und deutete auf seine breite Brust. »Ich lass mir nicht bange machen, ich nicht! Hab nichts zu verbergen, rein gar nichts. Der soll bloß kommen, der Klobbicke.«

Doch die meisten der Nachbarn waren bereits aufgestanden und drängten aus den Bänken. Einige streiften Jan mit einem vorsichtigen, abschätzenden Blick, aber nicht einer sprach ihn an.

Als Jan sich zur Tür wandte, hielt ihn Niesing zurück. »Du kommst mit mir zum Pfarrhaus. Mir scheint, du hast noch mehr zu sagen.«

Jan nickte zerstreut. Gerade hatte er Marie entdeckt. Sie ging direkt hinter ihrer Mutter Klara. Unter dem Türbogen drehte sich Marie um und lächelte Jan kurz an. Ihr Lächeln war ein Funkeln in einer trüben, kalten Welt. Ein kleines Zeichen unbeschwerter nachbarschaftlicher Freundlichkeit. Einem plötzlichen Impuls nachgebend, eilte er hinter ihr her, aber sobald er aus der Kirche trat, hielt ihn ein uralter Mann am Ärmel fest.

»Jan Droste Tomberge! Hätt ich nicht gedacht, dass ich dich noch mal zu Gesicht kriege. Und weißt du was? Neulich hab ich deinen Vadder gesehen. Ja, ja, den ollen Hubert. Hab ich selbst gesehen und hab ihn gegrüßt.«

Eine nicht mehr ganz junge Frau fasste den Alten unter den Arm. »Komm, Vadder, es ist kalt. Steig auf den Wagen.«

Eine zweirädrige Kutsche bog auf den Platz vor der Kirche ein, Paul saß auf dem Bock. Nun fiel Jan ein, wer der Alte war: Pauls Vater Heinrich Schulze Hundrup. Er lebte also immer noch. Aber die Frau, die ihm auf den Wagen half, gab mit einer Geste zu verstehen, was sie von seinem Geisteszustand hielt. Pauls Frau musste das sein, groß und stattlich, musterte sie Jan ruhig und ohne Feindseligkeit. Es gab auch noch solche Menschen hier.

Die Geste war allerdings überflüssig. Jans Vater Hubert Droste Tomberge war seit vielen Jahren tot, wenn überhaupt, hatte ihn Heinrich als Wiedergänger gesehen, als Totenerscheinung. So etwas kam allerdings vor, das wusste niemand besser als Jan selbst.

In der Tür zum Pfarrhaus zögerte Niesing kurz, winkte dann aber Jan beinahe ungeduldig hinein. In aller Regel, entsann sich Jan, pflegte Niesing seine Pfarrkinder auf der Türschwelle abzufertigen. Nur den Gemeinderäten, die allesamt zu den reichsten Bauern gehörten, gestattete er, in die geräumige Diele mit dem großen Herdfeuer einzutreten und dort auf einer der harten Holzbänke Platz zu nehmen.

Niesing warf einen Blick auf die unbequemen Bänke, zog die Schultern hoch und ging zu Jans größter Überraschung voran in die gute Stube. Der Raum war äußerst behaglich mit Sofa, Sesseln und einem runden Tisch aus poliertem Holz eingerichtet. Polstermöbel gab es in keinem Bauernhaus der Umgebung, und diese hier, mit ihrem glänzenden Bezug aus Streifensatin, verrieten, dass Niesing Wert auf städtischen Komfort legte. Wahrscheinlich war außer dem Landrat Schonebeck noch niemandem aus dem Kirchspiel die Ehre zuteilgeworden, die Pracht in Augenschein nehmen zu dürfen.

Unter einem Fenster stand ein kleiner Schreibtisch mit Säbelbeinen und Rollpult, und an den Wänden hingen in Gold gerahmte Porträts streng blickender Herrschaften, möglicherweise Niesings Amtsvorgänger. Auf dem blank gewienerten Holzfußboden lag ein bunter Teppich, und der eiserne Ofen in der Ecke verströmte willkommene Wärme. Dankbar trat Jan an den Ofen heran. Er hatte völlig vergessen, wie viel Zeit er an diesem Tag in der Kälte zugebracht hatte.

»Setz dich, nun setz dich schon.« Niesing machte eine vage Geste in Richtung Sofa, warf einen flüchtigen Blick zum Schreibtisch und eilte geschäftig wieder hinaus. Langsam schälte sich Jan aus seinem Schäfermantel, sah sich um und legte ihn schließlich sorgfältig zusammengefaltet über die Lehne des Schreibtischstuhls. Und erst nachdem er sich vergewissert hatte, dass seine Hose hinten sauber war, setzte er sich behutsam auf einen der Sessel, stand aber gleich wieder auf. Zum geduldigen Warten fehlte ihm die innere Ruhe.

Das Rollpult des Schreibtischs stand offen, und auf der blanken Fläche lag ein beschriebenes Blatt mit Knickfalten. Ein Brief. Die Ober- und Unterlängen der Schrift wiesen schräg nach links, und die Zeilen liefen fast ineinander. Zudem neigte der Schreiber zu ausladenden Schnörkeln, was das Geschreibsel noch unleserlicher machte.

»… wollen wir doch hoffen, dass in der oben genannten Angelegenheit …« Jan wandte den Blick ab, es gehörte sich nicht, fremde Briefe zu lesen.

Dickes Büttenpapier, wer benutzte so etwas? Sehr gute Tinte, die Schrift glänzte.

»… Angelegenheit, die Aufteilung der …« Das Blatt bewegte sich sacht in einem Luftzug.

Kam Niesing zurück? Jan lauschte, hörte aber keinen Laut.

»… wenn Ihr Eure eigenen Interessen gewahrt wissen wollt, müssen wir unbedingt stillschweigen über gewisse … und warne ich Euch ausdrücklich, mir zu sehr zuzuset…« Rasch wendete Jan das Blatt um.

Ein kurzer, höflicher Gruß und eine schwungvolle Unterschrift, ein krauses Gebilde, das das übrige Schreiben an Unleserlichkeit weit in den Schatten stellte. Dennoch erkannte Jan ein paar Buchstaben. Er…m… vo… Scho…be… Das Schreiben war vom Landrat.

Von draußen näherten sich Schritte der Tür. Jan drehte das Blatt wieder um und hastete zum Sessel zurück.

Als Niesing eintrat, folgte ihm seine Schwester, die ihm zusammen mit zwei Mägden den Haushalt führte. Sie trug ein Kleid aus schwarzem Taft, und auf ihrem grauen Scheitel saß akkurat eine große schwarze Witwenhaube, die das Gesicht vollständig einrahmte und unter dem Kinn von breiten Bändern gehalten wurde. Mit abweisender Miene servierte sie in einer bauchigen Kanne mit hübschem blauem Blümchenmuster Kaffee, vermied dabei, irgendwie von Jan Notiz zu nehmen, und verließ das Zimmer, sobald sie eingeschenkt hatte.

Als die Tür hinter seiner Schwester zugeklappt war, kam Niesing zur Sache. Er wollte alles über Jans Besuch bei Klobbicke wissen. Während er lauschte, strich er sich mehrmals nachdenklich über das Kinn, auf dem graue Stoppeln wuchsen.

Er musste etwa so alt wie Anton Potthoff sein. Beide gehörten einem Schlag von Münsterländern an, die sich bis ins hohe Alter ausgezeichnet hielten, am Ende ihres Lebens kurz ins Krankenbett legten und davon nicht wieder aufstanden.

Von Pfarrer Niesing ging etwas Beständiges aus, das Jan stärker noch als den heißen Kaffee als ausgesprochene Wohltat empfand. Wenn er nicht gerade predigte, zeigte sich Niesing zudem recht nüchtern und keineswegs dumm, und so zögerte Jan nicht lange und erzählte ihm von seinem Besuch auf Groß-Schonebeck. Es tat gut, überhaupt mit jemandem zu sprechen, der ihm nicht gleich mit Misstrauen oder Ablehnung begegnete. Viel hatte Jan allerdings nicht herausgefunden. Er hatte sich mit einem Knecht unterhalten, der offenkundig von dem grausigen Fund auf Droste Tomberges Acker noch nichts wusste. So hatte Jan relativ unverfänglich nach dem Landrat fragen können.

»Er hat nur gesagt, der Landrat sei nicht da?«, hakte Niesing nach und runzelte die Stirn, während sein Blick zum Schreibtisch glitt.

»Seit Tagen nicht da gewesen, etwa seit der Zeit, als auch Bennard verschwand. Aber es macht sich niemand Sorgen darüber. Der Herr von Schonebeck ist öfter auf Reisen.«

»Das versteht sich«, sagte Niesing nachdenklich. »Und doch. Dieser Klobbicke ...«

Wieder der Blick zum Sekretär.

»Ein verschwundener Landrat ist eine ernstere Angelegenheit als ein toter Bauer, wie grausam er auch immer zu Tode gekommen ist«, sprach Jan die Gedanken des Pfarrers aus. »Aber Klobbicke ist sich vielleicht noch nicht sicher.«

»Er ist wie eine Laus im Pelz«, brach es aus Niesing heraus. Erschrocken hielt er inne. »Das sagen jedenfalls alle, ich persönlich habe ja nicht viel mit ihm zu tun. Er soll tüchtig sein, wie die meisten dieser Preußen. Ja, die Preußen.« Mit einer Handbewegung bedeutete er Jan, Kaffee nachzuschenken. Er selbst stand schwerfällig auf und machte sich am Ofen zu schaffen.

Die Preußen gehörten jetzt dazu, man musste ständig mit ihnen rechnen, und vor allem würde man sie nie wieder loswerden. Das musste es sein, was den Pfarrer verdross, erkannte Jan. Und Klobbicke missfiel ihm besonders. Eine Laus im Pelz! Wie war denn der Pelz des Herrn Pfarrers beschaffen?

Heimlich wunderte sich Jan darüber, dass sich Niesing herabließ, dieses Gespräch mit ihm zu führen, noch dazu in seiner guten Stube, beinahe von Gleich zu Gleich, obwohl er für gewöhnlich keinen Zweifel an seiner moralischen und geistigen Überlegenheit über einfache Christenmenschen ließ. Der alte Knochen musste sich um etwas sehr große Sorgen machen. Jan sah, wie Niesing wachsam zu ihm herüberschielte, bevor er zum Schreibtisch ging und wie beiläufig die Rolllade des Schreibtischs schloss.

Argwöhnte er, dass Jan versucht hatte, Schonebecks Schreiben zu entziffern?

Als sich Niesing wieder gesetzt hatte, änderte sich sein Ton. »Du hast dich herausgemacht«, sagte er herablassend. »Ich hoffe, die Zeit bei deinem Großonkel hat dich gefestigt und dich Abstand von deinen früheren Torheiten nehmen lassen. Was deine Schwägerin Agnes da alles gesagt hat, ist natürlich nichts als Aberglaube und Dummheit. Sieh es ihr nach.«

»Ganz sicher«, antwortete Jan und stand auf. »Und danke für den Kaffee. Er war vorzüglich und hat mir gutgetan.«

Aber Niesing winkte ungeduldig ab. »Du willst doch nicht schon gehen. Da gibt es noch manches, was du wissen solltest und was ich dich fragen muss. Setz dich, setz dich wieder.«

Jan gehorchte.

Ungern erinnerte er sich an die früheren Beichten bei Niesing. Der Pfarrer hatte die Angewohnheit, die Gewissenserforschung zu einer besonderen Seelenpein zu gestalten. Immer wollte er in das tiefste Innere seiner Pfarrkinder eindringen, auch noch den schmutzigsten Winkel ausleuchten und die kläglichsten Geheimnisse ergründen. Im Augenblick aber plagte Niesing Unruhe, etwas rumorte sichtlich in ihm. In seinem Blick tauchte ein Hauch von Verschlagenheit auf, den Jan nicht zu deuten vermochte. Was genau hatte Schonebeck in dem geheimnisvollen Brief dem Pfarrer mitgeteilt?

Bevor Niesing weitersprechen konnte, lugte seine Schwester ins Zimmer. »Wann …«, begann sie.

»Gleich, gleich, fang du schon mal allein an«, sagte Niesing hastig.

Jan begriff, dass die Gastfreundschaft des Pfarrers nicht so weit ging, ihn zum Abendessen dazuzubitten. Das hätte er auch nicht im Traum erwartet. Umso erstaunlicher war Niesings abwägender Blick, der eine gewisse Unsicherheit verriet. Auf einer Kommode tickte eine kleine vergoldete Uhr, und Jan bemerkte verwundert, wie weit der Abend bereits fortgeschritten war. Den ganzen Tag hatte er mit so wenig gefüllt.

»Wenn du irgendetwas dazu beitragen kannst, diese schreckliche Tat aufzuklären, so tu es«, flüsterte Niesing, als sich die Tür zur Diele wieder geschlossen hatte.

Jan verstand nicht. Er war den ganzen Tag vergeblich unterwegs gewesen, um etwas herauszufinden, und im Augenblick fiel ihm nichts ein, was er außerdem tun konnte.

»Ja, wie denn?«

»Nun«, Niesing räusperte sich und schluckte schwer, bevor er fortfuhr, »man sagt, dass du …, du weißt schon, früher hieß es von dir …« Niesing suchte nach passenden Worten, und Jan dachte nicht daran, ihm entgegenzukommen. Erst Klara, dann Niesing! Ausgerechnet Niesing erwartete, dass Jan seine Sehergabe einsetzte. Ja, gab's denn das? Hatte Niesing nicht gerade von Jugendtorheiten und Aberglauben gesprochen? Jemand, der behauptete, hellsehen zu können, beging eine Todsünde, maßte er sich doch an, Dinge zu wissen, die nur Gott wissen konnte. Jan wusste nicht, ob er sich nur wundern oder auch ärgern sollte. Ja, er ärgerte sich.

»Wie sollte ich das können, Hochwürden?«, entgegnete er reserviert. »Ich kam erst her, als der Tote schon am Baum hing, und ich verfüge über nicht mehr Fähigkeiten, das Rätsel um diese Tat zu lösen, als jeder andere hier. Nein, sogar über weniger, denn alle hier wissen mehr als ich.« Jan machte erneut Anstalten, sich zu erheben.

In Niesings Gesicht zuckte Verlegenheit auf. »Du hast ja recht«, seufzte er enttäuscht. »Was ich eigentlich sagen wollte, ist, dass sich die Verhältnisse hier zu verändern beginnen. Früher gab es mehr Zusammenhalt. Jetzt trachtet jeder nur nach dem eigenen Fortkommen und vergisst darüber die Gemeinschaft. All diese neuen Ideen, die die Preußen verbreiten, vergiften den Leuten das Gemüt.«

»Ach ja? Trauert Ihr etwa der Abschaffung der Leibeigenschaft nach?«, fragte Jan mit leichtem Spott. »Die haben wir den Franzosen zu verdanken, erinnert Ihr Euch?«

Niesing starrte ihn an und kniff dabei misstrauisch die Augen zusammen. Vor ihm saß ein großer Mann in eher schlichter, aber solider Kleidung, der sich leider hier und da zu gut ausdrückte und um den sich zu viele alte Geschichten rankten. Der Pfarrer hatte es nicht leicht mit Jan.

»Ja, ja«, knurrte Niesing erbost. »Zweifellos fing es damit an. Aber das ist bereits alter Tobak. Nein, hier geht es weiter. Ich meine diesen unseligen Prozess, den dein Bruder Bernard führt. Weißt du was davon?«

Vorsichtig schüttelte Jan den Kopf, und irgendetwas im Gehabe des Pfarrers brachte ihn darauf, weiter über das Schreiben auf dem Sekretär nachzudenken, das ihm ohnehin die ganze Zeit nicht aus dem Kopf ging. Während er noch immer den Sinn darin suchte, hatte er das etwas unheimliche Gefühl, dass der Brief bei der Unterredung mit Niesing eine wichtige Rolle spielte. Was hatte der Mordfall damit zu tun? Wo war die Verbindung?

Auch Niesings Aufmerksamkeit, erkennbar an winzigen, ruckartigen Kopf- und Augenbewegungen, richtete sich immer wieder auf die Zimmerecke mit dem Schreibtisch. Und je länger das anhielt, desto zwielichtiger erschien der Pfarrer. Was ging in ihm vor?

»Ich denke, du erfährst es auch besser von mir oder frag Anton Potthoff, der hat auch etwas damit zu tun«, erklärte Niesing. »Eigentlich betrifft es alle, aber nur dein Bruder führt diesen Prozess.«

Wie kam Bernard dazu, einen Prozess zu führen? Das passte so wenig zu einem Münsterländer Bauern, der Konflikte eher mit der Mistgabel austrug, dass es Jan regelrecht einen Schlag in die Magengrube versetzte. Säuerlich stieg ihm der Kaffee in die Speiseröhre auf. Er hustete.

»Ja, ja«, fuhr Niesing fort. »Es ist kaum zu glauben. Aber der Prozess läuft nun schon seit Jahren.«

Jan schluckte, um die Stimme zu klären. »Worum geht's dabei?«

»Um die Aufteilung der Allgemeinheit. Die ist ja keine Kleinigkeit.«

Von Aufteilung war in dem Schreiben die Rede, und nun wusste Jan, was damit gemeint war. Aufteilung der Allgemeinheit.

Jetzt wurde einiges klar. Der größte Teil des Venner Moors, des benachbarten Kannenmoors und der Davert, des anderen Moor- und Bruchgebiets südlich von Münster, gehörte den anliegenden Bauernschaften als Allgemeinbesitz. Das hieß, jeder Bauer erhielt ein seiner Hofgröße entsprechendes Nutzungsrecht, und von diesen Rechten – das Vieh weiden zu lassen, Torf zu stechen und Holz zu schlagen – hing das Überleben der Höfe zu einem nicht geringen Teil ab. Seit alters führten die Droste Tomberge bei der Verteilung der Rechte den Vorsitz, und für diese Aufgabe zahlte jeder der beteiligten Bauern eine Abgabe, die zwar klein war, sich aber recht nett summierte. Ging es darum? Prozessierte Bernard gegen die ganze Nachbarschaft?

Wollte er die Aufteilung verhindern, um nicht seine Einnahmen zu verlieren?

»Von der Aufteilung war doch schon die Rede, als ich noch hier lebte. Ich dachte, daraus wird nie was«, murmelte er erstaunt, stützte das Kinn in die Hand und wartete auf weitere Erklärungen.

»Dein Bruder prozessiert gegen den Herrn von Schonebeck. Der ist, wie du sicher weißt, der größte Grundherr, und als solcher fordert er für sich das größte Stück vom Venner Moor.«

»Verstehe. Aber da sind doch noch andere. Was ist mit der Pfarrei?«, fragte Jan knapp. Zu seinem Erstaunen verzog Niesing schmerzlich das Gesicht, glättete aber sofort wieder seine Miene. Dieser rasche, fast verstohlene Wechsel brachte Jan auf eine Spur.

Ja, wie stand es denn um die Pfarre? Er kannte andere Landpfarreien, um die es wesentlich schlechter bestellt war. Marode Gebäude, klägliche Landwirtschaft, wenig Einnahmen waren fast die Regel. Niesing dagegen leistete sich Polstermöbel und echten Bohnenkaffee. Zu seiner Pfarre gehörten etliche Bauernhöfe, die alle Pacht zahlten, wie viel wussten außer Niesing wohl nur wenige. Etwa Schonebeck? In der Säkularisation war ein großer Teil des Kirchenvermögens eingezogen worden, und nun endlich entsann sich Jan, mal gehört zu haben, dass der Besitz der Venner Pfarre praktisch unangetastet geblieben war. Wie war das möglich gewesen? Durch einen gefälligen hohen Beamten? Jan merkte, dass er immer wieder auf Schonebeck kam. Da deutete sich etwas an, dem er jetzt nicht nachgehen wollte. Der letzte Halbsatz, den er entziffert hatte, klang wie eine Drohung. Und was hatte Bernard mit Schonebeck und seinen Machenschaften zu tun? Wie passte er hier hinein?

Die Krux war wahrscheinlich, dass der Herr von Schonebeck nicht unterschied zwischen seiner Stellung als Landrat und der als privater Grundbesitzer. Mit der Amtsgewalt des einen versuchte er dem anderen einen Vorteil zu verschaffen. Das war leicht zu durchschauen, musste aber den Prozess schwierig gestalten.

Niesing ging über die Frage hinweg. »Dein Bruder hat in dieser Sache eine ungute Hartnäckigkeit entwickelt und sich einfach auf keine vernünftige Einigung einlassen wollen«, grollte er.

»Wie könnte er denn?«, fragte Jan und musterte den Pfarrer nachdenklich. Niesing war an den Weiderechten gelegen, die seinen Pachthöfen zustanden, also war auch er an dem Prozess mehr als nur beiläufig interessiert.

Unwirsch schüttelte Niesing den Kopf. »Der Herr von Schonebeck hat alles versucht, um den Prozess anständig zu beenden. Er hat deinen Bruder sogar einmal aufgesucht.«

Der Landrat war zu Bernard auf den Hof gekommen? Erstaunlich. So seltsam wie das neue Bild von Niesing. Was hatte dieses hübsche goldene Ührchen gekostet? Bisher hatte Jan tatsächlich dem naiven Glauben angehangen, dass sich ein Priester – zumal einer, der freiwillig auf dem Land lebte – nicht allzu sehr um weltliche Güter scherte. Das alte Bild von Niesing gefiel ihm besser. Das neue verursachte ihm zunehmend Übelkeit. Ja, fast schon Furcht. Zu viel geriet ins Wanken.

»Ja, ja«, seufzte der Pfarrer. »Und wo er nun schon einmal da war und wirklich alles für eine gütliche Einigung tun wollte …«

Im Brief hatte es nicht nach gütlicher Einigung geklungen. Womit hatte Schonebeck dem Pfarrer gedroht?

»Hätte der Herr von Schonebeck wegen einer weiteren Unterredung wiederkommen können, meint Ihr? Vielleicht hat ihn Bernard abgefangen oder er hat ihn zufällig getroffen und es kam zum Streit? Wenn der Tote tatsächlich der Herr von Schonebeck ist, dann …«

Pfarrer Niesing wollte, dass Jan Bernard allen Ernstes für einen Mann hielt, der einem anderen mit der Axt den Kopf abgeschlagen hatte.

»Willst du mit mir beten, Jan?«, fragte Niesing mit bewegter Stimme.

Während er aufstand, rieb sich Jan den schmerzenden Nacken. Die Verspannung hatte er dem eisigen Zug in Klobbickes Amtsstube zu verdanken, und Jan sah sich schon auf Tage hinaus mit einem steifen Hals geschlagen. »Ein andermal, Hochwürden. Ich denke, in dieser Angelegenheit ist heute schon genug gebetet worden.«

»Aber du verstehst, dass du hierbleiben musst, bis Licht ins Dunkel fällt?«

Diesmal gab es keinen Zweifel: Heimtücke leuchtete aus Niesings Blick. Der Mann war alles andere als aufrichtig.

»Mit dem Dunkel, Pfarrer Niesing, kenne ich mich bestens aus. Das verfolgt mich seit meiner Kindheit.«

3

Klobbicke kam über die Bauernschaft in der Venne mit der Gewalt eines Wirbelsturms. Zur Verstärkung der Gendarmen hatte er wieder Soldaten aus Senden herangezogen, so dass seine Truppe mehr als einen Hof gleichzeitig heimsuchen konnte, um, genau, wie es Jan vorausgesagt hatte, das Unterste zuoberst zu kehren. Und leider hielt er sich dabei nicht an die von der Bauernsprache vorgegebene Reihenfolge, die mit Schulze Hundrup begonnen hätte. Als Erste mussten Holtkamp und der kleine Wierlings-Kotten dran glauben, während Pauls Hof zunächst verschont blieb. Bei Holtkamp nahm der Trupp aus Soldaten und Bütteln unter Klobbickes Aufsicht ein großes Kalb zur Nachversteuerung der Ertragsabgaben mit. Ludger Holtkamp gelang es, einen Knecht zu Jan zu schicken, als die Durchsuchung schon in vollem Gang war. Ob es nur Gewohnheit war oder Ludger mit der Warnung Jan Droste Tomberge etwas Gutes tun wollte, ließ sich nicht feststellen.

Jan sandte umgehend den alten Jupp zu Anton Potthoff. Er selbst rechnete nicht damit, dass Klobbicke sich vor dem nächsten Tag bei ihm blicken ließ, und tat gar nichts. Es war außerdem der erste Tag, an dem er Zeit genug hatte, sich auf dem Droste-Hof umzuschauen. Abgesehen vom Vieh, schien alles einigermaßen in Ordnung zu sein, was bei so wenig Gesinde erstaunlich war. Aber dann fiel Jan auf, dass die alte Eiche zwischen Scheune und Bienenhaus fehlte. Stumpf und Wurzeln waren sorgfältig gerodet und der Boden geglättet. Die mächtigen Eichen, die die Hofanlage seit Jahrhunderten beschatteten, waren der Stolz des Hauses. Nur ein ehrloser Narr fällte sie – oder jemand, dem das Wasser bis zum Hals stand, denn das Holz war äußerst wertvoll. Wofür hatte Bernard das Geld gebraucht? In den Hof hatte er es nicht gesteckt.

Immer deutlicher wurden die Spuren von Schlendrian und Schluderei sichtbar, und Jans Erbitterung stieg zusehends. Offenkundig war Bernard schon seit langem mit etwas anderem beschäftigt gewesen, als sich um seinen Hof zu kümmern. Um das Vieh tat es Jan besonders leid. Kurzentschlossen zeigte er Matthias, wie man die Einstreu bei den Kühen mit wenig frischem Stroh erneuerte. Es war eine mühselige Arbeit, die Matthias lauthals stöhnen ließ, und sobald er sich unbeobachtet glaubte, kratzte er die alten Kuhfladen nur oberflächlich weg und stocherte in der Streu, statt sie umzuwenden und die Nester von schimmeligem Stroh herauszuziehen. Jan hatte es geahnt, als er Matthias das erste Mal gesehen hatte: Er war ein Drückeberger.

Als Jan ihn zur Rede stellte, kam Jupp dazu, lehnte sich müßig an einen der Pfosten und verfolgte die Auseinandersetzung.

»Was stehst du hier herum?«, fuhr ihn Jan an.

»Will sehen, was du anschaffst. Hab gehört, dass du dich für den Bauern hältst.«

Ruhig hielt Jan dem hämischen Blick des Alten stand.

»Vorerst bin ich's bestimmt. Und was das Arbeiten betrifft, es gibt genug für alle zu tun. Pack mit an, wenn du schon hier bist.«

Jupp spuckte auf den Boden. »Den Teufel tu ich. Das sag mir mal wer anders, dass du auf dem Hof was zu melden hast. Und in der Streu herumprorkeln tu ich auch nicht. Hab ich noch nie gemacht.«

Matthias stellte die Forke beiseite, offensichtlich dachte er, dass sie sich zu zweit erfolgreich gegen Jan auflehnen konnten.

»Mach weiter!«, herrschte Jan ihn an. »Oder ich stell deinen Kram vor die Tür, und du suchst dir heute noch eine neue Stelle.« Dann wandte er sich wieder Jupp zu. »Das Stroh stinkt, so faul ist es.«

Bernard war der Erste gewesen, der angefangen hatte, Vieh und Stall peinlich sauber zu halten. Der Anblick der Kühe, ihr jämmerlich verdrecktes Fell, erbitterte Jan. Er würde nicht zulassen, dass das Vieh so elend verkam. Auch um Bernards willen. Vor allem um Bernards willen.

Matthias schien kurz abzuwägen und arbeitete dann zögerlich weiter.

»Stinkt? Ich riech nichts«, grummelte Jupp störrisch. »Ich riech nichts und die Kühe auch nicht, kannst mir glauben.«

Jan hatte nicht mit soviel Widerstand gerechnet. Dabei ging es nur darum, den Hofbetrieb in Gang zu halten. Über Jupp ärgerte er sich noch mehr als über Matthias. Dann musste er daran denken, dass Grootohm Bredenbeck die letzten zwei Jahre seines Lebens auch nichts mehr gerochen hatte, ohne dass er nachlässig geworden wäre. Jupp war schon früher ein Querkopf gewesen, nur weniger offensichtlich. Aber der Alte hatte keine Verwandten mehr, er konnte nirgendwo anders unterkommen außer im Armenhaus. Umso unverständlicher war sein ruppiger Ton Jan gegenüber.

»Ich geh pinkeln.« Jupp schlurfte davon. Jan ließ ihn gehen, obwohl er wusste, dass er damit seine Niederlage gegenüber dem Alten besiegelte.

Mit Stine gab es zum Glück keine Probleme. Die Magd war ein rechtes Trampeltier, aber die Einzige, die sich auch für schwere Arbeit nicht zu schade war. Ihr brauchte Jan keine Anweisungen zu geben, sie wusste genau, was zu tun war.

Als Klobbicke am Spätnachmittag mit seinen Leuten hereinpolterte, war sie gerade dabei, Schwarzbrotteig anzurühren. In der Kochecke hatte sie eine riesige Wanne aufgebockt und steckte mit beiden Armen in einer Matsche, die wie Torfmudde aussah. Klobbicke verzog das Gesicht. Seinen strategischen Posten bezog er vor dem Herdfeuer und gab von dort seine Befehle. Matthias und Jupp wurden einer ausgiebigen Befragung unterzogen, danach war Agnes an der Reihe. Jan hatte sie nur kurz beim Frühstück gesehen. Als sie nun die Stiege herabkam, sah sie recht manierlich aus. Sobald sie aber erlebte, wie Soldaten und Gendarmen in ihrem Haus ein und aus gingen und Klobbicke etwas zuflüsterten oder dem Schreiber, der zu protokollieren hatte, wurde sie zunehmend unruhig. Auf Fragen Klobbickes gab sie bereitwillig Auskunft, wollte aber auch wissen, was er inzwischen von den Nachbarn erfahren hatte. Ohne darauf einzugehen, warf Klobbicke Jan einen Blick zu und meinte: »Er kann froh sein, dass Er von sich aus zu mir gekommen ist. Das hebt Ihn von den anderen ab.«

Stine schnaubte und werkte heftiger. So ein Schwarzbrotteig wog mehr als hundert Pfund, es war eine gewaltige Leistung, damit allein zurechtzukommen. Die Magd hatte die Ärmel hoch aufgerollt, und so war leicht zu erkennen, dass sie Oberarme wie ein Mann hatte. Auch Klobbicke schien fasziniert von ihrer rohen Kraft.

Aus der guten Stube kam einer der Amtsgehilfen mit einem Kasten unter dem Arm. »Verschlossen«, sagte er.

»Der Kasten geht Ihn nichts an«, sagte Agnes aufgebracht. »Bring Er den Kasten sofort zurück.«

»Lass gut sein«, mischte sich Jan ein. »Wir haben nichts zu verbergen.«

Stine klatschte einen riesigen Teigklumpen zurück in die Wanne. Hochrot im Gesicht, warf sie Jan einen bitterbösen Blick zu. Eindringling, sagte ihr Blick.

»Stell Er den Kasten auf den Tisch«, wies Klobbicke den Mann an. »Und wenn der Schlüssel nicht sofort geholt wird, brich Er das Schloss auf.«

Agnes fuhr aus ihrem Lehnstuhl am Herdfeuer auf. »Das erlaube ich nicht.«

»Ich weiß, wo der Schlüssel aufbewahrt wird.« Als Jan sich umwenden und zur Stubentür gehen wollte, holte Stine weit aus und schlug mit der Faust auf den Teig ein. Jan war von dieser Bewegung so gefesselt, dass er sich nicht mehr rührte. Das Schlagen hatte etwas Gewaltsames, durch und durch Wütendes. Schlag um Schlag um Schlag. Die Umgebung zerrann, hüllte sich in einen Dunst, in dem nur diese eine Bewegung erkennbar war – wiedererkennbar. Jan merkte nicht, dass ihm der Schweiß auf der Stirn stand und sein ganzer Körper in eine unnatürliche Starre gefallen war.

»Was hat Er denn? Weiß Er doch nicht, wo der Schlüssel …«

Dieses entsetzliche Schlagen!

Es musste am Haus liegen, wahrhaftig, das Unheil saß in diesen Mauern, und das war schon immer so gewesen. Schon damals, als er von diesem Schrecken überwältigt worden war, der sich in seinen Kopf einnistete und seinen Verstand in einem Zangengriff hielt. Ich will das nicht!

Zorn und Hass verleihen ungeheure Kraft, im lodernden Hass zerschmelzen Mitleid und Menschlichkeit, aus dem Hassenden wird ein Wesen bar aller Hemmungen. War Stine noch Stine? Kam da jemand anders hervor? Ihr Bild zerrann in Unschärfe, während es sich ausdehnte und ins Übermenschliche wuchs. Eine Riesin, eine schlagende Riesin. Jan wollte schreien, ihr Einhalt gebieten.

Er zwang sich, den Blick loszureißen, zwang sich aus der Erstarrung, zwang sich zu einer Kehrtwendung, einen Fuß vor den anderen zu setzen und die Tür zur Stube aufzuklinken. Als ihm der Amtshelfer folgen wollte, schlug er ihm die Tür vor der Nase zu und lehnte sich einen Moment zitternd dagegen. Aufatmen. Bloß dieses Bild nicht mehr vor Augen haben. Langsam legte sich der Aufruhr in seinem Kopf.

All die Jahre in der Gimpter Heide hatten ihm die Gesichte kaum zugesetzt. Zuweilen hatte er sogar geglaubt, ganz von der Hellseherei geheilt zu sein. Das war offenkundig ein Irrtum. Etwas war in ihm wieder aufgebrochen, was er schleunigst in den Griff bekommen musste, wenn es ihn nicht beherrschen sollte.

Von draußen pochte jemand an die Tür.

Auf der Kleidertruhe zeigte ein großer staubfreier Streifen, wo der Kasten gestanden hatte.

Wie dumm, wie äußerst dumm, dass er nicht an den Kasten gedacht hatte. Statt Zeit damit zu verschwenden, den Faulpelz Matthias übers Strohwenden zu belehren, hätte er längst im Kasten nachsehen müssen. Zwei Nächte hatte er in der Stube zugebracht und nicht einen Moment daran gedacht, den Kasten mit dem altertümlichen Schloss zu öffnen.

In diesem Kasten wurden die Familien- und Hofdokumente aufbewahrt, das Geld und die Aufzeichnungen über Viehbestände und Ernten, außerdem die alte Bibel, in die alle Geburten und Sterbefälle eingetragen wurden. Eigentlich alles, was über den Hof und Generationen von Droste Tomberge Auskunft geben konnte. Was hatte Klobbicke davon, wenn er in all das Einsicht nahm? Durfte er das überhaupt? Jan schwante, dass der Amtmann seine Befugnisse überschritt, aber dann vergegenwärtigte er sich Form und Größe des Kastens. Nein, falls Klobbicke hoffte, in dem Kasten eine blutige Axt vorzufinden, würde er bitter enttäuscht werden.

Jan holte den Schlüssel, der wie früher hinter einem Bild der schmerzensreichen Muttergottes hing, und kehrte damit in die Küche zurück. Klobbicke ließ den Kasten aufschließen, warf nur einen Blick hinein und gab sich zufrieden. Er war fertig mit seiner Untersuchung.

»Für heute ist das alles«, gab er bekannt. »Aber was ich Ihm noch sagen muss: Es stehen Steuerzahlungen aus. Länger kann nicht gestundet werden. Ich erwarte Ihn in den nächsten Tagen auf dem Amt.« Klobbicke nannte auch gleich die fehlende Summe.

Vor Klobbickes Augen öffnete Jan den Kasten wieder, kramte Abrechnungen hervor, sah flüchtig hinein und hob das Kästchen mit den Ersparnissen heraus, während er immer stärker die Stirn runzelte.

»Das wird nicht reichen«, sagte er schließlich. »Agnes, wo ist das ganze Geld? Es muss doch mehr da sein als die paar Taler. Bennard hat eine Eiche gefällt. Wenn ja, wo ist das Geld?«

»Holz? Holzverkauf? Wann?« Klobbicke winkte den Schreiber herbei. »Notier Er das. Holzverkauf. Muss überprüft werden.«

Agnes hatte sich Flickarbeit aus der Upkammer mitgebracht, das Männerhemd, das über dem Brettstuhl gehangen hatte und das sie nun heftig an ihren wogenden Busen drückte. »Es ist alles weg. Alles ist für den Prozess draufgegangen. Der Schonebeck hat ja nie ein Einsehen gezeigt, da hat Bennard immer von neuem anfangen müssen. Alles Geld hat er diesen Advokaten in den Rachen gestopft.« Ihre Stimme wurde schriller, während der Stoff unter ihren Händen zerriss. »Ruiniert, ja ruiniert hat uns das! Bennard hat ja auf keinen mehr gehört. Frag Paul, er weiß es!« Agnes begann zu schluchzen. »Wie besessen war er von seinem Prozess. Er war kaum noch auf dem Hof. Ständig unterwegs in Münster. Oder Senden. Alles würden wir wiederkriegen, wenn erst einmal bewiesen war, dass er recht hat. Haben die Advokaten gesagt. Aber wir haben nur das Geld verloren.«

Stine hatte sich aus ihrer gebückten Haltung aufgerichtet und die bis über die Ellbogen vom Teig schwarz gefärbten Arme in die breiten Hüften gestemmt, während sie mit immer grimmigerer Miene ihrer Herrin lauschte. »O ja!«, knurrte sie, weiße Flecken auf den dunkelroten Wangen.

»Besessen, soso«, murmelte Klobbicke. Ein leiser Triumph stahl sich in seine Augen, und Jan ging auf, was Agnes gerade anrichtete.

Klobbicke wandte sich erneut an den Schreiber: »Mach Er eine Notiz darüber, was die Frau gesagt hat: Vor allem erwähn Er die Besessenheit. Natürlich bin ich über den Prozess im Bilde. Eine Aussage wie diese klärt doch manches.«

Agnes schloss überrascht den Mund und machte ihn sogleich wieder auf. »Was soll das heißen? Mein Bennard ist tot, das hab ich immer gesagt und nichts anderes, dass hat mit dem Prozess gar nichts zu tun. Und der da …«

Vielleicht wollte sie, wie schon gehabt, Jan des Mordes an seinem eigenen Bruder bezichtigen. Aber sie besann sich anders und verstummte. Jan wusste nicht, warum. Es war ihm aber auch egal. Sollte sie doch.

Als Klobbicke sich rasch zu ihm umschaute, setzte er eine betont gleichmütige Miene auf.

»Hat Ihr Mann gewusst, dass der Landrat noch einmal mit ihm reden wollte?«, setzte Klobbicke die Befragung fort.

»Was?«, fragte Agnes verwirrt.

In Stines Augen irrlichterte es, und es war gruselig zu sehen, wie sie in zwei Ecken zugleich schielte. Wieder knurrte sie.

»Mir scheint, die Magd hat auch was zu sagen«, bemerkte Klobbicke trocken, »sie kann doch sprechen? Und versteht, was man sie fragt?« Er zog sich einen Stuhl heran und setzte sich.

»Stine weiß gar nicht, wovon die Rede ist. Über den Prozess weiß sie nichts«, erklärte Agnes.

Jan seufzte. Es gab keine Magd, die nicht über die Angelegenheiten ihrer Herrschaft Bescheid wusste. Stine machte da gewiss keine Ausnahme, obwohl auch er nicht einzuschätzen vermochte, wie es um ihre Geistesgaben bestellt war. Stine enthob sich einer Antwort, indem sie sich den Trog mit dem Teig auf die Schultern stemmte und hinauswankte. Jeder blickte ihr fasziniert nach, einige der Männer zogen die Schultern hoch, als wollten sie herausfinden, ob sie in der Lage wären, eine solche Last zu tragen.

»Wir werden wiederkommen«, sagte Klobbicke mit einem kleinen Schaudern und stand endgültig auf.

4

Im Lauf der nächsten Woche ließen sich Ludger Holtkamp, Franz Pentrop und Paul Schulze Hundrup mehrmals gemeinsam blicken. Agnes' Ausbruch in der Kirche hatte die Nachbarn an alte Pflichten erinnert, sie waren aber viel zu gewitzt, um in einem so undurchschaubaren Fall Stellung zu beziehen. Keiner wollte offen das Regiment übernehmen. Als Jan nach dem dritten Besuch die Männer durch die Tenne hinausbegleitete, fragte er Paul, ob er ihm mit Torf zum Heizen aushelfen könne.

Statt zu antworten, deutete Paul zu den Hillen über der Pferdeseite hinauf.

»Da oben an der Wand hattet ihr mal Holz verwahrt, das dein Vater vor der Steuer in Sicherheit gebracht hat. Ich kann mich noch genau erinnern. Der Sturm hatte eine Eiche im Hof gefällt, und wir haben tagelang Balken und Bretter zurechtgesägt. Wahrscheinlich ist alles längst verkauft.«

Jans Nacken schmerzte immer noch, deshalb mochte er nicht zu den Hillen hinaufschauen. Die Eiche war nur wenige Tage nach Jans Geburt umgestürzt, und natürlich wusste er nur vom Hörensagen davon. Damals war sein Großvater auf die äußerst kluge Idee gekommen, das Holz steuersicher überall auf dem Hof als zweite Schicht verbauen zu lassen. Später sollten die Balken und Bretter zum Aufbau einer neuen Lieftucht verwendet werden, aber aus irgendwelchen Gründen war es nie dazu gekommen. Jan wusste nicht, was aus dem ganzen Holz geworden war. Vielleicht war tatsächlich noch etwas davon vorhanden. Er nahm sich vor, die Bretterböden und Balkenlagen auf doppelte Schichten zu untersuchen. Für gutes Bauholz fanden sich immer Abnehmer.

»Danke, dass du mich daran erinnerst.« Damals hatten die

Nachbarn einander noch wie selbstverständlich geholfen. Wie alt war Paul gewesen? Sechzehn oder siebzehn? Etwa so alt wie Bernard. Auch Hermann war beim Holzsägen dabei, Pauls älterer Bruder, der im Krieg gegen die Franzosen gefallen war. Und Lütke-Hubert, Jans zweitältester Bruder, ebenfalls ein Opfer der napoleonischen Kriege.

»Dann mach's man gut, Schwager.« Paul schlug ihm auf die Schulter. »Was hast du?«, fragte er, als Jan zusammenzuckte.

»Steifer Nacken«, antwortete Jan gequält.

Paul lachte. »Geht vorbei. Musst nur ordentlich zupacken, dann hast du keine Zeit für Wehwehchen. Ja, ich sehe nicht, dass du hier irgendwas nicht selbst regeln kannst.«

»Wenn du was brauchst, komm vorbei«, bot Franz an, »bloß Torf hab ich auch nicht übrig.«

Jans Bemühungen, die Wirtschaft einigermaßen flottzubekommen, glichen dem Versuch, mit gespreizten Fingern Wasser festzuhalten. Es gab nicht genug Stroh und Heu, und in der großen Scheune nahm sich die letzte Ernte eher armselig aus. Das Ackergerät war in schlechtem Zustand. Es war nur eine Axt vorhanden, deren Stiel gefährlich locker saß. Weder Jupp noch Matthias wussten, wo die zweite abgeblieben war.

Es gelang ihm, auf dem Markt in Münster eins der Pferde zu verkaufen, und für einige Säcke Korn erzielte er sogar einen sensationellen Preis, weil die allgemeine Knappheit alle Lebensmittel gewaltig verteuert hatte. Für die Steuer reichte es so gerade.

Klobbicke kam noch einmal und führte in Jans Beisein seine Unterredung mit Stine durch. Die Magd zeigte sich störrisch und bockig, so dass Klobbicke schon bald aufgab und durchblicken ließ, dass er Stine für ein Stück Vieh hielt, das der menschlichen Vernunft kaum zugänglich war.

Zu Jans Überraschung gab sich Klobbicke ihm gegenüber geradezu geschwätzig und unterrichtete ihn ungefragt über den Stand der Ermittlungen, als wollte er ihn zu seinem Vertrauten machen. Nebenbei wollte er wissen, ob Anton Potthoff erwähnt hatte, dass Bernard den Besitz eines Stücks Moorland, welches Anton vor Jahren aus der Allgemeinheit erworben hatte und das an die Felder der Drostes grenzte, angefochten hatte. Die Sache schien im Sande verlaufen zu sein.

Die Mangelwirtschaft war einer der Gründe, dass Jan die Potthoffs wieder aufsuchte. Nachbarn halfen sich aus, ohne gleich eine Gegenleistung zu erwarten. Das konnte doch nicht völlig aus der Mode gekommen sein.

Jan lehnte das angebotene Bier ab und ließ sich nur einen Schnaps gegen die Kälte aufnötigen. Einen zweiten mochte er nicht und reichte Anton den Zinnlöffel zurück, den dieser aus einer Tonkruke gefüllt hatte.

»Agnes trinkt heimlich Schnaps«, erklärte er, »da will ich nicht mit einer Schnapsfahne nach Hause kommen.«

Bedächtig wiegte Anton den Kopf. »Na, ganz ohne Schnaps ist dieses Wetter nicht zu überstehen.«

»Aber Anton«, schaltete sich Klara ein. »Als ob sich Agnes um das Wetter schert. Sie ist allein, niemand glaubt ihr, und da verzweifelt sie halt …«

Schon mehr als einmal hatte Jan sich gefragt, was mit dem Toten geschehen war. Bei diesem Wetter dürfte die Aufbewahrung kein Problem darstellen. Irgendwo – vielleicht im tiefsten Keller von Groß-Schonebeck – wartete er darauf, endlich erkannt zu werden.

Jan schaute ins Feuer. Insgeheim hoffte er, dass sich Marie blicken ließ. Den Tagesrhythmus auf einem Hof hatte er noch so im Blut, dass er sich darauf verlassen hatte, sie beim Melken anzutreffen. Aber im Stall bei den Kühen war sie nicht gewesen. Jetzt drang ein Klappern und sanftes Muhen von der Tenne herüber.

»Allein ist sie nicht. Sie hat Stine«, widersprach Anton.

Klara war bei den Drostes nicht mehr vorbeigekommen. Und auch keine andere Nachbarin hatte Agnes noch mal Beistand geleistet, fiel Jan ein. Wahrscheinlich mochten sie Agnes nicht besonders. Es hätte ihn gewundert, wenn es anders gewesen wäre. Trotzdem hätten sie sich schon blicken lassen können.

»Diese Stine würde ich nicht haben wollen«, sagte Klara leise. »Die ist nicht ganz richtig im Kopf.«

»Solange Bennard den jungen Dingern auf seinem Hof unter die Röcke gefasst hat, blieb Agnes nichts anderes übrig, als es mit diesem Trampel zu versuchen«, sagte Anton. Einen Moment sog er heftig an seiner Pfeife. »Stine lässt sich nicht unter den Rock greifen, die bestimmt nicht. Und Bennard hat's bei der auch nicht versuchen wollen, das ist sicher.« Anton schüttelte den Kopf.

»Red nicht so über Bennard vor Jan«, wies ihn Klara zurecht.

»Irgendwann hört er's ja doch«, erklärte Anton. »Besser, er erfährt's von uns. Dein Bruder war kein schlechter Kerl. Es gibt wirklich üblere. Die Kinderlosigkeit hat ihm zugesetzt, und dann diese Sache mit der Aufteilung der Allgemeinheit. Ja, die hat ihn verändert. Schade um ihn. Aber jetzt bist du ja da. Schick den Trampel Lichtmess weg. Findest bestimmt was Besseres.«

»Stine schafft für zwei, dafür kann ich nur dankbar sein«, sagte Jan kühl. Agnes dagegen tut beinahe gar nichts, hätte er hinzufügen können. »Aber ich bräuchte eine zweite Magd. Nicht mal Stine schafft alles allein.«

»Bis du eine zweite gefunden hast, kann ich ja bei euch aushelfen.«

Da war sie endlich. Marie! Schlich sich ein wie eine Katze. Und dann dieses Angebot. Aber das …

»Kommt nicht in Frage, Marie«, sagte Klara ruhig. »Das geht wirklich nicht.« Sie sah Jan Abbitte heischend an. »Es tut mir leid«, fügte sie verlegen hinzu, »es klingt so furchtbar ungefällig. Aber ich brauche Marie für die Webarbeiten. Meine Finger werden steif. Besonders im Winter und bei so einer Kälte.« Klara spreizte die Finger, und man konnte sehen, wie gekrümmt sie waren und wie angeschwollen die Gelenke.

»Ich dachte, das Geschäft mit dem Leinen gibt nichts mehr her. Du verkaufst noch?«, erkundigte sich Jan.

Früher war einer von den Tödden, ein Wanderhändler aus dem Tecklenburgischen, regelmäßig mit seiner Kiepe vorbeigekommen, um Klaras Leinen aufzukaufen und in Münster oder wo auch immer zu verhökern.

»Bist du fertig mit dem Melken, Marie?«, fragte Klara ihre Tochter streng.

»Den Rahm hab ich auch schon abgeschöpft, Modder.«

Strähnen ihres blonden Haares hingen Marie ins Gesicht, aber bei ihr sah es nicht unordentlich aus, sondern lebendig. Einen Zipfel ihrer fleckigen Schürze hatte sie nachlässig in den Taillenbund gestopft. Jetzt riss sie sich die Schürze herunter und schwenkte sie übermütig einmal durch die Luft.

Als Jan merkte, dass er das Mädchen zu unverhohlen anstarrte, wandte er sich leicht verlegen zu Anton um. »Was ich noch fragen wollte: Mir ist der Torf zum Heizen ausgegangen, Holz ist auch kaum da. Kannst du mir wenigstens mit Torf aushelfen? Paul hab ich schon gefragt, der hat nichts übrig und Franz auch nicht.«

Anton zögerte.

»Ich zahl auch dafür«, ergänzte Jan rasch.

»Mein Chott, sind wir schon so weit miteinander?«, ächzte Anton verlegen und bedachte sich wieder. »Nee, ich will kein Geld von dir. Sicher kannst du ein paar Brocken haben. Eine Schubkarre voll.«

Eine Schubkarre voll Torf reichte höchstens für zwei Tage, das wussten sie beide. Während Jan überlegte, wie er sich für die magere Hilfe bedanken konnte, ohne seine Enttäuschung allzu sehr durchklingen zu lassen, sprach Anton weiter.

»Aber du könntest dir was aus dem Moor holen.«

»Jetzt?«, fragte Jan ungläubig. »Mitten im Winter?«

»Anton, was redest du denn da?«, warf Klara ein, ohne jedoch Anton zuzureden, sein Angebot auf zwei, drei Schubkarren aufzustocken. Keine Hilfe, dachte Jan betäubt, nicht mal hier. Dann kann ich ja gleich wieder gehen.

»Draußen liegt Torfmudde«, erklärte Anton unbeirrt, »die Bennard nicht reingeholt hat. Die müsstest du bloß mit der Hacke losschlagen und auf der Tenne ordentlich nachtrocknen. Ist nicht ganz klar, wem sie gehört, aber das spielt nun keine Rolle.«

Was hatte Klobbicke über einen Zwist zwischen Bernard und Anton gesagt?

»Wenn die Torfplaggen auf eurem Land liegen, bezahl ich sie euch«, erklärte Jan.

Unbehaglich zog Anton die Schultern hoch. »Ich weiß nicht, ob mir das Land noch gehört.«

»Wir haben dafür bezahlt, Anton«, sagte Klara nachdrücklich.

»Ich schau mir den Torf morgen an«, erklärte Jan, »dann reden wir weiter.«

»Du weißt, wo das Stück Moorland liegt?« Anton erhob sich, als Jan aufstand. Er befahl Marie, die sich ihnen anschließen wollte, bei ihrer Mutter im Warmen zu bleiben, und begleitete Jan zu seinem Pferd. Auf der Tenne redeten sie noch ein wenig über Klobbicke und seine lästigen Besuche, dann endlich ließ Anton ihn ziehen.

»Was er jetzt wohl von uns denkt?«, bemerkte Klara sorgenvoll, nachdem Anton zurückgekehrt war und sich Marie in der Stube an den Webstuhl gesetzt hatte. Da das Mädchen Ohren wie ein Luchs hatte, dämpfte Klara die Stimme. Das war neu. Bisher hatten sie vor den Kindern offen über alles geredet.

»Muss uns nicht kümmern.« Anton griff nach dem angefangenen Klompen, der samt Stecheisen, Holzhammer und Messern neben dem Herdfeuer bereitlag. Klompen zu schnitzen war Teil der Winterarbeit. Das ging ohne Nachdenken, die Hände verrichteten ihre Arbeit, während der Kopf mit etwas anderem beschäftigt war.

»Mich kümmert's«, entgegnete Klara heftig. »Seine Mutter war immer freundlich zu uns. Ich weiß nicht, wie oft sie uns ausgeholfen hat, wenn's bei uns mal knapp war.«

»Kann mich erinnern«, sagte Anton einsilbig. Er fragte sich, wie weit Jan über den Streit unterrichtet war, den Bernard Droste Tomberge wegen des Stücks Moorland angezettelt hatte. Es hatte bitterböse Worte gegeben, und es war beinahe zu Handgreiflichkeiten gekommen. Der schlimmste Streit seit Jahren, und ein Ende war nicht absehbar.

Bei der Befragung hier auf dem Hof hatte ihn Klobbicke, der erstaunlich viel über den Konflikt gewusst hatte, deswegen richtig in die Zange genommen. Aber da waren ja auch mehrere Anfragen an das Katasteramt und das Gericht ergangen, und Bernard hatte selbst ihm mit einem Prozess gedroht. Dieses

Nachbohren seitens Klobbickes war schon beängstigend gewesen. Auf den anderen Höfen war es bei den Befragungen zu mehreren Zwischenfällen gekommen. Eine Tochter Ludger Holtkamps hatte dem Gendarm, der das Kalb fortführen wollte, in die Empfindlichkeiten getreten, und beinahe wäre das Mädchen in Arrest genommen worden. Die Sache war gerade noch glimpflich ausgegangen, weil die Kleine erst vierzehn war. Paul Schulze Hundrup war mit der Mistforke auf einen Soldaten losgegangen, bevor ihn seine Frau Johanna zur Vernunft brachte. Zwei der Soldaten, die bei den Durchsuchungen der Höfe dabei gewesen waren, waren vor dem Gasthaus in Senden, wo sie nach dem Dienst ein Bier getrunken hatten, zusammengeschlagen worden. Anton wusste, dass Matthias, Jans sonst so fauler Knecht, zu den Raufbolden gehört hatte. Die jungen Burschen hatten sich vermummt, um nicht erkannt zu werden. Ja, der Hass auf die Preußen musste sich doch ab und zu Bahn brechen.

Von all diesen Vorfällen wusste Jan nichts. Niemand sprach mit ihm darüber, selbst Anton nicht, und dafür schämte er sich insgeheim. Aber Jan hatte sich mit Klobbicke anscheinend recht gut gestellt und ließ sich von dem Preußen aushorchen. Zumindest argwöhnte Anton das. Er war ein müder alter Mann, und nichts war mehr von dem Mumm übrig, den man früher an ihm kannte und schätzte.

5

Jan hatte Anton gegenüber erwähnt, dass er gleich am nächsten Tag wegen des Torfs ins Moor wollte. Und weil er den Torf dringend brauchte und außerdem fürchtete, dass Anton seine etwas vage Zusage zurücknehmen könnte – was er früher nie getan hätte –, brach er tatsächlich auf. Der Himmel hatte, seit er angekommen war, nicht aufgeklart. Immer noch herrschte dieses graue Dämmerlicht zwischen Tag und Nacht und obendrein ein wenig Dunst. Jan war mit dem Pferd und einer zweirädrigen Kippkarre unterwegs, die vorn ein Sitzbrett hatte, hinten klapperten Spitzhacke und Forke. Kurz hatte er überlegt, Matthias mitzunehmen, sich aber dagegen entschieden. Bei der Wiederbegegnung mit dem Moor, in dem er sich früher sehr heimisch gefühlt hatte – heimischer als auf dem Hof –, wollte er lieber allein sein.

Vor ihm wankte schwerfüßig eine Gestalt auf dem vereisten Weg, der ins Moor abbog.

Vorsichtig lenkte er den Karren vorbei. Ein geducktes Weiblein mit dicken Röcken und derben Klompen.

»He, Jan«, rief das Weiblein mit Maries Stimme.

Hastig brachte er die Karre einige Ellen weiter zum Stehen und wandte sich ungläubig um.

Marie hatte sich das Kopftuch so weit in die Stirn gezogen, dass er sie beinahe nicht erkannte.

»Falls du ins Moor willst, kannst du mich ein Stück mitnehmen«, sagte sie im Näherkommen.

Jan schwang sich von dem schmalen Sitzbrett. »Was machst du hier – allein?«

Die unförmige Münsterländer Tracht und das große dunkle Wolltuch waren nicht gerade kleidsam, aber die klaren grauen Augen nahmen Jan sofort gefangen. Es machte ihn seltsam schwach, Marie hier draußen, weit ab von allen Höfen, zu begegnen.

»Reisig sammeln«, entgegnete Marie knapp. »Und was machst du hier?«

Ein seltsames Zusammentreffen. Nur hatte Jan längst gelernt, solchen Zufällen zu misstrauen. Unauffällig trat er einen Schritt zurück. »Nur mal durch die Gegend kutschieren. War lang nicht mehr hier.«

Marie lachte ungeniert und blickte in die Karre. »Rumkutschieren mit 'ner Forke? Und ich dachte, Vadder hätte dir erlaubt, die Torfmudde zu holen, die noch draußen liegt, seit Bennard die einfach aus unserem Moorstück geholt hat.«

Na, also! Marie hatte gewusst, dass er ins Moor fahren würde. Den Kopf leicht schräg gelegt, das Kinn herausfordernd angehoben, beobachtete sie ihn. Er riss sich zusammen. Was hatte sie gerade gesagt? Bernard hatte …

»Wie hat er das tun können? Das verstehe ich nicht«, sagte er langsam.

»Ich auch nicht«, bekannte Marie sorglos. »Was ist nun? Nimmst du mich mit?«

Jan linste zum schmalen Sitzbrett des Karrens. Marie musste sich eng an ihn drängen, wenn sie neben ihm noch Platz finden wollte. Verlockend, aber … er ging doch lieber zu Fuß. »Kannst aufsitzen«, sagte er, »ich geh dann nebenher.«

Marie lachte spöttisch und fiel neben ihm in Gleichschritt. Nur ein kurzes Stück, und ihre Schritte passten sich mit Leichtigkeit den seinen an, ganz gleich, ob er beschleunigte oder die Schritte länger machte. Sie blieb ungezwungen und plauderte munter drauflos, als bemerkte sie nichts von seiner Verwirrung und der leichten Blödigkeit, die ihn überkommen hatte und ihn stumm werden ließ.

Ringsum waren die Moorkolke, die dunklen Wasserlöcher, zugefroren, jedenfalls schien das so, aber das wusste er besser. Moorwasser fror nicht so fest wie gewöhnliches Wasser. Das Eis blieb oft weich und nachgiebig oder porös und schaumig und konnte Unkundigen leicht zum Verhängnis werden. Die kleinen Moortümpel waren von niedrigem Buschwerk gesäumt, hier und da erhoben sich Krüppelkiefern windschief und zauselig aus Röhrichtbüscheln und Riedgras, Birken hatten sich überall breitgemacht. Wildwuchs in einer seltsam urtümlichen abgeschiedenen Welt mit sehr eigenen Gesetzen. Nur die wenigen schlüpfrigen Trampelpfade, die sich fast verstohlen durch das Gestrüpp schlängelten, zeugten überhaupt von der gelegentlichen Anwesenheit von Menschen und Vieh. Eigentlich hatten sie hier nichts verloren, das hatte er früher bereits gedacht. Das Moor, eine Landschaft zwischen Traum und Wirklichkeit, ein Ort des Ungefähren, wo sich die Grenzen zwischen Land und Wasser verwischten, sollte nur sich selbst gehören.

»Kennst du wirklich so viele Geschichten übers Moor? Hab ich von Vadder gehört«, sagte Marie auf einmal.

»Ja.«

»Was, ja?« Marie stupste ihn an.

Jan musterte sie von der Seite. Die Kälte hatte für einen rosigen Schimmer auf ihren Wangen gesorgt, und ihre Augen strahlten eine unbändige Energie und Lebenslust aus.

»Jan!«

Marie würde nicht lockerlassen.

»Ich kenne alle Geschichten übers Moor«, erklärte Jan. Spukgeschichten, Gespenstergeschichten, Geistergeschichten, fügte er in Gedanken hinzu. Geschichten voller Schrecken, Heimtücke und tödlicher Gefahr. Und alle sind dem Wesen nach wahr. »Wozu braucht ihr Reisig? Warum schneidet ihr's nicht aus eurer Wallhecke?« Konnte das wirklich sein, dass Marie nur seinetwegen den Gang ins Moor unternahm? Oder sollte Marie ihn in Antons Auftrag ein wenig aushorchen?

»Wenn wir das Reisig dauernd aus der Wallhecke schneiden, stehen dort bald nur noch Stümpfe. Nein, ich will trockenes suchen. Warte, da liegt was.«

Der Wind, der im Herbst durch die Venne brauste, schüttelte regelmäßig dürres Gezweig von den Bäumen, so dass im Moor genug Reisig herumlag. Jan brauchte selbst welches. Daher machten sie sich gemeinsam daran, das Zeug zusammenzuklauben, zu binden und in großen Bündeln auf den Karren zu legen. Einige Male hielt er Marie an ihren Röcken fest, wenn sie sich zu weit auf unsicheren Grund vorwagte.

»Na, du bist mir einer«, sagte sie und wich aus, als er sie wieder einmal packen wollte, »so ist mir noch keiner an die Röcke gegangen.« Sie war zu leichtsinnig gewesen. Unter einem ihrer Klompen brach das Eis. Marie schrie auf. Jan fasste zu und zog sie mit einem Ruck zu sich auf sicheren Grund. Schwer atmend lehnte sie sich an seine Brust, das Gesicht an seine dicke Joppe geschmiegt. »Jetzt hätte ich mir doch beinahe einen nassen Fuß geholt«, seufzte sie aufreizend.

Jan fasste sie unters Kinn und bog ihren Kopf zurück, so dass sie ihn anschauen musste. Sie lächelte unschuldig. Ihre rosigen Wangen schimmerten wie Porzellan, weich und seidig, und ihre langen Wimpern warfen kleine dunstige Schatten darauf. An den Wimpern klebte ein wenig Eis. Und weil Marie stillhielt, beugte er sich zu ihr herab und wischte mit einem Finger behutsam das Eis fort. Marie blinzelte überrascht. Dann stellte sie sich auf die Zehenspitzen, was in Holzpantinen nicht so einfach war, und küsste ihn auf den Mund. Genau das hatte er die ganze Zeit befürchtet. Ihre Lippen waren kalt, wurden aber zunehmend wärmer und äußerst nachgiebig und unternehmungslustig, so dass Jan sehr bald die Übersicht verlor.

Es war aber Marie, die sich als Erste aus der Umarmung löste und ihn streng von der Seite ansah.

»Bild dir jetzt aber ja nichts ein.«

»Käm mir nie in den Sinn«, sagte Jan heiser und spürte, wie eine feurige Röte in seine Wangen zog.

Danach gestaltete sich die Unterhaltung wieder ein wenig einsilbig, aber die Arbeit half ihnen über die Verlegenheit hinweg. Jan argwöhnte, dass eigentlich nur er verlegen war und sich Marie heimlich über ihn amüsierte. Daher stürzte er sich geradezu auf das dürre Zeug, raffte es zusammen und band es zu immer größeren Bündeln. Die Karre fasste bald nicht mehr alle, und so ließen sie einige liegen, die Jan später holen wollte. An die Torfmudde hatte er überhaupt nicht mehr gedacht.

Er brachte Marie mit dem Reisig heim, und diesmal hatte sie sich ganz selbstverständlich neben ihn auf den Bock gesetzt.

Die dicken Münsterländer Röcke erwiesen sich in Hinblick auf die Sittsamkeit als fast so wirksam wie die Anwesenheit einer Anstandsperson.

Bis sie auf Potthoffs Hof einfuhren, hatte Marie den Kuss scheinbar vergessen. Mit Blitzgeschwindigkeit lud sie das Reisig ab, dankte Jan für seine Hilfe und verschwand im Haus. Etwas wirr im Kopf, lenkte er sein Gefährt zurück auf den Weg. Und dann fielen ihm tausend Dinge ein, über die er mit Marie unterwegs hätte plaudern können. Stattdessen hatte er stoffelig neben ihr gesessen und steif die Zügel geführt. Bevor sie ins Haus gegangen war, hatte sie sich nicht mehr nach ihm umgedreht. Gehörte sich nicht ein Blick über die Schulter zurück nach so einem Kuss?

Erst als er zu Hause eintraf, dachte er wieder ans Moor. Die Schrecken und Verlockungen, die er von früher kannte, gehörten eindeutig der Vergangenheit an. Er hatte sich verändert. Was hatte Pfarrer Niesing gesagt? Er hatte die Torheiten der Jugend nun hinter sich. Aber er hätte Marie davor warnen müssen, allein ins Moor zu gehen, denn es war immer noch gefährlich.

Paul Schulze Hundrup holte die Nachbarn zusammen, und diesmal wurde sogar Jan aufgefordert, an dem Treffen auf Hundrups Hof teilzunehmen. Wie sich herausstellte, hatten alle die Umtriebe Klobbickes mehr als satt. Paul warf die Frage auf, ob dieser überhaupt berechtigt wäre, solche Durchsuchungen samt peinlicher Befragung durchzuführen. Wer war dieser Klobbicke denn schon? Doch bloß so ein Arschanhängsel des Landrats, einer, der sich sonst nur um Kleinigkeiten kümmern durfte. Franz warf ein, ob Steuerangelegenheiten, Wegerechte und Instandhaltungspflichten neben der Ahndung niederer Vergehen wirklich Kleinigkeiten seien, aber niemand wollte auf ihn hören. Einig waren sie sich, dass sie ihrerseits Nachforschungen anstellen müssten, um Klobbickes Umtriebe nicht länger dulden zu müssen. Sie kämen sich ja allmählich alle wie Verbrecher oder zumindest Beschuldigte vor. Niemand von ihnen, Paul wiederholte es mehrmals, hätte etwas mit dem Verschwinden des Landrats zu tun.

Ludger Holtkamp sah an die Decke, und Anton hatte noch gar nichts gesagt. Als aber Paul bekanntgab, dass er selbst nach Münster fahren wolle, um sich bei den entsprechenden Stellen umzuhören, schlug Anton vor, dass Jan ihn begleiten sollte. Zu Jans Erstaunen hielten alle das für eine ausgezeichnete Idee. Er war einverstanden.

Es war eine reine Männerrunde, daran sah man, wie ernst die Dinge standen. Auch der alte Heinrich nahm daran teil, brütete aber nur stumm vor sich hin. Erst als Jan aufstand, um sich zu verabschieden, wandte er sich ihm zu.

»Ich hab wieder deinen Vadder gesehen. Den ollen Hubert. Sah nicht mal so ganz schlecht aus.«

Paul seufzte schwer. »Es wird immer schlimmer mit ihm«, raunte er Jan zu. Jan hätte Heinrich gern ein wenig zu der Geistererscheinung befragt, hielt den Zeitpunkt aber für ungünstig. Niemand hier sollte wissen oder ahnen, was er von Geistererscheinungen hielt.

6

Amtmann Klobbicke schreckte aus dem Schlaf auf.

Was war das für ein Geräusch?

Ein dumpfes Pochen.

Wo? Wo denn?

Ein hartnäckiges Geräusch.

Klobbicke zog die Bettdecke bis über die Ohren. Das Pochen ging ihn nichts an. Es musste mitten in der Nacht sein. Kein anständiger Mensch konnte etwas von ihm wollen.

Jetzt rief jemand.

Klobbicke lugte zum Fenster, das im Dunklen gerade noch zu erkennen war. Je länger er hinschaute, desto deutlicher trat es als Rechteck aus der Dunkelheit hervor. Von draußen schien ein Lichtschein herauf.

Ächzend und fluchend schob sich Klobbicke aus dem warmen Bett.

In der einen seiner zwei Kammern stand zwar ein Ofen, aber ihm war das Holz ausgegangen. Der Atem wölkte denn auch vor dem Gesicht des Besuchers, von dem allerdings nicht viel zu sehen war, da der Mann seinen Mantel anbehielt und nicht mal die Kapuze zurückschob.

Zitternd vor Kälte kroch Klobbicke wieder ins Bett und zog die klumpige, blau-rotkarierte Bettdecke bis zum Kinn. Kurz erwog er, das wollene Tuch, das er statt einer leinenen Nachtmütze trug, abzulegen, aber dazu konnte er sich nicht aufraffen. Gewiss bot er als preußischer Beamter kein allzu günstiges Bild. Seine Nase tropfte, vorsichtig befingerte er die Spitze, die sich infolge einer Erkältung leicht entzündet hatte.

»Ich habe Seinen letzten Bericht gelesen, ich habe alle Seine Berichte gelesen, der Fall interessiert mich«, sagte der Besucher, der keinen Kommentar zu Klobbickes Aufzug abgab.

»Mir wäre es lieb, wenn ich davon entbunden würde«, nuschelte Klobbicke. »So eine Untersuchung ist ja auch gar nicht meine Sache. Dafür bin ich nicht ausgebildet. Ich war nur zufällig als Erster da und …«

»Wir sind bisher sehr zufrieden mit Ihm«, beschwichtigte sein Gegenüber.

Die Lampe auf dem Tisch blakte und schickte Rauchkringel zur Decke, die sich dort in allerhand alptraumhaften Figuren verdichteten. Es war etwa ein Jahr her, da hatte sich Klobbicke in einem kühnen Vorstoß auf eine Hilfsassessorstelle beim Oberlandesgericht in Münster beworben. Immerhin hatte er in Berlin eine gewisse Zeit Jurisprudenz studiert, war also nicht gänzlich unerfahren. Und mit Mitte dreißig durfte man doch noch an eine Karriere denken. Plötzlich kam ihm das nicht mehr so wichtig vor.

»Aber ich trete auf der Stelle, und diese Bauern sind nicht gerade zimperlich. Sie haben zwei der Soldaten vermöbelt, die Ihr mir geschickt habt. Dem einen haben sie die Nase gebrochen. Und was das Schlimmste ist, ich kann keinen auf diese Untat festnageln. Sie sind uns entkommen. Solche Vorfälle machen mich lächerlich.«

»Das darf Er sich nicht zu Herzen nehmen. Die Bauern hier sind Sturköpfe, alle miteinander. Das wissen wir. Aber die Sache ist wichtig, und das Allerwichtigste dabei ist Diskretion und eine behutsame Herangehensweise. Da hat Er bisher Hervorragendes geleistet. Ich bin sicher, Er klärt den Fall auf.«

Klobbicke traute dem Lob nicht. Der Mann, der auf einem wackeligen Stuhl an seinem Bett Platz genommen hatte, war eine Art Geheimrat, eine graue Exzellenz im Stab des Oberpräsidenten. Recht neu in Münster, jedenfalls hatte Klobbicke noch nicht mit ihm zu tun gehabt. Der Fall betraf einen Toten, der sich zunehmend in eine Eismumie verwandelte und dabei nicht schöner wurde. Klobbicke befiel immer größerer Ekel, sobald er in Groß-Schonebeck wieder einmal in den Keller hinabstieg, wo man die sterblichen Überreste in einem Behelfssarg aufbewahrte. Ein kopfloser Toter blieb stummer als jeder andere, was die Aufdeckung gewisser Geheimnisse betraf.

»Er weiß, dass die Lage schwierig ist«, fuhr die Exzellenz mit seltsam sanfter, sonorer Stimme fort. »Zu den allgemeinen Differenzen zwischen der Bevölkerung und der neuen Landesregierung kommen die Teuerungen, die den Menschen Sorgen bereiten. Es ist mit Hungertoten zu rechnen und mit Seuchen, die allzu rasch um sich greifen, wenn die Menschen geschwächt sind. Ein guter Nährboden für Aufstände und Aufruhr. Wir brauchen Gewissheiten, Klobbicke. Er soll so weitermachen wie bisher. Das ist ein Befehl. Wenn Er möchte, kann ich Ihm noch mehr Soldaten als Hilfskräfte zur Verfügung stellen.«

»Eine Holzzuteilung wäre mit lieber«, jammerte Klobbicke. »Es ist alles aufgebraucht.«

»Soll Er haben.« Die Exzellenz wurde leicht ungeduldig. »Hat Er denn gar nichts Neues über den letzten Tag des Herrn von Schonebeck im Amt herausfinden können? Ich hatte Ihn in meinen Anweisungen darum gebeten, noch mal nachzuhaken. Niemand, der etwas weiß?«

Ach woher denn, seufzte Klobbicke unhörbar. Dieser Erasmus von Schonebeck gehört zu den ewig Gestrigen, einer, der Mein und Dein nicht eindeutig auseinanderhält, ein Polterer und Hitzkopf im Umgang mit den Leuten. Dass da nicht längst jemand zur Axt gegriffen hatte, ist eigentlich unverständlich. Klobbicke weinte dem Landrat keine Träne nach. Zu sehr erinnerte sich Klobbicke an manche Gefechte, die er mit Schonebeck ausgetragen hatte, und all den Filz, der immer wieder zum Vorschein kam, weil Schonebeck auch als Landrat ein etwas zu enges Verhältnis zum Domkapitel oder überhaupt zur Kirche hatte. Er schützte zu viele Rechte, die es eigentlich nicht mehr gab, und alte Besitzstände. Und was die Leute im Landratsamt vom Stallknecht bis zum subalternen Schreiber betraf, musste man einigen das Maul mit dem Brecheisen aufsperren. Seit der Landrat verschwunden war, sagten die einem nicht mal mehr die Tageszeit an, wenn der Dienst sie nicht dazu zwang.

»Bisher nicht.«

»Lass Er einfach nicht locker.«

»Da wäre noch der Strick, an dem der Tote hing«, sagte Klobbicke in dem Bemühen, mit etwas gefällig zu sein.

»Und?« Der Geheimrat beugte sich ein wenig vor.

Klobbicke schüttelte den Kopf. »Nicht mal der Knoten ist etwas Besonderes. So ein Strick findet sich auf jedem Hof.«

»So!«, sagte die Exzellenz schwach und fuhr nach einer Pause fort: »Nur nicht den Mut verlieren. Und wie geht es der Familie in Berlin? Alle wohlauf?«

Klobbickes Gattin hatte sich immer noch nicht entschließen können, ihm in die westfälische Provinz zu folgen. Deshalb konnte er sich nur die beiden schäbigen Kammern leisten, denn er musste ja die Familie in Berlin unterhalten. Neuerdings spielte er mit dem Gedanken, sich dorthin zurückversetzen zu lassen. Arbeit und Leben waren zu mühselig hier und zersetzten seine ganze Schaffenskraft. Und der Mann vor ihm war ihm unheimlich. Was sollte dieser verstohlene Besuch in der Nacht? War das nötig?

»Ich hab nicht verstanden, warum Ihr Euch selbst mit der Sache befasst«, äußerte er mutig.

Der Mann schien verhalten zu lächeln. Schade, dass er ihn nicht deutlicher sehen konnte. Dieses Heimliche, das der Mann an sich hatte, missfiel ihm immer mehr.

»Dienst, Klobbicke, nichts als Dienst. Ich tue genau wie Er nur meine Pflicht. Und falls wir uns hier in der Gegend einmal begegnen sollten, so kennt Er mich nicht. Er hat mich nie gesehen. Aber wenn die Sache ausgestanden ist, springt für Ihn sicher eine Belobigung mit nachfolgender Beförderung heraus. Bei Seinem Eifer kann das gar nicht ausbleiben. Halt Er sich nur tapfer.«

In Klobbickes Mund hatte sich ein schaler Geschmack festgesetzt, und unter der wollenen Nachthaube juckte ihm die Kopfhaut, ein untrügliches Zeichen, dass er auf der Hut sein musste. Immer mehr sträubte sich etwas in ihm, dieser Exzellenz allzu viel Vertrauen entgegenzubringen. Ein Mann dieses Ranges schlich sich doch nicht verstohlen bei Nacht in die Unterkunft eines Untergebenen. Irgendetwas stimmte hier nicht.

Nachdem der Besucher sich verabschiedet hatte, stellte sich Klobbicke ans Fenster. Draußen saßen zwei fremde Gendarmen zu Pferde, und ein dritter hielt das Pferd der grauen Exzellenz am Zügel. Soweit Klobbicke verstanden hatte, war sein nächtlicher Gast in Lüdinghausen gewesen und nun auf der Rückreise. Das erklärte die Störung aber nur unzureichend. Diese Reise zu unchristlicher Zeit schien ein sicherer Hinweis auf gefährliche konspirative Umtriebe zu sein.

Den Rest der Nacht fand Klobbicke nicht wieder in den Schlaf. Der Fall war nun noch monströser und undurchschaubarer geworden, waren doch anscheinend höchste Regierungskreise darin verwickelt.

Kapitel 3: Agnes oder Marie

1

Die Stadt war unglaublich! Das zeigte sich bei jedem Besuch aufs Neue. Über den Prinzipalmarkt in Münster flanierten Stutzer, hochmoderne Hüte auf dem Kopf, sogenannte Ofenrohre. Wie konnte man laufen mit so einer Röhre auf dem Haupt? Noch dazu hatten die Schuhe hohe Hacken, mit denen man über das von Pferdeäpfeln, Kuhfladen, Hundehaufen und zertretenem, feuchtem Stroh schlüpfrige Katzenkopfpflaster balancieren musste. Dank der bunten Fräcke, Röcke, Tücher und Hüte flimmerte die Straße vor Farben, die vergessen ließen, wie trüb sich auch dieser Tag anließ.

Paul hatte vorgeschlagen, über den Prinzipalmarkt einzureiten. Jan brauchte nicht lange, um herauszufinden, was Paul hierherzog. Vom Pferderücken aus ließ sich bestens nach blasser nackter Haut Ausschau halten, die einige unerschrockene Damen trotz der Kälte an Hals und Brustansatz zeigten. Viele Damen waren allerdings nicht zu sehen, die meisten schlürften wohl noch ihre Morgenschokolade. Heute war Markttag. Es waren überwiegend Dienstmägde und biedere Hausfrauen unterwegs, Körbe am Arm, das Gesicht von mächtigen Rüschenhauben umrahmt. Und Soldaten.

Nicht weit von Jan und Paul entfernt, schlich sich ein Stutzer gerade von hinten an einen Soldaten heran und trat ihn mit voller Wucht in den Hintern. Bevor der Soldat sich umdrehen konnte, war der junge Mann zurückgewichen, hatte sich bei einem anderen eingehakt und schwenkte mit diesem in eine Nebengasse beim Rathaus ab, alles in wenigen Augenblicken. Der Vorfall war so schnell vorbei, dass man ihn für Einbildung hätte halten können, wenn der Getretene nicht ein Geschrei angestimmt hätte, das ein paar Kameraden heranlockte.

»Potzblitz!«, rief Paul bewundernd aus, während Jan überlegte, ob es nicht besser wäre, die Pferde anzutreiben und den Weg fortzusetzen. Aber da eilten die Soldaten schon auf sie zu.

»Ihr da! Steigt ab. Habt Ihr den Vorfall gesehen?«

Paul schwang sich aus dem Sattel, und wohl oder übel folgte Jan seinem Beispiel. Als er ihn besorgt musterte, fiel ihm ein dunkler Schatten unterm Auge auf, eine grünliche Verfärbung. Bei der Versammlung auf Hundrups Hof hatte er sie nicht bemerkt, möglicherweise war es in der Runde am Herdfeuer nicht hell genug gewesen oder die Gespräche hatten ihn abgelenkt. Wie war Paul zu diesem Veilchen gekommen? Als gestandener Bauer in mittleren Jahren – Paul war Anfang vierzig – konnte er doch nicht mehr in Wirtshausschlägereien verwickelt sein. Oder doch?

»Ich seh nie wat, wat mich nix angeiht.« Paul lächelte breit und zeigte dabei die vom Tabak braun verfärbten Zähne.

Jan hatte der Vorfall nur wütend gemacht. Was fiel diesem aufgeputzten Jüngelchen bloß ein, hinterhältig zuzutreten und sich dann aus dem Staub zu machen? Für diese Art von Heldentum hatte er nichts übrig. Der getretene Soldat, ein ganz junger, der sicher noch nicht lange Dienst tat, rang noch immer um Fassung. Scham, Zorn und Verlegenheit wechselten sich in seiner Miene ab. Mehrere Passanten waren stehen geblieben, die meisten sensationslüstern. Die Demütigung eines preußischen Soldaten in aller Öffentlichkeit konnte sie für den ganzen Tag aufheitern und für manche Unbill entschädigen. Es gärte in der Bevölkerung. Napoleon hatte Freiheit und Gleichheit für alle versprochen, und dieses Versprechen hing, lange nach seiner letzten Niederlage, noch immer uneingelöst in der Luft.

»Kommt, gehen wir weiter.« Der Soldat wandte sich ab, wohl wissend, dass sie nichts ausrichten konnten.

Paul kam sich wie ein Sieger vor, vor allem, da ihm einige Bürger anerkennend zunickten. Vor Wut über soviel Selbstgefälligkeit, ließ Jan ihn auf dem Domplatz umherirren. Sie hatten die Pferde an einem Droschkenplatz angebunden und mussten sich nun zur zuständigen Behörde durchfragen. Jan war es eine grimmige Genugtuung, zu sehen, wie Pauls Großmäuligkeit schwand. Jetzt war von ihm nur ein dummer Bauer übrig, der sich in den Mühlen der Ordnungsmacht nicht auskannte. Ja wohin wollten sie denn überhaupt? Wer konnte ihnen über Klobbicke Auskunft erteilen? Sie verirrten sich ins Oberpostamt, das in die frühere Domprobstei gezogen war, und pendelten einige Male zwischen der Regierung im Fürstenhof und der Landsberg'schen Kurie, wo das Oberlandesgericht jetzt seinen Sitz hatte, und wurden überall kaltschnäuzig und knapp abgewiesen. Als jemand bei ihrem zweiten Versuch im Fürstenhof Jan grüßend zunickte, gab Paul klein bei. »Kannst du den nicht mal fragen?«, zischte er. »Woher kennt er dich? Wer ist das?« Der Mann trug eine preußische Uniform. »Gehört er zu denen, mit denen du Geschäfte machst?«

Jan sah ein, dass er eingreifen musste. Schließlich erfuhren sie von einem subalternen Beamten, der sich ihrer annahm, dass es mit Klobbickes Untersuchung seine Richtigkeit habe. Der Amtmann Klobbicke sei für diese Untersuchung mit allen Befugnissen eines Polizeioffiziers ausgestattet. Was aber den Freiherrn von Schonebeck betreffe, der sei auf Dienstreise.

Je länger der Beamte redete, desto verwirrter wurde Paul. Recht kleinlaut ließ er sich am Ende der unerquicklichen Unterredung die Tür weisen. Von Strafmaßnahmen war die Rede gewesen, falls sich die Bevölkerung bei der Untersuchung eines ungeklärten Todesfalles weiterhin so wenig entgegenkommend zeige. Da könnten leicht Geldbußen verhängt werden. Paul musste den Eindruck gewinnen, mit der Nachfragerei alles nur noch schlimmer gemacht zu haben, zumal sich der Beamte ihre Namen hatte nennen lassen und eine Aktennotiz angefertigt hatte. Ziemlich gründlich hatte er das Veilchen unter Pauls rechtem Auge studiert. Wahrscheinlich fand sich auch das in der Notiz wieder. Beim Gang zurück zu ihren Pferden strich sich Paul mehrfach sorgenvoll über die verfärbte Stelle.

Der Domplatz hatte in den letzten zehn Jahren einige Veränderungen erfahren. Nicht nur waren die umliegenden Gebäude in andere Hände übergegangen, auch Bäume waren gepflanzt worden und das Pflaster erneuert. Ein hübsches Pflaster mit abwechselnden Mustern, akkurat und doch die riesige Fläche angenehm belebend. Während Jans Blick umherschweifte, blieb er an einer Gestalt haften, die von der Seite auf das Regierungsgebäude zueilte, das sie kurz zuvor verlassen hatten. Der Mann trug einen weiten Kapuzenumhang, den er über eine Schulter zurückgeschlagen hatte, um vielleicht etwas aus der Tasche seines Gehrocks zu kramen, dabei drehte er seinem Beobachter den Rücken zu.

»Mir ist noch nicht nach Heimkehr«, meldete sich Paul kleinlaut. »Lass uns hier zu Mittag essen.«

Jan nickte nur. An wen erinnerte ihn dieser eher schmächtige Mann? Gerade stieg er die wenigen Stufen zur Tür hoch.

»Kommst du?«

Hatte er den Mann hier schon mal gesehen?

»Ich sagte, kommst du?«, wiederholte Paul nachdrücklich.

Pauls laute Stimme fuhr in Jans Überlegung, und so entglitt ihm die Eingebung, die sich gerade erst bildete. Bedauernd wandte er sich Paul zu.

»Und wohin?«

In dem Lokal, das Paul aussuchte, verkehrte wohlsituiertes, städtisches Publikum, und wahrscheinlich waren es wieder die anwesenden Damen, die Paul nach einem langen Blick durchs Fenster hineinlockten. Jans Bedenken wischte Paul einfach beiseite. Ihm schwoll schon wieder der Kamm. »Wir können bezahlen, also können sie uns nicht abweisen.«

Aber sie wurden schon im Eingang aufgehalten von einem streng blickenden Mann, der nach ihrer Mitgliedschaft fragte. Bevor einer von ihnen antworten konnte, mischte sich ein Gast ein, der das Lokal gerade verlassen wollte. Er lächelte leutselig. »Lass Er sie nur ein. Neue Gesichter schaden nicht.« Anscheinend war der Mann jemand von Rang.

»Man muss hier Mitglied sein? Wie im Landwirtschaftsverein?«, fragte Paul ungläubig.

»So in etwa«, antwortete der Herr. »Das hier ist der Civilclub.« Er zwinkerte. Sein Blick glitt über Jans langen Schäfermantel, der immer noch nach Schafen riechen musste, wie die Kräuselung der Nase ihres Wohltäters verriet, er selbst roch das längst nicht mehr.

Mit einer knappen Handbewegung wurden sie eingelassen.

Damen und Herren saßen an kleinen Tischen, plauderten angeregt, schlürften geziert Kaffee aus den Untertassen, spielten Karten oder lasen Zeitung. Für Paul waren sie wundersame Erscheinungen.

»Sie lesen Zeitung!«, stöhnte er andächtig. »Auch die Weibsbilder.«

Jan setzte sich so, dass er sehen konnte, was eine elegante, mit winzigem Tageshäubchen und Seidenschal ausstaffierte Dame am Nachbartisch las: das Münsterische Intelligenzblatt.

»Na und? Mach ich auch.«

Paul bestellte beim Kellner eine Schüssel Potthast für sie beide und zwei Krüge Bier. Der Kellner runzelte die Stirn.

»Ich möchte Kaffee«, wandte Jan rasch ein.

»Ach wat!«, knurrte Paul. »Gift et Potthast?«, fragte er misstrauisch.

»Ich werde in der Küche nachfragen«, sagte der Kellner geziert.

»Dann mach dat. Aber fix. Eine Schüssel Potthast für uns beide und zwei Krüge Bier.«

»Hör zu«, fuhr er fort, sobald sich die Bedienung zurückgezogen hatte. »Ich bin nicht ganz blöd. Ich lese auch Zeitung, manchmal, wenn sie einer in die Sitzung des Landwirtschaftsvereins mitbringt. Mach du hier bloß nicht auf vornehm. Der Kerl vorhin ging mir schon genug auf den Senkel.«

Gelassen legte Jan den Mantel ab und hängte ihn an einen Garderobenständer. »Seh ich so aus, als ob ich auf vornehm mache?«

Die nächste halbe Stunde redete Paul nur über seinen Hof und die Fortschritte, die er durch ein paar Neuerungen erzielt hatte, die im Landwirtschaftsverein propagiert worden waren. Jan gewann den Eindruck, dass es ihm darum ging, die traurige Figur vergessen zu lassen, die er bei ihrem Irrweg durch die Ämter abgegeben hatte.

»Wo liest du denn Zeitung? Bei deinen Schafen?«, fragte Paul plötzlich.

Über ihnen flimmerte eine Lampe. Schon mehrmals hatte Paul verwirrt zu ihr hochgeblinzelt.

»Das ist eine Gaslampe.« Jan konnte es sich nicht verkneifen, einen leicht herablassenden Ton anzuschlagen.

»Was du nicht sagst! Hab schon von den Dingern gehört, bloß noch keins gesehen.« Paul fixierte Jan mit gerunzelten Brauen. »Aber du weißt Bescheid! Du hockst in der Einöde bei den Schafen, liest ihnen aus der Zeitung vor, machst Geschäfte mit den Preußen und kennst dich mit Gaslampen aus. Früher warst du ein verdrehter Junge, der mächtig herumspann. Das ist jetzt vorbei? Du siehst nicht mehr deine tote Großmutter oder hast Gesichte? Du bist kein Spökenkieker mehr?« Weil Paul etwas lauter sprach, erregte er an den Nachbartischen noch mehr Aufmerksamkeit als ohnehin schon. Einige Leute lugten hinter den Zeitungen hervor, andere gaben nicht einmal mehr vor, mit etwas anderem als Lauschen beschäftigt zu sein.

Jan lächelte friedfertig. »Nein, die Spintisiererei ist vorbei. Wie du richtig gesagt hast, war ich noch ein Junge. Ich hab die Zeitung abonniert und komme alle zwei Monate in die Stadt, um sie mir abzuholen. Ich möchte wissen, was in der Welt vorgeht.« Und über Dampfmaschinen, Gaslampen und jedweden Fortschritt, hätte er beinahe hinzugefügt, könnte ich dir einiges erzählen. Aber schon ärgerte er sich, dass er überhaupt davon angefangen hatte, da ritt ihn doch der Teufel, sich vor Paul aufzuspielen. Und vom Zeitunglesen hätte er auch besser geschwiegen. So ein Abonnement war eine sehr, sehr teure Sache, die wenigsten konnten sich eine derartige Ausgabe leisten. Früher oder später würde Paul über sein Einkommen nachdenken, und das ging ihn doch wirklich nichts an.

Ungläubig schüttelte Paul den Kopf. »Das versteh nun einer. Ich dachte immer, bei den Schäfern geht die Spintisiererei erst recht um. Da scheinst du eine große Ausnahme zu sein.« Auf einmal grinste Paul verschwörerisch. »Na, wenn du doch noch zu Verstand gekommen bist, wäre das ja ein guter Anfang.«

Feierlich trug der Kellner eine Schüssel Potthast auf, und sie begannen die Schüssel gemeinsam auszulöffeln, was ringsum für unterdrückte Heiterkeit sorgte. So aßen nur noch die Bauern.

»Ein Anfang wobei?«

Paul dämpfte die Stimme. »Auf dem Hof. Hast du das vorhin nicht mitgekriegt? Wie es ausschaut, ist der Tote doch nicht der Schonebeck – oder?« Er legte eine bedeutungsschwere Pause ein.

»Wenn man es bloß genau wüsste! Dann hätte Agnes Klarheit. Und die braucht sie.« Paul leckte sich über die Lippen. »Du könntest dich um Agnes kümmern. Eigentlich ist sie ja ganz verständig. Bennard dagegen … Leicht hatte sie es mit dem nicht. Der war hinter jedem Rock her, ein richtiger Hurenbock, wenn du weißt, was ich meine. Und die letzte Zeit hat er sich kaum noch um den Hof gekümmert, und gesoffen hat er auch mehr, als recht ist. Da wär manch andere als meine Schwester schon früher verzweifelt.«

»Hör auf!«, befahl Jan. »Ich will das nicht hören. Hör auf, über Bennard herzuziehen, der nicht hier ist und sich nicht verteidigen kann.«

»Nee, kann er nicht, weil er tot ist. Und Agnes ist mit einem toten Ehemann besser dran als mit einem, der als Mörder gesucht wird.«

»Du meinst, Agnes hat Bennard auf dem Gewissen?«

Paul verschluckte sich und hustete eine Weile. »Wie kannst du so was auch nur denken! Doch nicht Agnes, die nicht, auf keinen Fall.« Er besann sich ein paar keuchende Atemzüge lang und nahm einen großen Schluck aus dem Bierkrug. »Da käme schon eher dieser Küchentrampel in Frage. Eure Magd hängt an Agnes, sag ich dir, die tät alles für sie.«

»Stine?« Wie kam Paul nur auf Stine? »Die ist ordentlich und rechtschaffen.«

»So?« Paul blinzelte. »Was du nicht sagst. Trotzdem könnt ich mir die gut mit einem Beil vorstellen.«

Mit einer Axt, wenn schon, dann mit einer Axt, dachte Jan. »Und es gibt wohl keinen, der dem Schonebeck an den Kragen wollte?«

Paul stutzte. »Dutzende.«

»Ja«, sagte Jan nachdenklich, »jeden Tag stehen neue Attentate in der Zeitung. Unliebsame Beamte umzubringen scheint eine neue Mode zu sein, und besonders gern richtet sich der Zorn gegen hohe Amtsträger. Denk an den Staatsrat von Kotzebue oder den Minister von Ibell oder den Herzog von Berry.« Der Gedanke, diese gewagte Verbindung zu ziehen, war ihm gerade erst gekommen. Sie gefiel ihm.

»Hab nie von denen gehört. – Was Politisches!«, flüsterte Paul in einer plötzlichen Erkenntnis.

Jan zuckte nur die Schultern. »Ich war nicht dabei. Ich weiß es nicht.«

»Aber der Schonebeck?«, rätselte Paul.

»Du kennst ihn doch. Hattest öfter mit ihm zu tun. Oder nicht?«

Paul seufzte unbehaglich, rückte näher an Jan heran und dämpfte die Stimme. »Über den könnte ich schon Sachen erzählen, die nicht jeder hören sollte. Im Landwirtschaftsverein gibt er wie früher den Ton an, als hätten wir andern überhaupt keine Stimme. Ständig stellt er sich quer. Manchmal könnte ich ihn schon …« Paul ballte eine Hand zur Faust.

»Verstehe«, sagte Jan leichthin. »Du hast ganz persönlich was gegen ihn.« Er stand auf, gab der Bedienung einen Wink und fingerte nach seiner Börse.

»Ja, gehen wir«, sagte Paul und gab mit einem nervösen Schulterzucken zu erkennen, dass er das Angestarrtwerden leid war, »es wird Zeit. Aber lass dein Geld man stecken. Ich bezahl alles.« Er war wieder lauter geworden. »Hol schon mal die Pferde, ich warte dann draußen auf dich.«

Jan gab einer plötzlichen Verdrossenheit nach. »Hol dir dein Pferd selbst. Du musst allein zurückreiten. Ich sehe nach meinen Schafen, war jetzt lange genug weg.« Er langte nach seinem Mantel.

»Aber du kommst zurück?«, fragte Paul scharf.

»Warum sollte ich? Ihr mögt mich doch alle nicht.«

»Stimmt auch wieder.«

2

Jan kehrte mit einem Packen Zeitungen in die Schäferei zurück. Mit dem alten Buchhändler Theissing hatte er schon vor Jahren vereinbart, dass er ihm für eine geringe Summe Restexemplare aufhob, die längst nicht mehr aktuell waren. Das kümmerte ihn nicht sonderlich, es genügte ihm, wenn auch verspätet, von wichtigen und weniger wichtigen Ereignissen zu erfahren und wenigstens aus der Ferne am Weltgeschehen Anteil zu nehmen.

Die jüngste Ausgabe seiner Zeitungen war erst wenige Tage alt, da hatte er unverhofftes Glück, und er brannte darauf, sie zu studieren. Zunächst jedoch musste er seinen Hilfsschäfer Jonas besänftigen, der ziemlich ungehalten war, dass er ihn so lange allein gelassen hatte. Das war nicht abgesprochen gewesen. Jan gelang es schließlich, seine Abwesenheit als Bewährungsprobe hinzustellen, und um das zu untermauern, sah er sich die Herde im Beisein von Jonas sehr gründlich an. Der Junge kaute nervös auf der Unterlippe, während er zusah, wie sich Jan Wege durch die wogende Schar wolliger Leiber bahnte und hier und da in ein Fell griff, über eine Schafsnase fuhr oder ein knochiges Bein entlang.

Jonas war der dritte Sohn eines recht wohlhabenden Bauern aus der Gegend um Ottmarsbocholt. Sein Vater konnte nicht viel mit ihm anfangen und hatte sichtlich aufgeatmet, als sich Jan bereit erklärt hatte, den Jungen in die Lehre zu nehmen. Der Bursche war freundlich, umgänglich und oberflächlich gesehen recht anstellig, hatte aber kein Gefühl für die Schafe, wie sich bald herausstellte. Überhaupt Tiere: Vor Pferden fürchtete er sich geradezu und war heilfroh, dass ein Esel den kleinen Schäferkarren zog, mit dem sie den Sommer über unterwegs waren. Der Esel war mit dem Bock der Herde eng befreundet und focht mit ihm gegen die beiden Hütehunde gern mal einen Machtkampf aus, der zwar den vieren Spaß machte, aber die Herde in Panik versetzte und Jonas verzweifeln ließ. Weil Jan mit einem durchdringenden Pfiff das wilde Toben abrupt beenden konnte, glaubte Jonas, dass sein Dienstherr über Geheimnisse im Umgang mit den Tieren verfügte, in die er ihn schäbigerweise nicht einweihte. Er hatte immer noch nicht begriffen, dass es an ihm lag, und Jan zögerte, es ihm zu sagen. Er mochte den Jungen ja, und er wusste, es gefiel ihm in der Heide.

Eins der Tiere lahmte schwer, und Jan konnte sich ungefähr denken, wie das passiert war. »Jonas«, sagte Jan ruhig, »sieh dir den Hinterlauf an.«

Zögernd und mit ängstlicher Miene kam der Junge heran, sorgsam darauf bedacht, mit beiden Händen die andrängenden Schafe abzuwehren.

»Sieht nicht gut aus, nicht wahr?«, nuschelte er betreten, als er endlich neben Jan stand und auf das Schaf hinabblickte, das auf drei Beinen stand. Das vierte zuckte angewinkelt in der Luft.

»Was ist passiert?«, fragte Jan sachlich. »Sag's mir einfach.«

Jonas sog hörbar die Luft ein, bevor er antwortete. »Gestern hatte ich die Schafe draußen. Sie mussten doch mal raus, das predigst du ja immer.« Sein Ton wurde heftiger.

»Ja und?« Jan rang um Geduld, die war er dem Bürschchen nach der tagelangen Abwesenheit schuldig.

»Der Esel ist ausgebrochen, und die Hunde sind hinter ihm her und ...« Jonas verstummte furchtsam.

An den eigentlichen Stall schloss sich ein Gehege an, in das die Tiere bei gutem, trockenem Wetter im Winter getrieben werden konnten. Das tat der Gesundheit der Tiere gut und sorgte für extra dickes Fell.

Jan hatte Jonas angewiesen, den Esel getrennt von den Schafen zu halten, er hatte seinen eigenen kleinen Verschlag.

»Schon gut!« Jan winkte müde ab. »Morgen schlachte ich das Schaf. Das Bein ist gebrochen, da ist nichts mehr zu machen.« Das Schaf war trächtig, und das ungeborene Lamm würde mit der Mutter sterben.

Wenigstens war Jonas angemessen bekümmert.

Nach dem Abendessen ließ sich Jan mit den Zeitungen in eine Ecke am Ofen nieder, die er nur für sich reserviert hatte. Hier stand ein Lehnstuhl, gepolstert mit Schaffellen. Den Stuhl hatte er von Grootohm Bredenbeck geerbt, zusammen mit der bescheidenen Hütte, die genau genommen nur ein Anhängsel des Schafstalls war.

Einer der Hütehunde, von keinem schlechten Gewissen geplagt, rollte sich vor dem Stuhl zusammen und legte Jan vertrauensvoll und zufrieden den Kopf auf den in dicken Socken steckenden Fuß, der andere Hund legte sich daneben und linste zufrieden und glücklich zu seinem Herrn empor, bevor er wohlig in Schlaf sank.

Bald stellte Jan fest, dass er sich gar nicht auf das, was er las, konzentrieren konnte. Er musste über das Gespräch mit Paul nachdenken. Das Gerede über Bernard ärgerte ihn, und er fragte sich, ob überall in der Nachbarschaft so schlecht über seinen Bruder gesprochen wurde. Anton hatte ihm ja etwas Ähnliches erzählt. So weit war es also mit den Droste Tomberge gekommen. Aber warum regte ihn das auf? Mit seiner Familie verband ihn doch seit Jahren nichts mehr.

Als er es bei seinem Bruder nicht mehr ausgehalten hatte, war die Schäferei in der Gimpter Heide zu seiner Zuflucht geworden, aber jetzt schien es Jan, als hätte sie diese Kraft nicht mehr. Die frühere Behaglichkeit wollte sich nicht einstellen, das wohlige Gefühl, daheim zu sein.

In der jüngsten Ausgabe des Münsterischen Intelligenzblatts stand nichts über den vermissten Landrat von Schonebeck. Hatte er das erwartet?

Er las ein paar Artikel, ließ die Zeitung wieder sinken. Diesmal dachte er an seine Fahrt ins Moor, die so anders verlaufen war, als er erwartet hatte. Früher war es ihm wie ein geheimnisvolles, trügerisches Wesen vorgekommen, dem er sich eigenartig verbunden fühlte in seiner Unberechenbarkeit, seinen Abgründen, seinen Schrecken und seiner Schönheit. Im Moor hatte er Rausch und Vergessen gefunden und den dunklen Seiten seiner Natur ihren Lauf gelassen. Was war von all dem geblieben? Er lächelte wehmütig. Er war halt erwachsen geworden, da verflachte manches im harten Licht der Wirklichkeit. Und da war natürlich Marie gewesen …

Am nächsten Morgen schlachtete er das Schaf und zwei fast einjährige Böcke, deren Fleisch er an das Generalkommando verkaufen wollte, das im ehemaligen Dominikanerkloster residierte. Das Militär zahlte immer noch am besten und pünktlichsten und war ein recht zuverlässiger Abnehmer. Jonas sah dabei zu, wie er leichthändig mit Schlachtermesser und Beil hantierte. Geradezu liebevoll ging er mit dem Werkzeug um. Es brachte den Tod und der wollte ernst genommen werden. Er musste schnell, unvorhergesehen und barmherzig kommen.

Bei dem Toten am Baum war ein Stümper am Werk gewesen.

Jonas würde wahrscheinlich nie die innere Kraft aufbringen, die zum ordentlichen Schlachten nötig war, aber er konnte wunderbar Beil und Messer schleifen. Scharfe Klingen gaben bestimmte Töne von sich, in die man sich einhören musste, hatte er Jan nach seinen ersten Versuchen ernsthaft erklärt. Danach lauschten sie oft gemeinsam, aber nur Jonas hatte das Ohr für den Stahl. Wenigstens dafür hatte der Bursche eine Begabung.

Die Abgeschiedenheit hier in der Heide hatte Jan nie viel ausgemacht. Die Menschenleere, die Weite der Landschaft, die die Schäferhütte umgab, dieser tiefe Horizont, nur hier und da unterbrochen von Wacholderbüschen, förderten eher noch seine Zufriedenheit. Da war nur neuerdings diese Unruhe. Und wenn er sich die Zeitungen wieder vornahm, das Gefühl, etwas zu verpassen, etwas Begonnenes nicht zu Ende zu führen.

Wenn er länger fortbliebe, würde ihn Paul für einen Feigling halten. Der Letzte der Droste Tomberge ist ein Drückeberger, würde es heißen, einer, der den Schwanz einzieht. Paul würde dafür sorgen, dass ihn alle so sahen.

Nachdem er das Fleisch nach Münster gebracht hatte, vergingen ein paar Tage, aber dann gab er Jonas Anweisungen, die für den ganzen Winter hätten reichen können. Zumindest für die Zeit bis nach Neujahr, das hieß für knapp zwei Wochen. Besorgt sah Jonas zu, wie er seine Sachen zusammenkramte, und dann ging ihm endlich ein Licht auf.

»Wieder eine Bewährungsprobe?«, fragte er finster.

»Ich muss in die Loddenheide, dort mal nach dem Rechten sehen, das wird eine Weile dauern«, sagte Jan leichthin.

»Warst du nicht neulich schon dort? Und wie lange bleibst du diesmal?«

Jan zögerte mit der Antwort, er war sich nicht einmal sicher, was er tun und wie lange er dafür brauchen würde. Deshalb konnte er sich zu keiner eindeutigen Angabe durchringen. Er sattelte das Pferd, das er vom Droste-Hof mitgebracht und um das Jonas tagelang einen Bogen geschlagen hatte. Ein schönes Pferd mit glänzendem braunem Fell und breitem Rücken, auf das Bernard sicher stolz gewesen war.

»Pass diesmal besser auf die Hunde auf. Ich will nicht noch mal ein Schaf mit gebrochenem Lauf haben. Wenn du es nicht mal schaffst, ein bis zwei Wochen allein zurechtzukommen, wird aus dir nie ein Schäfer, der eine ganze Herde führen kann. Darüber sind wir uns doch wohl einig«, sagte er schließlich und wusste, dass es zwar nur die Wahrheit war, aber ein ganz schlechter Zeitpunkt, sie anzubringen. »Ich zähl auf dich, Jonas«, fügte er freundlicher hinzu.

3

Der Advokat hatte seine Kanzlei am Roggenmarkt im ersten Stock eines Gebäudes mit einem hohen Treppengiebel aus Sandsteinquadern. Eine gute Adresse, die auf allen Briefen prangte und die Jan sich eingeprägt hatte. Das Schreiben, das der Advokat als Letztes an Bernard gesandt hatte, hatte er im Schnappsack mitgebracht, in dem auch Wäsche zum Wechseln und noch so einiges an unentbehrlichen Dingen steckte. Der Advokat Henning Schult-Henning ließ ihn auf einem dünnbeinigen Stühlchen im Flur warten, nachdem er nur kurz durch die Tür, die sein Kanzleigehilfe zu diesem Zweck offen gehalten hatte, einen Blick auf seinen Besucher geworfen hatte.

Die Wartezeit, begriff Jan, diente der Klarstellung, wie sehr jemand Studiertes sich herabließ, wenn er einen Menschen, der einen langen, schmuddeligen Schäfermantel trug, überhaupt zu sich vorließ. Ob Bernard auch auf dem wackeligen Stühlchen gesessen hatte? Und wenn ja, wie lange wohl?

Der Kanzleigehilfe nahm Jan das Schreiben ab, trug es zu seinem Herrn und forderte Jan endlich auf, ihm ins Büro zu folgen.

Schult-Henning hatte ein großflächiges, fleischiges Gesicht mit Knollennase und schwerer Kinnlade. Den Brief vor sich, fragte er sofort: »Und? Was hat Er mit diesem Brief zu schaffen? Wie kommt Er in seinen Besitz?«

Die Kanzlei hatte tapezierte Wände, einen eichenen Kannenstock auf der einen Seite und auf der anderen einen Kanzleischrank mit hohen Türen. Die vier Fenster des Büros gingen auf die Straße hinaus. Von draußen schallte Lärm herein. Fuhrwerke rumpelten über das Pflaster, jemand schrie aufgebracht. Auf der breiten Ablage des Kannenstocks stand ein Kaffeegedeck, und auf einem Tellerchen lag eine angebissene Semmel. Es roch nach gut geröstetem Kaffee, Gediegenheit und Gelehrsamkeit, Letztere repräsentiert durch Schult-Henning selbst, der die Hände auf dem Schreibtisch gefaltet hatte und seinen Besucher geduldig anschaute.

»Ich bin der jüngere Bruder von Bernard Droste Tomberge«, erklärte Jan, »den Ihr in mehreren Prozessen, in denen es immer um die gleiche Sache ging, vertreten habt.«

Die Miene des Advokaten hellte sich auf. »Dann hat Ihn sein Bruder geschickt, um das noch ausstehende Honorar zu begleichen?«

»Nein«, antwortete Jan leichthin, »hat er nicht. Ich wollte mich durch das Schreiben nur ausweisen. Mir ist nicht klar, warum mein Bruder mit immer neuen Begründungen um die gleiche Sache vor Gericht gefochten hat.«

Schult-Henning sah auf seine Hände. »Nun, Hartnäckigkeit lohnt sich in diesem Falle allemal, es geht ja um nichts Geringes. Aber das habe ich Seinem Bruder mehrfach erklärt, und wenn Er nicht wegen der Zahlung hier ist, versteh ich nicht, was Er hier will. Auskünfte erteile ich nur meinem Klienten persönlich.«

»Das bin jetzt ich, bis auf weiteres führe ich den Hof und kümmere mich um alle Angelegenheiten, auch die rechtlichen. Wenn Ihr mir nicht glaubt, fragt bei Amtmann Klobbicke in Senden nach«, erklärte Jan bestimmt. Erstaunt hob Schult-Henning den Kopf. Jan hielt seinen Blick fest, während er weitersprach. »Ich habe auf dem Katasteramt und beim Gericht Erkundigungen eingezogen. Und dort hat man mir gesagt, dass Ihr auch dem Herrn von Schonebeck als Berater dient – in genau der gleichen Sache. Wie kann das sein?«

Das Gesicht des ehrbaren Advokaten wurde erst blass, dann rötete es sich, während es in ihm zuckte und sein Kopf hilflose kleine Ruckbewegungen ausführte, ohne dass er seinen Blick aus Jans lösen konnte.

»Wer hat das behauptet? Das ist unerhört … das ist …«

Jan hatte nur auf den Busch geklopft. Im Kataster waren auf einigen Messblättern das Venner Moor und die Davert erschreckend detailliert eingezeichnet und in einem Anhang alle

Personen aufgeführt, die Ansprüche anmelden konnten. Großgrundbesitzer wie Schonebeck, die Herren von und Zurmühlen, die zu Kakesbeck, die von Beverfoerde und etliche andere, von denen einige ganz in der Nähe des Roggenmarkts ihre Stadthäuser hatten, standen an erster Stelle. Beim Studieren dieser illustren Namen war die Idee aufgekeimt und hatte sich bei der Warterei draußen im Flur dieser edel anmutenden Kanzlei verdichtet. Hinter Glas war eine Art Urkunde über den Titel des Kanzleiinhabers ausgestellt, mit allerhand hübschen Ranken verziert und von einem Wappen gekrönt, wie es sich manche vermögenden Bürger zur eigenen Erhöhung zulegten. Wer nahm die Dienste dieses Advokaten in Anspruch? Sicher nicht in erster Linie Bauern, Handwerker und kleine Kaufleute.

Für den Besuch bei Gericht war gar keine Zeit mehr gewesen, den hatte sich Jan für später vorgenommen.

All die hohen Herren auf der Liste im Katasteramt waren vermutlich Mitglieder im Landwirtschaftsverein, dem auch Paul angehörte. Jan würde seinem Schwippschwager einmal auf den Zahn fühlen müssen.

Trotz einiger Anstrengung gelang es Schult-Henning immer noch nicht, den Blickkontakt zu unterbrechen. In kürzester Zeit verstrickte er sich in seltsam unseriöse Erklärungen und Widersprüche. Natürlich kenne er den Herrn von Schonebeck. Ihn und andere, die berechtigte Interessen an der Davert und am Venner Moor hätten, und gelegentlich hätte mit dem einen oder anderen ein klärendes Gespräch stattgefunden. Man sah sich ja von Zeit zu Zeit hier in der Stadt. Ob Jan wüsste, dass der Streit um die Davert und das Venner Moor schon mehr als zwölf Jahre andauerte?

Jan begriff nur, dass Bernard an der Nase herumgeführt und betrogen worden war. Ein Schaf auf der Schlachtbank eines leicht zu benennenden Interessenvereins. Wenn Bernard erst aufgegeben hatte, muckte auch keiner von den anderen unbedeutenden Pächtern, den Bauern, Köttern und Kolonen mehr auf.

»Ich denke, dass die Droste Tomberge nicht länger für diesen Prozess der Einigung über eine Aufteilung von Land Beiträge an Euch oder jemand anders zahlen werden. Die Rechnung, die Ihr zuletzt geschickt habt, wird nicht beglichen, und falls Euch das missfällt, könnt Ihr gegen mich einen Prozess anstrengen.« Jan lächelte dünn.

»Darüber ist nicht das letzte Wort gesprochen. Forderung ist Forderung. Ich habe Euren Bruder korrekt beraten und bei Gericht vertreten.«

»Was ich bezweifle, Herr Advokat«, sagte Jan leise, »und wenn es erforderlich ist, werde ich es beweisen.« Er brauchte kein Schuldeingeständnis. Die ganze hinterhältige Geschichte von Bernard und diesem Advokaten war dem Mann vor ihm auf die Stirn geschrieben. Da täuschte er sich nicht. Sicher war Bernard in seinem Hochmut und seiner Starrköpfigkeit ein leichtes Opfer gewesen, und Schult-Henning war es nicht schwergefallen, ihn mit immer neuen dubiosen Aussichten auf Erfolg bei der Stange zu halten. Jan konnte über so viel Dummheit seitens seines Bruders nur den Kopf schütteln.

Schult-Henning spürte einen unerträglichen Druck auf den Schläfen, als ob eine riesige Faust seinen Kopf in einem Schraubstockgriff zusammenpresste. Und dieser Mann vor ihm wurde ihm unheimlich. Dabei hatte er gerade noch gedacht, dass der Schäfer einen typischen Verlierer darstellte, und fast so etwas wie Mitleid empfunden. Zu den Verlierern gehörten auch die von Kakesbeck, die von Beverfoerde und all die anderen, denen schon vor Jahren durch die ersten Gebietsreformen sichere Einnahmequellen abhandengekommen waren, denen das Geld nicht mehr zufloss, ohne dass sie auch nur einen Finger krümmten. Diese Zeiten waren vorbei. Schonebeck gehörte noch zu den Klügeren, weil er sich als Landrat einen einträglichen Posten hatte sichern können. Gegen Schonebeck sprach nur sein hitziges Temperament, dieses Gepolter, das er sich nicht abgewöhnen konnte. Das machte ihn zu einem Fossil.

Zu den Gewinnern gehörte er selbst, Doktor der Jurisprudenz Henning Schult-Henning, und die Leute, die er im Civilclub traf. Menschen wie er, gebildet, klug, mit untadeligen Umgangsformen, Bürger, die sich nicht nach den alten Zeiten zurücksehnten, die die Bevormundung durch Fürsten und Könige satthatten und Recht und Gesetz mitgestalten und davon profitieren wollten.

Jetzt fiel ihm ein, woher er den Schäfer kannte. Er hatte ihn neulich im Civilclub gesehen, zusammen mit einem Bauern. Natürlich verirrten sich solche Leute normalerweise nicht zu ihm. Dass er diesen Bauern Droste Tomberge bei Gericht vertreten hatte, hatte sich so ergeben, und der Fall war ja nicht uninteressant, da so viele, die er kannte, ein lebhaftes Interesse daran hatten. All die großen Landbesitzer, die ehemaligen Herren des Landes, die nun hilflos zusehen mussten, wie Vermögen und Ansehen schwanden, und die ihn um Rat baten. Das war ein schönes Gefühl, so gebraucht zu werden. Aber diesem armen Tropf vor ihm konnte er nicht helfen. Bei diesem fehlte es an allem, sicher auch am Geld, und jeder wusste doch, dass es ein Schäfer nur deshalb bei den Schafen aushielt, weil er selbst kaum mehr Verstand als seine Tiere hatte.

Die ganze Zeit über hatte Schult-Henning, einem inneren Zwang folgend, an dem Brief herumgefingert, während sich der Druck auf den Schläfen ins Unerträgliche steigerte. Auf einmal musste er niesen. Er zuckte zusammen und kam wieder zu sich. Der Druck hatte merklich nachgelassen.

»Wie gesagt, es kann keine Rede davon sein, dass die Honorarforderung fallengelassen wird. Aber ich will ihm einen Zahlungsaufschub gewähren. Da ist ja noch der laufende Prozess, für den noch ein Termin …«

»Untersteht Euch, in der Sache meines Bruders noch einmal bei Gericht vorstellig zu werden«, stieß Jan hervor. Warum hatte Schult-Henning das Papier nicht zerrissen? »Und zahlen werde ich auch nicht, merkt Euch das.« Er stand auf.

Schult-Henning nieste wieder, eine ganze Niesattacke überfiel ihn. Das musste an dem Schafsgestank liegen, der sich immer deutlicher im Raum ausbreitete. Als sie endlich vorüber war, winkte Schult-Henning entkräftet mit der Hand. »Geh Er, geh Er nur hinaus. Ich wünsche Ihn hier nie wieder zu sehen.«

Hieß das nun, dass der Advokat doch noch auf seine Forderung verzichten wollte und es zu keinem neuen Prozess kam? Jan war sich dessen nicht sicher. Das würde abzuwarten sein. Recht unzufrieden mit dem Ausgang der Unterredung, verließ er die Kanzlei.

Schult-Henning befahl seinem Gehilfen, hinter dem Schäfer die Eingangstür abzuschließen. Er wünschte keine Besucher mehr an diesem Tag zu sehen.

Eine Weile trieb sich Jan noch in Münster herum. Sollte er aufs Gericht gehen und um Akteneinsicht bitten? Es hatte ihn schon einiges an Überredungskunst und Geld gekostet, auf dem Katasteramt so weit zu gelangen, und es würde ihn nur tiefer in eine Sache hineinziehen, die er gern noch ein wenig von sich fernhielt, soweit sich das jetzt noch machen ließ. Es kam ihm seltsam vor, dass er sich immer mehr einmischte, wo er doch die letzten neun Jahre alles, was nach Einmischung aussah, vermieden hatte und abgesehen von der Gesellschaft von Grootohm Hannes das Leben eines Eremiten geführt hatte. Ob sich Schult-Henning tatsächlich bei Klobbicke nach ihm erkundigte? Jan zuckte die Schultern. Sollte er doch.

Er nahm nicht den direkten Weg, sondern ritt durch die Loddenheide, die Galgenheide und Loevelingloh, streifte die Davert, durchquerte das Venner Moor und ritt alles in allem nur ein kurzes Stück über die Chaussee. Als er bei anbrechender Abenddämmerung endlich in den Hof einritt, hackte Stine draußen Holz. Eine Atemwolke stand vor ihrem Gesicht, und die Nase war weiß gefroren.

Der alte Hund kam herangetrottet und blieb in einiger Entfernung stehen, den Kopf vorgestreckt. Jan schwang sich aus dem Sattel und führte das Pferd an ihm vorbei in den Stall, während Stine mit dem Holzhacken weitermachte und nicht mal aufschaute. Noch auf der Tenne vernahm Jan das Gepolter der vom Hackklotz fallenden Scheite. Im Stall roch es schon wieder allzu streng nach alter Streu. Also nach wie vor Schlendrian, dachte Jan ingrimmig, sattelte nur eben das Pferd ab und ging gleich noch einmal nach draußen.

Als er Stine rief, hörte sie nicht, so vertieft war sie in ihre Arbeit. Kloben um Kloben stellte sie auf den Klotz, hob den Arm mit dem Beil und schlug mit solcher Kraft zu, dass das Beil tief in den Hackklotz fuhr und die Scheite über den halben Hof sprangen. Rohe und brutale Kraft und eine Miene, bar jeden Ausdrucks. Mit einer sparsamen Bewegung packte sie den nächsten Kloben, riss das Beil hoch … holte aus …

Und wenn sich diese fürchterliche Kraft nicht gegen totes Holz, sondern gegen etwas richtete, das atmete, lebte …?

Nichts konnte den erbarmungslosen Schlag aufhalten.

Obwohl Jan wusste, dass er nur einer alltäglichen Verrichtung zuschaute, grauste es ihn. Dieses Weib! Mit einem Ruck zog er Stine das Beil aus der Hand, als sie gerade wieder damit zuschlagen wollte.

Verblüfft wandte sie sich zu ihm um.

»Stine«, sagte er mit flacher Stimme, »Holzhacken ist keine Arbeit für eine Frau. Ich weiß, dass du es kannst, das hab ich gesehen, aber du solltest es wirklich den Knechten überlassen, das ist ihre Aufgabe. Matthias, dieser faule Schlingel, ist der Richtige dafür. Aber du kommst mit mir aus dieser Kälte.«

Stine starrte ihn an, den Mund offen. »Du bist zurück, Bauer?«

Hatte sie ihn denn wirklich nicht kommen sehen? Langsam fasste er sich wieder. Jedenfalls genug, um mit einer ruhigen Bewegung das Beil an den Hackklotz zu lehnen.

»Ja, das bin ich. Und jetzt komm rein.«

Viel hatte diese Magd bestimmt nicht vom Leben. Und dass sich jemand um sie sorgte, war ihr gewiss lange nicht mehr passiert. Jan sah, wie sie damit rang, ihm Glauben zu schenken, und das beschämte ihn nicht wenig. Es war wirklich zu kalt hier draußen, und er konnte ihr schließlich nicht sagen, dass ihr furchtbares Gewerke mit dem Beil ihn auf schlimme Gedanken brachte.

»Wir haben kaum noch Holz, und der Torf ist auch alle«, stammelte Stine, bückte sich und streckte die Hand nach dem Beil aus.

»Stine«, sagte er streng, »geh sofort rein. Geh dich aufwärmen.«

Stine klaubte einige Scheite auf und stampfte zum Haus.

»Und Stine …«

Sie drehte sich schwerfällig um.

»Hol den Hund auf die Tenne, und gib ihm zu fressen, wenn du das Holz in die Küche gebracht hast.«

Stine schüttelte vor so viel Unverstand den Kopf und setzte ihren Weg fort.

Jan versorgte erst einmal das Pferd, das Wasser und Futter brauchte und von seinen Stallgefährten freudig begrüßt wurde, als hätten sie seine Gesellschaft vermisst. Auch Jan fand, es war ein braves Pferd. Als er in die Küche trat, saß dort ein Bengel am Feuer, der sich die Zeit mit Körbeflechten vertrieb. Stine hatte Holz nachgelegt und kam mit einem großen Korb an Jan vorbei, um noch mehr Scheite reinzuholen, aber er hielt sie auf.

»Denk an den Hund, Stine. Ich sag's ungern noch einmal.«

»Was ist mit dem Hund?« Agnes kam aus der Stube, einen Korb Flickwäsche unter dem Arm. Sicher hatte Stine ihr bereits gesagt, dass er zurück war. Jan beachtete sie nicht und wandte sich an den Bengel.

»Was machst du hier?« Der Junge war der zweitälteste Sohn von Paul, Lütke-Paul.

»Das kann ich dir sagen.« Agnes war nun so dicht herangetreten, dass er den Schnaps in ihrem Atem roch. »Mein Bruder hat ihn hergeschickt, er kümmert sich um den Hof. Einer muss es ja tun.«

Agnes hatte einen herausfordernden Ton angeschlagen, auf den er nicht einging. »Das war sehr freundlich von ihm. Aber nun bin ich zurück, und er kann nach Hause gehen.« Er wandte sich direkt an den Jungen. »Bestell deinem Vater einen Gruß von mir, und sag ihm, falls hier noch einmal Unterstützung vonnöten ist, bekommt er Bescheid.« Lütke-Paul hatte sich häuslich eingerichtet. Nicht nur dass er eine Jacke trug, die ihm zu groß war und wahrscheinlich Bernard gehörte, er saß auch auf Bernards Platz. Verlegen schob er den angefangenen Weidenkorb beiseite. »Und hier ist es nicht üblich, dass Mägde Männerarbeit verrichten, solange Männer dafür zur Verfügung stehen«, fuhr Jan bedächtig fort. »Was hast du dir dabei gedacht, Stine Holz hacken zu lassen?«

Stine gluckste, es war ein ungewöhnlicher Laut. Jan hätte nicht geglaubt, dass die Magd fähig wäre zu lachen oder dass sie überhaupt heiteren Stimmungen zugänglich war. Bisher war sie ihm dumpf und stumpf wie eine der Kühe vorgekommen.

»Du hast kein Recht, hier aufzutauchen und den Jungen herunterzuputzen«, schimpfte Agnes.

Allmählich brach sich bei Jan nun doch der Zorn Bahn.

»Du, halt dich da raus!«, entgegnete er heftig und hob zur Bekräftigung einen Arm.

Augenblicklich ließ Stine den Korb fallen, trat neben Agnes und setzte eine grimmige Miene auf, die sich eindeutig gegen Jan richtete. Vor allem ihr irrer Flackerblick brachte ihn aus der Fassung.

Einen Moment war er von ihrer unerwarteten Feindseligkeit verwirrt. Glaubte sie etwa, dass er Agnes schlagen wollte?

»Wo ist Matthias?«, fragte er und trat unauffällig zurück, um die Situation zu entspannen.

»Der ist rüber zu Potthoffs«, nuschelte Lütke-Paul.

»Warum?«

»Kriecht mit Potthoffs Magd ins Heu«, antwortete Stine überraschend.

Jan warf einen Blick aus dem Fenster, dann war sein Entschluss gefasst. »Dann hole ich ihn mal heim«, erklärte er. »Und ab morgen wird sich hier einiges ändern. Und du verschwindest jetzt. Ich brauche dich nicht.« Das Letzte war an den Jungen gerichtet. Natürlich hätte Jan ein Paar Hände mehr gebrauchen können. Sehr sogar. Aber einen Sohn von Paul wollte er auf dem Hof nicht dulden. Was hatte er sich dabei gedacht, diesen Bengel hier unterzubringen? Hoffte er am Ende, ihm den Hof verschaffen zu können? Zumindest hatte er die vage Chance genutzt.

Als er das Pferd wieder gesattelt hatte und es aus dem Stall führte, zog Stine den Hund am Nackenfell herein. Jan drehte sich zu ihr um.

»Wo ist überhaupt Jupp?«

Weil der Hund zu bellen begann, verstand Jan nicht viel von der Antwort. Stine hatte etwas von Moder oder Moor gesagt.

Jan war froh, den Hof wieder verlassen zu können und obendrein einen Vorwand für einen Besuch bei den Potthoffs zu haben. Dabei hätte es eines Vorwands nicht bedurft, er wusste ja, dass er jederzeit willkommen war. Doch so hatte sein Besuch etwas Zielgerichtetes und Unverfängliches. Das hatte er jedenfalls gedacht, bis er Marie sah. Sie strahlte ihn unverhohlen an und zog ihm den Mantel von den Schultern, kaum dass er die Küche betreten hatte.

»Dein Knopf ist wieder dran«, sagte sie, »du hast ihn also doch noch gefunden. Lass mal sehen. Wer hat ihn dir angenäht?«

Jan wusste sich nicht anders zu helfen, als die Hand abzuwehren, die an ihm herumfingerte. Aber so leicht ließ sich Marie nicht entmutigen, sie drängte sich an ihn, und sofort wusste er, dass er gerade das gewollt hatte. Es war wie ein kleiner Rausch. Ein Räuspern ließ sie auseinanderfahren.

»Sitt di man hin, Jan, und du, Marie, lass ihn in Ruhe«, sagte Anton, der gerade hereingekommen war, nüchtern. Er trug ein Stück Holz unter dem Arm, das die Form eines Klompens bereits erahnen ließ. »Bist wegen dem Dreschen hier? Matthias hat schon nachgefragt. Wir sind so weit mit unserm Korn durch und könnten die nächsten Tage zu dir kommen.«

Seit alters halfen sich die Nachbarn in den ruhigeren Wintermonaten gegenseitig beim Dreschen. Es war beruhigend zu hören, dass sich an dieser Sitte nichts geändert hatte.

»Kann noch warten, wir müssen erst mal Holz machen und den Torf reinholen. Wo ist Matthias?«

»In der Scheune«, flüsterte Marie. Da hatte Stine wohl recht gehabt. Wenn ihn die Gegenwart Maries nicht in der Küche festgehalten hätte, wäre Jan schnurstracks in die Scheune gestürmt und hätte Matthias herausgezerrt – selbst im ungünstigsten Moment. Nach irgendwelchen Rücksichten war ihm im Augenblick nicht zumute.

»Falls du morgen ins Moor fährst, nimm mich mit«, fuhr Marie leise fort. »Da liegen noch die Reisigbündel draußen, ich wollte sie nicht allein holen.«

»Was hast du gesagt? Red lauter, Kind.« Anton hielt sich in der Art schwerhöriger Leute eine Hand hinters Ohr. »Und setz dich endlich, Jan.«

Jan dachte darüber nach, was Marie zu ihm gesagt hatte, während er gleichzeitig versuchte, unverfänglich mit Anton zu plaudern, der sich nach den Schafen erkundigte und berichtete, dass Klobbicke sie schon seit Tagen in Ruhe gelassen hatte. Die

Ermittlungen wegen des Toten hatten sich scheinbar festgefahren. Bernard wurde nicht erwähnt, aber Jan war sich sicher, dass Anton an ihn dachte.

Jan blieb länger, als er wollte, denn auch Klara setzte sich zu ihnen und nötigte ihm Bier auf, und dann war es ja recht behaglich in Potthoffs Küche, solange Marie bei ihnen blieb. Er hatte den Verdacht, dass sie die Liebesgeschichte zwischen Matthias und der Potthoffmagd begünstigte. Als er sich verabschiedete, kam Marie mit, um die Magd zum Melken zu holen. Draußen auf dem Hof vor der Tenne blieb sie stehen.

»Ich hab doch gewusst, du kommst wieder«, sagte sie aufseufzend.

»So ganz viel hat nicht gefehlt, und ich wäre weggeblieben. Was soll ich denn hier?«

»Du gehörst hierher, weißt du das denn nicht?«, sagte sie weich.

Das Tuch, das sie um die Schultern trug, war zu dünn gegen die Kälte. Sie schauderte und zog frierend die Schultern hoch. Ohne den Blick von ihr abzuwenden, machte Jan den Mantel auf, und sie drängte sich an ihn. Aus dem oberen Teil der Niendüer, der offen stand, fiel Licht in den Hof. Aber sie blieben stehen, obwohl Jan wusste, dass Klara dumm gucken würde, wenn sie ihre Tochter hier mit ihm sah.

»Marie, hör mal …«, begann er mit belegter Stimme.

»Nein, hör mir zu«, fiel sie ihm ins Wort. »Noch einmal: Ich bin so froh, dass du wieder da bist. Und was Agnes in der Kirche über dich gesagt hat, stimmt doch alles nicht. So bist du gar nicht. Dich trifft keine Schuld an Katharinas Tod, nicht wahr?«, fragte sie atemlos. »Sie ist ins Eis eingebrochen und hat sich ein tödliches Fieber geholt. Ich kann mich nicht mehr richtig daran erinnern, ich war ja noch klein, als das passierte.«

Jan hatte ihr zugehört, ohne zu begreifen, aber langsam drang das Gesagte zu ihm durch.

Wie kam sie jetzt auf diese alte traurige Geschichte? Jan konnte sich an den Vorfall nur zu gut erinnern. Maries jüngere Schwester Katharina, ein Kind von drei oder vier Jahren, war in einem unbeobachteten Augenblick weggelaufen und unter das

Eis in der Schweinetränke geraten. Schon Wochen vorher hatte Jan ein Gesicht gehabt, eine dieser aufblitzenden Eingebungen, die sich nie klar zuordnen ließen. Es war nicht seine Schuld, es war bestimmt nicht seine Schuld gewesen, dass Katharina gestorben war, trotzdem hatte er sich schuldig gefühlt, weil er das Gesicht nicht hatte deuten können und das Unglück verhindern. Dass Marie ihn daran erinnerte, traf ihn völlig unvorbereitet.

»Stehen wir hier in der Kälte, damit du mich so was fragen kannst?«, stieß er hervor.

»Ich fange es ganz verkehrt an«, seufzte Marie.

»Was?«

Sie hob ihm ihr Gesicht entgegen. Wie gebannt starrte er auf ihren Mund, während sie sprach. »Wahrscheinlich bist du in mancherlei Hinsicht noch dümmer als andere Männer«, stellte sie fest. »Was wohl?« In ihren Züge wich der Anflug von Schabernack oder Schalk einer weichen Hingabe.

Jan betrachtete sie ungläubig. Eine ungeheure Freude durchflutete ihn, ein wahnsinniges Entzücken. Er hielt ein hübsches junges Mädchen im Arm, das ihn hingebungsvoll anschaute. Ihn! Es war nicht zu glauben, er fasste es nicht. Diese Marie! Sicher gab es im Umkreis von fünfzig Meilen Dutzende junger Burschen, die sie anbeteten.

»Warum ich, Marie?«

»Ich hab schon als Kind von dir geträumt, aber du hast mich nie bemerkt, du hattest nur Augen für andere.«

Marie war in einem Alter, in dem sie sich ernsthaft Gedanken über ihre Zukunft machen musste. Dass er dabei eine Rolle spielen könnte, warf ihn beinahe um. Und es erschreckte ihn. »Marie, ich bin bestimmt nicht der Richtige für dich. In der Schäferei würde es dich schon nach einem Jahr grausen, glaub es mir. Für eine Frau ist es ein elendes Leben.«

Marie rückte etwas von ihm ab. »Wer spricht denn von deiner Schäferei? Aber falls du denkst … o nein, das kannst du nicht denken, Jan Droste Tomberge, so eine bin ich nicht. Ich denke nur an jetzt, Modder setzt mir schon genug mit dem Gerede über die Zukunft zu. Jetzt will ich glücklich sein, was morgen ist, kümmert mich gar nicht. Merk dir das und bild dir ja nichts ein.«

Jan blieb wie vom Donner gerührt stehen, als sie sich von ihm löste und über den Hof zur Scheune huschte. Etwas spät setzte er ihr nach, holte sie ein, riss sie am Arm zurück, als sie eben an die Scheunentür hämmern wollte, und drehte sie zu sich herum. Ehe sie sich versah, küsste er sie heftig auf den Mund. »Willst du das hier?«

»Ja, aber nicht so grob«, antwortete sie. »Damit fängt man an und dann kommt alles andere, wenn es sich denn ergibt. Bloß nichts planen, ich will nur leben, jetzt, hier, heute, was morgen ist, weiß doch niemand.«

So ganz vermochte er ihr nicht zu glauben, konnte sie aber auch nicht abwehren, als sie ihn ihrerseits leidenschaftlich küsste und ihn zwang, Matthias, Agnes, Bernard, den Droste-Hof und alles, was ihm sonst auf der Seele lag, für einen langen Augenblick vollkommen zu vergessen.

Sie hatte recht, nur so konnte man das Leben wirklich spüren.

Als Matthias aus der Scheune auftauchte und noch hier und da etwas an seiner Kleidung richtete, hielt Jan sich zurück und kanzelte ihn nur mäßig ab. Es widerstrebte ihm, dem Knecht das Zusammensein mit seiner Liebsten nachträglich zu vergällen, während er selbst noch Maries Kuss schmeckte.

4

Lütke-Paul hatte den Hof verlassen, und Jupp war nicht da. Nicht dass er den alten Querkopf wirklich vermisste, aber allmählich machte sich Jan Gedanken, wo er stecken mochte. Von Matthias erfuhr er, dass Jupp tatsächlich ins Moor wollte, um den Torf zu holen, den Anton angeboten hatte. Es schien völlig unglaubhaft, dass sich Jupp freiwillig eine derart schwere Arbeit aufgehalst hatte. Da musste etwas dahinterstecken.

»Er wollte nicht zufällig auch nach Senden ins Wirtshaus?«

Matthias grinste anerkennend. »Ihm ist der Tabak ausgegangen.«

»Das klingt schon wahrscheinlicher. Bestimmt ist er nur am Moor vorbeigefahren und hat einen Grund gefunden, die Arbeit erst gar nicht anzufangen. Würde mich doch sehr wundern, wenn er Torf heimbrächte.«

Jan hatte noch am Feuer gesessen, als die anderen längst gähnend und sich müde streckend schlafen gegangen waren. Mitten in der Nacht fuhr er aus dem Schlaf auf. Er hatte geträumt, und es war kein gewöhnlicher Traum gewesen. Im Aufwachen hatte sich das Traumgesicht verflüchtigt, aber ein heilloser Schrecken blieb übrig. Das Traumgesicht hatte etwas sehr Reales gehabt, wie eine Erinnerung, das wusste er noch. Bloß an was? An was? Er zermarterte sich das Hirn. Nichts, nichts Konkretes fiel ihm ein. Dennoch … Er strich sich über die Stirn, versuchte, die Beklemmung abzuschütteln. Jetzt erst merkte er, dass er zitterte. Eindeutig kam das Zittern von innen heraus, es hatte nichts mit Frieren zu tun.

Es war so stickig in der Kammer.

Er schlug die schwere Bettdecke zurück, stand auf und wäre beinahe über den Stuhl gefallen, auf dem seine Sachen lagen. Ein Schimmer von Mondlicht drang durch das kleine Fenster herein, er hatte vergessen, den Vorhang vorzuziehen. Mondlicht begünstigte die Gesichte. Gleichviel, er musste raus, an die frische Luft. Jan angelte nach den Klompen, streifte die Joppe über und tappte hinaus. Leise durchquerte er die Küche, zog die Tür zur Tenne auf. Immer noch keine Beruhigung, wie blind schlurfte er weiter. Draußen empfing ihn eisige Luft, die er gierig in die Lungen sog, bis ihm die Brust schmerzte. Die schlimmsten Gesichte waren die, die sich allem Zugriff entzogen, die nur eine grelle Warnung zurückließen, die Furcht vor ungeheuren Schrecken, und ihm seine Hilflosigkeit wie mit der Axt einhämmerten. Dunstiges Mondlicht spiegelte sich in vereisten Pfützen. Wütend trat er mit dem Klompen zu, und das Eis brach mit lautem Splittern. Keine Erleichterung, nichts half. Noch halb benommen, trat er den Rückweg durch die Tenne an.

Nach einem Blick zur Pferdeseite war klar, dass Jupp immer noch fehlte. Wäre er zurückgekehrt, hätte das Pferd, mit dem er unterwegs war, jetzt dort gestanden.

Jan blieb den Rest der Nacht wach, denn er fürchtete sich vorm Einschlafen und davor, dass ihn der erinnerungsschwere

Traum wieder heimsuchte, so wie ihn früher die Träume wieder und wieder gequält hatten.

Als Stine aufstand, hatte er bereits das Feuer angefacht und eine Kanne Zichorienkaffee gekocht.

»Na, wat denn«, sagte sie schwach, als er ihr einen Becher anbot. Sie trank aber dankbar. »So früh schon auf?«

»Ich will bloß warten, bis es hell ist. Jupp ist nicht nach Hause gekommen.«

Stine runzelte die Stirn. »Auf den geb ich nichts«, sagte sie verächtlich. »Kann von mir aus wegbleiben.«

Männer hatten, erkannte Jan, bei Stine generell einen schweren Stand.

Wahrscheinlich wäre es besser gewesen, wenn er Matthias auf die Suche mitgenommen hätte, statt ihn mit Stallarbeiten zu beschäftigen. Und sicher war es ein Fehler, eine Spitzhacke mitzunehmen, weil er sich vorgenommen hatte, nach dem Torf zu schauen und schon einige Plaggen loszuschlagen, die er später abholen würde, wenn er Jupp aufgespürt hätte.

Jan wollte seine Suche in Senden beginnen, in dem Gasthaus, das Jupp bevorzugte, weil es immer ein gewisses Quantum an Tabak für Kunden bevorratete, die nicht regelmäßig nach Münster kamen oder nicht bis zum nächsten Markttag warten konnten. Schließlich war Tabak eine bei allerlei Zipperlein heilsame und unentbehrliche Droge.

Vielleicht lag es an einem zufälligen Schenkeldruck oder nur an einem flüchtigen Gedanken, der ihn den Zügel auf einer Seite anziehen ließ: Jans Pferd bog von der Straße ab und trabte ins Venner Moor hinein. Lethargisch ließ er dem Tier seinen Willen, wenn es denn dessen Wille war.

Ringsum herrschte Stille, Schneestille, obwohl gar kein Schnee gefallen war. In der Luft hingen Myriaden von winzigen Eisnadeln, dahintreibende Wolken, aus denen nur hier und da schwärzlich und schweigend Bäume, Sträucher und abgestorbene Stämme herausragten und jeden Laut aufsaugten. Gelegentlich krächzte ein Vogel, und dieses Geräusch ließ die Stille nur abgründiger erscheinen. Der Stille war nicht zu trauen, ganz und gar nicht. Jan schwang sich aus dem Sattel und führte das Pferd vorsichtshalber am Zügel weiter. Mit den angespannten Sinnen eines Jägers, eines Fährtensuchers tappte er weiter. Etwas trieb ihn vorwärts, eine innere Ungeduld, ein zähes, unbegreifliches Verlangen.

Und dann, von einem Augenblick auf den anderen, wurde sein Geist leer und weit. Er sah kaum noch, wohin er ging. Er spürte, wie er immer stärker jegliche Kontrolle über sich selbst verlor. Ein Gefühl braute sich zusammen, schlimmer als Furcht. Das gelegentliche Schnauben des Pferdes folgte ihm wie ein kleines Zeichen der wirklichen Welt, die sich bald ganz verlieren würde.

Vögel schrien.

Im wabernden Dunst drifteten Bäume und Sträucher wie teilnahmslose Zuschauer an ihm vorbei. Er war in sich selbst gefangen und wusste keinen Ausweg mehr. Vor ihm tauchte endlich etwas Kompakteres auf. Dunkel und bedrohlich.

In einem verzweifelten Aufbegehren griff Jan hinter sich und bekam den Stiel der Spitzhacke zu fassen, die am Sattel hing. Er spürte das gute feste Holz, die Rundung des Stiels, während um ihn herum alles in kreiselnde Bewegung geriet. Auf einmal sprang ihn Hass an, eine Urgewalt lag in diesem Hass, ein Feueratem, der alles in Glutrot tauchte. Es war ein alter Hass, der lange auf diese Stunde gewartet hatte. Der Hass machte aus ihm ein gedankenloses Werkzeug, zwang ihn, den Arm zu heben und zuzuschlagen. Zuzuschlagen. Ein Schrei gellte in seinen Ohren, die Hölle war aufgebrochen. Blut spritzte. Blut spritzte. Und immer noch musste er zuschlagen, durchtrennen, abtrennen, es gab keine Wahl. Hatte nie eine Wahl gegeben. Das hier musste getan werden, um die Welt wieder ins Lot zu bringen. Sein Arm wurde schwerer und schwerer, aber er musste immer noch zuschlagen. Zuschlagen. Die Bewegung hatte sich verselbständigt, huschte durch sein Blickfeld, füllte es aus.

Die Vögel kreischten, es war das alte Lied. »Aas, Aas, Aas!«

Jan war längst über den äußersten Erschöpfungsgrad hinaus, aber der Hass loderte fort und fort und bewegte ihn, wie Feuer im lodernden Brand einem toten Körper scheinbares Leben einhaucht. Ein Zucken, ein Tanzen, ein Blutrausch.

Als er endlich wieder etwas anderes wahrnahm, fand er sich auf die Knie gesunken, den entsetzlich schmerzenden Kopf tief gebeugt, die Hände in den knochenharten Boden gekrallt. Mörderhände, dachte er benommen, Anhängsel, die nicht wirklich zu ihm gehörten, die er nicht mal spürte. Dann ging ihm auf, dass die Kälte die Hände gefühllos gemacht hatte.

Auf den Lippen schmeckte er Blut.

Der Schrecken war noch immer nicht vorbei. Nur allzu sehr war ihm bewusst, dass endgültig ein Tor in seinem Geist weit aufgerissen worden war.

Ausgerechnet hier im Moor. Es war, als hätte ihn das Moor zurückgerufen.

Wie lange er schon in der eisigen Kälte kniete, wusste er nicht. Eine Weile musste er ohnmächtig gewesen sein, und nun fühlte er sich so schwach und steif, dass er aus eigener Kraft nicht auf die Füße kam. Er schloss die Augen und krümmte sich zusammen, bis er den Kopf zwischen den Armen bergen konnte.

Als Jan gegen Mittag noch nicht zurückgekommen war, hatte Matthias mit der Stallarbeit aufgehört und die Nachbarn von Jupps Verschwinden unterrichtet. Etwa ein halbes Dutzend von ihnen machte sich auf die Suche. Wie von Aas angelockt, trafen sie nach und nach ein und fanden Jan zusammengekrümmt und erstarrt in der mörderischen Kälte auf dem Boden vor. Vorsichtig zogen sie ihn ein Stück in die Höhe, bis er wenigstens kniete, und hielten ihn fest. Sein Mantel war eisüberkrustet, sein Gesicht mit einer dünnen gläsernen Schicht überzogen, die ihn unwirklich erscheinen ließ, entrückt und leer wie eine Hülle. Erst als er laut nach Luft schnappte, ging ihnen auf, dass er tatsächlich noch lebte.

Jupp dagegen …

Anton machte sofort kehrt, um Klobbicke zu verständigen.

Jan spürte, dass ihm jemand mit einem angefeuchteten Tuch das Blut von den aufgebissenen Lippen wischte. Kurz sah er die roten Flecken auf dem Tuch, dann nahm er die Leute wahr, die ihn anstarrten, und da begriff er, dass sie etwas in seinen Augen lasen, das sie nicht hätten sehen dürfen. Gepeinigt schloss er die Lider und lehnte sich an den Körper, der ihn von hinten stützte. Marie umfing ihn ganz selbstverständlich, und aufseufzend ließ er den Kopf zurückfallen. Ihm war alles gleichgültig, nur ausruhen wollte er, während ihm die Zähne klapperten und er des Zitterns nicht mehr Herr wurde, das seinen ganzen Leib befallen hatte.

Als er unter den Lidern hervorblinzelte, fiel sein Blick auf das Pferd, das die Nacht so gerade überlebt hatte. Das Pferd, mit dem Jupp unterwegs gewesen war. Zwei Männer, Paul Schulze Hundrup und Ludger Holtkamp, versuchten es auszuschirren, denn es war immer noch vor den Karren gespannt. Der Gaul wieherte gequält und machte matte Bewegungen, um freizukommen. Gut möglich, dass das Tier noch hier an Ort und Stelle krepierte.

Gesprächsfetzen drangen an Jans Ohr, deren Sinn sich nur bruchstückhaft erschloss.

»Wozu er wohl die Hacke …, das ist ja …«

»Egal, wir müssen den Karren damit freihacken, komm her, hilf …«

»Kaum ist er zurück, da gibt es wieder eine Leiche, ist doch wahr …«

Aus den Augenwinkeln sah er, wie jemand die Spitzhacke, die dicht bei seiner Hand lag, aus seiner Reichweite zog und aufhob.

War Blut an der Hacke?

Jemand griff ihm unter den Arm und half ihm aufstehen. Einer von Pauls Söhnen, sein Ältester. Mit einem schwachen Nicken dankte er ihm. Neben Marie stand ihre Mutter Klara, die nun an seine Seite trat, so dass er sich auf ihre Schulter stützen konnte. Mit der anderen Hand wischte er sich über das Gesicht und vor allem über die Augen. Dass die Schwäche nicht nachließ, ärgerte ihn und vor allem die Trägheit, mit der er, wenn überhaupt, einen Gedanken fasste.

Dann fiel ihm Jupp ein.

Der alte Knecht saß auf dem Bock des Karrens. Jan begriff. Jupp war tot. Der Karren war auf der einen Seite in einer tiefen Furche eingesunken und hatte sich zudem im Gestrüpp verfangen. Das müde Pferd hatte ihn nicht mehr freibekommen. Jupp war wahrscheinlich auf dem Bock eingeschlafen und hatte nicht mitbekommen, wie er erfroren war. Sein Kopf hing allerdings seltsam schief, als hätte er im letzten Augenblick doch noch über das Sterben nachgedacht.

Das entsetzliche Gesicht, das Jan gehabt hatte, hatte nichts mit Jupps Tod zu tun. Jan spürte eine vage Erleichterung. Er schielte auf seine Hand. Es war Blut daran, aber es war sein eigenes.

»Dran zu rätseln gibt's nichts«, meinte Paul und spähte, die Spitzhacke über der Schulter, zur Leiche. »Der Suffkopp ist vom Weg abgekommen und hat's, dösig, wie er war, nicht gemerkt. Stinkt jetzt noch nach Bier und Schnaps.«

Aus der Manteltasche ragte wie zum Beweis für Jupps Ausflug nach Senden ein Päckchen Tabak. Und was einer wie Jupp im Gasthaus trieb, wussten ja alle. Jan sagte nichts, dachte nichts, er hörte nur den anderen zu, die den Karren mit der Spitzhacke aus der zugeeisten Furche freiklopften. Nicht mal Scham über seine Untätigkeit spürte er, denn er vermochte sich immer noch nicht normal zu bewegen und klammerte sich an Klara und Marie, die ihn nicht losließen. Das Gesicht wirkte nach, obwohl er sich dagegen sperrte. Aber es half nichts, hartnäckig bohrte es in ihm und hielt die Erinnerung an den ungeheuren Hass wach.

Wessen Hass war das?

Klara bestand darauf, dass sich Jan mit ihr und Marie auf den Rückweg machte. Da er nur sehr, sehr langsam gehen konnte, wurden sie von den anderen eingeholt, die mit dem Karren nachkamen. Jupps Leiche saß festgefroren wie für die Ewigkeit auf dem Sitzbrett.

5

Der Hund kam herangetrottet. Mit hängenden Ohren und rheumatischen Bewegungen tappte er auf Jan zu, den Kopf vorgestreckt, um ihn zur Begrüßung sacht anzustupsen. Zwei Schritte vor ihm blieb er abrupt stehen. Sein Fell sträubte sich, während er tief aus der Kehle knurrte. Dann hob er den Kopf, stieß ein jammervolles Geheul aus, kniff den Schwanz ein, drehte sich langsam um und kroch mit eingeknickten Beinen zurück zu seiner Hütte.

Wer es sah, den überlief es kalt.

Klara ließ Jans Arm los und trat einen Schritt zurück. An der Seite, an der sie gerade noch gestanden hatte, stieß nun die Kälte wie mit Eispflöcken zu. Selbst Marie wich zurück.

Um Jan erstand eine Eisesstille, ein Zeitstillstand, in dem niemand hustete, sich räusperte, sich regte. Etwas ging um, alle spürten es. Sogar der Hund hatte dieses Etwas erkannt, das unabweisbar wieder Besitz von Jan ergriffen hatte. Vor allem Tiere hatten einen Instinkt dafür.

Als Jan sich umwandte auf der Suche nach einem Menschen, der sich vom Grauen nicht hatte anstecken lassen, schweifte sein Blick über den starren Toten, der unverändert auf seinem Sitzbrett hockte. Hinter dem Karren tauchte Josef Lütke Wierling in der Einfahrt auf, er hatte den Jungen dabei, dieses schreckliche Kind, in dessen Augen neben Hass auch Triumph aufglühte, als wollte er gleich herausschreien: Hab ich nicht gewusst, dass er ein Todbringer ist? Glaubt ihr mir jetzt?

Jan riss sich zusammen. »Matthias, bring Jupps Pferd auf die Tenne, du musst es sofort abreiben, leg ihm Decken auf, gib ihm …« Indem er laut und deutlich sprach, gewann er etwas Sicherheit zurück.

Paul deutete mit dem Stiefel auf den Hund. »Hast du das gemerkt?«, knurrte er. »Der sieht, hört und riecht nichts mehr! Ich krieg im Frühjahr Welpen von meiner Hündin, kannst einen haben, dann hätt' ich einen weniger zu ertränken. Brauchst nur Bescheid zu sagen, wenn du den Hund endlich abtust.«

»Lass man, der macht's noch«, wehrte Jan ab, »ich häng an dem dämlichen Vieh.«

Paul sah ihn an, als ob er nicht bei Trost wäre, und zuckte die Achseln.

Alle strebten nun aus der Kälte auf die Tenne, standen dort herum, sahen Matthias zu, und nur gelegentlich musterten sie den Karren mit dem Toten. Sie warteten auf Amtmann Klobbicke.

Vier Soldaten begleiteten den Amtmann, sie waren voll bewaffnet, als gelte es, in einen Krieg zu ziehen. Vielleicht war das hier ein Krieg. Aber Klobbicke war in den letzten Jahren nie soviel wohlwollende Aufmerksamkeit zuteilgeworden wie in dieser Stunde auf Droste Tomberges Tenne. Selbst Paul gab sich auskunftsfreudig, fast servil, was bei dem klotzigen Kerl schon komisch anmutete. Klobbicke ließ sich Jupps Aufbruch nach Senden genauestens schildern, seine vorgeblichen und seine wahren Absichten. Das Päckchen Tabak wurde als Beweis für Letztere sichergestellt, Klobbicke steckte es persönlich ein. Jeder wusste natürlich, was aus dem Tabak werden sollte. Aber niemand war gewillt, daran Anstoß zu nehmen, dass sich Klobbicke ein kleines bisschen korrupt verhielt, ja sie drängten ihm den Tabak förmlich auf.

Weil Klobbicke erbärmlich hustete, hielten alle achtsam Abstand. Obendrein glühte auf seiner geröteten Nase ein Furunkel. Schniefend und hustend bot Klobbicke einen kläglichen Anblick, und alle Strenge, die er an den Tag legte, prallte an den Venner Bauern wirkungslos ab. Klobbicke war besiegt. Es war nicht ihr Sieg, sondern dieser außergewöhnlich kalte westfälische Winter war dabei, ihn kleinzukriegen. Immerhin war es ihr Winter, der die preußische Kröte vor ihren Augen zermalmte. Klobbicke schimpfte, weil sie ohne seine Einwilligung Jupp vom Ort seines Todes entfernt hatten, aber am Ende musste auch er einräumen, dass an diesem Tod nichts Rätselhaftes war, dass er im Gegenteil einer Gnade gleichkam, die einem alten Mann ohne jedes Verdienst gewährt worden war und ihn vor Krankheit und Siechtum bewahrt hatte.

Als Klobbicke abgerückt war, leerte sich die Tenne. Hinter den Leuten her zog noch unhörbar ein Rattenschwanz von Gerüchten, die sich bald zu Geschichten verdichten sollten, die sich alle um einen Heimkehrer rankten, dem sie früher schon nicht über den Weg getraut hatten und der allmählich, auf eine schleichende, heimtückisch sachte Weise, sein altes, wahres Gesicht zeigte. Denn der eine oder andere hatte sich im Gedränge auf der Tenne doch ein wenig zu nah an ihn heranbegeben, und da war etwas übergesprungen, ein verhuschtes Bild, ein Gefühl, die Ahnung von etwas Unausweichlichem, Tödlichem, das zur Legendenbildung vollkommen ausreichte.

Der Spökenkieker war wieder da. Ein Spökenkieker, der Tod und Verhängnis anzog wie Aas die Schmeißfliegen.

Jan spürte die Kälte tief im Innern. Das Feuer unter der Esse und die ausstrahlende Wärme konnten nichts dagegen ausrichten, so nah er auch heranrückte. Er schlotterte noch immer. Stine reichte ihm einen Krug warmes Bier, das wie Pisse schmeckte, aber er schlotterte weiter, während die Zähne ratternd gegen den Rand des Krugs schlugen. Agnes brachte auf seine Bitte zögernd und mit verkniffener Miene eine Decke und legte sie ihm um die Schultern. Es half nichts.

Schließlich befahl er Stine, den großen hölzernen Zuber zu holen, in dem gewöhnlich der Schweinefraß zubereitet wurde, ihn zu säubern und ihm ein Bad zu richten.

Ein Bad im Winter! Das war wie ein Versprechen auf einen Grippetod. Einfach tödliche Unvernunft. Nicht dass Stine solche Gedanken äußerte, aber sie versuchte, die Sache zu hintertreiben, indem sie sich erst mal taub stellte. Schließlich musste Jan sie anbrüllen.

Murrend und murmelnd fügte sie sich und schleppte den Zuber herbei. Danach dauerte es noch eine ganze Weile, bis genügend Wasser erhitzt war. Jan hieß Stine ein Betttuch in den Zuber legen, weil er sich keinen Splitter in den Hintern einziehen wollte, und endlich, endlich war es so weit. Dampfend stand der Zuber vor dem Herdfeuer bereit, mild angestrahlt von den Flammen. Die beiden Frauen zogen sich zurück.

Jan musste die Beine anziehen und sich ziemlich zusammenfalten, um in den Bottich zu passen. Seufzend lehnte er sich zurück. Erst jetzt merkte er, wie ihm die Glieder weh taten, so sehr hatte er sich bei dem Bemühen verkrampft, bloß ja gefasst und als Herr seiner selbst zu wirken. Jetzt konnte er sich eingestehen, wie verstört er war, und endlich löste sich die innere Verspannung. Die Sache mit dem Hund hatte doch gar nichts zu bedeuten. Der Hund hatte den Toten gewittert und deshalb so verängstigt reagiert. In einer heroischen Anstrengung gelang es Jan, alles auszublenden, was ihn belastete: seine Unfähigkeit, Bernards Hab und Gut nicht verlottern zu lassen, Bernards Schicksal und die in voller Stärke wiedererwachte Hellsicht, eher Qual als Hilfe in einem undurchschaubaren Debakel.

Was für eine Wohltat so ein Zuber voll warmen Wassers doch war! Eine Weile ließ er sich treiben, die Wärme genießend, die endlich sein Inneres erreichte.

Während Jan in der Wanne döste und sich aufwärmte, taute auch Jupp auf der Tenne allmählich auf.

Agnes war die Treppe hinauf in die Upkammer verschwunden. Da die Kammer nicht geheizt war, wurde es ihr dort bald schon zu kalt, und sie tappte leise die Stiege wieder hinab, so vorsichtig, dass auch nicht eine Stufe knarrte.

Jan, der Agnes den Rücken zukehrte, hatte sich ein wenig aufgerichtet, nach der Seife gegriffen und seifte sich die Arme ein. Das Licht spielte über seinen kräftigen weißen Nacken und die Schultern, hob die Muskeln hervor und ließ das feuchte Haar wie Gold glänzen. Noch nie hatte Agnes etwas so Schönes gesehen. Die Ehe mit Bernard Droste Tomberge war ein Zweckbündnis gewesen. Eingeengt auf Verpflichtungen und alte Sitten, die für jede Gelegenheit die Verhaltensweisen, selbst die Empfindungen vorschrieben, hatte sie gewisse Dinge nie erfahren. Auch das, was Bernard unter der Bettdecke mit ihr trieb – früher zumindest –, hatte sie nie sonderlich bewegt oder gar in Wallung versetzt.

Jetzt stieg ihr das Blut in die Wangen. Dieser Mann in der Wanne verwandelte sich vor ihren Augen in etwas so Strahlendes, dass Ergriffenheit sie befiel. Rein gar nichts hatte er mit dem Eindringling auf ihrem Hof zu tun, den konnte sie vergessen, da gerade etwas Neues begann, das sie vollkommen ausfüllte. In der Wanne saß eine leuchtende Zukunft, die Belohnung für ihr Ausharren bei einem Ehemann, der sie zuletzt nur noch verflucht hatte wegen ihrer Unfruchtbarkeit. Vor ihr saß das Glück.

Stine war zur Seitentür hinausgegangen, die in den Garten führte, hatte den riesigen Schöpflöffel in den Schweinestall zurückgebracht, war durch die Seitentür zurückgekehrt und setzte sich mit einer Schüssel grauer Erbsen und dicker Bohnen weit weg vom Feuer auf einen Hocker. Die Hülsenfrüchte hatte sie am Vortag schon eingeweicht, nun las sie die verdorbenen aus. Was kümmerte sie ein nackter Mann im Zuber! Mit Männern hatte sie nie etwas im Sinn gehabt und diese mit ihr ebenso wenig. Damit hatte sie sich vor langer Zeit abgefunden. Dennoch warf sie ab und zu einen Blick zur Wanne hinüber. Für gewöhnlich dachte sie überhaupt nicht nach. Worüber denn auch? Sie war zufrieden, dass Agnes sie trotz der offensichtlichen Abscheu ihres Mannes behalten hatte, und deshalb hing sie an ihr. So gut wie Agnes hatte es noch nie jemand mit ihr gemeint. Nur Jan Droste Tomberge, der nackte Kerl im Zuber, machte da eine Ausnahme. Noch immer konnte sie sich darüber wundern, dass er ihr befohlen hatte, mit dem Holzhacken aufzuhören, weil sie eine Frau war. Agnes schätzte ja vor allem ihre Unermüdlichkeit, ihren Fleiß, das Arbeitstier. Aber der hier …

Jan schrak auf, als die Tür zur Tenne aufflog. Marie kam herein, die Wangen hochrot wie von raschem Laufen.

»Modder hat mir für dich …« Sie stockte.

Hastig langte Jan nach dem Handtuch, das neben dem Zuber auf einem Stuhl lag.

Marie lachte laut auf. »Genier dich bloß nicht! Du hast auch nicht mehr, als der Herrgott dir mitgegeben hat.«

Jan ließ das Handtuch fallen. Marie war gekommen! Innerlich jubelte er, während er beobachtete, wie sie sich aus ihren Umschlagtüchern schälte. Wegen der Kälte trug sie gleich drei übereinander. Darunter kam ein knapp sitzendes, mit Spitze verziertes rotes Mieder zum Vorschein, das freizügig einen Blick auf ihre aufregend üppige Brust gewährte. Marie musste sich zu Hause umgezogen haben.

»Modder schickt mich mit Tee für dich«, erklärte sie in leichtem Plauderton. »Sie hat gesagt, den musst du dreimal am Tag trinken, damit du kein Fieber kriegst. Uns kuriert sie auch immer so. Und wenn du doch fieberst, dann …«

Unbeschwert redete Marie drauflos, und Jan liebte sie auch dafür. Er liebte sie in diesem Augenblick mit schmerzlicher Heftigkeit und tiefster Dankbarkeit. Er konnte es nicht fassen, dass sie aus eigenem Antrieb gekommen war, denn dass Klara sie geschickt hatte, glaubte er nicht einen Moment. Und für ihn hatte sie sich hübsch gemacht. Aber das hieß ja, Marie graute nicht vor ihm! Sie fand ihn nicht sonderbar.

Nun zwinkerte sie ihm sogar belustigt zu, als er sich tiefer in die Wanne hockte, um seine Blöße zu verbergen.

»Meinst du nicht, es reicht jetzt mit dem Bad? Gescheit ist das gewiss nicht im Winter«, sagte sie lächelnd. »Das Wasser dampft nicht mehr, also hopp und raus. Ich guck auch nicht. Oder soll ich doch?«

Hinter Jan raschelte es.

»Ach, Agnes« – Marie wechselte den Ton von schelmisch zu nüchtern –, »wegen der Beerdigung von euerm Jupp meint Modder …«

Jan schaute über die Schulter zurück.

Würdevoll kam Agnes die letzten Stufen herunter und trat zu Marie, während sie vorgab, von Jan keine Notiz zu nehmen. Den Augenblick, in dem die Frauen abgelenkt waren, nutzte er, um aus der Wanne zu schnellen. Aber gerade als er tropfend dastand, ein Bein aus dem Zuber, die Hand nach dem Tuch ausgestreckt, starrten alle drei zu ihm hinüber und nichts, aber auch gar nichts blieb ihnen verborgen.

Marie prustete, und Stine lachte laut. Jan schlang das Tuch um sich und entfloh in die Stube, wo sein Bett stand und er sich saubere Wäsche zurechtgelegt hatte.

5

In der mit Vertäfelungen und beeindruckenden Wappenschildern geschmückten Kammer auf Groß-Schonebeck, dem eigentlichen Landratsamt, in der Erasmus von Schonebeck seinen Amtsgeschäften nachzugehen pflegte, fühlte sich Klobbicke nicht übermäßig wohl. Seit etwa einer Woche versah er hier auf Anweisung der Regierung in Münster vertretungsweise das Amt. Vor einem Monat noch hätte er diese Ernennung als Bestätigung seines

Scharfsinns und seines Arbeitseifers gesehen und sich geehrt gefühlt. Aber inzwischen kämpfte er mehr und mehr mit Selbstzweifeln. Von seinem desolaten Gesundheitszustand ganz zu schweigen.

Und nun saß obendrein die geheimnisvolle Exzellenz wieder vor ihm.

Klobbicke flehte die Exzellenz an, ihm die Rückkehr nach Berlin zu erlauben. Nichts wünschte er sich sehnlicher.

»Bedenke Er doch die Jahreszeit!«, sagte die Exzellenz scharf. »So unberaten kann Er nicht sein, mitten im Winter reisen zu wollen. Nein, daraus wird nichts.«

Klobbicke hätte sich notfalls zu Fuß nach Berlin begeben. Dabei brachten ihm seine westfälischen Untergebenen seit einigen Tagen einen Hauch von Respekt entgegen. Doch war dem zu trauen? Eigentlich hätte er längst tot sein müssen. Jeder, der so krank wie er war, starb für gewöhnlich innerhalb weniger Tage. Dass er sich so zäh ans Leben klammerte und der Krankheit trotzte, machte ihn anscheinend in den Augen der Leute zum Helden. Trotz seiner Erkrankung schleppte er sich Tag für Tag aufs Amt und scheute selbst vor den anstrengenden und unerfreulichen Außenterminen nicht zurück. Während sein Gesicht faltiger und fahler wurde, wuchs sein Fleiß, denn er hatte sich fest vorgenommen, es den Faulpelzen von Schreibern, Kanzleigehilfen und Botengängern und den im Suff verluderten Gendarmen zu zeigen. Er allein wollte den Sumpf, den dieses Amt darstellte, trockenlegen. Zumindest solange er nicht die ersehnte Erlaubnis erhielt, alles liegen- und stehenzulassen und zu seiner Familie zurückzukehren.

Die Exzellenz trug ein kunstvoll gefälteltes, bauschiges Halstuch und einen dunkelgrauen Rock, dessen Kragen bis zu den Ohren reichte. Außerdem hielt sie sich ein großes Tuch vors Gesicht, seit sie die Kammer betreten hatte und von einer Hustenattacke Klobbickes empfangen worden war. Die Exzellenz zog sich einen Stuhl ans Fenster und setzte sich so, dass das letzte Tageslicht von hinten auf sie fiel. Das Gesicht blieb, ob mit oder ohne Tuch vor der Nase, so gut wie unsichtbar. Damit hatte auch dieser Besuch etwas Fragwürdiges, Heimliches, obwohl es an Stellung und Befugnis des Herrn aufgrund der Korrespondenz mit der Regierung in Münster nichts mehr zu rätseln gab.

»Klobbicke, Klobbicke, es tut mir weh, Ihn so elend zu sehen. Eigentlich gehört Er ins Bett, mit einem heißen Ziegelstein an den Füßen.«

»Das hat die Frau auch gesagt«, röchelte Klobbicke und versuchte, an seinem Nasenauswuchs vorbeizuschielen, ein unmögliches Unterfangen.

»Welche Frau?«

Klobbicke berichtete, dass einen Tag nach Auffinden der zweiten Leiche in der Venner Bauernschaft – vor zwei Tagen also – eine der Bäuerinnen, Klara Potthoff, bei ihm vorstellig geworden sei und ihm zu seiner Überraschung ein Kräutersäckchen überreicht hatte, das er mit heißem Wasser bedampfen sollte, um es anschließend an seine Nase zu drücken und den Karbunkel so schneller reifen zu lassen. Auf die Frage, warum sie sich auf diese Weise seiner annehme, habe sie nur gesagt, dass es seit jeher zu ihren Aufgaben gehöre, sich um die Kranken zu kümmern.

»Ein Kräuterweiblein also«, stellte die Exzellenz zerstreut fest.

Klobbicke hätte die Bezeichnung Kräuterhexe für passender gehalten. Was er nicht berichtete, war, dass er, durch ihre mitfühlende Art verführt, sich auf ein längeres Gespräch mit ihr eingelassen und zu spät bemerkt hatte, dass sie ihn nicht nur geschickt aushorchte, sondern auch noch zu manipulieren versuchte. Es ging ihr um ein Stück Moorland, dessen Besitztitel anscheinend durch das Liegenschaftsamt in Münster angezweifelt worden war. Zu Recht. Denn als der Kauf zustande kam, war der Herr von Schonebeck als Landrat gar nicht zu einem Verkauf berechtigt gewesen, und als Großgrundbesitzer schon gar nicht. Weder wollte noch konnte Klobbicke ihr versprechen, ihrem Hof das kleine Stück Moorland ein für allemal zuzusprechen. Er wollte jedoch herausfinden, wohin die Kaufsumme geflossen war.

»Dann hat Er also doch Rückhalt in der Bevölkerung«, fuhr die Exzellenz aufmunternd fort. Klobbicke widersprach nicht. »Und? Tut sich denn gar nichts in der alten Angelegenheit?«

Klobbicke holte vorsichtig Luft. Mit jedem Atemzug brannte ihm die Lunge ein wenig mehr. »Doch«, flüsterte er heiser. »Einer von den Stallknechten hat mir etwas erzählt, das von Belang sein könnte.«

Wie versprochen, hatte Klobbicke ein zusätzliches Deputat Holz für seine kleine Wohnung in Senden erhalten. Zugleich war eine Extraladung Holz für das Landratsamt eingetroffen, zudem einige Fässer mit Pökelfleisch und säuberlich in Leinen eingeschlagene Schinken zur Versorgung der Bediensteten, und das hatte sehr für Klobbicke gesprochen. Einem der Knechte sei daraufhin etwas eingefallen. Die Exzellenz ließ ihn umgehend rufen.

Herein trat ein unauffälliger, nicht mehr ganz junger Mann mit nichtssagendem Gesicht, der sich die Finger an der Hose abwischte und deutlich Stallgeruch verbreitete.

»Er hat also das Pferd vor den Wagen des Landrats gespannt. Weiß Er, wohin der Herr Landrat wollte?«, eröffnete die Exzellenz die Befragung.

Der Mann sah verwundert von Klobbicke zu dem Herrn, der sein Gesicht hinter einem großen weißen Tuch verborgen hielt.

»Er soll antworten«, forderte Klobbicke ungeduldig und begann erbärmlich zu husten.

Augenblicklich wich der Knecht bis fast zur Tür zurück, den Kopf zur Seite gerissen. Wahrscheinlich hoffte er, so einer Ansteckung zu entgehen.

»Der Herr Landrat wollte zum Mittagessen nach Hause, nach Klein-Schonebeck.«

Das Gut Klein-Schonebeck, der Privatbesitz des Landrats, lag mit dem Wagen eine Viertelstunde von seinem Amtssitz entfernt.

»Dort ist er aber nie angekommen«, erklärte die Exzellenz. »Kann er mir einen Grund dafür nennen?«

Die Frage verwirrte den Knecht. »Nee, dat nu nich.«

»Die Botschaft«, warf Klobbicke verzweifelt ein. Er hatte der Exzellenz doch alles gesagt, was es zu wissen gab. Wozu noch diese mühselige Befragung?

»Da kam einer und hat ein Papier abgegeben«, stotterte der Knecht hilfsbereit.

»Genauer«, sagte die Exzellenz. »Wer kam? Kannte Er ihn?

Und wem hat Er das Papier überreicht? Dem Herrn Landrat persönlich?«

Der Knecht starrte an die Holzbalkendecke. »Den Kerl kannte ich nicht. Hatte es verteufelt eilig. Wollte sofort wieder weg. Drückte mir den Brief in die Hand und sagte, den müsste der Landrat sofort kriegen.«

»Einen Brief? Ein Brief ist etwas anderes als ein Papier oder ein Zettel. Erklär Er das genauer. War es ein gesiegeltes Schreiben?«

Der Knecht nickte zögerlich. Als sich die Exzellenz räusperte, beeilte er sich, zu antworten. »Hab den Brief selbst dem Landrat gegeben. Er hat ihn sofort aufgebrochen …«

»Aufgebrochen«, hakte die Exzellenz ein. »Also doch ein gesiegeltes Schreiben. Und den Boten hatte Er nie zuvor gesehen? War es ein regulärer Bote in Uniform?«

Daran konnte sich der Knecht nicht mehr genau erinnern. Doch, etwas Amtliches hätte der Mann schon gehabt. Sehr bestimmt sei er ihm gekommen, wie es halt die Amtlichen an sich hatten.

»Und der Herr Landrat? Wie hat er sich verhalten, als er das Schreiben gelesen hatte?«

Der habe seine Sackuhr herausgezogen und nach der Zeit geschaut, berichtete der Knecht. Und die Stirn gerunzelt habe er auch. Dann habe er sich noch Pfeife und Tabak aus der Amtsstube holen lassen und sei in einem Höllentempo davongefahren.

»Aus Münster hat der Landrat keine Botschaft erhalten, das wüsste ich«, sagte Klobbickes Besucher nachdenklich, nachdem er den Knecht mit einer Handbewegung entlassen hatte.

»Aber diese ominöse Botschaft hat ihn davon abgebracht, nach Hause zu fahren. Fragt sich, wohin man ihn gelockt hat. Darüber müssen wir nun nachdenken, Klobbicke.«

Klobbicke kratzte sich hinterm Ohr, wo sich etwas Grind gebildet hatte. »Klingt nach einem Komplott, nicht wahr? Wie passt dieser Bauer, dieser Bernard Droste Tomberge, da hinein?«

»Was ich wissen möchte, ist, ob dieser zweite Todesfall etwas mit dem ersten zu tun hat.« Langsam wischte sich die Exzellenz mit dem Tuch das Gesicht ab. Und da sie sich dabei ein wenig vorbeugte, konnte Klobbicke es besser sehen. Es war ein müdes Gesicht, stellte er fest, und geradezu zerfurcht vor Sorge. In diesem Punkt sahen sie sich gar nicht so unähnlich.

»In dem Gasthaus, in dem der Knecht den Abend verbracht hat, hat er große Reden über den Landrat geschwungen und so getan, als wüsste er mehr als andere. Nach Aussage des Wirts waren ein paar Fremde da, die dem Knecht zwei Krüge Bier und vier Schnäpse spendiert haben. Sie haben sich mit ihm in eine Ecke zurückgezogen, damit nicht alle mithören konnten. Glaubt Ihr, jemand hätte ihn auf der Heimfahrt abgepasst und seinen Karren ins Moor gelenkt, damit er dort umkommt und für immer schweigt? Glaubt Ihr das?«, nuschelte Klobbicke gequält. Ihm kamen seine eigenen Mutmaßungen eher abwegig vor.

»Möglich, alles möglich. Lass Er sich die Fremden genau beschreiben und schick Er mir die Beschreibung nach Münster. Und was ich noch sagen wollte: Lass Er sich das Gewächs an Seiner Nase von einem Bader aufstechen.«

»Nein!«, schrie Klobbicke in höchster Seelenpein auf, riss die Hand hoch zur Nase, stockte aber mitten in der Bewegung.

Er wusste nicht, ob das Kräutersäcklein gut für seine Nase war. Aber es lieferte einen akzeptablen Grund, an dem Karbunkel herumzuhantieren. Denn das war ja das Schlimme: Immerfort musste er nicht nur daran denken, sondern ihn auch berühren. Wohl tausend Mal in der Stunde zuckte es in seiner Hand, und nur mit äußerster Konzentration gelang es ihm, dem Drang zu widerstehen. Es klopfte, pochte, drückte und schmerzte ja täglich, nein, stündlich mehr. Da bahnte sich Furchtbares an. Klobbicke wurde von der Vorstellung gepeinigt, dass das Ding im Aufplatzen eine Flut von Eiter über ihn ausschütten würde und dass auf jeden Fall sein letztes Stündlein geschlagen hätte. Alle anderen Leiden erschienen ihm nebensächlich: die ständige Abgeschlagenheit, der grauenhafte Husten, der ihm die Brust zerriss, der eklige Auswurf, das Fieber, das mit Schüttelfrost und Schweißausbrüchen einherging.

Andere mochten den sich stetig aufblähenden Eiterballon an seiner Nase als Strafe Gottes betrachten. Aber das war bloß eine Idee der Pfaffen. Und die katholischen Pfaffen hatten ja ohnehin noch viel zu sehr das Sagen im Land. Ja, er sah diese Pfaffenliga im Verein mit den Junkern, den Viehbaronen und Freiherren. Beharrlich unterliefen sie die neuen Gesetze, indem sie sich scheinbar mit den neuen Regierungsorganen gutstellten, sie infiltrierten, von innen her aushöhlten und klammheimlich ihr altes Treiben fortsetzten. Das sah Klobbicke ganz klar. Die Pfaffen und die Freiherren waren die eigentlichen Feinde des Landes, wegen ihnen kamen die kleinen arbeitsamen Leute nicht hoch. Leute wie diese Bauersfrau, die ihm das Säckchen gebracht hatte.

»Nun gut, Klobbicke, das muss Er selbst wissen.« Die Exzellenz winkte ab. »Reden wir nicht mehr davon. Da Er ja nun die Amtsgeschäfte hier wahrnimmt, sieh Er doch mal die Unterlagen durch, die in all diesen Kästen stecken, vielleicht findet Er ja etwas, was uns das Schicksal des Landrats aufklären hilft. Ja, es könnte durchaus sein, dass in einem dieser Kästen die Lösung steckt.«

Klobbicke äugte hinter sich. Die Rückwand nahmen, wie in der Amtstube in Senden, bis in Augenhöhe Kanzleikästen ein. Diese allerdings waren kunstvoll in die Eichentäfelung eingelassen und mit geschnitzten Ornamenten verziert, die zwar nicht mehr dem Geschmack der Zeit entsprachen, aber dennoch nobel und altehrwürdig wirkten, Überbleibsel aus einer Zeit, in der ein Droste des Domkapitels zu Münster für die obrigkeitsgläubige Landbevölkerung in der Rangfolge gleich nach dem Herrgott kam.

»Ja, das will ich tun«, nuschelte Klobbicke. Wenn es denn ein Geheimnis in den Kästen gab, würde er ihm auf die Spur kommen. Hoffentlich, bevor die Nase platzte.

Für den toten Jupp konnte niemand mehr als eine Art Pflichttrauer aufbringen und auch davon nur soviel, wie man für unabdingbar hielt, um einen Mann von eher grantigem Gemüt und zuweilen spitzer Zunge schicklich unter die Erde zu bringen. Nur ging nicht mal das. Der Boden auf dem Friedhof war selbst für die Spitzhacke zu hart gefroren, und so kam Jupps Leiche zu zwei weiteren, die ebenfalls ihrer letzten Ruhestätte harrten, in das kleine Beinhaus am Ende des Friedhofs. Erfahrungsgemäß würden die drei nicht lange unter sich bleiben, denn wie in jedem Winter häuften sich die Fälle von Fieber. Franz Pentrops Frau lag fiebernd und hustend zu Bett, ebenso einer seiner Söhne, dazu kamen eine Tochter der Holtkamps und der alte Heinrich Schulze Hundrup.

Die kleine Trauergemeinde zerstreute sich rasch, es gab nicht einmal einen Beerdigungskaffee bei den Drostes, so einen Aufwand hielt Agnes nicht für nötig. Stine hatte den auf der Tenne aufgetauten Jupp ganz allein gewaschen und ihn in seinen einzigen Anzug gekleidet, der halbwegs sauber war, weil er ihn seit Jahren nur zu Kirchgängen trug. Das restliche Zeug hatte Agnes eilig aus dem Kämmerchen in den Hillen geholt, sofort verbrannt und die Kammer ausgeräuchert, um jede Spur des Alten zu tilgen. Auf demselben Karren, auf dem er gestorben war, war er in einer schlichten Kiefernkiste zur Kirche gefahren und für eine kleine Andacht vor dem Altarpodest abgestellt worden.

Niesing hatte die Stunde für gekommen gehalten, seinen Schäflein ins Gewissen zu reden, indem er ihnen am Beispiel Jupps vorführte, wie rasch der Tod eintreten konnte und wie wichtig es wäre, jederzeit in der Gnade Gottes zu stehen, um dem Höllenfeuer zu entgehen.

Niemand konnte sich vorstellen, dass dem alten Jupp die Hölle drohte, dazu reichte sein armseliges Sündenregister nicht aus.

Agnes hatte auf der Frauenseite gesessen, sie hatte sich bei Jan eingehakt gehabt, um sich zu ihrer Bank führen zu lassen, und sie hatte nach der Andacht an seiner Seite die Kirche verlassen. Dann aber hatte er sie allein nach Haus geschickt und ging um die Kirche herum auf den Friedhof.

Überraschend gesellte sich der Pfarrer zu ihm.

»Soll Jupp hier bei deinen Leuten ruhen?«, fragte Niesing.

»Wär mir recht«, antwortete Jan einsilbig. Dann deutete er auf das einfache Holzkreuz neben den Familiengräbern. »Für wen ist das?«

»Das weißt du nicht?«, fragte Niesing erstaunt. »Ja, es ist ein Jammer«, fuhr er fort. »Vier gesunde Söhne hatte dein Vater. Anton ist im Moor umgekommen, Lütke-Hubert im Krieg geblieben und Bernard …« Als Niesing nach einer Weile wieder zu sprechen anhob, gab er seiner Stimme einen beschwörenden Ton, bei dem sich Jan die Nackenhaare sträubten. »Wenn ihm nur jemand beistehen, ihm ins Gewissen reden und ihn zur Umkehr bewegen könnte! Wie ein wildes, gefährliches Tier muss er irgendwo dort draußen herumstreifen auf der Flucht vor seiner Tat, vor Gottes und der Menschen Strafgericht. Ja, um sein Seelenheil ist es fürchterlich bestellt. Und du kannst nichts tun? In der Zeitung steht eine Bekanntmachung, dass er von der Polizei gesucht wird.«

Jan zuckte zusammen. »Im Intelligenzblatt? Sie haben ihn wirklich beim Namen genannt? Meinen Bruder Bennard?«

Niesing bedachte sich. »Die Beschreibung ist recht genau, es kann niemand anders gemeint sein. Wenn ihn nur jemand fände, dem er vertrauen kann.« Heftig packte Niesing Jans Arm. »Versteh mich doch!«

Jan Droste Tomberge gab Niesing Rätsel auf. Und zwar in wesentlich größerem Maß, als er für akzeptabel hielt. Es hatte ihn wie alle anderen erstaunt, dass sich der verdrehte, linkische Junge zu einem stattlichen Mann ausgewachsen hatte. Vom Blick dieses recht besonnenen, selbstbewussten Mannes fühlte man sich merkwürdig durchschaut, als wäre an den alten Geschichten über die Hellseherei doch etwas dran. Beklommen dachte Niesing an die Übereinkünfte, die er mit dem Herrn von Schonebeck in all den Jahren zu ihrer beider Nutzen getroffen hatte und die ihm nun Kopfzerbrechen bereiteten, solange das Schicksal des Landrats ungeklärt blieb. Mehr als alle anderen wünschte er sich eine schnelle, offiziell bestätigte Lösung. Ein im Moor aufgefundener, auf der Flucht erfrorener Bernard Droste Tomberge böte sich da an, dem man ohne weitere Umstände den Mord anlasten könnte. Und Jan kannte sich wie kein anderer im Moor aus, ihm hätte es eigentlich gelingen müssen, den Bruder zu finden. Ja, tot wäre das Beste. Bliebe dann noch zu hoffen, dass sich aus den Reihen des standhaften Münsterländer Adels ein Nachfolger für den Landrat fände. Niesing verbiss sich geradezu in diese Vorstellung, während er Jan am Arm rüttelte.

Jan war es leid, von jedem um Hilfe gebeten zu werden. Agnes hoffte, mit seiner Unterstützung den Amtmann zu überzeugen, dass der Tote am Baum Bernard gewesen sei. Ob ihm nicht irgendein Mal einfiele, an dem er zu erkennen sei? Sie wüsste nur, dass er eine deutliche Rötung am Hals gehabt habe, von einem scheuernden Kragen, aber … Am Hals würde nun nichts mehr festzustellen sein. Überhaupt hatte sich Agnes' Verhalten innerhalb weniger Tage vollkommen geändert. Sie war verdächtig freundlich geworden. Aber das war nicht alles. Ständig berührte sie ihn. Anscheinend versprach sie sich neuerdings mehr davon, nett zu ihm zu sein. Aber diese Freundlichkeit hatte einen so falschen Beiklang, dass ihm die frühere Ruppigkeit und sogar der Hass lieber gewesen waren. Die waren wenigstens ehrlich.

Zu Stine war sie aufbrausend und grob, und auffälligerweise scheuchte sie die Magd jedes Mal mit einem Auftrag weg, sobald er in der Küche auftauchte. Für sich hatte er bereits beschlossen, Paul zu bitten, Lütke-Paul doch wieder zu ihnen zu schicken. Vielleicht mäßigte Agnes ihr Verhalten, wenn sie unter der Beobachtung eines ihrer Neffen stand.

»Nein, ich kann gar nichts tun, ich kann nur versuchen, auf dem Hof für Ordnung zu sorgen, und um meine Schafe muss ich mich auch wieder kümmern«, sagte Jan bedächtig zu Niesing. »Aber was ist das nun für ein Kreuz? Das habt Ihr mir noch nicht verraten.« Er trat näher an das Kreuz heran, so dass Niesing seinen Arm loslassen musste.

Seit seinem Auftauchen in der Venne war Jan nicht zur Beichte gekommen, und Niesing rechnete auch nicht damit. Ein Mann wie dieser gab nichts preis, der ließ sich nicht in die Seele gucken. Niesing spürte dem Unbehagen nach, das die Gegenwart Jans noch immer bei ihm auslöste. Er musste sich zusammennehmen, um sich nicht von der Kälte, dem Grauen, das zuweilen von dem Mann ausging, irritieren zu lassen. Hellsicht gab es natürlich nicht, nur Gott konnte in die Zukunft sehen und in die Herzen der Menschen. Wenn aber doch …? So ein Wissen konnte niemals von Gott kommen. Niesing begann zu fürchten, dass der Mann, mit dem er sich gerade vernünftig unterhielt, ein abgründiges, gottfernes Scheusal war.

»Das Kreuz hat dein Bruder Bernard für Lütke-Hubert setzen lassen. Er hat ja gedacht, er erhält mal eine Nachricht, wo und wann er umgekommen ist. Dann hätte er das ins Holz schnitzen lassen oder einen Gedenkstein angeschafft. Du weißt auch nichts über Lütke-Hubert?«

Es gab eine Zeit, da war Lütke-Hubert Jan der liebste seiner Brüder gewesen. Immer ruhig, immer geduldig, ein Unauffälliger, der nicht viel für sich beanspruchte und mit seinem Platz als Zweiter vollauf zufrieden war. Aus der Bahn geworfen hatte ihn der Tod des Vaters. Jan sah noch den Balken, der oben an den Hillen saß und heruntergenommen werden sollte. Bernard und Hubert hatten die Pflöcke, mit denen er mit einem anderen Balken verbunden war, gelockert, und plötzlich waren die Pflöcke herausgeflogen. Das Bild würde er nie vergessen: Hände, die sich verzweifelt um das Holz krallten, weiß vor Anstrengung, und die den Balken nicht halten konnten. Langsam, unendlich langsam in seiner Erinnerung rutschte er aus dem Griff –, während der Vater nichtsahnend nach oben starrte.

»Jan!« Niesing rüttelte ihn an der Schulter. »Was ist dir?«

»Nichts, gar nichts.« Jan wischte sich über die Stirn, auf der Schweiß stand. »Ja, es ist schad um Hubert, es ist schad, dass er nach Vaters Tod zu den Soldaten gegangen ist und ich nie wieder etwas von ihm gehört habe.« Ohne ein weiteres Wort ließ er Niesing an den Gräbern stehen und ging davon. Er hatte ihm nichts mehr zu sagen. Nichts, was Niesing verstehen konnte.

Kapitel 4: Frost

1

Wenige Tage vor Weihnachten tauchten die ersten Bettler auf. Meistens waren es alt gewordene Handwerker, Hausierer, Knechte oder entlassene Soldaten, sehr viel seltener alte Weiblein. Aus früheren Begegnungen wusste Jan, dass sie allein dastanden, ihre Familien waren weggestorben, oder es waren nur noch entfernte Basen und Vettern übrig, die gerade mal für sich selbst sorgen konnten. Außer der Armenfürsorge in den Elendenhäusern, die für viele eine Schande und Demütigung darstellte, wenn nicht eine letzte Strafe Gottes vor dem endgültigen Erlöschen, blieb nur die Bettelei auf dem Land übrig. Die Männer, die an die Tür klopften, hatten graue verbitterte Gesichter und Augen wie hungrige Wölfe.

Jan kam gerade dazu, als Agnes draußen vor der Tenne einen dieser Bettelbrüder abfertigte. Stine stand neben ihr, vierschrötig, bullig, das Beil in der Hand.

Jan warf einen Blick auf den Mann, einen großen, ein wenig hageren Kerl, dessen ungepflegte Zottelmähne kaum Grau zeigte. Er war nicht blöd, wie die wachen Augen verrieten. Einige Meter von der Niendüer entfernt, hatte er sich im Hof aufgestellt, anscheinend in Schach gehalten von Stine.

Lütke-Hubert!, schoss es Jan durch den Kopf. Mein Bruder Lütke …

»Verschwinde!«, schrie Agnes. »Wird's bald! Wir dulden hier kein Gesindel.«

Agnes sollte sich zurückhalten, dachte Jan, sie weiß ja gar nicht, was sie da sagt.

Es gab ungeschriebene Gesetze, die selbst die Begegnung mit einem dahergelaufenen Hungerleider regelten. Aber diesem Kerl fehlte das Linkische, Katzbuckelnde, Mitleidheischende, das die meisten an den Tag legten, wenn sie an eine fremde Tür kamen. Der hier forderte.

Um die Mildtätigkeit der Nachbarn anzustacheln, würde er auf dem nächsten Hof erzählen, dass die Drostes nicht mal einen Kanten Brot für ihn übrig gehabt hätten. Und das würde die Runde machen, bevor der Tag vorbei war. Das musste Agnes wissen. Sogar Stine wurde die Sache unangenehm, betreten rückte sie ein wenig von ihrer Herrin ab und ließ das Beil sinken.

Es war nicht Lütke-Hubert. Sicher nicht. Allerdings hatte Jan keine Ahnung, wie Lütke-Hubert nun, siebzehn Jahre nachdem er den Hof verlassen hatte, aussehen würde. Aber es hätte Lütke-Hubert sein können. Wenn er nicht tot gewesen wäre – aber wenn er nicht tot wäre, wäre er längst hier. Vergeblich versuchte Jan, von den Gedanken an seinen Bruder loszukommen.

»Agnes«, sagte er ruhig, während ihn eine große Traurigkeit überkam. »Der Mann hat Hunger. Noch haben wir genug zu essen, um davon abzugeben.«

Er konnte den Kerl nicht ohne eine Gabe vom Hof schicken. Einerseits widerstrebte ihm das sowieso, andererseits schien es ihm diesmal besonders wichtig.

Unwillig drehte Agnes den Kopf zu ihm. »Misch dich ...« Sie schluckte, ihr Blick verschleierte sich, bebend holte sie einige Male tief Luft, um neu zu beginnen. »Du verstehst das nicht. Wenn wir diesem einen etwas geben, kommen morgen zwei von ihnen und übermorgen vier. Das erlebe ich jedes Jahr. Sie kommen diesmal nur früher. Und wenn die Zeiten nicht so schlecht wären, dann würde ich ja ...« Sie gab sich Mühe, die Stimme zu mäßigen und ihr einen anteilnehmenden Ton zu verleihen.

Der Mann hatte die Schultern hochgezogen. Sicher war ihm kalt. Der abgetragene Mantel, den er um die Mitte mit einem Strick zusammengebunden hatte, konnte kaum noch wärmen. An den Ellbogen war der Stoff durchgescheuert, und ein schmutzig graues Stück von einem Kittel oder Hemd schimmerte hervor. Der Schnitt des Mantels erinnerte von fern an den eines Soldaten. Aber da täuschte Jan eventuell diese beklemmende Fixierung auf Lütke-Hubert, die er immer noch abzuschütteln suchte. Ein Bettler, nichts weiter. Und nicht einmal einer von der freundlichen Sorte, denn er bemerkte, wie der Mann bereits die Fäuste geballt hatte. Noch wagte er nicht, die Arme hochzureißen, die Fäuste zu schütteln und einen Fluch auszustoßen. Jan kam es so vor, als müsste er das um alles in der Welt verhindern.

»Stine, geh hinein, hol Brot, aber nicht zu altes, und schneid ein Stück Speck ab. Und pack ein wenig Schmalz mit ein.« Vielleicht übertrieb er die Mildtätigkeit jetzt. Aber das war ihm egal.

Agnes rang um Haltung, in ihrem Gesicht wetterleuchtete es, bis sie den richtigen Ausdruck von Strenge, Achtsamkeit und Würde gefunden hatte. »Jan, das geht wirklich zu weit. Brot soll er haben, wir sind ja keine Unmenschen, aber Speck und Schmalz! Was denkst du dir bloß? Wohin soll das führen?«

Jan begriff nur zu gut, dass es an ihrem neuen Verhalten ihm gegenüber lag, dass sie sich derart mäßigte. Sein ganzer Abscheu gegen sie kam wieder hoch. Sollte sie doch machen, was sie wollte, er würde sich nicht mehr einmischen. Dann also nur Brot für den …

Er wandte sich um. Der Bettler war gegangen, das hieß, er hatte soeben die Toreinfahrt erreicht, nun drehte er sich um, nun hob er die Arme und schüttelte die Fäuste. Flüche stieß er nicht aus, zumindest nicht hörbar, aber es war nicht schwer, seine Gedanken zu erraten. Und Agnes ahnte nicht mal, was sie da gerade auf ihr Haupt herab beschwor.

»Stine, hol Brot, aber nicht zu viel und kein frisches«, befahl sie. Sie hatte noch nicht bemerkt, dass ihre Gabe zu spät kam.

Erst als Stine sich nicht rührte, schaute sie zur Einfahrt. »Da sieh einmal an! Der Kerl geht einfach weg. Brot allein genügt dem nicht. Nein, um Brot geht es dem gar nicht. Vielleicht ist er nur hier, um zu stehlen. Würde mich nicht wundern, wenn er ein Messer bei sich hätte. Gut, dass du rechtzeitig dazugekommen bist, Jan. Wir zwei schwachen Frauen können uns gegen so einen Halunken gar nicht wehren. Und du hältst mir eine Predigt und machst mir ein schlechtes Gewissen, weil ich ihm nicht gleich einen ganzen Schinken in den Schnappsack stecke. Siehst du ein, wie falsch du mit deinem Mitleid liegst? Ich habe gesagt, der Kerl ist Gesindel, und nun siehst du es ja selbst.« Agnes war sehr zufrieden mit sich.

Die Beine hatte sich der Bettler mit Stoffstreifen umwickelt. Es sah aus, als ob er Gamaschen trüge. Ja, er hatte wirklich etwas von einem alten Soldaten an sich, und Jan hätte sich gern erkundigt, woher er kam und was ihn in dieses Elendsleben getrieben hatte. Auf dem rechten Wadenwickel prangten dunkle Flecken wie von getrocknetem Blut, die darauf hindeuten mochten, dass der Mann an einem Geschwür litt. Viele Soldaten waren aus den napoleonischen Feldzügen heimgekehrt, mit Schwären bedeckt und von Gebrechen gezeichnet, die zu Siechtum und frühem Tod führten.

»Na schön«, entgegnete Jan, »du musst es ja wissen. Aber der Hund kommt nachts auf die Tenne, der bleibt nicht länger draußen.«

Der Hund machte neuerdings einen Bogen um ihn, sobald er ihn sah. Er musste ihm Zeit lassen, wieder Vertrauen zu ihm zu fassen.

»Was nicht noch alles!«, schimpfte Agnes nun doch ungehemmt. »Der Hund ist schon ganz träge vom Extrafutter, das ihm Stine zusteckt. Das muss auch aufhören.«

»Der Hund kommt rein«, wiederholte Jan grimmig.

Agnes besann sich wieder. »Wie du willst. Wenn ich auch nicht verstehe, was du an dem alten Hund findest. Da kann ja kommen, wer will, ohne dass er anschlägt. Ich hab Bennard tausendmal gesagt, der Hund taugt nichts mehr. Und nun komm mal selbst aus der Kälte heraus. Die Kälte schneidet ja wie mit Messern.« Sie drängte sich so dicht an ihn, dass der säuerliche Geruch ihrer Kleider ihm in die Nase stieg. So rochen alle Bauern im Winter, aber es störte ihn bei Agnes, weil er den Eindruck hatte, mit dem Geruch auch ihr immer weniger zu entgehen. Möglichst unauffällig rückte er von ihr ab.

»Ich wollte eben nach den Bienen sehen. Seit Jupp tot ist, hat sich sicher niemand mehr um sie gekümmert.«

»Ach, lass doch die Bienen!« Sie griff nach seinem Arm. »Komm rein, ist eh Zeit fürs Mittagessen«, fuhr sie mit einem weichen Lockton in der Stimme fort. Warum hörte sie nicht damit auf? Sie würde ihm eigenhändig ein größeres Stück von der Graupenwurst abschneiden, jeden Bissen auf dem Weg zum

Mund verfolgen und ihm mit ihrem fürsorglichen Getue unfehlbar den Appetit verderben.

»Fangt nur schon mit dem Essen an. Vielleicht fahr ich auch gleich ins Moor. Da liegt immer noch der Torf, den ich endlich reinholen muss.«

Stine war in der Tennentür stehen geblieben und grinste wissend. Sie hatte bestimmt gemerkt, dass er um Agnes gern einen Bogen schlug. Wie der Hund um ihn. Unzufrieden mit sich selbst, ging er davon.

Das Bienenhaus hatte Grootvadder Droste errichten lassen. Es glich einem kleinen Schuppen mit festen Wänden und Strohdach. Zur Vorderseite stand das Dach weit über, um im Sommer die Hitze, im Winter die Kälte und das ganze Jahr über den Regen abzuhalten. Unterhalb des Dachüberstands befanden sich die Kästen für die Bienenvölker, zwei Reihen übereinander, mit den winzigen Löchern für den Ausflug, jetzt mit Stroh verstopft. In der Heide hielt sich Jan ebenfalls Bienenvölker, und der Honig, den er aus den Waben gewann, war sehr begehrt in Münster. Heidehonig maßen die Städter geradezu unbegrenzte Heilkräfte zu, vor allem im fieberverseuchten Winter.

Jan betrat das enge dunkle Bienenhaus und ließ die Tür hinter sich zuklappen, um die Zugluft auszusperren. Hier drinnen hatte alles seinen angestammten Platz. Die Schaber, die man benötigte, um die Deckel von den Waben zu kratzen, Wachsbeitel, die großen ledernen Handschuhe, die vor Stichen schützen sollten, der Hut mit dem breiten Rand und dem Gazeschleier. Sogar eine Pfeife war vorhanden, denn Tabakrauch war ein wirksames Mittel, um sich die Bienen vom Hals zu halten. Die meisten Geräte waren von Generation zu Generation weitergereicht worden. Im Dunkel verharrend, spürte Jan all diese Gegenstände um sich herum, die beruhigend und besänftigend von früher wisperten, von Grootvadder vor allem, der wie kein anderer die Bienen geliebt hatte. Von ihm hatte Jan sich in die Bienenkunde einweisen lassen, und er erinnerte sich noch immer gern daran. Es waren die glücklicheren Stunden seiner Kindheit gewesen. Vielleicht war er nun zu groß für das kleine Haus. Sein Kopf stieß am Firstbalken an, daher musste er sich krumm halten und durfte sich nur sehr behutsam drehen oder bewegen. Schnell verflog das kurze Wohlbehagen und machte Beklemmung Platz. Ein Schaudern befiel ihn, eine klamme Kälte kroch ihm in die Glieder, die er sich nicht erklären konnte.

Er beugte sich so weit hinunter, dass er an einem der Kästen horchen konnte. Wie zu erwarten, rührte sich der Bien nicht. Er bestand aus einer Kugel, zu der sich das ganze Bienenvolk mit zunehmender Kälte zusammengeballt hatte. Strich ein Hauch von Frühlingswärme über die Kästen, schwoll die Kugel wieder an und löste sich schließlich auf. Tief innen im Bien saß die Königin. Dieses verborgene Zentrum hatte es Jan angetan, er stellte sich vor, wie er in den Bien hineingriff, das Kostbarste herausnahm und in der hohlen Hand hielt. Der ganze Bien schien in diesem Moment nur zum Schutz der Königin da, abertausend todbringende Stacheln, die sich gegen Jan aufstellen konnten. Nur ein lebensmüder Tollkopf würde den Bien aufschrecken. Jan ballte die Hand zusammen, ein plötzlicher Schmerz durchzuckte sie.

Eigentlich hätte er Kasten für Kasten überprüfen und nachsehen müssen, dass in allen genug dickflüssige Zuckerpaste vorhanden war, um als erste Nahrung nach dem Erwachen zu dienen. Aber ohne Licht war das nicht möglich, und überhaupt wollte er nicht länger bleiben. Er taumelte hinaus.

Den Ausflug ins Moor hatte er nur erwähnt, um nicht mit Agnes am Tisch sitzen zu müssen. Aber früher oder später musste er ohnehin ins Moor. Daher schirrte er eins der Pferde vor die Kippkarre und zuckelte los. Es blieben ihm ja nur wenige Stunden bis zur Dämmerung, und wenn er noch etwas erreichen wollte, musste er sich sputen. Das Moor war geradezu übervoll von Schätzen, die man nur aufzuklauben brauchte, denn sie lagen ja offen herum. In den nächsten Tagen würde er wiederkehren und so viel Knüppelholz zusammensuchen, wie er benötigte, um über den Winter die Küche zu heizen.

Noch bevor er die Ausläufer des Moores erreicht hatte, begann er instinktiv auf etwas Ungewöhnliches, Übersinnliches zu lauschen, während er noch an Feuerholz, Reisig und Torf dachte.

Das Moor zeigte sich in seinen schönsten Gewändern. Fließendes Silber und allerhellstes Gold, durchwirkt von mattem Schwarz und Braun, und sogar die Luft war erfüllt von Silbertönen. Das Eis auf den Moorkolken sang leise und verführerisch, und seine Melodie lullte ihn augenblicklich ein. Vor so viel Schönheit hatten Ängste, Bedenken und Verzagtheit keine Chance. Das Moor überwältigte ihn genauso wie früher.

Jan war abgestiegen und führte das Pferd am Zügel weiter, denn er wollte den Boden unter den Füßen spüren, der selbst jetzt, im bittersten Frost, noch unmerklich federte. Schon fuhr der Wind auf, wie aus weiter Ferne herbeigelockt, raschelte durch das Röhricht und ließ einen Silberregen aus winzigen Eiskristallen von den Halmen rieseln. An manchen Gräsern hingen Wassertropfen wie gefrorene Tränen, und in verlassenen Vogelnestern lagen sie als verstreute Feenperlen. Die jungen Birken erschienen wie weiß gewaschen, in kleinen Gruppen standen sie zusammen, äugten zu den schwarzen Erlen hinüber, ihrem dunklen Gegenbild, und raunten ihnen im Wind etwas Launiges zu.

Keine Spur mehr von Angst. Das hier war seine Welt. Diese Winterwelt versöhnte Jan mit seiner Einsamkeit, in dieser Helle hatte Alleinsein etwas Erhabenes. Keine Spur von Bedrohung, woher denn auch? Mit tausend Fäden fühlte er sich dem Moor verbunden, es hatte auf ihn gewartet, um ihn in seiner Mitte willkommen zu heißen.

Das Moor war von Spuren durchzogen. Etliche davon zeugten vom Viehtrieb im Herbst, wenn die letzten Kühe in die Ställe zurückgeführt wurden. Ihre tiefen Trittsiegel waren noch gut zu erkennen. Die neueren hatten vermutlich Wildschweine hinterlassen, die man so gut wie nie zu Gesicht bekam, die aber seit Urzeiten in den Bruchwäldern hausten. Lange bevor ein Mensch ihrer ansichtig werden konnte, hatten sie die Witterung aufgenommen und sich leise zurückgezogen. Die Spur eines einzelnen Menschen auszumachen war in diesem Gewirr von Fährten, Einkerbungen und Abdrücken kaum möglich. Jan versuchte es erst gar nicht.

Die im Spätsommer aus den Moorlöchern herausgeschaufelte und an der Sonne getrocknete Torfmudde lag noch unberührt da.

Jan nahm die Spitzhacke vom Karren und begann auf die dicke Matte einzuschlagen, die unter der Wucht der Schläge zersprang. Es war mehr, als er mit einer Fuhre würde abtransportieren können. Aber darüber wollte er nun nicht nachdenken, die Arbeit forderte seine volle Konzentration. Eine Spitzhacke war ja nicht ganz ungefährlich. Die Schläge mussten so ausgeführt werden, dass er sich weder in den Fuß hackte, noch ihm die Torfbrocken ins Gesicht flogen. Langsam arbeitete er sich vor, und jetzt hörte er nur noch die Geräusche, die er selbst verursachte. Es war eine befriedigende Arbeit, klar, überschaubar, nützlich. Trotz der Kälte wurde ihm warm, und diese Wärme machte ihn ruhig und entspannte ihn.

Erst als er die Torfbrocken aufzuklauben und auf den Karren zu werfen begann, fuhr ihm ein seltsam kaltes Gefühl über den Rücken.

Früher als Kind hatte er geglaubt, im Moor den Gestalten aus den alten Legenden zu begegnen. Dem Grienkenschmied und dem wilden Jäger Wode, der mit seiner Meute in den Raunächten, den zwölf heiligen Nächten zwischen Weihnachten und Dreikönig, die Davert durchstreifte. Sagen, Legenden nur und doch …

Aus der Ferne hörte er Hundegebell.

In den Geistern war das Moor zum Leben erwacht und hatte Gestalt angenommen. Dieses Leben war noch da, jetzt konnte er es wieder spüren. Etwas war da und hielt sich am Rand seiner Wahrnehmung. Die Dämmerung hatte eingesetzt, die Dunkelheit kroch heran. Die Schatten verdichteten sich, wurden greifbarer, realer, lebendiger. Er brauchte nur zu warten und seinen Geist zu weiten.

Nur noch mechanisch klaubte er die Brocken auf.

Sich preisgeben.

Beklemmung setzte ein, das Atmen wurde mühsamer.

Sich öffnen. Das war das Schlimmste. Den eigenen Willen und das eigene Wesen aufzugeben und sich einem Geist zu ergeben, der gerade von ihm Besitz ergriff. Der Geist eines Toten war nicht einmal der unerträglichste. Schlimmer waren die anderen, die sich aus der Zukunft herandrängten. Geister, Gesichte …, albtraumhafte Schrecken, die für immer Narben auf seiner Seele hinterließen …

Verdammt, er wollte das nicht. Das war doch blanker Irrsinn. Stöhnend warf er den letzten Brocken auf den Karren.

Der Karren war voll.

Verstört schaute er sich um. Laut fuhr der Wind durch die Büsche, und die Kälte kroch lähmend und schneidend aus dem Boden auf. Der Pfad hinaus aus dem Moor war kaum noch zu erkennen. Jan schwang sich auf den Bock und setzte das Pferd mit einem Ruck am Zügel in Bewegung.

Am Rand des Moores traf er auf einen Trupp Soldaten, der etwas halbherzig mit zwei Hunden an langen Leinen die Gegend absuchte. Ins eigentliche Moor trauten sich die Männer nicht hinein. Als Jan nachfragte, wonach sie suchten, gaben sie ihm statt einer Auskunft den Rat, sich um seine eigenen Angelegenheiten zu scheren.

2

Klobbicke fuhr nach Klein-Schonebeck. Er saß in einer behäbigen, schwarz lackierten Kutsche, eine Mappe mit Dokumenten auf dem Schoß, und wimmerte leise vor sich hin, während das Gefährt durch tiefe Schlaglöcher rumpelte. Noch vor zwei Wochen hätte er auf die Kutsche verzichtet und wäre geritten, aber dazu war er längst zu geschwächt. Inzwischen hatte er zwar gelernt, sein körperliches Befinden fast vollkommen zu ignorieren und sich stattdessen auf seinen Verstand und auf seine Arbeit zu konzentrieren. Im Augenblick aber war er nur noch hundemüde und gereizt, daher spürte er die Stöße überdeutlich. Es war ja nur eine kurze Fahrt, fast zu kurz, um sich das Gespräch, das er zu führen beabsichtigte, ein weiteres Mal gründlich durch den Kopf gehen zu lassen. Es würde seine zweite Begegnung mit der Ehefrau des Erasmus von Schonebeck sein. Die erste Begegnung hatte im Landratsamt stattgefunden, genau genommen im Keller, einige Tage nach Auffinden der Leiche. Klobbicke hatte einige Mühe darauf verwandt, um der Edelfrau den Anblick, der ihrer harrte, etwas erträglicher zu gestalten. So hatte er einen Schal über den klaffenden Schnitt legen und den Halsstumpf mit einem Tuch bedecken lassen. Trotzdem bot der Tote einen grässlichen Anblick. Klobbicke erschien der Termin auf einmal unsinnig, so dass er bereute, ihn überhaupt anberaumt zu haben. Aber da war es schon zu spät. Die Freifrau war bereits in den Keller hinabgekommen und stand nun neben ihm.

Hastig glitt sein Blick über das Arrangement, ob sich auch keins der Tücher verschoben hatte und alle hässlichen oder anstößigen Stellen bedeckt waren.

Er hatte versäumt, die Armstümpfe kaschieren zu lassen! Da lag ein Toter auf der Bahre, dem die Hände abgehackt worden waren wie im Mittelalter einem Räuber oder Dieb.

Wie konnte ihm das passieren?

Unversehens packte ihn das schiere Entsetzen. Wie konnte er der Freifrau das nur zumuten? Ihm brach der Schweiß aus.

Allein die Vorstellung, dieser kopf- und handlose Leib könne der des allseits geachteten Landrats sein, war doch eine Beleidigung.

Klobbicke fühlte sich bereits völlig konfus, als die Freifrau nach einem langen Blick verlangte, dass jeglicher Fetzen Stoff entfernt wurde. Als man ihrer Bitte größtenteils nachgekommen war, erwartete Klobbicke, dass sie in Ohnmacht fiel. Tat sie nicht. Das imponierte ihm schwer, und es wurde ihm etwas leichter zumute. Diese westfälischen Ehefrauen waren von nicht minder gutem Schrot und Korn als die preußischen, das musste er ihnen und speziell dieser hier lassen. Blass war sie allerdings schon vorher gewesen, und sie schwankte ein wenig. Dann erklärte sie leise, dass es ihr unmöglich sei, in dem kopflosen Toten ihren Gatten zu erkennen.

Genau das hatte er sich wenige Minuten zuvor selbst gesagt. Aber nun hakte er noch einmal nach. Sie blieb bei ihrer Aussage, sie könne bei Gott und allen Heiligen nicht sagen, ob er es sei oder nicht. Und mit tonloser Stimme fragte sie, ob man schon einen Priester habe kommen und diesen armen Leib segnen lassen.

Auf der Fahrt nach Klein-Schonebeck sinnierte er jetzt darüber nach, ob er das Tuch, das der Amtsdiener auf der Scham des Toten zusammengerafft hatte, nicht auch hätte entfernen lassen sollen. Vielleicht hätte sich darunter ein eindeutiger Hinweis auf die Identität gefunden. Jetzt war es zu spät für eine nochmalige Überprüfung. Inzwischen überzogen den Körper seltsame weiße Flecken, die wie Schimmel oder eine Flechte aussahen und sich auch hier und da an den feuchtkalten Wänden des Kellers fanden. Sie führten Klobbicke deutlich vor Augen, dass der Tote selbst bei dieser Eiseskälte nicht mehr sehr lange aufbewahrt werden konnte. Und ihn in diesem miserablen Zustand der Freifrau von Schonebeck noch einmal zu präsentieren, kam nicht in Frage.

Das Anwesen der Schonebecks war von der üblichen Gräfte umzogen. Ohne diese Gräben ließ sich in Westfalen auf dem Land nicht standesgemäß wohnen, obwohl sie im Sommer eine Mückenplage ausbrüteten. Und nachdem durch den Wassergraben dem adligen Anspruch Genüge getan war, durfte sich das Wohnhaus bescheidener geben. Es bestand aus rotem Backstein, mit ein wenig Sandstein garniert, und wirkte mit Treppenturm und Stufengiebeln altertümlich. Natürlich war es etliche Male umgebaut worden. Das ließ das Gemäuer etwas uneben aussehen, und auch der neuere Anbau fügte sich nicht wirklich mit den alten Teilen zu einem harmonischen Ganzen zusammen.

Klobbicke hieß den Kutscher vor dem Aufgang warten und untersagte ihm ausdrücklich, in der Gesindestube ein Bier zu trinken. Falls die Unterredung nicht wie gewünscht verlief, wollte er ohne Verzug zurückfahren können. Bei dieser eisernen Freifrau war das durchaus denkbar.

Er nahm es als schlechtes Zeichen, dass sie ihn nicht in den eigentlichen Wohnräumen, sondern unten im Erdgeschoss empfing, wo sich Küche, Vorratskammern, Gesindestube befanden und zum Garten hin ein Raum, der mit klobigen Stühlen, einer hochlehnigen Bank und einem zerkratzten Eichentisch ausgestattet war. Kissen fehlten, und so musste sich Klobbicke vorsichtig niederlassen, um seinem von der Kutschfahrt malträtierten Gesäß keinen weiteren Schaden zuzufügen.

Erst als die Freifrau eintrat, fiel Klobbicke ein, dass er als kommissarischer Landrat auf einem Empfang in den obigen Gemächern hätte bestehen müssen. Die Dame trug ein dunkellilafarbenes Kleid, das Halbtrauer andeutete und damit auf den unsicheren Stand hinwies, mit dem sich die Freifrau gegenwärtig abfinden musste.

Hinter der Dame trat ein Herr ein, der sich selbst als Bruder der Freifrau von Schonebeck vorstellte. Ein Herr von Lütkenbeck. Er sei hier, um seiner Schwester Beistand zu leisten, erklärte er und übernahm sogleich die Gesprächsführung. Beide waren stehengeblieben, und so erhob sich auch Klobbicke von seinem ohnehin unbequemen Sitz, musste sich aber an der Lehne festhalten, weil ihm schwindlig wurde. Seine Mappe hatte er sich unter den Arm geklemmt.

Klobbicke bekannte, dass das Schicksal des Landrats weiterhin ungeklärt sei, da man den Toten weder eindeutig als den Herrn von Schonebeck identifizieren könne noch einen Hinweis auf ein anderwärtiges Schicksal gefunden habe.

Dann wisse man nicht, was er hier wolle, sagte der Bruder barsch.

Fragen stellen, erklärte Klobbicke geduldig und erzählte von der Nachricht, die der Landrat kurz vor seinem Aufbruch erhalten hatte.

Frau von Schonebeck hielt ein spitzengesäumtes Tüchlein vor den Mund, mit dem sie sich von Zeit zu Zeit die Augenwinkel betupfte. Nun nahm sie das Tuch herunter.

»Ich habe ihm keine Nachricht geschickt«, sagte sie verwundert.

»Das habe ich wissen wollen«, nuschelte Klobbicke. »Ich wollte sichergehen. Es hätte ja sein können …« Er stockte und hustete.

Bruder und Schwester sahen sich an. »Ich kann mir nicht denken, wer ihm eine Nachricht hätte schicken sollen, wenn es nichts Dienstliches gewesen ist, du, Ottilie?«, wandte sich Herr von Lütkenbeck an seine Schwester.

Ottilie von Schonebeck schüttelte den Kopf. Sie wirkte verhärmt. Aber anders als diese Bauersfrau, das Weib des Bernard Droste Tomberge, das sich dem Suff ergeben hatte, behielt diese hier ihre untadelige Haltung. Und da begriff Klobbicke, der für die alten Familien nicht viel übrighatte, welch tragisches

Schicksal dieser Frau drohte. Er wusste, dass sie nur zwei Töchter hatte. Falls Schonebeck nicht mehr auftauchte und einen Sohn mit ihr zeugte, ging das alte Geschlecht derer von Schonebeck unter. Das Haus hier war wahrscheinlich nicht mehr zu halten, sie musste bei Verwandten wie ihrem Bruder unterkriechen, der ihre Töchter ins Kloster stecken würde. Ohne Ehegatten war sie ausgeliefert und verloren. Klobbicke wurde vor Anteilnahme ganz wehmütig.

»Hat Er uns nichts mehr zu sagen? Dann kann Er ja gehen.« Barsch riss ihn der Bruder aus seiner Stimmung.

Diesem Adligen würde er es zeigen. Zuerst einmal zog Klobbicke seine Bestallung zum kommissarischen Landrat hervor und hielt sie dem Mann unter die Nase.

»Ich führe nun die Geschäfte des Landrats«, sagte er ein wenig pathetisch.

»Und?«, bellte der Herr von Lütkenbeck.

»Ich habe mich auch mit den alten Geschäften befasst und bin da auf etwas gestoßen.« Ruhig breitete Klobbicke seine Papiere aus und erläuterte sachlich, um was es ging. »Hier ist alles, was den Vorgang belegt. Der Herr von Schonebeck hat ein Stück Moor verkauft, das ihm nicht gehörte, und das Geld als private Einnahme verbucht. Ich muss darum bitten, dass die Summe zurückerstattet wird.«

Der Herr von Lütkenbeck musste alle Schriftstücke dreimal studieren, bis er den Sachverhalt verstand. »Das ist ungeheuerlich! Sie werfen meinem Schwager Amtsmissbrauch und quasi Diebstahl vor. Wie ich die Sache sehe, hat er ein Stück Moorland aus der Allgemeinheit veräußert, was vollkommen korrekt ist, da man davon ausgehen muss, dass ihm als ortsansässigem Landeigentümer sowieso das größte Stück dieses Moors zusteht, wenn die Aufteilung endlich mal zustande kommt. Es war eventuell eine Spur voreilig, diesen Verkauf zu tätigen, aber keineswegs …«

»Zahl ihm den Betrag aus«, mischte sich die Freifrau ein. »Um Himmels willen, zahl ihm das Geld, damit die Sache aus der Welt geschafft ist.«

»Ich denke gar nicht daran«, polterte der Bruder.

»In diesem Fall werde ich die Sache ans Oberlandesgericht in

Münster weiterleiten«, sagte Klobbicke bedächtig und frohlockte im Stillen. So ein Prozess würde Aufsehen erregen und die Adelspartei derer von Schonebeck, Lütkenbeck und wie sie alle hießen gehörig in Misskredit bringen. Und er war sicher, dass es nicht bei dieser einen Sache blieb, sie war nur am leichtesten zu entdecken gewesen. Die Kästen in seiner neuen Amtsstube auf Groß-Schonebeck bargen gewiss noch mehr Sprengstoff, so dass es am Ende zu einer schönen lauten Explosion unter den großmäuligen Münsterländer Krautjunkern käme.

»Zahl das Geld«, flehte Ottilie von Schonebeck, »um der Kinder willen.«

Zweieinhalb Morgen Moorland brachten bei einem Verkauf keine große Summe ein. Zu verstehen war das nicht, warum der Herr von Schonebeck diese kleine Luderei begangen hatte. Bei seinem Eintritt ins Haus hatte Klobbicke trotz seiner fast zugeschwollenen Nase einen Hauch von gekochtem Kohl erschnuppert, der nicht gerade als feines Essen galt. Im Übrigen zeugte das ganze Haus, sowohl von außen wie von innen, von keinem besonders aufwendigen Lebensstil. Auch der struppige kleine Garten, auf den das Zimmer hinausging, ließ nicht darauf schließen, dass Schonebeck ein Freund kostspieliger Ausschweifungen war. Warum also? Klobbicke vermochte sich das nur damit zu erklären, dass Leute wie dieser Schonebeck von der feudalen Großherrlichkeit, mit der sie sich früher göttergleiche Rechte über Mensch, Vieh und Land anmaßten, einfach nicht lassen konnten. So ein Verhalten schürte Widerstand, wenn nicht Hass. Zwar lagen die Zeiten der Französischen Revolution schon eine Weile zurück, aber in Westfalen fand ja alles mit Verspätung statt. Damals hatte man die Adligen wegen ihrer Prunksucht und ihrer Verachtung des niederen Volkes geköpft. Gut möglich, dass den Schonebeck als Racheakt auch so ein Schicksal ereilt hatte. Klobbickes Großvater war noch Leibeigener gewesen, erst der Vater hatte sich freikaufen können, und damit hatte der Aufstieg der Familie begonnen. Langsam sah sich Klobbicke als Anwalt einer Schicht, die endlich zu ihrem Recht kommen sollte.

Es war eine wirklich bescheidene Summe, die er einforderte, obwohl er für sie sogar Zinsen berechnete, da die Summe ja bereits vor Jahren vom Käufer entrichtet und alles inzwischen teurer geworden war. Nachdem sein Widerstand erst einmal gebrochen war, erkannte Lütkenbeck die Forderung in voller Höhe an. Klobbicke beschlich ein leichtes Hochgefühl, während er das Geld einstrich. Niemand begleitete ihn hinaus, ihm wurde umstandslos die Tür gewiesen, aber das focht ihn nicht an. Er hatte seinen Sieg errungen. Selbst wenn der Herr von Schonebeck, was er für höchst unwahrscheinlich hielt, gesund und leidlich munter wieder auftauchte, war er als Landrat erledigt. Und dann würde Klobbickes große Stunde schlagen, die Stunde des Landrats Klobbicke … Warum eigentlich nicht von Klobbicke? Alles war in diesen modernen Zeiten möglich.

3

Beinahe geriet die Uchtmesse an Heiligabend zur Totenmesse, denn Minna Pentrop war an der Grippe gestorben. Ludger Holtkamp hatte am Morgen für die Pentrops die Runde gemacht und allen Nachbarn feierlich den Tod angesagt. Die Trauermesse würde am Tag nach Weihnachten stattfinden, hatte Niesing angeordnet, und vor der Weihnachtsfeier, die traditionsgemäß Punkt Mitternacht begann, ermahnte er die Gemeinde, über Anteilnahme und Trauer nicht das Fest von Christi Geburt zu vergessen, das für die gesamte Christenheit jenseits persönlichen Leids ein Anlass zu Freude und Hoffnung darstelle.

Zum ersten Mal gab es in der Kirche einen mit Kerzen geschmückten Tannenbaum, Tribut an eine Sitte, die neuerdings in den Städten um sich griff. Niesing selbst hatte den Baum gestiftet und vom Küster mit ein paar Kerzen nebst mürben goldroten Äpfeln bestecken lassen, um die Gemüter aufzuheitern. Und so war das Kircheninnere diesmal statt von Weihrauch von harzigem Tannenduft erfüllt. Auf der anderen Seite des Altars, dem Tannenbaum gegenüber, hatte ein kleiner Chor Aufstellung genommen, und unter Führung des Küsters sangen die Knaben, zu denen auch der Bengel gehörte, der Jan beschimpft hatte, mit ihren jubilierenden Goldkehlen das Lied vom lieben Jesulein in der Krippen.

Jan kam es so vor, als wäre mit dem Tannenbaum der Wald zu Gast geladen, und während er wie alle anderen den würzigen Duft einsog, beschlich ihn der Eindruck, dass da noch etwas anderes eine Einladung erhalten hatte.

Schon immer hatte Jan sich in der Kirche Gott ferner als anderswo gefühlt, und nun spürte er ihn gar nicht mehr. Von den schrumpeligen Äpfeln wehte ein Hauch von Moder herüber.

Der Modergeruch, der süßlich herbe Geruch nach Verrottung, wie er die Bruchwälder des Moors durchweht, breitete sich aus und schien das Licht der Kerzen zu dämpfen. Die Kinderstimmen klangen nun ein wenig schriller in den hohen Tönen. Pfarrer Niesing verhaspelte sich bei der Weihnachtspredigt und war darüber so verwirrt, dass er noch mehr stotterte. Etwas kroch ihm über die Haut.

Ein Lied wurde angestimmt, in das alle einfielen. Eine krampfhafte Fröhlichkeit sprang auf, die nur unzureichend ein schleichendes, um sich greifendes Entsetzen verdecken konnte, das die Leute mit den Füßen scharren und die Schultern hochziehen ließ. Wie von einem Luftzug gestreift, verlosch eine der Kerzen, Rauch kringelte aus dem Docht auf und verbreitete einen beißenden Geruch, der sich mit dem der Fäulnis mischte.

Es roch nach Tod.

Jan hörte Niesing nicht zu, er vermochte es gar nicht mehr, er musste auf etwas anderes lauschen: auf Schritte, dumpfe, schwere, schleppende Schritte, die in seinem Kopf nachhallten.

Draußen ging etwas um, bat um Einlass, bat um Erbarmen, etwas Furchtbares, Krankes strich um die Kirche.

Als einer der Jungen zusammenbrach, wurde er von den anderen Chorsängern rücksichtslos emporgerissen. Es war dieser Bengel. Jan wusste inzwischen, dass es sich um den Enkel der Lütke Wierling handelte, die den Kotten nicht weit vom Droste-Hof bewirtschafteten. Wahrscheinlich war dem Jungen schlecht vor Hunger.

Und wegen dieses Kindes nahm er sich zusammen und stimmte endlich in den Gesang der Gemeinde ein.

Jan verließ erst spät die Kirche. Draußen sprachen die Leute von seltsamen Spuren im Schnee rund um das Gotteshaus, denn endlich war Schnee gefallen, wenn auch nur eine hauchfeine Schicht. Doch als Jan sich nach den Spuren umschauen wollte, waren sie schon zertrampelt.

Aber da war ja tatsächlich jemand gewesen. Die Schritte waren keine Einbildung, diesmal hatte er kein Gesicht gehabt, das sich als Geräusch manifestiert hatte. Das zu wissen, war viel wert. Aber konnten die Schritte so laut gewesen sein, dass er sie in der Kirche gehört hatte? Sie hatten sogar gehallt: dumpf, dunkel, bedrohlich.

Also doch ein Gesicht. Aus Erfahrung wusste Jan, dass Gesichte nicht nur aus Bildern bestanden. Auch der Modergeruch musste dazugehört haben. Nirgends und zu keiner Zeit war er vor der Hellseherei mehr sicher. Eine unglaubliche Schwermut befiel ihn.

Er war bei der Kirchentür stehen geblieben. Während er blicklos in die Menge starrte, die sich nur langsam zerstreute, spürte er auf einmal eine Berührung. Marie hatte sich neben ihn gedrängt und ließ im Vorbeigehen etwas in seiner Hand zurück. Unauffällig schaute er darauf hinab. Ein kleines feines Leinentuch. Erst wusste er nicht, was er damit machen sollte, dann presste er es hastig an Wange, Nase und Mund. Maries Duft. Unverkennbar Maries Duft! Wahrscheinlich ahnte sie nicht mal, wie sehr sie ihm gerade half, die Beklemmung und diese erbärmliche Wut auf seine unkontrollierbare Gabe abzustreifen. Oder wusste sie es doch? In diesem Moment traute er ihr alles zu, Hexe, die sie war.

Kurz nach Weihnachten tauchten wieder Bettler auf. Mit einem davon kam Jan ins Gespräch, und da ihm der Mann noch gar nicht so alt vorkam, lud er ihn ins Haus. Drei Finger fehlten ihm an der rechten Hand, ansonsten machte er einen gesunden und anstelligen Eindruck. Schuster sei er mal gewesen, aber mit nur zwei Fingern an einer Hand konnte er sein Handwerk nicht mehr ausüben. Jetzt verdingte er sich auf Zeit, wo immer er gebraucht wurde und ein Dach über dem Kopf und wenigstens zwei ordentliche Mahlzeiten am Tag erhielt.

Agnes verfolgte die Unterhaltung mit Misstrauen, wagte aber

nicht zu protestieren, als Jan ihm anbot, als Knecht auf dem Hof zu bleiben. Der Mann hatte etwas an sich, das ihm gefiel. Vor allem konnte er nun auf Lütke-Paul verzichten, der doch nur ein Spion seines Vaters gewesen wäre. Der neue hieß Jupp wie der verstorbene Knecht, und um ihn von diesem zu unterscheiden, hieß er fortan Nieuwe-Jupp.

Gerade war die tote Minna Pentrop ins Beinhaus gebracht worden, und einen Tag später die Holtkamp-Tochter. Niemand konnte leugnen, dass der Tod umging. Das tat er jeden Winter, diesmal aber nahm er selbst die Robusten mit. Auch Vieh krepierte, es fing in dem einen Stall an und setzte sich bei den Nachbarn fort. Was erst hinter vorgehaltener Hand geflüstert wurde, war nun die vorherrschende Meinung: dass sich alles viel schlimmer anließ, seit Jan in die Venne zurückgekehrt war.

Nieuwe-Jupp hatte von den alten Geschichten keine Ahnung, wollte überhaupt von Geschichten wenig wissen und war mehr an ehrlicher Arbeit und kräftigem Essen interessiert. Und so sorgte er unbewusst dafür, dass sich alle voll auf die Arbeit konzentrierten. Endlich fanden die Dreschtage statt, zu denen sich auch Anton wie versprochen mit seinen zwei Söhnen eingestellt hatte.

Es war wirklich überraschend, wie dieser Jupp mit nur zwei Fingern an der rechten den Flegel handhabte, dass es nur so staubte. Es hatten sich drei Paare gebildet, die sich gegenüberstanden und im Takt abwechselnd die Flegel schwangen: Jan und Nieuwe-Jupp, die beiden Potthoff-Söhne und Matthias und Lütke-Paul, den Agnes vom Hundrup-Hof hatte kommen lassen.

Staubpartikelchen schwebten in der Luft, während das rhythmische Klippediklappklippklapp der Flegel erklang. Dreschen war alte Kunst, das musste man in früher Jugend erlernt und dann im Blut haben, um nicht aus der Reihe zu tanzen. Nieuwe-Jupp war da eine große Ausnahme, ein Naturtalent. Jan war heilfroh, ihn eingestellt zu haben. Den Männern brach der Schweiß aus, er lief ihnen in Strömen übers Gesicht. Einer nach dem anderen zog den Kittel aus, dann noch das Unterhemd. Aufgabe der Frauen war es, sobald die Spelzen nach dem Worfeln verflogen waren, das gedroschene Korn in Säcke zu schaufeln. Stine schleppte die vollen Säcke beiseite und stapelte sie an der Futterraufe der Kühe. Agnes brachte Bier. Jedes Mal, wenn sie Jan den Krug reichte, rückte sie etwas zu nah an ihn heran, und einmal wischte sie ihm sogar den Schweiß von der Stirn. Vergeblich versuchte er, ihr auszuweichen.

Mittags kamen Klara und Marie herüber und halfen, einen Imbiss aus Brot, Schmalz und herrlicher geräucherter Blutwurst herzurichten, ein geradezu fürstliches Mahl in diesen kargen Zeiten. Als Gipfel ihrer überbordenden Großzügigkeit ließ Agnes Anton Potthoff einen Schinken aus dem Wiemen herunterholen und fein säuberlich aufschneiden. Nieuwe-Jupp strahlte vor Behagen und langte ohne ausdrückliche Aufforderung gleich mehrmals zu.

»Na, da sieh mal einer an, wie der Bettler sich vollstopft. Isst du auf Vorrat?«, frotzelte ausgerechnet Paul Schulze Hundrup, der rechtzeitig zum Essen aufgetaucht war. »Kannst ja nicht ewig hierbleiben.«

Nieuwe-Jupp wischte sich gelassen das Fett vom Kinn. »Kann schon sein. Am Ende müssen wir alle abtreten, so oder so. Ich hab Kerle wie dich gesehen, die sind von jetzt auf gleich tot umgefallen.«

»Abtreten!«, fuhr Paul auf und stockte. »Also so was!« Beleidigt kehrte er Nieuwe-Jupp den Rücken, löste aber nach dem Imbiss seinen Sohn für eine Runde beim Dreschen ab, um allen zu zeigen, dass er keine Schwäche kannte und im Dreschen immer noch der Beste war.

Als sich Jan später in der Abwaschecke wusch, nahte sich Stine mit einem Handtuch, wurde aber von Agnes aufgehalten.

»Was willst du hier? Gib das her«, herrschte sie Stine an.

Stine runzelte die Stirn, ihre Lider flatterten.

»Nun mach schon. Um den Bauern kümmere ich mich. Das ist ganz und gar nicht deine Sache, du dummes Luder.«

Halbnackt – die Hose schlotterte ihm um den Hintern, weil er die Träger heruntergestreift hatte –, fühlte sich Jan merkwürdig wehrlos. Er erinnerte sich an das Bad im Zuber und daran, wie ihn die Frauen angestarrt hatten. Stines umherirrende Augen hatten ihm dabei wenig zusetzen können, aber Agnes' Blick verursachte auch jetzt wieder eine Gänsehaut, während er über seine nackte Brust streifte.

Jan hatte die nassen Hände neben der Schüssel aufgestützt und rang um Fassung. Sein Unmut über ihr Verhalten wollte sich endlich Luft machen. Es kam ihm so vor, als müsse er sich aus einer Schlinge befreien, die Agnes ihm um den Hals legte.

»Wenn du fertig bist, kann ich mich dann auch waschen, Bauer?«, fragte Nieuwe-Jupp höflich, nahm Stine das Handtuch ab und legte es ihm über die Schulter.

Später saßen alle am Herdfeuer zusammen, um den langen Tag ausklingen zu lassen und sich für den Weg durch die dunkle, eisig kalte Nacht zu wappnen. Jan ließ die Kruke mit dem Schnaps kreisen, der traditionsgemäß aus dem von Hand zu Hand weitergereichten Zinnlöffel getrunken wurde. Die Kruke hatte Jan selbst aus dem Keller heraufgeholt und dabei festgestellt, dass es die letzte war. Er fragte sich, wie viele Agnes wohl heimlich geleert hatte.

Paul nahm den Löffel und die Kruke, erhob sich und forderte Jan mit einer Kopfbewegung auf, ihm hinauszufolgen. In der Küche war es stickig geworden.

Auf der Tenne brannten noch alle Laternen. Stine hatte den Hund hereingeholt, der nun seinen Platz hinter der Niendüer hatte. Pflichtschuldig erhob er sich von seinem Lager aus alten Kartoffelsäcken, wedelte einmal mit dem Schwanz und legte sich wieder hin. Paul schüttelte bloß den Kopf.

»Blöder Hund«, nuschelte er und goss Schnaps in den Löffel.

Jan trat an einen Kornsack heran, der noch nicht zugebunden war, und ließ die goldenen Körner durch die Hand rinnen. So viel Schweiß, Sorgen und Hoffnungen steckten in ihnen. Natürlich war das Korn mit Unkrautsamen durchsetzt, aber es kam ihm doch reiner als früher vor. Gutes Korn. Gutes Korn für gutes Brot. Unser täglich Brot gib uns heute. Das Gebet drängte sich auf, ein altes Gebet, das alles Wichtige zusammenfasste. Ohne Brot kein Leben.

Paul hielt ihm den gefüllten Löffel unter die Nase, aber Jan schüttelte den Kopf. Seit er gemerkt hatte, dass Agnes heimlich trank, war ihm der Schnaps vollkommen verleidet. »Trink du man, hast es dir verdient«, murmelte er abwehrend. Schon der Schnapsgeruch setzte ihm zu.

»Was ich mit dir bereden will: Wir müssen den Tag für den Schnadgang festlegen. Gleich nach Neujahr, würde ich sagen«, erklärte Paul.

»Ist mir recht«, antwortete Jan verwundert. Wegen dieser Frage hatte ihn Paul auf die Tenne hinausgelockt? Merkwürdig, und umso merkwürdiger, da der Termin für den Schnadgang auch die anderen Nachbarn betraf, Anton Potthoff zum Beispiel, der in der Küche am Feuer saß. »Allerdings will ich erst mit dem Dreschen fertig werden, wo ich schon mal angefangen hab.«

»Das versteht sich von selbst«, meinte Paul jovial. »Aber da brauchst du nicht mehr als drei, vier Tage zu. Hast ja kaum Korn.«

Paul schien über die letzte Ernte der Droste Tomberge bestens Bescheid zu wissen. Zwar sahen die aufgereihten Säcke nach einer Menge Korn aus, und es würden ja noch mehr werden, aber Jan wusste, wie viel sie brauchten: Abgesehen vom Korn für die Eigenversorgung, mussten sie bis zur nächsten Ernte genug für die Saat und außerdem noch etwas zum Verkaufen und zur Begleichung der Pacht in Naturalabgaben übrig behalten.

»Was willst du, Paul?«, fragte er ruhig.

Paul blinzelte überrascht. »Für gewöhnlich liegt die Führung beim Schnadgang auf euerm Hof. Aber da Bennard ja nicht da ist, ist es besser, wenn ich …«

Er sah mal wieder eine Chance, die Drostes auf den zweiten Platz zu verweisen. Kurz dachte Jan, dass ihm das eigentlich egal sein konnte. Aber, stellte er erstaunt fest, dem war nicht so.

»Jetzt bin ich da«, fiel er Paul ins Wort. »Solange es einen Droste Tomberge hier auf dem Hof gibt, wird er beim Schnadgang die Führung übernehmen. Glaub mir, ich weiß über den Schnadgang alles, was ich wissen muss. Es wird keine Übervorteilung geben.«

Paul kam nicht dazu zu widersprechen, weil Anton auf der Tenne erschien. »Was macht ihr denn hier?«, fragte er verwundert. »Zählt ihr die Säcke? Brauchst nur mich fragen, Jan, hab ich schon getan.«

Also der auch. Gab es noch einen Nachbarn, der nicht wusste, wie es um den Hof stand? Wahrscheinlich nicht. Jan starrte zur Decke und versuchte, gelassen zu bleiben.

»Paul fragt wegen dem Schnadgang nach. Wir sind gerade dabei, uns auf den Tag zu einigen. Ist dir eine Woche nach Neujahr recht?«

Anton nickte bedrückt. »Wenn's den anderen auch so passt.«

Der Schnadgang gehörte zu den großen Ereignissen im Jahresverlauf, wichtiger fast als Weihnachten oder Ostern. Beim Schnadgang wurden die Weiderechte vergeben, neben anderen Nutzungsrechten an der Allmende. Das Venner Moor war größtenteils Allmende, und nur solange es dabei blieb, hatte auch der kleinste Kötter die Chance, ein bisschen Vieh zu halten.

Anton wirkte, als ob ihm eine Laus über die Leber gekrochen wäre. Hatte er auch etwas dagegen, dass Jan seinen Bruder Bernard als Schiedsmann bei der Rechteverteilung vertrat?

Jan war sich der heiklen Aufgabe, die ihn erwartete, voll bewusst, aber er würde den Teufel tun, sich das angestammte Amt aus der Hand nehmen zu lassen.

Klara und Marie betraten nun auch die Tenne, beide fest in ihre Umschlagtücher gewickelt. »Wir gehen dann«, sagte Klara freundlich zu Jan und fragte Anton im Vorübergehen: »Wann kommst du nach Haus?«

»Gleich«, sagte Anton.

Marie streifte Jans Hand. Es war ein Tändeln mit den Fingern, leicht, gekonnt, kitzelnd und kühn, geradezu verwegen in Gegenwart ihrer Eltern, und von einem verschmitzten, unschuldigen Lächeln begleitet.

Mit Marie hatte Jan in der Küche nicht zu sprechen gewagt, sie nicht einmal sonderlich beachtet oder gar offen angeschaut. Es fehlte ihm noch, dass Agnes aufmerksam wurde. Solange sich ihre Eifersucht gegen Stine richtete, konnte nicht viel Schaden entstehen, und er dachte gar nicht daran, ihr diese lächerliche Vorstellung auszureden.

Jetzt aber erlaubte er es sich, Marie nachzuschauen und in

Gedanken noch ihre Finger zu spüren, sie zu ergreifen und festzuhalten und den süßen Augenblick einer flüchtigen Nähe nachzukosten. Wie gern hätte er sich nach dem Dreschen von Marie den Schweiß aus dem Gesicht wischen lassen, und bestimmt hätte sie es auch getan, wenn sie zur Stelle gewesen wäre. Irgendwie wäre es ihr gelungen, das als völlig selbstverständliche Freundlichkeit erscheinen zu lassen. Denn natürlich war auch Marie voll weiblicher Hinterlist, darüber war er sich durchaus im Klaren. Bei ihr gefiel ihm das.

»Dieser Klobbicke hat mir eine Nachricht geschickt«, sagte Anton tonlos.

»Was für eine Nachricht?«, fragte Paul.

»Er hat mich aufs Amt bestellt, und ich hab bei ihm vorgesprochen. Da hat er mir mit Zinsen das Geld vorgezählt, das wir seinerzeit für unser Stück Moorland an den Herrn von Schonebeck bezahlt haben.«

»Großzügig«, murmelte Paul.

»Ich muss dir noch den Torf bezahlen«, erklärte Jan, »sag mir, was du dafür bekommst.«

»Aber er gehört mir doch nicht mehr. Hat mir nie gehört, wie Klobbicke mit weisgemacht hat. Jedenfalls nicht mehr als jedem von uns, der das Recht hat, Torf zu stechen. Dieser Kaufvertrag von damals beruht auf einem Irrtum des Herrn von Schonebeck, den Klobblicke nun bereinigt hat. Dieser Hund! Ich wollte das Geld gar nicht, sondern meinen Kauf endlich anerkannt haben.«

Paul zog die Brauen hoch. »Du hast dich mit Bennard über den Kauf gestritten, hab ich gehört. Hast mächtig Stunk gemacht. Das kommt nun davon. Ihr hättet euch einigen sollen, statt euch an die Köppe zu kriegen und die Sache bis nach Münster zu tragen. Blöd, saublöd. Sobald jemand von der Regierung mitmischt, kriegt keiner von uns Recht.«

Der sonst so ruhige Anton hob zu einer heftigen Entgegnung an, besann sich aber, wandte sich ab und trottete Frau und Tochter hinterher. In der Tür drehte er sich noch mal um. »Ich schick dir Hinnerk und Johann morgen wieder her, Jan.«

»Ist gut, danke, Anton!«, rief ihm Jan nach.

Paul machte keine Anstalten zu gehen. »Der Verlust von seinem bisschen Moorland hat ihn schwer getroffen«, bemerkte er. »Na ja, es ist vieles anders geworden, seit du hier weg bist. So komisch es klingt, dein Grootvadder fehlt und dein Vadder auch, die hatten beide Saft in den Adern. Kann mich auch noch gut an den Tod von deinem Vadder erinnern. Hier auf der Tenne.« Paul spähte zu der Stelle an den Hillen hinauf, wo der Balken gesessen hatte, der Hubert Droste Tomberge erschlagen hatte. »Dass Bennard und Lütke-Hubert den Balken nicht haben halten können! Heute Morgen hab ich noch an Lütke-Hubert gedacht, ich weiß nicht, warum. Der wäre ein prima Knecht – für Bennard, versteht sich.« Paul stockte einen Moment, die Stirn gerunzelt. »Was wollt ich sagen? Dieser neue Knecht von dir ist nicht übel, alles was recht ist. Na, du wirst es schon irgendwie schaffen, du bist ja nicht bange vor der Arbeit. Wenn der Landwirtschaftsverein wieder tagt, sag ich halt, dass von hier niemand abkömmlich ist, um an der Sitzung teilzunehmen. Das ist schon recht so. Außerdem bist ja nicht du eingetragenes Mitglied, sondern Bennard, und von dem wissen wir immer noch nichts. Oder hat dir Klobbicke was mitteilen lassen, was wir anderen nicht erfahren haben?«

Jan stöhnte innerlich auf. Schon wieder dieses Gestichel. Oder meinte Paul es ernst? Was sollte Klobbicke ihm, Jan, denn erzählt haben? Weil er nicht antwortete, stieß ihn Paul unsanft in die Seite. »Na, sag schon!«

»Red doch selbst mit Klobbicke. Bist ja hier der größte Bauer, der mit dem größten Maul jedenfalls«, knurrte Jan und ließ Paul stehen, bevor ihm die Galle noch mehr hochkam.

Als Paul mit seinem Sohn längst nach Hause gegangen war, fiel bei Jan endlich der Groschen: Paul wollte ihn vom Landwirtschaftsverein fernhalten. Eigentlich war es ihm nur darum gegangen. Aber warum?

Drei Tage später hatten sie das restliche Korn gedroschen, und Jan hatte sich mit Marie zu einem Gang ins Moor verabredet. Das hieß, sie mit ihm, es war ihr Vorschlag, den sie ihm so nebenbei unterbreitet hatte. Natürlich wollte sie Reisig sammeln, davon konnte kein Hof je genug haben. Dennoch befiel Jan eine ganz närrische Freude, sobald er nur daran dachte.

Am Abend vor der Fahrt ins Moor gab es Streit zwischen Agnes und Stine. Was der Auslöser war, wusste Jan nicht. Als er nach der Stallarbeit in die Küche trat, war der Streit schon in vollem Gang. Agnes schrie Stine an: »Du dämliche Trine, hab ich dir nicht gesagt, du hast im Keller nicht rumzuräumen? Du bist nicht nur dämlich, du bist faul, sag ich dir, so war Träges und Trampeliges wie dich …«

Jan suchte nach einer Gelegenheit, sich unauffällig zu verdrücken. Auch wenn ihm Stine leidtat, ging ihn dieser Streit nichts an. Und sie als faul zu beschimpfen, musste selbst in Agnes' Ohren lächerlich klingen.

Da die Kellertür offen stand, überlegte Jan, ob Agnes gerade herausgefunden hatte, dass kein Schnaps mehr da war, und deshalb durchdrehte.

Stine, die ohnehin wenig sprach, fehlte die Wortgewandtheit, um sich angemessen zur Wehr zu setzen. Sie wandte sich um, riss die Küchentür auf und stürzte nach draußen in den Garten. Agnes folgte ihr.

»Ich schmeiß dich raus«, schrie sie, »und glaub ja nicht, irgendwer nimmt dich. So eine wie dich will niemand!«

Agnes schmeißt Stine nie raus, dachte Jan, das kann sie nicht, dann müsste sie ja selbst arbeiten. Plötzlich sah er entsetzt durch die offen gebliebene Tür, wie Stine einen Stein aufklaubte.

Jan hörte, wie jemand neben ihm hastig die Luft einsog. Nieuwe-Jupp stand neben ihm, schüttelte abwehrend den Kopf und machte ein Gesicht, als ob er Zahnweh hätte. »Aber es wäre doch schad, wenn die Stine gehen müsste«, sagte er leise.

Stines ungeschlachter Körper bebte vor Zorn und Erregung, dann straffte er sich.

Jetzt wurde es höchste Zeit einzugreifen. Wenn Stine mit Steinen nach Agnes warf, dann musste sie am Ende doch gehen. Obwohl es ihn nicht wunderte, dass Stine so reagierte, würde selbst er sie kaum halten können, wenn sie erst einmal so weit gegangen war.

Stine holte aus.

»Die Stine«, fuhr Nieuwe-Jupp tastend fort, »ist in Ordnung. Dass die Bäuerin so mit ihr umspringt, hat sie nicht verdient.«

»Nein«, entgegnete Jan mit flacher Stimme, »Stine schielt zwar fürchterlich, aber sonst ist nichts gegen sie einzuwenden.«

Wenn sie doch bloß den Stein fallen ließe!

»Sie schielt?«, sagte Nieuwe-Jupp überrascht. »Tatsächlich?«

Stine drehte sich zur Seite und warf den Stein weit in den Garten, in einem hohen Bogen flog er über die Beete. Agnes schrie auf und rannte zurück zur Tür.

Einmütig traten Jan und Nieuwe-Jupp den Rückzug auf die Tenne an, bevor Agnes die Tür erreicht hatte.

Später grübelte Jan darüber nach, wie er Agnes ins Gewissen reden konnte, ohne ihrer Eifersucht neue Nahrung zu verschaffen. Vielleicht wäre es das Beste, Klara Potthoff als Vermittlerin einzuschalten, die fände sicher die richtigen Worte. Aber irgendwie gefiel ihm der Gedanke nicht. Es war ein ganz und gar heikles Terrain, auf das er sich würde einlassen müssen.

4

Der Junge hieß Tobias. Und ausgerechnet an dem Tag, an dem Jan zusammen mit Marie Reisig sammeln wollte, tauchte Lütke-Wierlings Enkel an der Stelle, an der sie ins Moor abbiegen mussten, auf und schrie Jan entgegen: »Todbringer, Todbringer, Todbringer!« Er schüttelte die Fäuste und schrie so gellend und markerschütternd, dass Jan im ersten Augenblick die Lust überkam, in voller Fahrt vom Bock des Karrens zu springen und den Burschen übers Knie zu legen, um ihm ein für allemal die Beschimpfungen auszutreiben. Dann fiel ihm die Uchtmesse in der Weihnachtsnacht ein und wie der kleine Kerl ohnmächtig geworden war, während er selbst gerade dieses Gesicht gehabt hatte.

»Hör nicht hin«, sagte Marie ruhig, griff in den Zügel und schnalzte mit der Zunge, damit die Mähre, die Jan vorgespannt hatte, in einen etwas flotteren Trab fiel. Der Junge folgte ihnen nicht, aber Jan wollte er nicht aus dem Kopf gehen. Was war los mit Tobias? Über ein paar Ecken waren sie miteinander verwandt. Konnte es sein, dass sich das Gesicht auf ihn übertragen hatte? War er am Ende selbst ein …? Armes Kind.

Auch Marie war in Schweigsamkeit versunken und – wie es Jan schien – ein wenig von ihm abgerückt, soweit sich das auf dem schmalen Sitzbrett überhaupt bewerkstelligen ließ. Er hatte es geahnt, früher oder später würde sie wie alle anderen reagieren, die ihn, sobald sie das Fremde an ihm nur genau genug registriert hatten, nicht mehr in ihrer unmittelbaren Nähe ertragen konnten. Ein harter Klumpen bildete sich in seinem Bauch, ein Klumpen aus Wut, Beschämung und Überdruss. Marie war keinen Deut besser als die anderen. Tag und Nacht hatte er ihr Tüchlein bei sich, er schlief darauf, nahm es jeden Morgen vom Kopfkissen und steckte es in die Jackentasche. Mehrmals am Tag vergewisserte er sich, dass er es bei sich und nicht etwa in der Kammer vergessen hatte. Es war so niederdrückend, nun auch das Wohlwollen Maries verloren zu haben. Sie blickte stetig zur anderen Seite, nur weg von ihm. Sollte er umkehren und sie zu Hause absetzen? Vielleicht war es ihr lieber so.

»Du brauchst nicht mitzukommen. Wenn du willst, fahr ich zurück nach Hause«, brummte er. »Ist hier draußen eh zu kalt für dich.«

»Was?«, sagte Marie zerstreut und sah weiter auf ihrer Seite ins Moor hinaus.

Jan hatte nicht den Mut, das Angebot zu wiederholen, er traute sich nicht zu, es noch einmal scheinbar unbewegt vorzubringen, als wäre es eine ganz normale Sache.

Als Marie endlich erneut sprach, bat sie ihn nur, die Richtung zu ändern und in ein Gebiet zu fahren, wo sie auf mehr Reisig hoffte. Am Rand des Moors war bereits alles von anderen abgegrast. Es ging ihr also tatsächlich nur ums Reisigsammeln! Jan kam sich wie ein Esel vor. Ein Sonderling und Dummkopf obendrein. Er setzte eine möglichst unbeteiligte Miene auf und brachte das Pferd wenig später zum Stehen.

Wortlos machten sie sich an die Arbeit. Diese Schweigsamkeit war sehr ungewöhnlich für Marie, und sie kränkte Jan. Wenn sie doch bloß noch mit ihm geredet hätte und irgendetwas sagte, was diese Totenstille unterbrach.

Und ihre Umgebung trug auch nicht dazu bei, ihn aufzuheitern.

Der Raureif war in der trockenen kalten Luft verdunstet, es

gab kein Glitzern und Flimmern mehr auf den Halmen. Die unter dem Eis verborgenen Totenfarben des Winters waren ungeschönt hervorgetreten: vergilbtes Gras, verdorrte graue Halme, von grauen Flechten überzogenes Gehölz, schwarze Moorerde, die einen leichten Fäulnisgeruch ausströmte, von tausend Fährten durchfurcht. Eine niederdrückende Landschaft. Wahrhaft wie tot. Nur gelegentlich war ein Vogelruf zu hören, seltsam schrill in dieser tieftraurigen Einsamkeit. Die Stille hatte auch etwas Lauerndes, jedes Knistern und Knacken ließ Jan zusammenschrecken.

»Weißt du, wer dieser Junge ist?«, fragte Marie auf einmal.

Er war so überrascht, ihre Stimme zu hören, dass er das Reisigbündel, das er gerade auf den Wagen werfen wollte, fallen ließ.

»Der Junge, der kleine Tobias«, wiederholte sie, »der Junge, der …«

»Ich habe verstanden, wen du meinst«, fiel er ihr ins Wort. »Josef Lütke Wierlings Enkel, der Lausebengel, der mir immer dieses üble Wort nachschreit wie vorhin wieder.« Es klang viel zu viel Ärger aus seiner Stimme. Er hatte gar nicht gewusst, dass er sich so ärgerte. Aber das stimmte auch wieder nicht. Hauptsächlich ärgerte er sich über sich selbst. Darüber, dass seine sorgsam erworbene Selbstkontrolle sich immer mehr in Luft auflöste, und über seine Enttäuschung, Marie betreffend.

»Der arme Kerl wächst ohne Eltern auf«, sagte sie ruhig, »bei Großeltern, die überhaupt keine Freude mehr kennen. Das muss hart für ihn sein. Er ist Augusts Sohn, und es heißt, dass August dein Freund war.«

Jan schwante, worauf das Gespräch hinauslaufen sollte. Früher oder später taten Anschuldigungen wie die dieses dummen Jungen ihre Wirkung. Sie brauchten nur oft genug wiederholt zu werden. Er wollte das Gespräch nicht. Es führte zu nichts.

»Freund ist zu viel gesagt. August war sieben Jahre älter als ich.« Eine Zeitlang hatte August ihn zu seinem Vertrauten gemacht. August, der einzige Sohn der Lütke Wierlings, war ein schwächlicher Bursche gewesen, der der Plackerei in der Landwirtschaft nichts abgewinnen konnte. Irgendwann war er davongelaufen, nach Münster, und hatte dort eine Stelle bei einem

Flickschuster gefunden, dessen altjüngferliche Tochter er heiratete. Die beiden hatten ein Leben in bitterer Armut geführt und waren schließlich beide an der Schwindsucht gestorben, nicht lange nach der Geburt von Tobias. »Mein Bruder Anton war sein Freund.«

»Der im Moor ertrunken ist? Der war Augusts Freund?«

Innerlich stöhnte Jan auf. Nur widerstrebend ging er auf ihre Frage ein.

»Sie waren beide gleich alt, sind zusammen zur Schule gegangen und haben zusammen bei uns auf dem Hof als Knechte angefangen. Aber Anton war mit sechzehn schon ein richtiger Mann und August nur ein Hänfling gegen ihn. Er konnte mit Anton nicht mithalten, und das machte ihm Angst. Deshalb hat er sich an mich gehalten. Aber das passte dann Anton wieder nicht. Muss ich dir von diesen Streitigkeiten erzählen? Was scheren dich zwei Menschen, die beide längst tot sind?«

Jetzt stiegen die Erinnerungen unabweislich auf. Sein Bruder Anton hatte ihn gehasst, weil er sich zwischen ihn und August gestellt hatte. Zumindest hatte Anton das so gesehen. Tatsächlich hatte er, Jan, nur einfach Mitleid mit dem schwächlichen und über seine Schwäche trostlosen August gehabt.

»Und du hast nichts mit Augusts Tod zu tun?«, fragte Marie. Sie hatte sich aufgerichtet und schaute ihn Antwort heischend an.

»Nein, überhaupt nichts«, erklärte Jan müde. »Weder hab ich ihn überredet, nach Münster zu gehen – ich wusste nicht einmal, dass er das vorhatte –, noch bin ich schuld an der Krankheit, die ihn befallen hatte. Als er starb, hatte ich ihn seit Jahren nicht mehr gesehen. Und wie gesagt, es ist wirklich übertrieben, zu behaupten, dass er mein Freund gewesen ist. Warum willst du das alles wissen?«

»Es ist gut«, sagte Marie.

Als Jan sich gerade der Hoffnung hingab, dass nun das Schlimmste ausgestanden sei, sprach sie weiter.

»Und was war mit Elisabeth?«

Damit hatte er wirklich nicht gerechnet.

»Welche Elisabeth?«, wehrte er ab.

»Nun tu nicht so! Elisabeth Lütke Wierling, Augusts Schwester.«

Dass sie auch noch diese unglückliche Geschichte ausgrub, nahm er ihr wirklich übel. Warum quälte sie ihn dermaßen? Elisabeth war seine erste Liebe gewesen, die aber nie über ein wenig Schwärmerei hinausgediehen war. Eine reine Sommerliebe.

»Warum willst du das wissen?«, fragte er mit brüchiger Stimme.

Elisabeth hatte sich auf einem Spaziergang mit ihm einen bösen Husten zugezogen, der ihr den Tod gebracht hatte. Und es waren ihre Eltern gewesen, Josef und Martha Lütke Wierling, die ihm die Schuld daran gegeben hatten. Wahrscheinlich wusste Tobias davon.

»Ich will Bescheid wissen, ich will dir vertrauen können, ohne Rückhalt«, sagte Marie ruhig. »Verweigerst du mir die Auskunft?«

Das hätte er sehr gern getan.

Marie war knapp achtzehn, so alt wie Elisabeth damals. Aber Elisabeth hatte nie diese Kraft besessen, diese Unerschütterlichkeit und Furchtlosigkeit, mit der sie ihn schon auf dem Feld gemustert hatte, neben dem Baum mit der kopflosen Leiche.

»Nein«, antwortete er heiser. Doch, dachte er, o Gott, was denn noch alles? Hört das nie auf?

»Dann fang an.«

Er wollte nicht, er wollte absolut nicht, dass an die alte Geschichte gerührt wurde. Wie konnte sie das tun? Aber dann erzählte er ihr von dem, was sich leicht und einfach in Worte fassen ließ, alles andere verschwieg er. Es gelang ihm sogar besser, als er gedacht hatte. Am Ende fühlte er sich etwas ruhiger. »Verstehst du? Vielleicht bin ich ja an ihrem Tod mitschuldig, weil ich sie nicht vor dem kalten Regen bewahrt habe. Das musst du nun selbst beurteilen.«

»Ja.« Mit drei langen, entschlossenen Schritten trat Marie dicht an ihn heran, fasste die Aufschläge seines Mantels und zog ihn noch etwas näher zu sich, so dass er ihren warmen Atem auf seinem Gesicht spürte. »Das wollte ich nur wissen und zwar von dir. Jetzt können alle anderen reden, was sie wollen. Es ist für mich nicht mehr von Bedeutung, nur das, was du mir sagst, zählt. Denn ich glaube dir.«

Jan schlang seine Arme um sie, presste sie wild an sich und begann ihr Gesicht mit hastigen hungrigen Küssen zu bedecken. Schließlich fand er ihren Mund, der sich bereitwillig öffnete. Seine Zunge glitt hinein, erkundete ihre feuchte Mundhöhle, spielte mit ihrer Zunge, während ihm der Atem wegblieb und sein ganzer Körper bebte. Sie schwankten auf einem kleinen Fleck Moorboden hin und her, aneinandergeklammert, taub und blind für etwas anderes außer dem anderen.

Viel, viel später erst dachte Jan darüber nach, dass unter Bauern bedingungslose Liebe keine Rolle spielte, dafür war das Leben zu hart. Es ließ keinen Spielraum für solche Liebe. Und Leidenschaft war nie mehr als eine flüchtige Anwandlung, im besten Fall eine glückliche Zugabe bei einer ordentlichen, wohlerwogenen Verbindung von zwei Menschen, die darauf abzielte, wie Generationen vor ihnen das Leben weiterzugeben und das ererbte Gut und Geld zu bewahren und zu vermehren.

Als er mit Marie aus dem Moor heimkehrte, mit einer großen Fuhre Reisig hinten auf dem Wagen, beschlich ihn erstmals der Gedanke, dass sich die Sache mit ihr nicht richtig anließ, da lief etwas grundverkehrt. Mit Marie selbst durfte er darüber nicht reden, nicht jetzt, wo sein Herz übervoll war von Liebe zu ihr und er wenigstens noch eine Weile die Erinnerung an die letzten Stunden unverdorben bewahren wollte. Marie war mit ihren Zärtlichkeiten ungeheuer freigebig gewesen. Sie hatte sogar ihr Brusttuch geöffnet und ihm erlaubt, dass er seine Hand in ihr Mieder gleiten ließ. Nicht sehr tief, dafür war sie zu eng geschnürt, aber es hatte zu einer Erfahrung gereicht, die selbst in der Erinnerung seinen Puls beschleunigte. Erstaunlicherweise hatte Marie kein Treuegelöbnis gefordert, nichts, was auf eine gemeinsame Zukunft hinwies, nicht einmal ein Geständnis seiner Liebe. Sie hatte sich auf seine leidenschaftlichen Zärtlichkeiten eingelassen, sie selbst gewünscht, gierig und offen, wie er es nie für möglich gehalten hätte. Kein bisschen Ziererei, keinerlei mädchenhafte Verschämtheit.

Zwei Tage später gelang es Jan, an einer Sitzung des Landwirtschaftsvereins teilzunehmen. Termin und Ort – das Hinterzimmer des einzigen anständigen Gasthauses in Ottmarsbocholt – hatte er am letzten Dreschtag von Lütke-Paul erfahren, der nicht einmal bemerkt hatte, dass er ausgehorcht wurde.

Es war eine aufschlussreiche Versammlung. Zum Glück war Jan vor Paul Schulze Hundrup eingetroffen, der vielleicht dafür gesorgt hätte, dass er nicht eingelassen worden wäre. Aber so hatte er sich unbehelligt in einen hinteren Winkel zurückgezogen, ein stiller Zuhörer, der niemandem auffiel.

Die Anwesenden waren nahezu ausschließlich feine Herren. Nicht dass sie alle danach aussahen. Einige Barone und Freiherren hatten sich ausgesprochen derb gekleidet, sie trugen Reitstiefel und Jacken mit wüsten Aufschlägen wie die Bierkutscher, als genügte allein ihr Name, um ihren Rang zu demonstrieren. In Sprache, Gestik und Haltung konnten sie die noble Abkunft allerdings nicht verleugnen. Schon wie sie ihr Bier tranken, war anders. Sie führten den Krug zum Mund und nicht umgekehrt, krummrückig über dem Tisch hängend.

Aber sie rauchten wie die Bauern, wenn auch feinere Tabaksorten. Die Rauchschwaden hingen schwer und dick im Raum und nebelten Jan in seiner Ecke ein. Paul bemerkte ihn erst, nachdem er etliche der Anwesenden begrüßt hatte. Und zwar mit dem Hut in der Hand, einen Bückling nach dem anderen vollführend. So unterwürfig hatte ihn Jan noch nie erlebt.

»Was machst du hier? Hab ich dir nicht gesagt, du hast hier keine Stimme?«, schimpfte er leise, während er sich unauffällig zu Jan herabbeugte.

Jan lächelte friedlich. »Bis jetzt hab ich nur geschwiegen.«

»Dann bleib bloß dabei«, knurrte Paul und verzog sich.

Man stand in kleinen Gruppen beisammen, deshalb hatte Jan in seiner Ecke von den Gesprächen nichts mitbekommen. Dann setzte sich jemand an seinen Tisch, den er flüchtig kannte, ein Großbauer von einem Hof hinter Davensberg. Vor zwei Jahren hatte Jan etliche seiner Schafe den Sommer über in seine Herde aufgenommen. Ihn konnte er ein wenig nach den Anwesenden befragen. Unter all den Baronen, Freiherrn und Grafen gab es gerade mal fünf Großbauern, und von denen waren Paul und er die mit den kleinsten Höfen. Schließlich nahmen alle Platz, und der Vorsitzende, ein Herr von Beverfoerde, eröffnete die Sitzung. Zunächst einmal ging es um die Unterstützung der Kornvereine in Münster. Diese Vereine, von wohlhabenden Bürgern gegründet und vom Oberpräsidenten von Vincke unterstützt, sammelten Geld, um durch Korn- und andere Lebensmittelankäufe die Ärmeren unter der Bevölkerung vor dem Hungertod zu bewahren. Es sollte sich nicht eine Katastrophe wie im Hungerwinter vor fünfzehn Jahre wiederholen. Die meisten interessierte das Thema wenig. Einer ging so weit, von einer natürlichen Säuberung der Bevölkerung von den schwachen und lebensuntüchtigen Elementen zu sprechen, was aber eine heftige Gegenreaktion auslöste. So unchristlich dürfe doch niemand denken. Zumindest nicht laut, kommentierte Jans Nachbar trocken.

»Das sind alles bloß Heuchler, aber das kennt man ja. Wie bist du mit der Moderhinke dieses Jahr zurechtgekommen? Hast du viele Tiere verloren?«, fragte er, so dass Jan für eine Weile abgelenkt wurde. Die Moderhinke war eine Schafskrankheit, die in zu feuchten Sommern grassierte. Sie ließ die Klauen der Tiere praktisch wegfaulen, wenn man nicht sofort etwas dagegen unternahm. Jan antwortete gerade so ausführlich, wie ihm nötig erschien, um nicht unhöflich zu sein.

Auf einmal stand Paul wieder vor ihm.

»Das war's dann wohl«, sagte er und reichte Jan den Hut, den dieser vor sich auf den Tisch gelegt hatte. Jan sah ihn erstaunt an, ohne den Hut zu nehmen.

»Willst du denn noch bleiben?«, fragte Paul verwundert. Der Bauer, mit dem Jan eben noch gesprochen hatte, erhob sich und schlenderte an einen anderen Tisch, nachdem er Jan flüchtig zugenickt hatte.

Tatsächlich schien der offizielle Teil bereits vorüber, die Gesellschaft zerfiel wieder in plaudernde Gruppen.

»Ich trinke noch mein Bier aus«, sagte Jan freundlich.

»Das ist doch längst schal.« Paul äugte in den Krug. »Wenn du jetzt gehst, fällt es nicht weiter auf.« Er fasste Jan unter den Ellbogen.

Ein Mann kam herein und wurde vom Freiherrn von Beverfoerde recht förmlich begrüßt.

»Wenn du deine Hand nicht sofort wegnimmst, werde ich ungemütlich«, knurrte Jan.

Paul zögerte. Es war ihm anzumerken, wie gern er Jan vom Stuhl hochgezerrt hätte. Nur langsam zog er seine Hand zurück.

»Du hast hier nichts verloren. Vergiss das nicht!« Endlich trollte sich Paul, legte aber vorher Jans Hut zurück auf den Tisch.

Der Neuankömmling trug eine große Rolle unter dem Arm, die er auf einem Tisch in der Mitte ausbreitete. Nach und nach schlenderten die anderen heran und warfen einen Blick auf das Blatt, das fast den gesamten Tisch einnahm.

Jan saß allein in seiner Ecke. Er brauchte nur zuzuhören, um zu begreifen, worum es ging. Dieser Mann war ein Regierungsbeamter. Die Moore, erklärte er, sollten endlich urbar gemacht werden. Entwässerungsgräben sollten ihnen das Wasser entziehen und …

Das Venner Moor, das angrenzende Kannenmoor und die sumpfigen Gebiete der Davert sollten verschwinden! Und weil die Gräben und Maßnahmen wie die Befestigung der Wege und der Kahlschlag nur im Großen sinnvoll waren, durfte das Moor nicht in winzige Parzellen aufgeteilt werden. Jetzt begriff Jan, warum nur Großgrundbesitzer und Großbauern an dieser Sitzung teilnahmen.

Damit endlich Bewegung in die Angelegenheit käme, sollte eine hieb- und stichfeste Gesetzesvorlage von allen Anwesenden unterstützt und im Vorhinein abgesegnet werden, erklärte der Regierungsbeamte markig.

Mit dem Verschwinden des Moores winkte eine Ertragssteigerung, der Fortschritt und der Sieg der Vernunft.

Jan war der Letzte, der gegen die Vernunft zu Felde gezogen wäre. Bedächtig stand er auf und hob den Bierkrug, um sich Aufmerksamkeit zu verschaffen.

»Ja?«, fragte der Regierungsbeamte. »Habt Ihr eine Frage?« Sicher hatte der Mann lange beim Militär gedient. Seine besonders aufrechte Haltung sprach dafür, der kühle Blick, der ständig umherschweifte, um die Truppe im Auge zu behalten und Aufwiegler und Abweichler sofort zu erkennen.

Ruhig trat Jan an den Tisch mit der ausgebreiteten Katasterkarte heran. Alle, die ihm im Weg standen, machten erstaunt Platz. Vielleicht fragten sich auch einige, woher dieser sehr große, sehr beherrscht wirkende Mann plötzlich kam.

»Es scheint alles sehr gut bedacht«, hob er an. »Und sicherlich ist es nur ein Versehen, dass Ihr bisher nicht die vielen kleinen Bauern, die Kötter und Heuerlinge erwähnt habt, die von alters her ihre Rechte an der Allmende haben und die mit der vorgeschlagenen Aufteilung ihre Lebensgrundlage verlieren. Viele werden sich nicht mehr halten können. Auch die Kolonen nicht, die entlang der Kappenberger Chaussee erst vor zehn oder fünfzehn Jahren angesiedelt worden sind.«

»Wer seid Ihr?«, fragte der Beamte, nachdem sich das empörte Getuschel gelegt hatte.

»Jan Droste Tomberge, Bruder des Bernard Droste Tomberge, Bauer in der Venne, der Mitglied dieses löblichen Vereins ist. Ich vertrete ihn heute. Also, ich hätte gern Eure Antwort gehört.«

Es gab keine Antwort. Es gab diesen Katasterplan, den Jan rasch überflog, und eine Liste der wenigen Landbesitzer, die man bei der Aufteilung der Venne berücksichtigen wollte. Die Droste Tomberge waren immerhin dabei, aber hinter ihren Namen hatte jemand ein Fragezeichen gesetzt. Und als Jan die wütende Miene Pauls sah, wusste er Bescheid über das, was hier ausgeheckt wurde und an dem sein Bruder Bernard auch irgendwie beteiligt war, bisher wenigstens, da Paul gerade offensichtlich dabei war, ihn auszubooten. Es war nichts weniger als ein großer Verrat.

Während sich der Regierungsbeamte darüber ausließ, dass man für die kleinen Leute natürlich eine Lösung finden müsse, dass aber dem Wohl der Allgemeinheit nun mal die Aufteilung in größere zusammenhängende Flächen diene, zog Paul Jan beiseite.

»Was fällt dir ein?«, zischte er. »Hab ich dir nicht gesagt, du sollst das Maul halten?«

»Auf was bist du aus, Paul?« Jan musterte den anderen so lange mit seinem Eisblick, bis Paul trotz seiner Großmäuligkeit anfing,

Zeichen von Unbehagen zu zeigen. Er griff sich in den Kragen, zerrte daran herum und vermied Jans Blick.

»Auf was soll ich aus sein?«, knurrte er schließlich. »Dass ich mein Recht bekomme. Du siehst doch, wer an der Versammlung teilnimmt und wer nicht.«

Jan dachte an das Fragezeichen hinter dem Namen der Droste Tomberge. War das vor oder nach Bernards Verschwinden gesetzt worden?

»Und du spekulierst nicht zufällig darauf, auch noch unseren Anteil zu kassieren?«

»Suchst du Streit?« Paul stieg unversehens das Blut ins Gesicht.

Auf einmal hatte Jan geradezu Lust auf Streit. Warum nicht Paul herausfordern, hier vor diesen Leuten? Mal sehen, was sie von ihm halten würden, wenn er sich hier mit ihm prügelte. Wie viel würde dann noch von seinem Ruf als ehrenwertes Mitglied des Landwirtschaftsvereins übrig bleiben? »Ich wüsst schon gern mehr von deinem falschen Spiel.«

»Falsches Spiel? Falsches Spiel? Das sagst du mir so ins Gesicht? Gerade du? Du, du …« Paul atmete stoßweise, den ganzen Körper angespannt. Sein Blick glitt über die Versammlung. Aber auf einmal trat Paul einen Schritt zurück, als wollte er sich aus einer Gefahrenzone retten. »Einer muss doch dafür sorgen, dass unsere Höfe nicht leer ausgehen, sieh das doch ein«, zischte er. »Wer nicht zufasst, kommt zu kurz. Du weißt ja nicht, was sich alles getan hat. Erst waren die, die richtig viel Vieh halten, absolut gegen die Aufteilung. Jetzt haben wir anderen sie so weit, dass sie zustimmen. Es hat uns allerhand gekostet. Und glaub mir: Bei der Aufteilung ist nicht genug Land für alle da. Für alle, die vor Jahren, als die ganze Sache in Gang kam, Rechte angemeldet haben.«

Die Schonebecks standen auch auf der Liste. Was aber passierte, wenn eindeutig feststand, dass der Herr von Schonebeck keine Gelegenheit mehr haben würde, sein Stück Moorland zu beanspruchen? Wem fiel der Anspruch darauf zu? Bernard hatte sich heimlich ein großes Stück Moorland aus der Allmende gesichert, aber der Vertrag war später rückgängig gemacht worden. Und deswegen hatte er diesen Prozess angestrengt. Einen

Prozess um ein Stück Land, für das er zwar Geld gezahlt hatte, über das der Schonebeck aber nicht hatte verfügen dürfen. Weder als Landrat noch als Grundbesitzer. Nur hatte Bernard in seiner Gier das nicht bedacht. Es war eine komplizierte Angelegenheit. Bernard hatte einen ähnlichen Fehler begangen wie Anton Potthoff, nur in erheblich größerem Umfang.

»Also halt den Mund, und misch dich ja nicht noch mal ein«, beschwor ihn Paul leise. Nun hatte er sich wieder ganz in der Gewalt. Vielleicht hätte er sich anders verhalten, wenn sie allein gewesen wären.

»Ich tue, was ich für richtig halte«, beschied ihn Jan knapp. Er verließ die Gesellschaft, kurz nachdem sich der Regierungsbeamte verabschiedet hatte. Irgendwer hatte noch nach dem Freiherrn von Schonebeck gefragt, war aber von diesem Thema rasch wieder abgekommen. Jan hatte auf eine kleine Enthüllung gehofft, als diese aber ausblieb, seinen Hut aufgesetzt und den Mantel zugeknöpft.

Auf dem Nachhauseweg überlegte er, wie er das Gehörte nutzen konnte. Vorerst würde er alles für sich behalten.

5

Wie jedes Jahr besuchten sich die Nachbarn um Neujahr herum gegenseitig.

Es gab zu dieser Jahreszeit etliche Bräuche, die beachtet werden mussten, um dem neuen Jahr den Weg zu ebnen und Glück auf den Hof und jeden einzelnen Bewohner herabzubeschwören. Agnes und Stine sprangen kreischend von einem bereitgestellten Stuhl ins neue Jahr, eine Sitte, die Jan besonders peinlich war, da er Agnes auffangen musste. Fast hätte er sie fallen gelassen, reichte sie aber rasch an Nieuwe-Jupp weiter, der Spaß an diesem Unfug hatte wie überhaupt an allen Bräuchen. Als Stine an der Reihe war, fing er sie bereitwillig auf und kniff sie in die Wange. Stine verwirrte diese galante Aufmerksamkeit dermaßen, dass sie die Schürze über den Kopf schlug und unter dem Gelächter der anderen hinausrannte.

Marie sah Jan nun häufiger, aber leider nie allein. Manchmal hatte er das Gefühl, die Sehnsucht nach ihr müsse ihm aus den Augen springen, sie brannte ja in jedem Blick, den er ihr zuwarf. Nur selten gelang ihnen ein verstohlener Händedruck, eine sanfte Berührung, ein Streicheln.

Dann fragte er sich wieder, warum er sich zu dieser völlig unnötigen Heimlichkeit verstieg. Er war ein Mann, der sein Auskommen gefunden und durchaus das Recht hatte, einem Mädchen den Hof zu machen. Bloß, wollte er das wirklich? Wenn er ganz ehrlich war, meldeten sich lauter kleine Zweifel, die sich einfach nicht ausräumen ließen. Selbst an Maries Zuneigung, die sie ihm so großzügig schenkte. Zu großzügig, wie ihm sein Verstand in jenen seltenen Momenten sagte, in denen er die Oberhand gewann.

Viel zu lange war sein Herz hungrig geblieben, jetzt wurde es für alles Versäumte entschädigt. Es schmerzte fast, sobald Marie den Raum betrat, in dem sich Jan gerade aufhielt. Manchmal schwindelte ihm, wenn er sie nur ansah. Und wenn sie ihr rotes Mieder trug, kribbelte es ihm beim Anblick des sanften Wogens in ihrem Ausschnitt in den Fingerspitzen.

Als Agnes an der Reihe war, auf den Droste-Hof einzuladen, gab es natürlich seitens der Nachbarn Bedenken, da der eigentliche Bauer, nämlich Bernard, fehlte und außerdem über ihm dieser furchtbare Verdacht schwebte, einen Menschen erschlagen zu haben. Aber darüber konnte man ja anständigerweise kaum mit Agnes reden. Und die Einladung ausschlagen, ging auch nicht. Das hätte geheißen, die Nachbarschaft aufzukündigen.

So herrschte anfangs eine deutliche Verlegenheit, als sich die Nachbarn einfanden, ihre Waffeleisen unter dem Arm. Jede Familie brachte Teig für die Eiserkuchen mit, die zu diesem Anlass im offenen Feuer gebacken wurden. Nur das Bier stellte derjenige, der eingeladen hatte.

Agnes schien wie ausgewechselt. Zwar trug sie Schwarz, sie plauderte aber mit jedem und wies Stine, die bedrückt und finster wirkte, ruhig an, die Gäste zu bedienen. Kein Aufbrausen, wenn die Magd mal nicht sofort zur Stelle war, kein böser Blick.

Sicher würde zu bald schon wieder das selbstmitleidige Klageweib hervortreten, argwöhnte Jan, die zänkische, rachsüchtige Schachtel oder, viel schlimmer noch, das liebestolle Weib, das es auf ihn abgesehen hatte. Agnes flößte ihm neben Mitleid oder Abscheu zuweilen auch Furcht ein. Vermisste sie Bernard? Grämte sie sich wirklich um ihn? Jan wusste absolut keine Antwort auf diese Frage.

Eine Weile beobachtete er sie misstrauisch, sagte sich aber dann, dass Agnes ihr Auftreten vor den Nachbarn sehr genau kalkulierte. Dumm war sie ja schließlich nicht.

Als der Abend vorgerückt war und viele Gesichter bereits vom Bier glühten, gab Marie ihm mit einer unauffälligen Kopfbewegung zu verstehen, dass er sie draußen auf der Tenne treffen sollte. Sie verschwand als Erste, wenig später schlenderte er hinter ihr her.

Außer ihr war niemand auf der Tenne.

»Komm mit hinaus«, sagte sie und nahm ihn an die Hand.

Er drehte sich zur Küchentür um, vergewisserte sich, dass sie wirklich allein waren, schlang einen Arm um ihren Nacken und küsste sie.

Lachend machte sie sich frei.

»Ja, schon gut. Und nun komm endlich, bevor uns hier jemand überrascht.«

Zielstrebig rannte Marie zur Scheune und winkte heftig, als er zögerte.

»Beeil dich«, rief sie gedämpft. Die Tür zur Scheune schwang auf. Jan erriet noch immer nicht, worauf das Ganze hinauslaufen sollte.

Marie stieg bereits die Leiter zum Heuboden hinauf, als er endlich die Scheune erreicht hatte.

»Marie, das ist …« Jan wurde etwas mulmig zumute.

Vor dem Herdfeuer in der Küche saßen in der großen Runde auch Anton und Klara. Es hatten sich fast zwanzig Personen eingefunden, die die üblichen Gespräche über das Wetter, die allgemeine Teuerung, die schlechten Straßen und andere Misshelligkeiten führten und die einander nur manchmal ganz plötzlich anstarrten, als schwebte etwas Verhängnisvolles durch den Raum, das sie alle betraf. Stühle wurden immer mal wieder gewechselt, jeder schnappte hin und wieder Luft draußen oder suchte den Abort auf, der sich in einer Ecke auf der Pferdeseite befand.

Es konnte durchaus sein, dass ihre Abwesenheit nicht so bald bemerkt wurde, beruhigte sich Jan, während er die Leiter erklomm. Durch die Ritzen in der Scheunenwand drang nur ein diffuser Lichtschimmer von der Laterne, die an der Hausecke brannte. Das Dunkel war angefüllt vom Geruch des Heus, einem scharfen, würzigen und nur ganz leicht muffigen Duft. Dafür war das Heu verlockend weich. Ehe Jan sich versah, lag er mit Marie in einer Heukuhle, atmete das Aroma ein, während ihm die Nähe Maries allmählich zu Kopf stieg. Er hatte sich auf den Rücken gedreht, starrte blicklos nach oben, wagte aber noch nicht, sie zu berühren.

»Schläfst du?«, fragte Marie mit einem unterdrückten Lachen.

Langsam wandte er sich zu ihr um und nahm sie in die Arme. Immer noch war ein winziger Rest von Vernunft vorhanden, der ihn warnte, bloß nicht zu weit zu gehen.

Aber irgendwann waren ihm die Küsse nicht mehr genug.

Jan hatte keine Ahnung gehabt, wie viele Bänder und Knöpfe die Frauenkleider zusammenhielten. Marie half ihm nur halbherzig, während er sich mit zitternden Fingern und voller unbändiger Erwartung an ihrem Mieder zu schaffen machte. Es bereitete ihr höchstes Vergnügen, ihn so unbeholfen zu erleben, die ganze Zeit hörte sie nicht auf zu kichern. Aber auf einmal spürte er eine nackte Brust unter der Hand. Eine volle nackte Brust, fest und weich zugleich, und glatte Haut. Er kam sich ungeheuer verwegen vor, während er sie erkundete.

Seine Finger zitterten immer noch. Marie legte ihre Hand darüber, führte ihn sacht und zeigte ihm, wie er sie liebkosen musste.

Marie zog ihm das Hemd hoch, legte ihm beide Hände auf die nackte Brust, streichelte ihn, schmiegte sich an ihn. Seine Haut brannte unter ihren Brüsten, die sich mit jedem Atemzug stärker an ihn drängten.

Inzwischen glühte sein ganzer Körper. Eigentlich wollte er ihr Einhalt gebieten, aber Marie nestelte seinen Gürtel auf, öffnete den Hosenbund. Er stöhnte auf.

Auf einmal ging alles schneller, hastiger. Er zog ihre Röcke hoch, schob sich über sie, glitt zwischen ihre Schenkel.

Marie wehrte sich nicht. Alles, was er tat, wollte sie auch, sie half ihm, machte sich gefügig, passte sich an. Einmal schrie sie kurz auf, da hielt er erschrocken inne, aber dann schlang sie ihre Arme fester um ihn und sagte etwas, was er nicht verstand, aber er begriff, dass er nicht aufhören sollte.

Später lagen sie still und verwundert nebeneinander.

Sie hatte sich nicht gewehrt, Marie hatte sich nicht gegen ihn gewehrt! Träge drehte sie sich zu ihm, streichelte ihm übers Gesicht, er spürte, dass nun ihre Hand zitterte. Sein Gesicht war nass vor Schweiß. Als er wieder näher an sie heranrücken wollte, stemmte sie die Hand gegen seine Brust.

»Bleib noch eine Weile hier, ja? Lass mich zuerst gehen. Ich möchte nicht, dass uns jemand zusammen aus der Scheune kommen sieht.«

Er merkte, wie sie sich aufsetzte, ihre Kleidung in Ordnung brachte und dann von ihm fortglitt, bevor er sie festhalten konnte.

Eine süße Schwere überkam ihn, und fast wäre er eingeschlafen, eingetaucht in Maries Gegenwart, die längst nicht verflogen war. Er brauchte nur die Augen geschlossen zu halten, um sie neben sich zu spüren.

Unvermittelt schrak er auf. Was hatte er nur angerichtet! Das hätte gar nicht passieren dürfen. So nicht. Aber was hätte er tun sollen? Sie abweisen? Abwegige Idee. Insgeheim war er stolz, dass ihn Marie erwählt hatte. Denn das hatte sie.

Es kam ihn hart an, den Heuboden zu verlassen, und es graute ihm davor, in die Küche zu treten und so zu tun, als hätte sich nichts ereignet. Nichts Aufwühlendes. Musste ihm nicht jeder ansehen, was geschehen war? Er war sich gar nicht sicher, ob ihm die nötige Verstellung gelingen würde.

Endlich stieg er die Leiter hinunter und dachte sogar daran, sich das Heu aus den Haaren zu ziehen und von der Joppe zu zupfen. Um seinem Gang in die Scheune einen harmlosen Anstrich zu geben, kraxelte er kurz entschlossen die Leiter wieder hinauf und griff sich einen Armvoll Heu.

Er war noch damit beschäftigt, das Heu in die Pferderaufe zu stopfen, als Klara und Marie vorbeikamen. »Wir gehen schon«, sagte Klara freundlich, »wir müssen morgen früh raus, ich will mit Marie nach Münster.« Klara trug einen großen Korb, in dem nicht nur das Waffeleisen steckte, sondern auch das Leinenzeug, an dem sie den ganzen Abend genäht hatte.

Jan brachte nur ein steifes Nicken zustande und vermied ängstlich, Klaras oder gar Maries Blick zu begegnen. Er atmete erst auf, als die beiden hinausgegangen waren.

Als er in die Küche zurückkehrte, zeigte sich, dass die Gruppe rund ums Herdfeuer merklich kleiner geworden war, aber Anton saß noch dort. Niemand machte eine Bemerkung über sein langes Ausbleiben, und da sich alle unterhielten, konnte er sich relativ unbemerkt zu Anton setzen.

»Klara und Marie sind gerade weg«, sagte Anton.

»Hab sie noch gesehen«, stammelte Jan, fasste sich aber dann. »War gerade noch Heu holen.« Anton nickte zerstreut, und Jan atmete endlich auf. »Was hat Klara bloß immer zu nähen?«, fuhr er etwas sicherer fort.

»Ach so dies und das gibt's immer«, antwortete Anton unbestimmt.

Das Feuer gloste vor sich hin. Anders als Holz färbte der Torf die Flamme leicht blau, so dass das Feuer ein wenig geisterhaft schimmerte und flackerte. Vor allem spät am Abend wirkte so ein Torffeuer manchmal richtig unheimlich. Die Stimmen klangen nun gedämpfter, die Blicke, auf die glühenden Torfbrocken gerichtet, wurden verhangen. An Abenden wie diesen hatte Jans Großvater zur allgemeinen Unterhaltung gruselige Geschichten erzählt.

»Wir hätten ja nicht gedacht, dass Marie mal so gut auf die Reihe kommt«, sagte Anton leise. »Noch vor einem Jahr sah es ganz anders aus. Da hatte der Herr von Schonebeck sie gerade zu uns zurückgeschickt. Sieben Monate war sie auf Klein-Schonebeck in Dienst. Wir dachten, dort lernt sie was dazu. Aber sie hat sich nicht einfügen können, da haben die Schonebecks sie nicht länger behalten wollen. Das war schon arg. Sie hätte Flausen im Kopf, hieß es, und gebe Widerworte. Dabei war sie zu

Hause immer brav. Etwas anderes würden wir bei unseren Kindern auch gar nicht dulden. Ja, sie braucht eine feste Hand, unsere Marie. Das hat man schon mal, dass die Jüngsten ein wenig aus der Reihe tanzen.« Anton stockte, als wäre ihm gerade zu Bewusstsein gekommen, dass er etwas Unhöfliches gesagt hätte.

Jan umklammerte die Armlehnen seines Stuhls und wagte weder, den Kopf zu wenden, noch etwas einzuwerfen. Alle Müdigkeit war schlagartig verflogen.

»Entschuldige«, fuhr Anton fort, »bist ja auch der Jüngste, hab ich gar nicht dran gedacht.« Forschend äugte er zu Jan hinüber. Überhaupt schien ihm dieses Gespräch, das er ja mehr oder weniger allein führte und ohne ersichtlichen Grund begonnen hatte, zuzusetzen. Er sog heftig an seiner Pfeife und beugte sich im Stuhl vor.

Jan versuchte, aus seinem Verhalten schlau zu werden. Vor allem fragte er sich, was zwischen Klara, Anton und Marie vorgefallen oder beredet worden war, als er noch oben auf dem Heuboden gelegen hatte.

»Nun ja, wir werden bis April mit dem Aufgebot warten, dann ist der Winter vorbei und Maries Aussteuer fertig«, fuhr Anton bedächtig fort. »Fehlt ja nicht mehr viel, sagt Klara. Morgen fährt sie mit Marie in die Stadt, Knöpfe und Bänder kaufen. Ein bisschen Tand muss sein. Ansonsten haben wir ihr ja kaum was mitzugeben.«

So war das also! Natürlich, man geht nicht mit einem Mädchen ins Heu, ohne mit Konsequenzen zu rechnen. Die liegen ja auf der Hand, darüber muss nicht einmal geredet werden. Trotzdem fühlte sich Jan überlistet. Das hatte er nicht gewollt. So vor Tatsachen gestellt zu werden. Dabei liebte er Marie doch. Er konnte sie ja noch spüren, riechen und schmecken, sie war noch ganz nah bei ihm. Aber wenn es nach ihm gegangen wäre, hätten sie ihre Verbindung vorerst geheim gehalten. Damit er sich langsam daran gewöhnen konnte, nicht mehr so völlig allein zu sein.

Frauen dachten anders, selbst Marie. Er grübelte, warum sie nicht hatte warten können.

»Du sagst ja gar nichts«, meinte Anton mild.

»Was soll ich da sagen?«, flüsterte Jan heiser.

»Ich dachte, du magst unsere Marie. Sie war noch klein, als du damals weggingst, aber sie hat dich nicht vergessen, und sie hat sich doch wirklich herausgemacht.«

»Ja.« Jedes weitere Wort wäre Jan im Hals steckengeblieben. Konnte er nicht einfach sagen, dass er sie liebte und schon deshalb zu dem stand, was er mit ihr im Heu getrieben hatte? Das kam ja alle Tage vor. Aber die Potthoffs hatten immer etwas Besonderes und Besseres mit ihren Kindern vorgehabt. Bloß, was machte ihn als Schwiegersohn attraktiv? Einen Augenblick trat er gleichsam neben sich. Er sah einen großen, kräftigen Mann, einen Mann, der etwas hermachte, weil er sich besser auszudrücken verstand als die Bauern, es aber dennoch nur zum Schäfer gebracht hatte. Hatten sie einen so guten Eindruck von seiner Schäferei gewonnen, dass sie das Risiko eingingen, ihm ihre jüngste Tochter anzuvertrauen? Oder spekulierten sie allen Ernstes auf den Droste-Hof? Das wäre allerdings ein richtiger Fang für sie. Nur, so dumm konnten sie nicht sein. Die Lage war ja völlig ungeklärt, solange hier niemand wusste, was aus Bernard geworden war. Vielleicht rechneten sie damit, dass er früher oder später gefasst, verurteilt und als Mörder gehenkt würde. Dann immerhin würde er, Jan, den Hof erben.

»Ich hab dir noch gar nicht gedankt, dass du Marie beim Reisigsammeln geholfen hast. Und es war ja nichts dabei, dass du sie mitgenommen hast. Wo du sie schon als Kind gekannt hast. Tja, wir hoffen immer, dass wir das Richtige tun. Wie gesagt, nach Ostern wird das Aufgebot verkündet.«

Anton fragte nicht einmal, ob ihm der Termin passte. Zwischen Ostern und Pfingsten hatte er kaum eine freie Stunde, da lief noch die Lammzeit, da musste er sehen, dass die Schafe auf die richtige Weide kamen, da gab es tausend Dinge zu erledigen. Allmählich machte ihn diese ganze Zielstrebigkeit der Potthoffs wütend und stachelte ihn zur Gegenwehr auf.

»So, so! Und einen Bräutigam gibt es auch schon?«, fragte er ironisch.

Erstaunt nahm Anton die Pfeife aus dem Mund. »Ja, was denkst du denn! Hat es dir Marie denn nicht gesagt? Oder Klara? Nicht mal eben, als du sie auf der Tenne getroffen hast?«

Sprich es aus, forderte Jan im Stillen, ja, sag mir ins Gesicht, was ihr da Feines ausgetüftelt habt, du und Klara und Marie, ich will jetzt Klarheit.

Anton hatte ihn angestarrt und wandte sich nun wieder ab, während er einmal aufseufzte. Jan konnte einiges an widerstreitenden Gefühlen in diesem verknitterten Altmännergesicht ablesen. Anton war bereits recht betagt gewesen, als Marie geboren wurde, seine Kleine, an der er mit Zärtlichkeit und Nachsicht hing und die er dennoch nicht für immer behalten konnte – noch wollte.

»Dann haben sie dir also nichts gesagt. Na, ich denke, du kannst es erfahren, obwohl es bis zum Aufgebot noch eine Weile hin ist. Vielleicht glaubst du ja, wir werfen unsere Marie weg, aber so ist es nicht. Wir, das heißt Klara und ich, haben es uns genau überlegt.« Wieder legte Anton eine Pause ein. Jan verging vor Ungeduld.

Franz Pentrop erhob sich, er war trotz der Trauer um seine Frau gekommen, verabschiedete sich aber jetzt von Agnes, kam zu Jan herüber und schlug ihm auf die Schulter.

»Bis morgen dann. Es bleibt dabei?«

Die Nachbarn hatten sich endlich auf einen Tag für den Schnadgang geeinigt. Morgen würden sie die Grenzen der Venne begehen und über Rechte und Pflichten der Moorbauern reden, eine Woche später, als ursprünglich geplant.

Jan nickte.

»Und Paul ist dabei?«, fragte Franz.

Paul Schulze Hundrup hatte Jan einen Tag nach der Sitzung des Landwirtschaftsvereins aufgesucht und ihn bedrängt, über das Gehörte Stillschweigen zu bewahren. Paul hatte mit ihm gestritten und ihm allerhand angedroht, wenn er nicht den Mund hielte. Sein wichtigstes Argument war die Zukunft des Droste-Hofs gewesen, für die Jan im Augenblick die Verantwortung trug. Sollte Jan dennoch reden, würde Paul seinen ganzen Einfluss geltend machen, um dafür zu sorgen, dass die Drostes bei der Aufteilung der Venne leer ausgingen. Jan war sich nicht sicher, ob er die Drohung ernst nehmen musste.

»Sicher ist Paul dabei«, sagte er abgelenkt. War vielleicht an anderer Stelle etwas über die geheime Sitzung durchgesickert und hatte die Nachbarn misstrauisch gemacht? »Kannst dich drauf verlassen.«

Als Franz ging, stand Anton ebenfalls auf. »Wird Zeit«, murmelte er.

Jan hielt ihn am Ärmel fest. »Du hast mir noch was über Marie sagen wollen.«

»Was gibt es über Marie?« Agnes war zu ihnen getreten. Ganz die untadelige Gastgeberin, lächelte sie beide würdevoll an. In ihrem Beisein wollte Jan das Gespräch auf keinen Fall zu Ende führen.

»Klara fährt morgen mit Marie nach Münster, Knöpfe kaufen«, sagte er rasch und wandte sich an Anton. »Komm, ich bring dich noch vor die Tür.«

»Knöpfe kaufen? Was soll das denn?«, erkundigte sich Agnes.

Anton lächelte verschmitzt. »Nun, in Senden kriegt sie keine. Nicht die, die sie will. Manchmal muss man ihr schon den Willen lassen.«

Also sollte Agnes über die Hochzeit noch nicht Bescheid wissen. Für Jan war das wieder ein Beweis, wie sehr die Potthoffs planten und alles bedachten, was ihnen einen Vorteil verschaffen konnte. Sah Klara ihre jüngste Tochter wirklich schon bei ihm in der Schäferei?

»Ach, für die Aussteuer«, sagte Agnes wegwerfend, »dafür will sie ihre Knöpfe. Nun ja, wenn ihr meint.«

Mädchen fingen früh mit der Anschaffung der Aussteuer an oder genau genommen ihre Mütter. Wahrscheinlich konnte sich Agnes nicht vorstellen, dass die Potthoffs einen Schwiegersohn gefunden hatten, obwohl zu erwarten war, dass die Mitgift eher gering ausfiel. Die Potthoffs sparten ihr Geld lieber für die Ablösung des Hofes. Es war ihnen sicher wesentlich wichtiger, dass sie endlich Besitzer des Landes waren, das sie seit Jahrzehnten bearbeiteten, als ihre Tochter gut zu verheiraten. Bei aller Liebe kam eine Tochter immer erst nach dem Sohn, der den Hof erben würde.

Agnes ging zum Glück nicht mit vor die Tür. Während Jan mit Anton die dämmrige Tenne durchquerte, überlegte er, ob er das Thema Hochzeit nochmals anschneiden oder erst einmal vergessen sollte. Aber dann würden die Potthoffs seine Zustimmung bereits für gegeben halten. Das kam nicht in Frage. Nicht mal von Marie würde er sich die Entscheidung über seine Zukunft aus der Hand nehmen lassen.

»Also: Wer ist der Mann, dem ihr Marie geben wollt?«

»Ach ja.« Anton blieb stehen und schaute die Reihe der Kühe entlang. Nur eine Kuh hatte sich noch nicht hingelegt. Alle anderen ruhten halb auf der Seite, die Bäuche aufgetrieben von den ungeborenen Kälbern.

»Bennard hat uns den Bullen ausgeborgt. Dafür schulde ich ihm noch was.«

Der Bulle stand ganz hinten nahe der Niendüer in einem Extraverschlag. Außer den Schulze Hundrups hielten nur noch die Drostes einen eigenen Bullen. Zum Pflügen war er kaum zu gebrauchen, er taugte nur für eine Sache.

»Darüber reden wir ein andermal«, meinte Jan ungeduldig.

»Was jemand hat, ist nicht alles«, nuschelte Anton und kratzte sich verlegen am Kopf. »Man muss auch die Aussichten bedenken.«

Nun war er also wieder beim Thema. Jan war versucht, zu fragen, wie er und Klara denn nun etwas über seine Aussichten herausbekommen hatten. Hatten ihnen seine Bemerkungen über die einträglichen Geschäfte mit den Preußen bereits genügt? Und woher der Umschwung? Anton hatte doch recht deutlich gemacht, wie sehr ihm als aufrechtem Münsterländer Geschäfte mit den vermaledeiten Preußen missfielen.

»Ach was.«

»Ja, ja, doch, Jan! Du wirst sagen, was soll bei einer so kleinen Stelle schon herauskommen. Aber in den fünfzehn Jahren, die er sie schon hat, hat sie sich gemacht. Und wenn er den Winter einigermaßen übersteht, wird es weiter aufwärtsgehen.« Anton setzte sich wieder in Bewegung, Jan folgte ihm und verstand nicht, wovon er redete. Kurz vor der Tür blieb Anton erneut stehen und wies erregt mit der kalten Pfeife auf Jans Brust. »Du müsstest ihn eigentlich noch von früher kennen. Er ist einer der Kolonen, die damals an der Kappenberger Chaussee angesiedelt wurden. Vennschott, Karl Vennschott heißt er.«

Jan hatte den deutlichen Eindruck, einen Schlag vor den Kopf und gleichzeitig einen mächtigen Tritt in den Hintern zu erhalten. Er zuckte sichtlich zusammen. Einen Meter vor ihm stellte sich der Hund auf die Hinterbeine und begann zu knurren.

Anton wartete auf eine Bemerkung und schüttelte enttäuscht den Kopf, als sie ausblieb. »Vennschott weiß, dass es zu all dem Leinenzeug der Aussteuer kaum etwas dazugibt. Nicht mehr als ein paar Reichstaler. Aber er ist zufrieden damit.«

Jan hatte Anton immer als väterlichen Freund betrachtet, selbst jetzt noch, trotz der Ablehnung seiner Geschäfte mit den Preußen. Anton und Klara hielten unverbrüchlich zu ihm, hatte er gedacht, ihnen konnte er vertrauen und auf ihr stetes Wohlwollen bauen. Aber nun fühlte er sich auf eine unangreifbare, äußerst hinterlistige Art von ihnen getäuscht. Genau genommen, wusste Jan überhaupt nicht mehr, wer ihn wie hintergangen hatte und ob überhaupt. Es war ein großes, unentwirrbares Durcheinander.

Er riss die Tür auf, denn er wollte Anton schnellstens loswerden, um mit seinen Gedanken allein zu sein und sich nicht mehr gegen den Schmerz, der nun bereits grell und laut in ihm tobte, zu wehren.

»Und Marie ist einverstanden?«, hörte er sich fragen.

»Ja, was denkst du denn! Natürlich ist sie einverstanden. Karl ist Witwer, aber das macht nichts, er hat ja keine Kinder. Es wird Maries Kind sein, das die neue Hofstelle erbt.«

Dieser Karl Vennschott musste an die vierzig sein, ein Mann, den die fünfzehn Jahre, die er sich gemüht hatte, ein Stück Wildnis in den Ausläufern der Davert urbar zu machen, sicher geprägt hatten. Ein Mann mit krummem Rücken, schwieligen Händen und knotigen Knien lag demnächst mit Marie im Ehebett.

Sobald Jan sicher war, dass sich Anton weit genug entfernt hatte, ging er um die Hausecke herum, schrie laut auf und schloss vor Schmerz die Augen. In seinem Innern war eine neue Eiszeit angebrochen.

Ganz gewiss hatte ihn Marie verraten, sie vor allem.

Kapitel 5: Klobbickes Nase

1

Jan wachte vor Morgengrauen auf und konnte nicht wieder einschlafen. Nicht nur dass er schlecht geträumt hatte, beim Aufwachen meldeten sich der Schmerz und die Enttäuschung, die Marie ihm bereitet hatte, mit voller Stärke zurück. Das würde er jetzt noch lange aushalten müssen, und er wusste nicht, was er dagegen tun sollte.

In der Nacht hatte er von Lina geträumt.

Von Lina, seiner Schwester, die im Alter von sechzehn Jahren bei einem Brand umgekommen war, ein wunderschönes Mädchen mit langem fließendem Goldhaar. Sie hatte ihn allen Ernstes ermahnt, sich die Sache mit Marie nicht zu sehr zu Herzen zu nehmen. Maries Verhalten, hatte Lina behauptet, wäre ihr von Anfang an nicht geheuer gewesen. Jan hatte sich auf die andere Seite gedreht, um Lina nicht mehr sehen und nicht mit ihr reden zu müssen.

Es war kein Traum gewesen, das brauchte er sich nicht einzureden. Wahrscheinlich hatte Lina nur den Anfang gemacht, bald würden sich auch die anderen zeigen. Jan stöhnte resigniert auf. Zu gut wusste er, dass die Tore zur Geister- und Totenwelt nun unwiderruflich offen standen.

Auch beim Frühstück dachte er an Lina. Sie war vollkommen unverändert gewesen. Nieuwe-Jupp stupste ihn an, er musste ihn etwas gefragt haben.

»Was willst du? Sag's noch mal.« Jan blies in seine Tasse mit heißem Zichorienkaffee und versuchte, die nächtliche Heimsuchung abzuschütteln. Den Kaffee kochte Stine jeden Morgen extra für ihn, bevor Agnes die Treppe herunterkam. Für diese kleine Wohltat war er Stine dankbar.

Nieuwe-Jupp bat darum, den Schnadgang mitmachen zu dürfen. Aber Knechte hatten beim Schnadgang nichts verloren. Was dort verhandelt wurde, ging sie nichts an. Nicht direkt jedenfalls. Jan erinnerte sich an die diversen Beschäftigungen, denen Nieuwe-Jupp schon nachgegangen war. Der Mann war vielseitig. Jan war zu müde, um abzulehnen, und außerdem war es vielleicht nicht das Schlechteste, jemanden vom Hof dabeizuhaben, der so viel herumgekommen war. Er nickte.

»Kannst mitkommen.«

»Und ich?«, fragte Matthias sofort.

»Was, ich?«, fragte Jan ungnädig zurück. »Du willst doch wohl nicht auch mit?«

»Ich würde bloß gerne nach der Morgenarbeit fort.«

Matthias hatte seine Absicht, Lichtmess seinen Abschied zu nehmen, nicht wiederholt, und es sah so aus, als wollte er nun doch bleiben. Er war eigentlich zu faul als Knecht, aber es würde schwer sein, jemand anders zu finden, solange nicht klar war, wer denn der Herr auf dem Hof war. Also würde sich Jan vorerst mit Matthias abfinden müssen.

»Wohin?«

Matthias verdrehte die Augen und starrte an die Decke.

Was der junge Mann vorhatte, war klar. Mit der Potthoff-Magd ins Heu kriechen. Was denn sonst? Der Schnadgang würde bis zum späten Nachmittag dauern. Das hieß, Jan würde es nicht unbedingt erfahren, wenn sich Matthias für ein oder zwei Stunden davonstahl.

Gegen die Übelkeit ankämpfend, die sich gerade meldete, schob Jan die Tasse mit dem Kaffee von sich. Würde er den ganzen Tag an Matthias und die Magd denken müssen und daran, was die beiden im Heu trieben? Das würde furchtbar sein. Je öfter er an sie denken würde, desto mehr verkam sein Liebeserlebnis mit Marie zur Liederlichkeit. Matthias würde seine Magd nie heiraten, dazu hatten beide nicht das Geld. Nach ein paar Wochen musste er die Sache beenden und konnte froh sein, wenn sich keine Folgen einstellten.

»Du nimmst den Kartoffelpflug auseinander, reinigst und ölst ihn. Ich hab gesehen, wie verdreckt er weggestellt worden ist. Vergiss nicht, das ganze Lederzeug zu putzen, es ist schimmelig.

Und dann nimmst du dir die Kartoffeln vor und klaubst die faulen heraus.« Er fügte noch eine Reihe von Aufgaben hinzu. »Und wenn du mit allem fertig bist, kannst du dir die Zeit bis zur Abendfütterung vertreiben, wo und mit wem du möchtest.«

Matthias holte tief Luft, als ob er aufbegehren wollte, nickte dann aber verkniffen. Jan war sich ziemlich sicher, dass bis zum Abend höchstens die Hälfte aller Arbeiten erledigt sein würde, aber warum sollte er sich darüber jetzt schon Gedanken machen? Viel mehr Sorgen bereitete ihm das Treffen mit den Nachbarn.

Franz Pentrop hatte ihn am Abend auf Bernard angesprochen. Ob er sich denn gar keine Gedanken um sein Verschwinden machte. Doch, hatte er geantwortet, ständig. Und das war die Wahrheit gewesen. Franz Pentrop hatte erwartet, dass er sich weiter dazu ausließ, aber er hatte geschwiegen. Es hätte sehr viel dazu zu sagen gegeben, aber nichts, was er mit einem seiner Nachbarn bereden würde. Mit niemandem.

Gleich nach dem Frühstück ritt er mit Nieuwe-Jupp zum vereinbarten Treffpunkt an einem der Grenzmarkpfosten hinter der Kirche. Wo es möglich war, würden sie reiten, aber wo der Boden unsicher war oder sie nach alten Gemarkungspfosten suchen müssten, würden sie die Pferde am Zügel führen. Einige Pfosten waren sicher umgefallen und mussten aufgerichtet oder ersetzt werden. Dafür hatten sie Werkzeug dabei, eine Schaufel und ein Beil, das auch als Hammer eingesetzt werden konnte.

Kurz nach ihnen trafen die anderen ein.

Paul klopfte auf seine Satteltasche und fragte, ob jemand gegen die Rattenkälte einen Schnaps haben wollte. Alle lehnten ab. Auf den Schnaps würden sie später zurückkommen, zunächst wollten sie, dass die Grenzbegehung begann. Jan hatte bereits vor zwei Tagen in alten Unterlagen gekramt und sich vergewissert, wer wie viel Land beackerte, und er wusste inzwischen, wie viel Stück Vieh in den Ställen stand. Das musste alles bei der Rechteaufteilung berücksichtigt werden. Er konnte sich darauf verlassen, dass jeder hier peinlich genau darauf achtete, nicht zu kurz zu kommen. Josef Lütke Wierling nahm ebenfalls am Schnadgang teil und hatte sogar seinen Enkel mitgebracht. Er hielt sich, seiner geringen Stellung als Heuerling angemessen, im Hintergrund. Jan hätte den Jungen gern nach Hause geschickt, aber solange sich dieser ruhig verhielt, hatte er keinen Grund dazu. Tobias starrte ihn allerdings, wie gehabt, voll blindem Hass an. Jan zuckte die Schultern und nahm sich vor, ihn nicht mehr zu beachten.

Drei Stunden später hatten sie das Stück Moorland erreicht, das Anton noch vor kurzem als sein Eigentum betrachtet hatte.

»Tja, das bist du los«, sagte Paul bedauernd. »Hier haben nun wieder alle ihre Rechte. Aber was wolltest du denn auch damit anfangen?«

»Das hätte ich schon gewusst«, sagte Anton bedrückt.

»Was soll denn das heißen?«, mischte sich Franz Pentrop ein. »Das ist hier doch Antons Land. Oder?«

»Jetzt nicht mehr«, erklärte Paul, »der Kaufvertrag ist rückgängig gemacht worden. Ist auch besser so.«

»Warum?«, fragte Franz erstaunt.

»Damit die Allmende besser aufgeteilt werden kann, aber fragt Paul, er ist der Fachmann dafür«, warf Jan ein.

Paul warf ihm einen nervösen Blick zu. »So ein Unsinn. Ich weiß auch nicht mehr als ihr.«

»Das wollen wir aber nun schon genau wissen«, sagte Ludger Holtkamp bedächtig und fasste Jan in den Zügel. »Warum sollen wir Paul nach der Aufteilung der Allmende fragen?«

»Hat er noch nicht mit euch geredet?«, fragte Jan, saß ab und reichte Nieuwe-Jupp den Zügel, während er zu Paul trat. »Das erstaunt mich. Sag es ihnen, Paul. Sag ihnen, was auf der Geheimsitzung des Landwirtschaftsvereins besprochen worden ist.«

»Was denn für eine Geheimsitzung?«, rief Ludger überrascht.

Jetzt wurde Paul stinkwütend. »Ich lass mich doch nicht von so einem dahergelaufenen Wicht wie dir …«

»Ich hab doch gewusst, dass da was im Busch ist.« Ludger drängte Jan beiseite, um näher an Paul heranzukommen. »Jetzt aber mal raus mit der Sprache.« Er packte erregt Pauls Arm. »Was für eine Geheimsitzung? Wann war das? Sag schon!«

»Vor ein paar Tagen in Ottmarsbocholt, frag Lütke-Paul, er wusste auch davon«, warf Jan ein.

Lütke-Paul, der seinen Vater begleitete, brachte sich hinter seinem Pferd in Deckung. Paul machte sich von Ludger frei und traf Anstalten, seinem Sohn eine zu langen.

»Ich hab nichts verraten«, rief Lütke-Paul beschwörend.

»Woher sollte ich's denn sonst wissen? Du hättest es mir nicht gesagt, Paul, mir so wenig wie den anderen.«

Paul wurde hochrot vor Zorn. »Willst du unbedingt Unfrieden säen?«, schrie er Jan an.

Jan sah auf seine Stiefel. »Früher oder später erfahren sie es doch, Paul. Und besser von dir, würde ich sagen. Nimm doch Vernunft an. Mach nicht alles noch schlimmer, als es schon ist. Am Ende vertraut dir niemand mehr, und du stehst ganz allein da.« Wie ich, setzte er in Gedanken hinzu.

Paul kramte eilig die Schnapskruke heraus, goss ein, drückte ein wenig die Brust heraus, holte tief Atem und hielt Anton feierlich den gefüllten Zinnlöffel entgegen. »Nimm mal einen, Anton, tut dir bestimmt gut. Und hör nicht auf diesen Schwätzer. Es ist doch alles ganz anders.«

Anton nahm den Löffel, der wie eine kleine Kelle geformt war, und starrte auf das Ding, das in seiner Hand zitterte, als würde er es gleich fallen lassen.

»Lenk nicht ab!«, sagte Ludger zu Paul und fuhr bedächtig fort: »Oder traust du dich nicht, uns zu sagen, was los ist?«

Paul leckte sich über die Lippen. »Also gut. Es ist ja man so«, begann er, blickte abschätzend in die Runde und zog sich unauffällig, die Schnapskruke an die Brust gedrückt, zwei Schritte zurück. »Die Regierung will, dass die brachliegenden Moorflächen verschwinden. Sie bringen wenig ein, das brauche ich ja keinem von euch zu erläutern. Moorboden taugt nicht viel. Also müssen Entwässerungsgräben gezogen werden, dann soll das ganze Gebiet gerodet werden und ...«

»Jetzt komm mal auf den Punkt«, hakte Anton kurzatmig ein.

»Lass mich ausreden!«, fuhr Paul auf.

Er muss sich verteidigen, dachte Jan, bin gespannt, was ihm dazu einfällt.

In Pauls Augen trat ein gehetzter Ausdruck. »Keiner von euch kann sich solche Maßnahmen leisten oder sie ordentlich durchführen. Allein die Gräben, was das für ein Aufwand ist! Die müssen richtig befestigt werden, ausgekoffert mit Knüppelholz oder wie man das heutzutage macht, damit die Wände nicht beim ersten Regen nachgeben. Mit Moorboden sollte man sich schon auskennen. Da müssen Fachleute ran. Also wird die Allmende aufgeteilt …« Er trat noch einen Schritt zurück, als er die grimmigen Mienen seiner Nachbarn bemerkte.

»… ohne Rücksicht auf kleine Krauter wie Anton oder einen von euch«, fiel Jan so gedämpft ein, als würde er nur zu sich selbst sprechen.

»Sei still!«, fuhr Ludger Jan an und stellte sich vor Paul. »Sag du uns das!«, knurrte er. »Sag es uns allen ins Gesicht, Paul. Wir wollen es von dir hören.«

»Ja, ja!«, schrie Paul aufgebracht und fuchtelte wild mit der Tonkruke herum. »Wenn ihr es so wollt! Es geht darum, die Allmende in große Partien aufzuteilen. Das Gekleckere geht nicht mehr. Aber später, dann …«

»Ich glaube, bei der Aufteilung werden die Schonebecks, die Beverfoerdes und ein paar andere hohe Herren berücksichtigt«, warf Jan gerade noch laut genug ein, um verstanden zu werden.

Er fing einen Blick Nieuwe-Jupps auf. Der Knecht, das hatte Jan bereits bemerkt, mochte keinen Streit. In seinem Blick lag Achtsamkeit, nein, besser Wachsamkeit und – Jan ahnte es mehr, als er es sehen konnte – eine Spur von Verachtung. Er hätte ihn doch besser zu Hause gelassen. Das hier war nichts für ihn.

»Und die Schulze Hundrups?« Unversehens ging Franz Pentrop mit geballten Fäusten von der Seite auf Paul los. Bevor er etwas ausrichten konnte, warf sich Lütke-Paul dazwischen und schlug Franz ins Gesicht.

Die Lippe platzte auf, über sein Kinn lief Blut. Er taumelte zurück, holte aber aus, um Lütke-Paul seinerseits einen Hieb zu versetzen.

»Jetzt haltet doch ein!«, rief Paul beschwörend.

Es war zu spät. Im Handumdrehen hatte sich eine grauenhafte Prügelei entwickelt. Die Tonkruke ging zu Bruch, und ihre Scherben wurden in die Erde getreten. Schnapsgeruch breitete sich aus.

Jan sah dem Treiben seiner Nachbarn unbeteiligt zu, doch während sie sich prügelten, kamen Erinnerungen an seine Kindheit hoch, als alle diese rechtschaffenen Männer ihm zu verstehen gegeben hatten, wie weit er sich mit seinen unbegreiflichen Grillen gegen die Gemeinschaft versündigte.

Außer ihm hielten sich nur drei Männer aus dem wilden Treiben heraus: Josef, Nieuwe-Jupp und Anton.

Anton starrte immer noch auf den Löffel, hob ihn auf einmal hoch und trank den Schnaps. Augenblicklich begann er zu keuchen, ließ den Löffel fallen und ging in die Knie. Langsam, sehr langsam, kippte er auf die Seite.

Josef schrie auf.

Die ersten Streithähne trennten sich, traten auseinander, wussten anscheinend nicht mehr, was sie gerade noch überkommen hatte. Verlegenheit machte sich breit. Einige rieben sich die Arme, als merkten sie nun erst die erbarmungslose Kälte.

»Jetzt hilf ihm doch mal einer auf die Füße«, schrie Paul und schüttelte Franz ab, der ihn noch an den Mantelaufschlägen gepackt hielt. »Was ist dir, Anton?«

Anton krümmte sich, während seine Augen sich verdrehten und nur noch das Weiße zeigten.

Ausgerechnet in diesem Moment begann Josefs Enkel zu kreischen. Er stürzte aus einem kleinen Erlengebüsch hervor und wies hinter sich. »Da!«, schrie er mit überschnappender Stimme. »Der Kopp!«

Paul fasste erregt Franz am Arm. »Was für'n Kopp?«

Franz schüttelte ihn unwirsch ab und wischte sich das Blut vom Kinn.

»Wat denn für'n Kopp?«, fragte auch Josef.

Jan sah, dass Nieuwe-Jupp, der sich über Anton gebeugt hatte, ein bedenkliches Gesicht zog. Jemand musste sich um Anton kümmern, er durfte nicht auf der kalten Erde liegen bleiben. Schade, dass sie keinen Wagen dabeihatten.

Der Streit war endgültig vergessen.

Allen anderen voran bahnte sich Paul einen Weg durchs Gestrüpp. Jans und Nieuwe-Jupps Blicke trafen sich wieder, dann wandte sich Jan ab und ging Paul nach.

Einer von den Grenzpfählen stand schief hinter dem Gebüsch, aber noch aufrecht genug, dass er etwas tragen konnte. Einen Kopf. Einen abgetrennten Menschenkopf.

»Bennards Kopp«, stöhnte Paul auf.

2

Die Nachbarn hatten sich aufgeteilt. Einige kümmerten sich um Anton, der noch nicht wieder zu sich gekommen war. Paul hatte seinen Sohn zu Potthoffs geschickt, um einen Wagen zu holen, mit dem Anton nach Hause geschafft werden konnte, Nieuwe-Jupp hatte sich erboten, Amtmann Klobbicke über den Fund zu benachrichtigen. Der Rest stand um den Pfahl herum, betrachtete schaudernd den Kopf und wartete ergeben auf den Amtmann. Geredet wurde kaum, nun erst entfaltete sich die Scham über den ausgearteten Streit. Da war zu viel gesagt worden, Unverzeihliches, das ihnen noch lange nachgehen würde …

Jan beachtete die anderen nicht. Er stand ein wenig abseits von dem Pfahl mit dem Kopf, dessen noch vorhandene Haare von einem Luftzug bewegt wurden. Am Himmel zogen die Krähen wieder ihre Kreise. Schon während des Streits waren sie aufgetaucht, wahrscheinlich aufgescheucht durch die Stimmen der Menschen.

Aus dem Augenwinkel nahm Jan eine Bewegung wahr. Er drehte den Kopf und sah Josefs Enkel Tobias, wie er, den Blick starr auf den entsetzlichen Kopf gerichtet, Schritt für Schritt zurück ins Moor wich. Ohne lange nachzudenken, setzte er ihm nach und packte ihn am Arm. Wie dünn dieser Arm war, nur Haut und Knochen!

Der Kleine schrie, und Josef schreckte aus seiner Betäubung.

»Lass ihn los!«, brüllte er.

Jan hielt den zappelnden Kleinen fest, während er sich dem heranstürmenden Josef zuwandte, und erst im letzten Moment gab er dem Jungen einen Schubs, der ihn die paar Schritte zu seinem Großvater stolpern ließ. Sofort legte Josef schützend seine Arme um ihn.

»Was fällt dir ein!«, schnauzte er Jan an, und die Umstehenden nickten zustimmend.

Jan blieb ruhig. Wahrscheinlich hatte Josef so ein Anlass gefehlt, damit auch er dem Zorn die Zügel schießen lassen konnte. Als Heuerling lebte er von der Gnade der Droste Tomberge, auf deren Land sein kleiner Hof stand, und die Rechte, die ihm zustanden, waren mehr als unsicher.

»Pass du nur besser auf den Jungen auf«, sagte Jan nachdrücklich. »Ein Schritt weiter, und er wäre im Graben eingebrochen. Da, schau selbst.« Er schob mit dem Stiefel ein Büschel Moorgras auseinander. Einen winzigen Moment wurde schwarze Tiefe sichtbar, von einer trügerischen Eisschicht bedeckt. »Anton muss das Stückchen Graben gezogen haben. Dieser Graben ist tief und das Eis dünn.« Er wusste es einfach. Der Graben war mit säuerlicher, dicker Moorbrühe vollgesogen, die ihre Gärung nie ganz eingestellt hatte und das Eis auf der Oberfläche seltsam weich ließ. Eine tödliche Falle. »Und was ich dir noch sagen wollte: Sorg dafür, dass der Junge nicht mehr im Moor herumstromert. Er hat dort nichts zu suchen.« Etwas lauerte dort draußen im Moor. Hass, dachte er, tiefer tödlicher Hass.

»Mein Enkel geht dich gar nichts an!«, schimpfte Josef. »Was bildest du dir ein? Der Junge stromert nicht herum.«

»Doch, das tut er.« Jan richtete eindringlich seinen Blick auf Josef.

Josef wich zurück, das Kind an sich gedrückt.

Klobbickes Nasenknolle leuchtete geradezu unanständig feurig. Außer der Nase konnte man in dem fahlen, faltigen Gesicht kaum etwas anderes an Klobbicke wahrnehmen, oder man musste sich außerordentlich anstrengen. Die Kleider schlotterten ihm um die Glieder, so sehr war er abgemagert. Zwei Soldaten mussten ihm vom Pferd helfen. Er hatte seinen Schreiber, mehrere Gendarmen und Soldaten mitgebracht, die im Rücken der Bauern Aufstellung nahmen. Ein ungutes Gefühl breitete sich aus, es musste allen so vorkommen, als stünden sie unter dem Verdacht, die schändliche Tat gedeckt zu haben, für die der Beweis auf dem Pfahl stak.

Klobbicke machte die Runde, den Schreiber hinter sich, der Mühe hatte, sein Schreibzeug mit Hilfe einer Art Bauchlade griffbereit zu halten. Der Amtmann blieb vor Jan stehen.

»Der Kopf dort gehört zu Seinem Bruder, dem Bernard Droste Tomberge? Ist das richtig? Erkennt Er den Kopf seines Bruders?«

Klobbicke hatte sich den Kopf nur flüchtig angesehen.

»Wie soll es möglich sein, diesen Kopf als den eines bestimmten Menschen zu erkennen?«, entgegnete Jan.

»Aber einer von euch«, Klobbicke wandte sich um und blickte streng in die Runde, »hat den Toten erkannt. Wer war das?«

Unsicher trat Paul einen Schritt vor. Eifrig stieß Klobbicke zu ihm. »Er weiß, wer der Tote ist?«

Klobbickes Frage klang reichlich schrill, wie ein Echo auf das Geschrei des Vogelschwarms über ihnen. Der Schwarm hatte Zeit genug gehabt, sich mit dem Kopf zu befassen. Die Augen waren wohl als Erstes ausgehackt worden. Danach hatten sich die Vögel die Wangen vorgenommen und kleine Krater und Striemen hineingepickt. Manche Stellen wirkten wie durchgepflügt. Und der ganze Kopf sah aus wie aus ranzigem Talg geformt, absolut blutleer, nicht ein Schimmer von Rot war mehr vorhanden, nur graue, gelbliche Masse, zerrupfte Haare, die Lippen halb weggefressen, so dass der Tote recht unziemlich die Zähne bleckte, fast, als grinste er. Und doch schwebte über dem zerstörten Gesicht noch etwas vom ehemaligen menschlichen Antlitz, das sich aber beim besten Willen bei genauem Hinschauen nicht auf eine bestimmte Person festlegen ließ. Wie konnte also Paul seine Behauptung wiederholen?

Er vermochte es nicht. Ratlos schüttelte er den Kopf. »Im ersten Augenblick hab ich gedacht … aber nun fällt es mir schwer, zu sagen, dass …« Schaudernd brach er ab.

Klobbicke schritt von einem zum anderen, zwang sie nacheinander, den Kopf genau in Augenschein zu nehmen und sich zur Identität des Toten zu äußern.

Es grauste ihnen. Obendrein verstärkten die Soldaten in ihrem Rücken den Druck, den Klobbicke auf sie ausübte. Niemand wagte noch eine klare Meinung, und eine Gewissheit gab es nicht.

Die Überzeugung, den Kopf Bernard Droste Tomberges auf diesem Pfahl entdeckt zu haben, fiel zusammen wie ein Kartenhaus. Dabei hatte anfangs keiner Pauls Feststellung in Frage gestellt. Paul hatte dem Toten einen Namen gegeben, und alle waren davon überzeugt gewesen, dass er recht hatte.

Klobbicke blieb unerbittlich. Genauestens wollte er wissen, wie die Nachbarn auf den Kopf gestoßen waren und warum ihn niemand in den langen Wochen, seit der Tote am Baum gefunden worden war, entdeckt hatte. Und die Hände? Seien die auch aufgetaucht? Oder Tuchfetzen, die Stiefel gar? Wer von den Nachbarn war wann im Moor gewesen? In Begleitung oder allein? Es war ein höllisches Verhör, bei dem jeder verdächtigt und jedem ein Schuldgefühl eingeimpft wurde. Es war doch undenkbar, dass der Kopf ungesehen und unbeachtet so lange Zeit auf diesem Pfahl gesessen hatte.

Als Klobbicke die Bauern endlich entließ, dämmerte bereits der Abend. Ihm selbst hatte die Befragung am meisten zugesetzt, aber er bildete sich ein, dass ihm niemand die ungeheure Anstrengung angemerkt hatte. Mit knappen Worten wies er zwei Gendarmen an, den Kopf zu bergen und in einen mitgebrachten Sack zu stecken. Es zeigte sich, dass der Schädel mit einem Pflock auf dem Pfahl befestigt war. Es gab ein schauderhaftes Geräusch, als er losgerissen wurde. Dabei löste sich etwas Fleisch am Halsstumpf. Kaum hatten sich die Gendarmen einige Schritte mit dem eingesackten Kopf entfernt, stürzte sich auch schon die erste Krähe aus dem Himmel herab auf die Fleischfetzen.

Klobbicke ließ sich aufs Pferd helfen und im Schritt zum Amtshaus in Groß-Schonebeck zurückbegleiten. Eine raschere Gangart war ihm nun nicht mehr zuträglich. Längst war es deshalb Nacht geworden, als er den Amtssitz erreichte. Den Kopf ließ er in den Keller tragen, zu dem Torso im Sarg. Später wollte er hinabsteigen und die notwendige Prüfung vornehmen, ob Kopf und Körper zusammengehörten, obwohl er kaum daran zweifelte.

Er wankte die Treppe hinauf in die Amtsstube, um seine Eindrücke, frisch, wie sie waren, schriftlich festzuhalten. Vor lauter

Erschöpfung konnte er kaum noch die Füße heben. Mit dem linken stolperte er über eine Unebenheit im Boden, fasste nach der Schreibtischkante, fing sich gerade noch ab, aber die Nase stieß heftig an die Lampe. Der Karbunkel platzte.

Klobbicke stieß einen mörderischen Schrei aus, während ihm Blut und Eiter übers Gesicht liefen.

Wenig später fanden ihn zwei seiner Leute bewusstlos und zitternd vor Fieber auf dem Boden liegend vor, die besudelten Hände über dem Gesicht, ein wahrhaft schreckenerregender Anblick.

3

Die anderen waren längst verschwunden. Keiner von Jans Nachbarn hatte ihn aufgefordert, sich ihm anzuschließen. Über den Schnadgang oder seine Fortführung war nicht mehr geredet worden. Es schien, als sei die alte Tradition mit diesem Tag gestorben, lange bevor es durch die Aufteilung der Allmende einen konkreten Anlass dazu gab. Jan ging ein Stück tiefer ins Moor.

Der scharfe Wind sog Dünste aus dem Grund, die in langen, luftweißen Schwaden um die Busch- und Baumgruppen, die einzeln stehenden Krüppelkiefern und das verdorrte Gras schwebten. Aufmerksam beobachtete er die Vögel am Himmel, die sich immer noch nicht beruhigt hatten. Irgendetwas hielt sie in der Luft.

Was?

Er täuschte sich nicht, da war etwas.

Langsam zog er sich zurück, das Gebüsch ringsum in der Dämmerung genau im Auge behaltend. Endlich hatte er sein Pferd erreicht, lockerte unauffällig das Beil am Sattelgurt und wandte sich um. Nichts als Stille umgab ihn. Die Vögel verstummten, nicht mal ein Knistern, nicht das geringste Geräusch drang zu ihm.

Er wartete ab.

Nichts, nichts regte sich! Hatte er sich doch geirrt? Dabei war er sich heute zum ersten Mal seiner Sache einigermaßen sicher gewesen.

Noch immer nichts. Nur die Schatten wurden tiefer und schwärzer.

Schließlich schwang er sich in den Sattel und preschte davon.

Als er zu Hause eintraf, saß Agnes in der Bank am Esstisch und war in Tränen aufgelöst. Es war nicht mit ihr zu reden, sie stammelte nur immer wieder: »Ich hab's gewusst, ich hab's doch gewusst.« Bevor er sie noch fragen konnte, was sie denn gewusst habe, stand sie auf, verschwand in ihrer Kammer und kam nicht mehr daraus hervor.

Von Stine erfuhr Jan, dass Paul da gewesen war und lange mit der Bäuerin gesprochen hatte.

Das Abendessen nahm er mit Stine, Matthias und einem in sich gekehrten Nieuwe-Jupp ein, der sich von den anderen keine Einzelheiten des grausigen Fundes entreißen ließ, sosehr sie ihn auch bedrängten. Immerhin hatten sie schon davon erfahren. Hatte etwa einer von ihnen an der Tür der Kammer gehorcht? Anzunehmen.

Jan zu fragen, wagten Stine und Matthias nicht. Er war ja schließlich der Bauer, dem sie Respekt zollten.

Allerdings hatte Jan den Eindruck, dass es mit Nieuwe-Jupps Respekt ihm gegenüber nicht mehr weit her war. Irgendwie hatte er an Ansehen bei seinem neuen Knecht eingebüßt.

In der Nacht lag er wieder stundenlang wach und dachte an Marie. Er hatte sie verloren – aber sie hatte ihm ja nie gehört! Warum begriff er das nicht? Warum konnte er sich damit nicht abfinden? Warum kränkte ihn ihr Verrat so bitter?

Auf einmal meldeten sich alle Kränkungen seiner Kindheit und Jugend und mischten sich in diesen einen Schmerz. Die Augen weit offen, starrte er in die Dunkelheit. All die Missachtung und der Hohn durch Schulkameraden, die Zurücksetzung durch die eigene Mutter, die Brüder, den Vater, die Nachbarn. Alles kam zusammen, und er spürte, dass es zu viel gewesen war. Der neue Schmerz brachte ihn schier um. Dabei sollte ihm doch dieser Kopf Sorgen bereiten, der Kopf des Toten, wer wusste das besser als er? Aber der Kopf interessierte ihn nicht, er konnte und wollte keinen Gedanken an diesen Kopf verschwenden. Nur an Marie wollte er denken. Tief in seinem Innern war ihm bewusst, dass es gut war, Marie aufzugeben. Gut für sie. Für ihre Sicherheit.

Am nächsten Tag gegen Mittag ließ sich Paul auf dem Hof blicken.

»War beim Amtmann«, erklärte er knapp.

»Warum?«, fragte Jan.

Statt zu antworten, befahl Paul Stine, die Bäuerin zu holen, und sobald Agnes die Treppe herabkam und in die Küche trat, wies er Stine hinaus.

»Wie ich sehe, hast du jetzt hier die Herrschaft übernommen«, bemerkte Jan trocken, während Stine nach einem Eimer griff und türenschlagend die Küche verließ. In der Ecke stand ein Bottich mit dampfender Waschlauge.

»Jetzt hab dich mal nicht so«, brummte Paul. »Hör lieber zu. Ich war heute auf dem Amt, um dem Klobbicke zu sagen, dass der Kopf eben doch zu Bennard gehört. Klobbicke hat mich mit seiner Fragerei ganz wirr gemacht«, erläuterte Paul.

Agnes begann wieder zu weinen.

»Hör auf!«, fuhr Paul sie an, aber als seine Schwester fortfuhr zu schluchzen, reichte er ihr betroffen sein Schnupftuch. »Nun hör schon auf und wisch dir das Gesicht ab«, wiederholte er gemäßigter. »Mit deinem Geheul machst du niemanden lebendig.«

Jan hatte sein Strickzeug hervorgekramt und begann manierlich einen Socken zu stricken. Noch in der Nacht hatte er den Entschluss gefasst, in die Heide zu seinen Schafen zurückzukehren. Nichts hielt ihn noch hier. Agnes, Paul und die anderen würden irgendwie ohne ihn zurechtkommen. Und Marie … , er verbot sich, an sie zu denken.

Während Agnes das Tuch in den Händen zusammenknüllte, nahm Paul seinen Faden wieder auf, warf aber hin und wieder einen irritierten Blick auf das Strickzeug in Jans Händen.

»Der erste Eindruck zählt«, begann Paul wieder. »Das ist der richtige. Diese verflixten Zweifel sind nur durch die Einmischung gekommen. Klobbicke hat eine Art zu fragen, bis man ganz blöd im Kopf ist. Der ist oberschlau. Verstehst du?«

Jan schrak auf, als Paul eine längere Pause einlegte. »Was hat Klobbicke gesagt?«

»Nichts.«

»Wieso, nichts?«, fragte Agnes schluchzend. »Er muss doch was gesagt haben.«

»Ich hab ihn überhaupt nicht zu Gesicht bekommen. Es heißt, Klobbicke ist unpässlich. Seit gestern Abend, seit seiner Rückkehr. Der Knecht, der mein Pferd hielt, sagte, seine Nase sei geplatzt.« Paul zog schaudernd die Schultern hoch.

Aus der Ecke war ein Grunzen zu hören. Stine war mit einem Eimer frischem Wasser zurückgekehrt und leerte ihn nun seelenruhig in den Bottich.

Paul fuhr auf. »Hab ich dir nicht gesagt, du sollst verschwinden?«

Stine glotzte herüber.

»Und ich sag ihr, sie soll ihre Arbeit machen«, sagte Jan bestimmt.

Stine begann sofort, ihre mächtigen Arme in den Bottich zu stecken, und eine Weile hörte man nur noch, wie sie die Wäsche knetete, walkte und an den Rand des Bottichs klatschte.

»Du kannst weiterreden«, erklärte Jan leise. »Stine ist beschäftigt.«

Paul schluckte, äugte zu der Magd hinüber, und als er merkte, dass Stines Aufmerksamkeit tatsächlich voll und ganz der Wäsche und nichts anderem galt, begann er wieder zu reden.

»Ich weiß nicht, wer die Amtsgeschäfte führt, solange Klobbicke krank ist. Und das ist er. Sie behalten ihn in Groß-Schonebeck und wagen es nicht einmal, ihn in seine Wohnung in Senden zu schaffen. So bald ist mit dem nicht mehr zu rechnen. Wenn du seinem Vertreter oder Nachfolger nun sagst, dass der Kopf zu Bennard gehört, kämen wir weiter.«

»Ich habe meine Aussage gemacht. Der Schreiber hat sie notiert«, wehrte Jan ab.

»Na und? Du kannst ja einen zweiten Blick auf den Kopf werfen. Man wird dir das nicht verwehren. Und dann sagst du klipp und klar, wem der Kopf gehört.«

»Vielleicht sollte Agnes das machen.«

Agnes schrie auf.

»Bist du blöd? Wie kannst du nur an so was denken? Das kann ihr niemand zumuten. Um was geht es dir eigentlich?«, polterte Paul. »Doch wohl um den Hof. Und der Tote ist Bennard, da kann der Klobbicke noch so lange versuchen, uns den Landrat als Toten unterzuschieben.« In Pauls Miene schlich sich Verschlagenheit. »Am Ende«, flüsterte er, »am Ende hat Klobbicke selbst den Landrat erledigt und die Leiche im Moor versenkt. Wir wissen, wie der Schonebeck war, der muss dem Klobbicke mehr als einmal dumm gekommen sein, und da sind dem Amtmann vielleicht die Gäule durchgegangen.«

»Merkwürdige Vorstellung«, sagte Jan, »also erst hat der Landrat Bennard erschlagen und dann Klobbicke den Landrat? Oder wie soll ich das verstehen?«

Verwirrt schüttelte Paul den Kopf. »Bring mich nicht durcheinander. Klobbicke hat den einen Mord, nämlich den an Bennard nur genutzt, um sein eigenes Verbrechen zu vertuschen. Aus Bennard hat er einen flüchtigen Mörder gemacht, weil er jemanden braucht, dem er die Tat in die Schuhe schieben kann.«

»Und wem willst du diese Geschichte erzählen?«

»Dir, nur dir. Es muss endlich amtlich festgestellt werden, dass der Tote Bennard ist. Du musst das bezeugen, wie oft soll ich dir das noch sagen?«

»Warum soll ich das tun?« Jan begann das Strickzeug zusammenzurollen.

»Dann kannst du den Hof übernehmen – und Agnes.«

Mit einem Stiefeltritt beförderte Jan einen Torfbrocken weiter in die Feuerstelle hinein. Funkensprühend brach das Torfstück auseinander.

»Du vergisst nur eins«, sagte Jan.

»Und?«

»Wenn Bennard der Tote am Baum ist, wer hat ihn auf dem Gewissen?«

»Was?«

»Ja, Paul, irgendwo läuft ein Mörder frei herum, oder ist dir das entgangen? Und wenn ich es recht bedenke, mochtest du Bennard nicht besonders – oder? Ihr hattet Streit miteinander. Das habe ich von mehreren gehört.«

Paul schnappte nach Luft. Aber statt loszubrüllen, sackte er ein wenig in sich zusammen und starrte seltsam in sich gekehrt eine ganze Weile ins Feuer. Endlich war er einmal still, und es tat Jan gut, ihn so zu erleben.

»Du weißt genau, dass ich immer zur Familie halte«, begann Paul schließlich gedämpft, ohne aufzuschauen. »Das ist so bei uns. Und du bist nun mal mein Schwager, ob's mir passt oder nicht. In den letzten Wochen aber hab ich öfter den Eindruck gehabt, dass mit dir der Teufel hier Einzug gehalten hat.«

Paul war immer noch der Alte, und Jan vermochte nicht einmal, sich darüber zu ärgern.

Das Geplätscher hatte aufgehört. Als Paul sich erhob, um zu gehen, stand Stine am Bottich, die Stirn gerunzelt, und wie immer wusste niemand, wohin ihr Blick irrte. Gelauscht hatte sie natürlich. Wie jede Magd und jeder Knecht, die was taugten, versuchte sie alles in Erfahrung zu bringen, was das Schicksal des Hofs betraf, und wie alle ihres Standes scherte sie sich nicht darum, ob ihre Neugier der Herrschaft genehm war oder nicht.

4

Weil Jan sich Sorgen um Anton machte, ging er gegen Abend zu den Potthoffs hinüber. Klara fing ihn auf der Tenne ab und versperrte ihm den Weg zur Küche.

»Wir haben gar keine Zeit für dich«, murmelte sie entschuldigend. »Anton geht es nicht gut.«

»Genau deshalb bin ich hier. Um zu erfahren, wie es ihm geht«, stammelte Jan, überrascht vom abweisenden Ton in ihrer Stimme. Er spähte an ihr vorbei zur Küchentür. »Kann ich nach ihm sehn?«

»Nein«, antwortete Klara, ohne zur Seite zu weichen. Um zur Küche zu kommen, hätte er um sie herumgehen müssen.

»Dann geht es ihm sehr schlecht. Braucht ihr einen Arzt? Soll ich einen aus Münster holen?« Vorsichtig machte er einen kleinen Schritt auf sie zu.

»Nicht nötig. Ich komme allein mit ihm zurecht.«

Es gehörte sich nicht, einen Nachbarn derart abzufertigen. Das Mindeste war, sich mit ihm eine halbe Stunde in die Küche zu setzen und ihm etwas anzubieten, selbst wenn es nur ein Schluck Wasser war. Klara beleidigte ihn, und sie tat es absichtlich. Ging es ihr um Marie? Was wusste sie über sein Verhältnis zu ihrer Tochter?

»Kann ich gar nichts für euch tun?«, fragte er voller Verzweiflung.

»Nein, nichts«, sagte Klara hölzern. »Und nun entschuldige mich bitte. Ich muss Anton das Laken wechseln.«

Mit schleppenden Schritten verschwand sie in der Küche. Beinahe wäre ihr Jan doch noch nachgegangen, aber er traute sich nicht.

Mit Klara hatte er seinen letzten Rückhalt hier in der Venne verloren. Traurigkeit überkam ihn, Hilflosigkeit und eine stille Wut. Sie hatte es nicht einmal für nötig befunden, ihm etwas Genaueres über Antons Zustand zu verraten. Alles, was sie geäußert hatte, sprach dafür, dass sie ihn für den Zusammenbruch ihres Mannes verantwortlich machte. War er das? War er das wirklich? Irgendwie verstrickte er sich immer wieder in Schuld, wenn er es mit den Leuten in der Venne zu tun bekam. Das war früher so gewesen und jetzt wieder. Er musste der Venne den Rücken kehren. Endgültig.

Geschlagen schlurfte er zur Niendüer. Ein letztes Mal schaute er sich auf der Potthoff'schen Tenne um: Sie war kleiner als die der Drostes, es gab weniger Vieh, aber das sah gepflegt aus. An der Wand zur Küche hingen in einer akkuraten Reihe Holzrechen, Heugabeln und Mistforken, und darunter standen Melkeimer und Schemel. Jedes Ding an seinem Platz kündete von makelloser Ordnung und der Überzeugung, jederzeit das Rechte zu tun. Es sah ganz danach aus, als hätte einer wie er hier nichts zu suchen.

In der Hofeinfahrt holte Marie ihn ein.

»Ich hab gehört, wie du mit Modder geredet hast«, sagte sie rasch atmend. »Gestern hab ich zu euch kommen wollen, aber Modder hat mir verboten, den Hof zu verlassen. Jan, ich muss mit dir reden.«

Unvermittelt setzte Herzklopfen ein, jeder Schlag schmerzte. Über die Geschichte mit Marie würde er so bald nicht hinwegkommen. Verlangen überkam ihn, heiß und unerbittlich. Er musste sich zusammenreißen, um Marie nicht an sich zu ziehen. Er konnte sie nicht ansehen. Wenn er sie ansah, musste er an ihre nackte Brust denken.

Er dachte an ihre nackte Brust.

»Jan?«

»Ich wüsste nicht, worüber«, sagte er gepresst und ging weiter.

»Aber ja!« Marie packte ihn am Arm.

»Nein, Marie.« Jetzt hatte er sich in der Gewalt. Es gelang ihm tatsächlich, einigermaßen unbeteiligt zu wirken. Er machte sich frei. »Dein Vater hat mir von deiner Verlobung erzählt. Vielleicht hättest du es mir sagen sollen. Aber nun weiß ich es ja.« Es hörte sich hohl an, was er sagte. Und es entsprach nicht im Mindesten dem, was er fühlte. Dem Leid, der Kränkung, der Verzweiflung.

Wie hatte sie ihm das antun können?

Was hatte Anton über sie erzählt? Nichts Gutes. Bei den Schonebecks hatte man sie entlassen, weil sie nicht zuverlässig war. Ein dummes Ding, das nicht wusste, was es anrichtete. Das war sie immer noch. Wenn genug Zeit vergangen wäre, könnte er ihr sicher verzeihen. Jetzt allerdings noch nicht. Überhaupt nicht. »Jedenfalls wünsche ich dir Glück mit deinem Karl Vennschott.« Dieser Vennschott würde sich bald nicht mehr halten können auf seinem kleinen Hof. Fast hätte er es ihr gesagt.

»Aber es ist ja ganz anders«, stammelte Marie.

»Wie? Du bist nicht dem Karl Vennschott versprochen?«, fragte er mit leisem Spott.

»Doch, schon.«

»Na also.« Er wandte sich ab, er konnte ihr nicht länger zuhören oder mit ihr sprechen, das hielt er nicht mehr aus.

»Die Absprache kam zustande, bevor du herkamst. Seit du hier bist, ist doch alles anders für mich. Erst jetzt weiß ich, wie es ist, wenn man jemanden liebt«, sagte sie verzweifelt.

Was wusste sie von Liebe. Zu rasch entflammter Leidenschaft war sie fähig, das wusste er nur zu gut. Aber Liebe?

»Wenn du dein Wort gegeben hast, darfst du es nicht brechen.

Das würden deine Eltern nie dulden.« Nun hatte er sich wieder im Griff. Die moralische Verpflichtung galt ja auch für ihn. Versprochen war versprochen. Da war nichts mehr zu machen. »Und jetzt lass mich gehen. Morgen kehre ich sowieso heim zu meinen Schafen. Also gräm dich nicht, und stell dich auf die Zukunft mit deinem Karl Vennschott ein. Leb wohl.« Das Letzte klang schroff.

Zu schroff. Und schon tat es ihm leid. Jetzt musste er ihr doch sagen …

Aber da ließ sie überraschend von ihm ab, raffte die Röcke und lief zurück zum Haus. Dann eben nicht.

Mit schnellen Schritten durchquerte er die Hofeinfahrt und rannte fast nach Hause. Dort begann er fieberhaft zu packen. Viel gab es ja nicht zusammenzuräumen. Um sich Ärger vom Hals zu halten, würde er Agnes nicht sagen, dass er nicht gedachte zurückzukehren. Nur bei Paul würde er vorbeifahren und ihn über seine Absicht unterrichten. Sollte er doch sehen, was er mit Agnes und dem Droste-Hof anfing.

5

Klobbicke fand sich im Himmel wieder. Wärme umgab ihn, Freundlichkeit. Sanfte Stimmen sprachen auf ihn ein, eine milde Hand wusch ihm den Schweiß vom Gesicht und flößte ihm Suppe ein. Und auch dass die graue Exzellenz sich einfand, wunderte ihn nicht sonderlich, denn im Himmel war beinahe alles möglich. Denn so sanft und nachsichtig hatte der Geheimrat noch nie mit ihm geredet. Er brauche sich keine Sorgen zu machen, es werde alles in Ordnung kommen, und ja, natürlich, über das Auffinden des Kopfes sei man unterrichtet. Alles, was er zu tun habe, sei, zu genesen und das Denken, Planen und Nachforschen vorerst anderen zu überlassen. Es klang ein wenig nach Endgültigkeit, nach Ende und Ausschluss, und das war doch weniger tröstlich. Auch roch es faul um ihn herum, und manchmal kam es ihm sogar so vor, als würde er selbst diese fauligen Dünste verströmen. Und jemand hatte seine Hände festgebunden, damit er sich nicht an die grauenhaft juckende Nase fasste.

Jan wollte nur ein Pferd mitnehmen und seinen Schnappsack, dann spannte er den Gaul aber doch vor den kleinen Wagen, mit dem er schon mehrfach ins Moor gefahren war. Die Unterredung mit Paul lag noch vor ihm, als er einen Feldweg entlangzuckelte, ein wenig abseits von der Straße, denn er wollte niemandem begegnen.

Kurz vor der Einmündung in die Straße wartete Marie auf ihn.

Sie trug ihr Umschlagtuch nur nachlässig um die Schultern geschlungen, so dass ihr weißer Hals freilag und ihr Haar unbedeckt blieb. Ihr Haar schimmerte trotz des matten Lichts. Das blonde Haar, das ebenmäßige Gesicht, die großen grauen Augen – nie war ihm Marie so schön, so begehrenswert vorgekommen. Sie strahlte eine überwältigende Energie und Lebenslust aus, selbst jetzt, wo sie ihm unsicher entgegensah. Aber nun leuchteten ihre Augen auf. Entschlossen machte sie einen Schritt auf seinen Karren zu.

Wie lange hatte sie hier auf ihn gewartet?

Jan griff zur Peitsche und trieb das Pferd an. Marie musste zurückspringen, als er mit leicht beschleunigtem Tempo an ihr vorbeifuhr.

Sie rief etwas, er fuhr weiter und drehte sich nicht um, ahnte aber, dass sie ihm nachlief. So leicht würde sie nicht aufgeben. Nun war es nur noch ein Steinwurf bis zur Straße. Auf der Straße würde er das Pferd richtig traben lassen können.

Marie rief wieder.

Nochmals ließ er die Peitsche über dem Pferderücken knallen. Jetzt hatte er die Straße erreicht, zügelte leicht das Pferd und bog in Richtung Münster ab. Er würde Paul einen Brief schicken, das musste genügen. Das erschien ihm sogar gescheiter, als mit Paul zu reden und sich tausend Einwände anzuhören. Oder was immer er vorzubringen hatte.

»Ich liebe dich, Jan Droste Tomberge!«

Er hatte es gehört, selbst über die Entfernung, die er inzwischen gewonnen hatte. Dann hörte er ihr Keuchen, sie musste sehr schnell rennen. Damit hatte er nicht gerechnet, dass sie so rennen konnte und so entschlossen war, ihn nicht einfach ziehen zu lassen. So konnte er die Dinge nicht lassen. Es sah nach feiger Flucht aus, was er da machte.

In einem weiten Kreis wendete er den Wagen und fuhr zurück. Marie erwartete ihn am Wegrand, und er streckte ihr die Hand entgegen, um ihr auf den Wagen zu helfen. Aufatmend ließ sie sich neben ihn auf das Sitzbrett fallen und drückte sich sofort an ihn.

»Du musst mir einfach glauben, dass ich dich liebe«, sagte sie leise, »alles andere zählt nicht für mich.«

Jan nickte. Mit einem Zungenschnalzen trieb er das Tier wieder an. »Schon recht.«

»Bringst du mich nach Haus?«

»Noch nicht.«

»Ich weiß, ich hätte dir von der Absprache mit Karl Vennschott erzählen müssen.«

»Das ist jetzt nicht so wichtig«, stieß Jan hervor. Er wusste nun, was er ihr zu sagen hatte und wo. Dann würde sie genug von ihm haben und von ihrer Liebe geheilt sein. Gut, dass ihm das eingefallen war. Danach konnte er in Frieden heimkehren zu Jonas und den Schafen. Jonas würde noch wütender sein als das letzte Mal, aber das würde sich geben, sobald er begriffen hatte, dass die Episode auf der Venne abgeschlossen war.

»Wohin fährst du?«, fragte Marie schüchtern.

»Ins Moor.«

Jan hatte erwartet, dass ihnen niemand begegnen würde. Aber da trieb sich doch tatsächlich wieder dieser Junge herum, Tobias. Josef hatte ihm das Streunen doch nicht ausgetrieben. Er hatte ein Reisigbündel auf dem Buckel, das erklärte immerhin, warum sie hier auf ihn trafen.

Marie seufzte. »Beachte ihn nicht, bitte. Er ist kein schlechter Kerl.«

»Wie kommst du darauf, dass er ein schlechter Kerl ist? Er ist nur ein Lausebengel wie viele andere auch.« Er ist nur schlechter dran, dachte Jan. Bei seiner Herkunft würde Tobias kein leichtes Leben haben. Man müsste etwas für ihn tun. Nur was?

Aufmerksam schaute Tobias ihnen entgegen.

»Ich hab gehört, dass du ihn angefasst hast«, sagte Marie.

»Ich hab was?« Jan drehte sich zu ihr um.

»Als ihr … als ihr den Kopf gefunden habt. Es heißt, dass du ihn geschlagen hast. Matthias hat es unserer Magd erzählt, und der hat es von anderen gehört, die dabei gewesen waren.«

Beinahe hätte Jan den Vorwurf auf sich sitzengelassen. Es spielte keine Rolle mehr, was über ihn erzählt wurde. »Ich hab den Jungen nicht geschlagen. Ich hab ihn festgehalten, weil er beinahe in eins der Moorlöcher geraten wäre. Und das bei dieser Kälte.«

Nun hatten sie den Jungen erreicht. Gleich würde er wieder losschreien. Todbringer! Oder war es diesmal etwas anderes? Jan würde das Geschrei nicht beachten – dennoch würde es ihm zusetzen. So verletzbar war er inzwischen geworden. Sein Magen klumpte sich zusammen.

Das kleine Rattengesicht war ihm zugekehrt, als es darin zu zucken begann.

Der Bengel zog den Mund schief.

Zu Jans grenzenloser Überraschung zeigte sich ein zögerliches Grinsen, und Tobias tippte an seine Mütze. Kein Geschrei, keine Beschimpfung. Jan mochte es nicht glauben. Er schaute über die Schulter zurück. Tatsächlich, der Kleine grinste noch immer und winkte nun sogar. Was für ein unbegreiflicher Sinneswandel.

»Dann hast du ihm vielleicht das Leben gerettet«, sagte Marie, »bestimmt hätte er sich eine Lungenentzündung geholt und wäre daran gestorben.«

»Ach was.« Jan war es jetzt leid, darüber zu reden.

So zügig wie möglich steuerte er den Wagen so weit ins Moor hinein, wie es ihm für seine Absicht angemessen erschien. Ringsum herrschte Stille, niemand war hier, so verlassen konnte nur das Moor sein, menschenleer, menschenfern und feindlich. Jan hieß Marie absteigen und stapfte voran, sicher, dass sie ihm folgen würde. Endlich hielt er an.

»Du liebst mich also«, begann er, als hätten sie die ganze Zeit über eine Sache geredet, die nun endlich geklärt werden musste, »dann, scheint mir, hast du auch ein Recht zu erfahren, wen du liebst. Das ist ja das Problem, nicht wahr? Dass wir zu wenig voneinander wissen. Ich wusste nichts von Karl Vennschott, und du hast keine Ahnung, wer ich in Wahrheit bin.«

»Aber ich weiß, wer du bist«, protestierte Marie. Sie versuchte sich an ihn zu drängen und ihm die Arme um den Hals zu schlingen. Aber er hielt sie fest und schob sie ein Stück von sich weg.

»Bleib stehen und hör mir zu«, sagte er barsch.

Es war kein besonders klarer Tag, aber es hing kein Nebel zwischen den Sträuchern wie so oft hier. Trotz des trüben, grauen Himmels war alles gut zu erkennen. Nur ein schüchterner Dunstfaden kräuselte sich aus einem der kleinen Moorlöcher neben dem schmalen Weg und verband sich mit einem zweiten. Es war nur ein Hauch von Dunst.

»Ich bin der Moorkönig, Marie«, fuhr Jan fast heiter fort. »Das klingt eigenartig, nicht wahr? Fast ein wenig lächerlich. Ist es aber nur für Leute, die mich nicht erlebt haben, wie ich in Wahrheit bin. Ich bin ein Geisterseher, Marie, zu mir kommen die Toten. Ich rede mit ihnen, sie vertrauen sich mir an.«

Der Dunst verdichtete sich. Da war nichts anderes als Dunst und Nebel und … Merkwürdig, wie schnell er sich mittlerweile in einen halb tranceartigen Zustand versetzen konnte. Vielleicht lag es an all dem Leid, das er in letzter Zeit erfahren hatte, so viel Emotion war er nicht mehr gewöhnt. Ständig war er innerlich aufgewühlt. Und dann der Ort. Im Moor hatte er früher schon die stärksten Gesichte und unheimlichsten Begegnungen gehabt.

»Was hältst du davon?«

Auf einmal ließ sich die Luft schwerer atmen, als wäre sie so dick geworden wie ein nasses Tuch.

Marie sah ihm starr ins Gesicht. »Es macht mir nichts aus.«

Jan war selbst überrascht, als er die erste nebelhafte Gestalt erkannte. Es war mehr ein Spüren als ein Sehen, gerade so an der Schwelle der Wahrnehmung. Sie waren hier, die Toten, um ihn herum, als hätten sie sich aus seinem Innern herausgelöst. Was tat er da? Verfiel er dem alten Irrsinn? Wahrscheinlich, aber nun wollte er ihn nicht mehr aufhalten, es war wie eine neu entdeckte Sucht, ein irrwitziges Verlangen.

»Neben dir steht Lina, meine Schwester. Hast du schon einmal von ihr gehört? Ich rede gern mit ihr, sie kommt mich besuchen, wann immer sie will.« Lina war schön wie eh und je, aber es umgab sie etwas, das man sofort mit dem Tod in

Verbindung brachte, das Grauen auslöste und eine unerträgliche Furcht.

Der Nebel quirlte um sie beide herum in feinen, weißen Fetzen, die zerstoben und sich neu zusammensetzten. Zu Gestalten.

Marie begann zu keuchen, als ob ihr jemand die Kehle zuhielte.

»Siehst du sie? Spürst du sie? Und was ich dir noch sagen muss, ich habe Augusts Tod vorhergesehen und den von Elisabeth. Weißt du, das ist das Schlimmste: den Tod vorherzusehen. Dafür hassen mich die Menschen. Ich bringe ihnen Unglück. Viele glauben, dass jemand wie ich verflucht ist und nicht unter die Menschen gehört. Was sagst du jetzt?«

Marie zitterte. Jan begriff, dass sie sich kaum noch auf den Beinen halten konnte.

»Dass ich dich liebe.«

»Du siehst sie, nicht wahr?«, drängte er heiser. »Sag mir, dass du sie siehst und was sie dir antun, dann können wir dem hier ein Ende machen.«

Je mehr Grauen die Toten auslösten, desto stärker und wirklicher wurden sie. Sogar Farbe nahmen sie an, bis ihre Gewänder im fahlen Grün und Gelb von Flechten und matten Gräsern in der ganzen Winterfarbigkeit schillerten und changierten. So wirklich hatte Jan die Toten selten erlebt. Die Kälte, die sie mitgebracht hatten, drang immer tiefer in ihn ein. Ja, sie saugten Wärme und Leben aus ihm heraus, speisten sich davon und wurden stark und unabweisbar gegenwärtig. Sie gewannen unaufhaltsam an Macht. Zeit und Raum waren ja nur Spiegelfechtereien, und für sie war es eine Kleinigkeit, ihre Schranken zu durchbrechen.

»Ich sehe nur dich«, sagte Marie mit bebenden, blutleeren Lippen. »Mein Leben lang werde ich nur dich sehen und dich lieben.«

Der ungeheuren Bedrückung, die die Gegenwart der Toten ausübte, hielt Jan selbst kaum noch stand.

Wie konnte Marie bloß so stark sein? Sie musste die Toten spüren. Er kannte die Wirkung, die seine Nähe auf andere hatte. Sein Gefühl für das Übernatürliche übertrug sich.

Maries Blick hielt Jan fest, er bannte ihn, er ließ ihn nicht los. Je länger sie ihn ansah, desto schwächer fühlte er sich. Die Ablehnung, die er so oft erfahren hatte, hatte er im Lauf der Jahre in eine innere Stärke umgemünzt, die nun völlig versagte. Was machte Marie mit ihm?

»Die Toten werden immer bei mir sein, Marie, ich werde sie nie mehr los. Willst du dein Leben mit den Toten teilen?«

»Du verstehst das nicht. Sie haben überhaupt keine Bedeutung für mich. Nur du.«

»Ich kann dir nichts bieten als eine elende Schäferkate oder einen lumpigen Schäferkarren. Ich habe nichts und ich bin nichts.«

Marie brach in die Knie. »Ich will nur bei dir sein.«

Als er sie emporzog, zitterte sie, aber nicht vor Kälte. Nein, Marie strahlte Wärme aus, beinahe Hitze. Ihre Wange, über die er behutsam strich, glühte geradezu. Und nun musste er sie doch umarmen. Sie schmiegte sich an ihn, und er knöpfte seinen Mantel auf, damit sie darunterschlüpfen konnte. Marie liebte ihn! Sie hatte es ihm bewiesen, und um sich ihrer wirklich sicher zu sein, nahm er sie, hier im Moor, in aller Hast und Leidenschaft. Und da konnte er ihr endlich gestehen, dass es ihn krank machen würde, auf sie verzichten zu müssen. Ja, er wollte sie, brauchte sie, ohne sie gab es kein Leben mehr für ihn, keins, das sich zu leben lohnte. Alles, was sich in den letzten Tagen angestaut hatte, brach aus ihm heraus, und zum ersten Mal im Leben fühlte er sich bedingungslos angenommen. Als sein Gestammel endlich versiegte und er wieder seine Umgebung wahrnahm, merkte er, dass wirklich dichter Nebel aufgezogen war. Der Nebel zog lange diesige Streifen, aus denen Bäume und Sträucher gespenstisch herausragten.

Nur Geister waren keine mehr da.

»Morgen oder besser heute noch spreche ich mit deiner Mutter«, erklärte Jan, während sie vorsichtig und bedachtsam ihren Weg zurück suchten, um sich nicht im Nebel zu verirren.

»Wegen mir? Nein, tu es nicht.«

Mit einem Schlag befiel ihn Ernüchterung.

»Was?«

»Tu es nicht!«

Nun fing alles von vorn an. Die Zweifel, die Vorbehalte.

»Es ist wegen Vadder, verstehst du?«, fuhr Marie hastig fort, als hätte sie endlich sein Erschrecken bemerkt. »Der Schlag hat ihn getroffen, sagt Modder. Keiner kann sagen, ob er sich davon erholt. Es ist der falsche Zeitpunkt, um mit Modder über uns zu reden.«

Jan nahm sich zusammen. Wie konnte er jetzt schon wieder an ihr zweifeln?

»Marie, so kann es nicht weitergehen. Das wäre auch Unrecht gegenüber diesem Karl Vennschott.«

»Aber nein. Ich hab ja noch gar nicht meine endgültige Antwort gegeben«, widersprach Marie heftig. »Vadder wollte abwarten, wie Vennschott über den Winter kommt, und erst dann sollte ich meine endgültige Antwort geben. Verstehst du?«

»Dann ist noch alles offen zwischen euch?«, fragte Jan mit unausrottbarem Zweifel.

»Vor April wird er nicht kommen, um sich meine Antwort zu holen.«

Ganz zufrieden war Jan immer noch nicht. »Du weißt nicht, auf was du dich einlässt, Marie. In der Schäferei wirst du immer viel Arbeit und wenig Gesellschaft haben und zu viel entbehren müssen.«

»Hör auf! Du redest wie Modder. Seit ich denken kann, wird bei uns über die Zukunft geredet, da wird geplant, gespart und eingeteilt, und all das ist mir gründlich zuwider. Ich will leben, einfach nur leben, hier und heute. Was morgen sein wird, kann niemand von uns wissen.« Sie schwieg einen Moment. »Du vielleicht.«

Marie schauderte, und er zog sie rasch wieder an sich. Niemals sollte sie Angst vor ihm haben, diese unglaubliche Tapferkeit, mit der sie ihn besiegt hatte, hier draußen im Moor, durfte sie nie verlieren.

»Aber versprich mir, dass du tust, was ich dir sage, wenn ich dich ernsthaft um etwas bitte.« Da war sie wieder, die Ahnung, die er schon einmal gehabt hatte. Eher eine Warnung.

»Wolltest du wirklich fort und nicht zurückkehren?«

»Ich will immer noch fort. Ich muss fort und nach meinen Schafen sehen.«

Marie strich ihm sanft über das Gesicht und küsste ihn, erst behutsam, dann leidenschaftlich und machte sich schließlich schweratmend von ihm los.

»Aber du kehrst zurück, nicht wahr?«

Was sollte er darauf antworten?

Er blieb vier Tage, die ihm ohne Marie lang vorkamen, aber dennoch rasch verflogen, denn in diesen vier Tagen löste er seine Schäferei praktisch auf. Alle Böcke, die er noch besaß, verkaufte er in Münster zu einem anständigen Preis an die Garnison, deren Versorgungsleutnant hoch erfreut über das Angebot war. Ausgezeichnetes Fleisch von gut gehaltenen, gesunden Tieren war nicht alle Tage zu haben. Auf seine Kontrakte angesprochen – die Beweidung der Lodden- und der Mauritzheide –, gab er an, jederzeit eine neue Herde zusammenstellen zu können, da er genug Bauern kenne, die bereit seien, ihm ihre Tiere anzuvertrauen. Das sei ohnehin besser, als eigene Tiere zu halten, die er über den Winter bringen müsse. Die trächtigen Schafe übernahm ein Schäfer bei Warendorf in seine Herde, mit ihm würde er im Frühjahr abrechnen.

Die Unterredung mit Jonas zog sich über den ganzen ersten Tag hin. Im Laufe dieses Tages begriff der Junge endlich, dass seine Zukunft nicht in der Schäferei lag. Geduldig teilte ihm Jan seine Beobachtungen mit. Wie Jonas, sosehr er sich auch bemühte, die Tiere stets falsch anfasste. Deshalb wurden sie so widerspenstig bei ihm. Und dass sich das Gefühl für die Tiere wohl doch nicht lernen ließ. Am Ende gab ihm Jonas recht. Es war ein trauriger und ein wenig beschämender Augenblick für beide.

Jan zahlte Jonas großzügig zwei Monate Lohn als Entschädigung aus, die Hütehunde gab er bis auf weiteres bei einem Bauern in Pension.

Bevor Jan die aufgeräumte Schäferhütte verließ, schaute er sich noch einmal um. Neun Jahre hatte die bescheidene Behausung ihm als Rückzugsort gedient, und er war damit zufrieden gewesen. Fast überkam ihn Bedauern, sie nun zu verlassen und damit ihren sicheren Schutz aufzugeben. Aber das Leben, hatte er nun gelernt, ließ sich weder aufhalten, noch auf Dauer abweisen. Und er war bereit, den Kampf, der ihm bevorstand, aufzunehmen. Nicht zuletzt Maries wegen.

6

Agnes hatte sich den Kopf angeschaut. Sie war mit ihrem Bruder im Landratsamt vorgefahren und dort auf den Vertreter oder Nachfolger des Amtmanns Klobbicke gestoßen, der nichts dagegen einzuwenden hatte, dass sie sich den fraglichen Kopf und gleich auch noch einmal den zugehörigen Corpus ansah. Ihr Mut, sich zu überwinden, sollte ihr noch zwei Tage später zu schaffen machen. Der Kopf bot natürlich einen garstigen Anblick, er war so ziemlich das Scheußlichste, was sie je gesehen hatte, aber keinen Moment zweifelte sie daran, wessen Kopf sie vor sich hatte. Kopf und Körper gehörten zusammen, und an beiden fand sie plötzlich untrügliche Kennzeichen, davon war sie nicht mehr abzubringen. Die Gewissheit wirkte sich so gewaltig auf sie aus, dass sie in Ohnmacht fiel. Paul brachte sie mit einigen Klapsen auf die Wangen wieder zu sich und half ihr die Treppe aus dem Keller hinauf.

Jetzt würde sich alles regeln, endlich konnte sie als Witwe gelten. Und Bernard war auch kein Mörder, sondern ein Opfer.

Der neue Amtmann gab sich kühl, nahm aber ihre Aussage eigenhändig zu Protokoll. Als Paul nachfragte, wann sie den Leichnam für die Beerdigung abholen könnten, winkte er ab. Ohne eine Erlaubnis vom Oberlandesgericht in Münster sei da nichts zu machen. Dennoch dürften sie sich berechtigte Hoffnung machen, es würde alles seinen korrekten Gang gehen.

Als sie im Hof in ihren Wagen steigen wollten, hielt neben ihrem Gefährt eine Kutsche, der ein Paar entstieg. Eine elegant in Trauer gekleidete Frau und ein nobler Herr, denen der Amtmann, der seine letzten Besucher bis vor die Tür begleitet hatte, mit fliegenden Rockschößen entgegeneilte.

Paul zögerte die Abfahrt hinaus, so dass sie die Begrüßung mitbekommen konnten. Es handelte sich um die Freiherrin von Schonebeck und ihren Herrn Bruder. Und was die beiden hier zu tun hatten, lag auf der Hand. Sie würden ebenfalls den Kopf besichtigen. Paul und Agnes wurden sich rasch einig, noch etwas abzuwarten, und fuhren ihren Einspänner nur ein wenig beiseite.

Es dauerte fast eine Stunde, bis das Paar wieder auftauchte. Frau von Schonebeck tupfte sich mit sparsamen Bewegungen die Augen mit einem Tüchlein ab, und der Amtmann rief ihr etwas Aufmunterndes nach: ungefähr das Gleiche, was er Agnes gesagt hatte.

Was die Hundrup-Geschwister gemeinsam hatten, war vor allem Zielstrebigkeit. Auf der Rückfahrt überlegten sie, was nun zu tun sei. Paul war beim Anblick des Kopfes seiner Sache wieder sicherer geworden, und so wollten die beiden nichts anderes, als ihrer übereinstimmenden Meinung Geltung zu verschaffen. Leider waren die Nachbarn seit dem Schnadgang allesamt nicht sonderlich gut auf Paul zu sprechen. Auch untereinander waren sie sich nicht mehr grün und gingen sich aus dem Weg. Neuigkeiten wurden nur noch über die Mägde und Knechte ausgetauscht.

Was für ein krudes Spiel im Landratsamt gespielt wurde, verstand Paul nicht. Wieso hielt man daran fest, dass der Tote der Herr von Schonebeck sei? Was konnte er dagegen tun? Zuerst einmal einen Verbündeten finden. Aber auch nach längerem Überlegen kamen die Geschwister nur auf einen Mann, der naturgemäß auf ihrer Seite stehen musste: Jan.

Als er nach vier Tagen Abwesenheit endlich wieder auftauchte, schwankte Agnes zwischen Erleichterung und Ärger. Der Ärger übernahm recht bald die Vorherrschaft, aber sie durfte Jan auf gar keinen Fall durch rüde Worte verschrecken, denn von ihm hing ja ihr ganzes weiteres Schicksal ab. Natürlich hatte sie als Bernards Witwe ein Bleiberecht auf dem Hof, aber sie strebte mehr als das an. Unter allen Umständen wollte sie die Herrin auf dem Droste-Hof bleiben, und dahin führte nur ein einziger Weg. In Erwartung Jans hatte sie sich seit zwei Tagen besser gekleidet, mied den Schnaps, den sie sich heimlich besorgt hatte, trank stattdessen Rosenwasser, um für frischen Atem zu sorgen, und war daher bestens gerüstet. Liebenswürdig half sie Jan, seinen Kram in die Stube zu tragen, in der er schon vorher gehaust hatte, schickte Matthias aus, um Paul zu holen, und wies Stine an, in der

Stube einzuheizen. Agnes hatte sich vorgenommen, die fällige Unterredung in die Stube zu verlegen, um unliebsame Lauscher fernzuhalten.

Bis Paul auftauchte, dauerte es eine Weile, und Agnes geriet in leichte Panik, als Jan in den Stall hinausging und sich bei den Pferden zu schaffen machte. Wollte er etwa ausreiten?

»Wo willst du hin?«, fragte sie.

Jan striegelte nur das Pferd. Aber während der Arbeit kam ihm die Idee, rasch zu den Potthoffs hinüberzureiten. Und vielleicht würde er auch zufällig Marie sehen.

»Ich müsste mal zu den Potthoffs«, sagte Jan unbehaglich. Agnes hatte sich von hinten angeschlichen und ihn erschreckt.

»Aber Paul wird gleich kommen, wir müssen mit dir reden«, beschwor ihn Agnes. Da wurde ihm erst recht unwohl.

»Wieso?«

Agnes spähte in den breiten Gang zwischen Pferde- und Kuhseite, ob sich dort jemand vom Gesinde herumtrieb. »Es geht um Bennard«, sagte sie leise. »Was willst du überhaupt bei den Potthoffs?«, setzte sie lauter hinzu.

»Mich nach Anton erkundigen«, antwortete Jan. Sobald er an Anton dachte, beschlich ihn unweigerlich ein ungutes Gefühl. Auf alle Fälle hatte er nicht gewollt, dass Anton etwas so Schreckliches wie dieser Schlaganfall ereilte.

Da Agnes ihn noch einmal beschwor zu bleiben, hätte es schon grober Unhöflichkeit bedurft, um ihrer Bitte nicht nachzugeben. Etwa eine Stunde später traf Paul ein. Stine hatte in der Stube nicht nur eingeheizt, sondern auch Jans Reisesack ausgepackt und alles, was er enthalten hatte, auf dem schmalen Bett ausgebreitet.

Agnes schenkte den Männern Bier ein, und nachdem Paul einen großen Schluck aus seinem Krug genommen hatte, unterrichtete er Jan von ihrem Besuch im Landratsamt.

Unruhig hörte Jan zu, während sein Blick ab und zu zum Bett schweifte. Er hatte Stine nicht gebeten, seinen Sack auszupacken, der neben Kleidungsstücken, Strickzeug und zwei Büchern eine Geldkatze mit wenig Geld enthalten hatte, denn das meiste trug er bei sich. In einem der Bücher steckte zwischen den Seiten die Abrechnung über den Verkauf der Schafe. Konnte Stine lesen?

Agnes bestimmt. Auch ihr Blick flog immer wieder zu Jans Habseligkeiten hinüber, als würde sie ein ganz besonderes Interesse daran nehmen.

Paul wollte von Jan nicht mehr und nicht weniger als die Bestätigung, dass Bernard der Tote war, und diesmal trug er dieses Ansinnen mit größerer Dringlichkeit, ja Zudringlichkeit vor.

»Die anderen würden nicht mitmachen, wenn ich sie darum bitte, obwohl sie genauso denken wie ich, glaub mir das mal. Aber du musst es tun, du bist derjenige, den es am meisten angeht«, erklärte Paul.

»Ihr könnt also auf die Bibel schwören, dass der Tote Bennard ist?«, fragte Jan. »So sicher seid ihr euch?«

Auf die Bibel konnte man nur die Wahrheit schwören. Eine Wahrheit, die keinen Zweifel kannte, denn wer falsch auf die Bibel schwor, verwirkte sein Seelenheil, dem drohte die Hölle. Behauptete jedenfalls Pfarrer Niesing.

Paul wurde wütend. »Komm mir nicht mit der Bibel!«, schrie er. »Der Tote ist Bennard und Punktum.«

Jan schwieg und wartete ab, bis sich Paul beruhigte. »Könntet ihr mit einer Lüge leben? Was ist, wenn diese Tür aufgeht, und Bennard tritt herein?«

Die Tür ging auf, und Agnes stieß einen Schreckensschrei aus. Aber es war nur Stine, die mit einem Korb voll Torfbrocken hereinkam.

»Was willst du hier?«, fuhr Agnes sie außer sich an.

»Nachlegen.«

»Hab ich dir das gesagt?«, schalt Agnes. »Was fällt dir ein, hier einfach reinzuplatzen! Scher dich raus, und lass den Korb hier.«

Schwerfällig und langsam ging Stine zum Ofen, stellte den Korb ab und schlurfte hinaus, ihre ganze Haltung ein einziger Vorwurf über die ungerechte Behandlung.

»Die bringt mich noch um«, zischte Agnes. »Bestimmt hat sie an der Tür gelauscht, die dämliche Kuh.«

Dass Stine gelauscht hatte, hielt Jan auch für äußerst wahrscheinlich. Als Paul ihn weiter bedrängte, ins Landratsamt zu fahren, um sich wenigstens den Toten noch einmal anzuschauen, versprach er es endlich. Das sei wenigstens ein Anfang, seufzte

Paul erleichtert auf. Dann würde die Wahrheit ja doch ans Licht kommen.

Jan gab erneut zu bedenken, dass er Bernard neun Jahre nicht gesehen hatte. Und der Schonebeck, erkundigte er sich, wie sah denn der aus?

Ziemlich ähnlich, musste Paul zugeben, ein Mann Mitte vierzig, fettleibig, aufgedunsen, mit schütterem mittelhellem Haar und braunen Augen. Auch die Größe kam hin. Bernard hatte zwar blaue Augen, aber da die Krähen die Augen ausgehackt hatten … Paul stand abrupt auf, um sich zu verabschieden.

Den restlichen Tag über war Agnes ungehalten, und nichts, was Stine tat, machte sie ihr recht. Abends kam es zu einem richtigen Krach, als sie Stine ein weißes Tüchlein unter die Nase hielt und sie fragte, was ihr einfiele, Jan dieses Tuch wie einen Liebesgruß unter die Sachen zu mogeln.

Es war Maries Tuch. Es hatte auf dem Bett gelegen.

Stine zuckte nur die Schultern.

»Jetzt hab ich aber genug von dir. Endgültig! Diesmal ist es keine leere Drohung«, schrie Agnes. »Morgen packst du deinen Kram und verschwindest. Von mir aus kannst du im Armenhaus unterkriechen. Ich brauche dich nicht mehr. Es gibt andere Mägde.«

Stines irre Augen begannen wild zu flackern.

Jan hatte Hemmungen, für die Magd einzutreten, weil er nicht wusste, wie er den Besitz des Tuchs erklären sollte. Außerdem nahm er an, dass Agnes' Zorn wie so oft bis zum nächsten Morgen verraucht sein würde. Agnes konnte nicht so blöd sein, Stine zu entlassen. Ausgeschlossen! Das musste auch Stine wissen, sie war ja inzwischen einiges gewohnt. Als sie sich die Schürze vor die Augen schlug und schluchzend hinausrannte, war er versucht, ihr nachzugehen, zauderte aber. Später suchte er sie vergeblich im Stall.

Mit einem beklommenen Gefühl ging er zu Bett. Kurz vor dem Einschlafen meldete sich ein schrecklicher Druck in den Schläfen, und als er endlich in einen Traum glitt, fühlte sich dieser absolut nicht wie ein Traum an. Wenn überhaupt, dann wie ein Wahrtraum.

Agnes schlief nicht. Die Unterredung mit Paul und Jan war zu unbefriedigend verlaufen, und der Streit mit Stine war natürlich vollkommen unnötig gewesen. Eigentlich hatte sie Jan anschreien wollen. Warum war er bloß so störrisch? Weil er eine heimliche Liebste hatte! Dass dieses Tüchlein von Stine stammte, glaubte sie keinen Moment. Mit der dummen Trine würde sie morgen reden und ihr gnädig erlauben, bei ihr im Dienst zu bleiben. Aber auf wen hatte Jan ein Auge geworfen? Auf ein Mädchen aus der Nachbarschaft? Unwahrscheinlich. Es musste eins aus der Stadt sein, das würde auch seine lange Abwesenheit erklären. Münster war gewiss voll von hübschen, eleganten Frauen. Und ein stattlicher Mann wie er konnte jede haben. Agnes wurde sich schmerzlich ihrer eigenen Unzulänglichkeit bewusst. Aber so alt war sie doch noch gar nicht! Gerade über vierzig, sie konnte sogar noch Kinder bekommen.

Vor dem Fenster rief ein Käuzchen. Ein Liekenhöhnchen. Agnes schauderte es unter ihrer dicken Zudecke. Da! Wieder dieser unheimliche Ruf. So nah, als gelte der Ruf ihr. Es hielt sie nicht länger im Bett. Bloß raus hier, raus aus dieser Kammer, in die der Ruf des Todesboten schallte. Ein Umschlagtuch um sich raffend, stand sie auf. Im Keller hinter einem großen Korb mit Äpfeln hatte sie ihren Schnaps versteckt.

Eine brennende Kerze in der Hand, stieg sie leise die Treppe hinunter.

Unten in der dunklen Küche trat Agnes in den Fettnapf am Herdfeuer, der scheppernd umfiel. Erschrocken hielt sie inne. Aber nichts rührte sich. Stine in ihrem Schrankbett schlief gewöhnlich wie eine Tote, die weckte so leicht nichts auf. Um das vergossene Fett, das im Kerzenlicht glänzte, machte sich Agnes erst einmal keine Gedanken, jetzt musste sie vor allen Dingen ihren Schnaps haben. Behutsam öffnete sie die Tür zum Keller, die aber dennoch knarrte.

Musste Stine das nicht hören? Vielleicht stellte sie sich taub, um nicht nachsehen zu müssen, ob ihre Dienste verlangt wurden. Keine Magd stand freiwillig mitten in der Nacht auf.

Agnes setzte einen Fuß auf die oberste Stufe der Kellertreppe.

Aber jetzt rief das Liekenhöhnchen direkt vor der Küchentür, die in den Garten führte. Das war schon arg. Agnes tappte zurück zum friedlich glimmenden Herdfeuer, stellte die Kerze ab und tastete nach dem Schürhaken. Dem Totenvogel würde sie es schon zeigen.

Sie hob den Riegel und stieß die Tür nach draußen auf. In ihren Holzpantinen machte sie zwei Schritte hinaus in den Garten. Das Liekenhöhnchen schrie. Und da löste sich eine Gestalt von der Hauswand und trat auf sie zu.

Hartnäckig spürte Jan im Traum einen Zwang aufzustehen. Als Nächstes Zorn, einen heiligen Zorn, der seinen Körper vom Scheitel bis in die Fußsohlen durchbebte. Vielleicht war es aber auch umgekehrt, zuerst kam der Zorn, dann der übermächtige Zwang aufzustehen. Danach überfiel ihn eine jener dunklen Bewusstlosigkeiten, wie sie für diese Art Traum typisch waren. Dann holte ihn der Traum zurück. Es war einer, den er kannte. Er hielt eine Axt in der Hand, geradezu überdeutlich spürte er den harten Holzstiel. Einen Stiel, der durch langen Gebrauch seidenglatt geworden war und sich vertraut anfühlte.

Und jetzt sah er Blut. Blut, das wie ein roter Vorhang vor seinen Augen hing. Er hatte keine eigenen Willen mehr. Etwas außerhalb seiner selbst lenkte ihn.

Als er wach wurde, saß er auf der Bettkante und fror erbärmlich. Ein kalter Zug wehte von der Stubentür. Hatte er sie nicht geschlossen, als er schlafen ging? Ein wenig benommen, stand er auf, tastete sich zur Tür und lugte in die Küche hinaus. Die Kälte, die ihm entgegendrang, verschlug ihm den Atem. Wieso war es dermaßen kalt in der Küche? Das Herdfeuer glimmte nicht mehr. Als sich seine Augen vollständig auf die Dunkelheit eingestellt hatten, entdeckte er ein etwas helleres Geviert in der Schwärze. Die Tür zum Garten. Von dort kam die Kälte.

7

Was Nieuwe-Jupp aus dem Bett getrieben hatte, sollte nie geklärt werden, denn niemand fragte ihn danach. Vielleicht wollte er sich in der Küche einen Schluck zu trinken holen. Dann musste er die offen stehende Tür zum Garten gesehen haben.

Als sich Nieuwe-Jupp über Jan beugte, hielt er einen Prügel in der einen Hand und in der anderen eine Laterne. Er musste sie abstellen, um Jan auf die Schulter klopfen zu können.

Jan kniete auf dem Boden und war über und über mit Blut besudelt. Es klebte an seiner Hose, aus der hinten das Nachthemd heraushing, und an seinen Händen, die er nun ins Licht hielt.

»All das Blut«, stammelte Jan. »Das muss ein Albtraum sein.«

»Schlafwandelst du manchmal, Bauer?«, fragte Nieuwe-Jupp seltsam gefasst.

»Nein, nie. Schau hier, auf dem Boden, überall Blut. Ich bin reingetreten. Ich hab's an den Schuhen.« Panik kam in Jans Stimme auf.

Nieuwe-Jupp griff ihm unter den Arm und zwang ihn aufzustehen.

Beide starrten gleichzeitig die Scheune an, die die Laterne von unten beleuchtete.

Agnes hing kopfüber an der Scheunenwand, das hieß, mit den Füßen nach oben. Dass es sich um Agnes handelte, daran bestand von Anfang an kein Zweifel. Dennoch sollte die Gewissheit erst der Kopf bringen, der sich in das Rondeelchen im Garten verirrt hatte. Das Nachthemd trug Agnes noch, aber es war herabgeglitten und wurde nur von den Armen gehalten, so dass sich ihr Körper in bemitleidenswerter Nacktheit präsentierte.

Jan war so erschüttert, dass er alles Notwendige Nieuwe-Jupp überlassen musste, der ihn zunächst mal zurück in die Küche schaffte und dort in einen Lehnstuhl setzte. Ohne lange zu fackeln, scheuchte Nieuwe-Jupp Stine aus dem Schrankbett und befahl ihr, Feuer zu machen und dem Bauern ein heißes Getränk zuzubereiten, damit der wieder zu sich käme. Danach weckte er Matthias. Mit Matthias zusammen ging er in den Garten hinaus, um sich die schreckliche Bescherung noch einmal anzusehen.

Nach ihrer Rückkehr kotzte sich Matthias über dem Spülstein aus, während sich Nieuwe-Jupp an den Tisch setzte und ein Bier trank.

Die letzten zwei Stunden bis zum Morgengrauen hockten alle in der Küche beisammen, stumm, wie gelähmt. Erst als es hell genug geworden war, ritt Nieuwe-Jupp nach Groß-Schonebeck hinüber.

Als er fort war, hatte sich Jan langsam wieder gefasst.

»Wann bist du heimgekommen?«, fragte er Matthias.

Matthias hatte sich auffällig unauffällig nach der Abendmahlzeit verdrückt.

»Warum fragst du das, Bauer?«, wich Matthias aus.

Jan trug immer noch die blutverschmierte Hose, die der Knecht jetzt ängstlich beäugte.

»Weil dich der Amtmann das gleich fragen wird. Also antworte, und zwar mit der Wahrheit. Hast du geschlafen, als dich Nieuwe-Jupp wecken kam?«

»Ganz fest«, stieß Matthias abwehrend hervor. »Und auf dem Nachhauseweg hab ich nichts gesehen und gehört. Und was ich noch sagen wollte, an Lichtmess gehe ich. Das hab ich nun beschlossen.«

»Überleg es dir lieber noch mal. Wenn du dich zu bald verdrückst, könnte man dir leicht einen Strick daraus drehen. Wo warst du?«

Hatte Matthias doch etwas gehört oder gesehen? Das fragte er sich jetzt. Und was konnte das gewesen sein?

Matthias starrte auf Jans Hände. Jetzt waren sie nicht mehr blutbesudelt, denn er hatte sie gewaschen, während Matthias sich mit Nieuwe-Jupp an der Scheune und im Garten umgeschaut hatte. Über einem Stuhl hing Agnes' Tuch, das sie draußen neben der Tür gefunden hatten.

»Muss ich das sagen?«, fragte Matthias betreten.

Jan schaute ebenfalls auf seine Hände und sah im Geist noch das Blut daran kleben. Und er erlebte den Traum wieder, der so seltsam real gewesen war, dass er sich mit sich selbst nicht mehr auskannte. Diesen Traum hatte er schon einmal geträumt, draußen auf dem Feld vor dem Karren, auf dem der tote Jupp saß. Und Bruchstücke kannte er von früher. Manche Träume klebten wie Pech im Gehirn, vor allem in seinem.

»Du musst alles sagen.« Auf einmal hatte er keine Lust mehr, Matthias auf das Verhör vorzubereiten. Wozu jetzt noch in den Gang der Ereignisse eingreifen oder sie lenken wollen?

Stine war wieder in ihr Schrankbett gekrochen, ihr leises Schluchzen drang bis nach draußen.

Der Amtmann blieb angesichts der Leiche kühl und beherrscht, aber auf eine andere Art als Klobbicke. Dieser Mann hier stand über allem, was das gemeine Volk betraf. Dass er nur vertretungsweise die Geschäfte wahrnahm, erklärte er gleich zu Anfang, bevor er mit seiner Untersuchung begann. Unterdessen durchkämmten die Leute, die er mitgebracht hatte, den Hof.

»Warum hat der Hund nicht gebellt?«, wollte der Amtmann von Stine wissen.

Stine kniete neben dem Herdfeuer auf den Sandsteinplatten und schrubbte das verspritzte Fett ab. In der ganzen Küche roch es nach dem würzigen Schinkenfett, das über Wochen in den Fettnapf getropft war, und so war es kein Wunder, dass sich die beiden Gendarmen, die bei der Unterredung als Wache zugegen waren, kaum ruhig halten konnten.

»Weil der Bauer den Hund schon vor Wochen auf die Tenne genommen hat«, antwortete Matthias anstelle der Magd, die nicht rasch genug den Mund aufbekam. »Aber mit dem Köter ist nicht mehr viel los. Der hört und sieht nichts mehr.«

Zum Beweis musste der Hund hereingeholt werden. Zunächst schnupperte er mit erhobenem Kopf in Richtung Herdfeuer, dann aber tappte er auf Jan zu und blieb in einigem Abstand mit eingekniffener Rute vor ihm stehen.

»Seinen Herrn erkennt er noch«, gab der Amtmann dem mitgebrachten Schreiber zu Protokoll und trat blitzschnell nach dem Hund, ohne ihn allerdings wirklich zu berühren. Erschrocken sprang das Tier zur Seite. »Und seine Reaktionen sind auch noch ganz ordentlich. Fragt sich also, warum man einen Wachhund auf der Tenne einsperrt. Dort gehört er ja wohl nicht hin.«

»In einem Winter wie diesem schon«, gab Jan zu bedenken.

»Er ist lange genug auf dem Hof, um sich sein Gnadenbrot verdient zu haben. Ich wollte nicht, dass er draußen in der Kälte krepiert.«

Matthias schnaubte, der Amtmann blinzelte nicht mal. Wahrscheinlich wusste er nicht, dass kein Bauer derartige Rücksichten gegenüber einem alten Hund für notwendig erachtete. Für kein Tier. Im Gegenteil, so ein Verhalten zeugte nur von Unverstand.

Stine begann, ihr Wischzeug zusammenzuräumen, da wandte sich die Aufmerksamkeit des Amtmanns ihr erneut zu.

Aber aus Stine war kaum etwas Brauchbares herauszufragen. Das Liekenhöhnchen habe sie ganz deutlich gehört, erklärte sie, und es habe lauter geschrien als jedes gewöhnliche Käuzchen. Und mehr wüsste sie nicht. Je öfter der Amtmann fragte, wann sie Jan in dieser Nacht gesehen habe, desto mehr verfiel sie in verstocktes Schweigen. Sie war also wach gewesen, soviel stand fest.

Nieuwe-Jupp hatte seine Aussage wohl schon im Landratsamt gemacht, und wahrscheinlich wurde Jan deshalb mitgenommen und ins Gefängnis auf Groß-Schonebeck gesteckt. Verdenken konnte Jan ihm die Aussage nicht. Nicht einmal er selbst konnte ja leugnen, dass ihn der Knecht vor der Leiche an der Scheunenwand kniend gefunden hatte, die Hände mit Blut besudelt und kaum fähig zu erklären, wie er dorthin gekommen war. Was als Beweis fehlte, war die Axt. Die blieb trotz gründlicher Suche verschwunden. Küche, Keller, Stuben und Stall wurden durchsucht. Bemerkenswert war außer dem negativen Ergebnis nur, dass die beiden Gendarmen, als sie aus dem Keller kamen, deutlich nach Schnaps rochen und ihre Taschen sich verdächtig ausbeulten. Heu, Stroh und Reisig in der Scheune wurden durchwühlt und sogar die Kartoffeln umgeschichtet. Die Axt kam nicht zutage. Auch im Gesträuch der Wallhecke war sie nicht zu finden, in der Gräfte brauchte niemand herumzustochern, denn die war noch zugefroren.

Agnes' Leiche kam samt Kopf in den Keller des Gerichtsgebäudes zu der anderen.

Am ersten Tag der Haft wurde Jan noch zweimal verhört und wiederholte ohne verdächtige Abweichungen seine erste Aussage. Er sei aufgewacht, habe die Kälte gespürt und sei dem Grund für die Kälte nachgegangen. Bevor er das Haus verlassen habe, sei er allerdings in die Kammer zurückgegangen und habe sich die Hose übergestreift. Das Blut auf der Erde sei noch so frisch gewesen, dass er es an den Händen gehabt habe, als ihm angesichts der Leiche an der Scheunenwand die Beine versagt hätten. Und so sei es wohl auch an die Hose gekommen.

Am nächsten Tag wiederholte sich das Verhör, und am dritten Tag wurde er ohne nähere Erklärung entlassen. Ein Gendarm fuhr ihn sogar zum Hof zurück. Von ihm erfuhr Jan, dass nun eine halbe Kompanie Soldaten in Groß-Schonebeck stationiert sei und für Sonderaufgaben zur Verfügung stünde.

Kapitel 6: Alte und neue Schuld

1

Jan war lediglich aus der Haft entlassen. Aus welchem Grund auch immer. Und damit klebte weiterhin der Verdacht an ihm, Agnes erschlagen zu haben. Stine gab sich ihm gegenüber gleichmütig und Nieuwe-Jupp achtsam. Erstaunlicherweise kündigte Matthias seinen Dienst doch nicht auf, und das musste mit seiner Liebsten zusammenhängen, von der er sich nicht trennen mochte. Nach außenhin führten die vier ein fast normales Leben, das hieß, man ließ Jan in Ruhe. Die Ruhe hielt bis zum sonntäglichen Kirchgang zwei Tage später an.

Wie es sich gehörte, trafen alle Bewohner des Droste-Hofs gemeinsam ein. Der Platz vor der Kirche hatte sich bereits gefüllt, Nachbarn begrüßten sich, standen wie üblich in kleinen Gruppen zusammen. Aber keiner sprach mit Jan oder nickte ihm auch nur zu. Er hätte ebenso gut unsichtbar sein können.

Sobald Matthias die Stimmung richtig gedeutet hatte, flüchtete er sich zu seiner Potthoff-Magd. Jan hielt nach Marie Ausschau. Sie traf recht spät mit ihren Brüdern und der Mutter ein und verschwand mit ihnen sofort in der Kirche. Kein Blick von ihr, kein verstohlenes Winken, nichts! Jan erwog, ob er nicht besser nach Hause fahren sollte, um sich weitere Kränkungen zu ersparen. Doch wenn er nun kniff, kam das einem Schuldeingeständnis gleich.

Überraschend hielt sich Stine, die sich für gewöhnlich sofort zu anderem Dienstvolk gesellte, ebenso stur an Jans Seite wie Nieuwe-Jupp. Die zwei bildeten fast so etwas wie ein Schutzschild für ihn, obgleich beiden wahrscheinlich nicht wohl war dabei. Erst als sie in die Kirche traten, suchte jeder seinen angestammten Platz auf.

Sobald Pfarrer Niesing Jan bemerkte, zuckte er sichtlich zusammen. Alle kannten seine Predigten, die sich mit den Sonntagen des Kirchenjahrs wiederholten, in- und auswendig. An diesem Sonntag begann Niesing wie erwartet über den Paulusbrief an die Römer zu predigen. »Hassen sollt ihr das Böse, anhängen dem Guten, brüderlich einander lieben …«, zitierte er, und kaum einer hörte zu.

»Hassen sollt ihr das Böse«, wiederholte er mit lauterer Stimme – er schrie fast. In der Reihe vor Jan schreckte ein Mann aus seinem Dösen auf. Dann begann sich Niesing aus dem Stegreif über Missetäter, Einkehr und reuige Buße zu verbreiten. Anfangs klangen seine Sätze noch holprig, gewannen aber zunehmend an Eindringlichkeit. Er sprach allen ins Gewissen, meinte aber nur einen. Den größten, verstocktesten und fürchterlichsten Sünder unter ihnen. Mit aller Beredsamkeit, zu der er sich aufschwingen konnte, häufte er glühende Kohlen auf Jans Haupt, brandmarkte ihn als Scheusal, als gottfernen Menschen, allen ein Graus und ein mahnendes Beispiel, wie weit es mit jemandem kommen konnte, der sich über die Gesetze Gottes erhaben fühlte.

Am Ende weinte Niesing fast, so sehr hatten ihn seine eigenen Worte mitgenommen.

Eine Predigt wie diese hatte Jan zwar nicht erwartet, sie überraschte ihn aber auch nicht sonderlich. Sich erst als Ankläger, dann als Vermittler der Barmherzigkeit Gottes aufzuspielen, gehörte ja praktisch zu Niesings Beruf. Je mehr er angriff, klagte und barmte, desto weniger erreichte er Jan. Es machte ihn nur müde. Außerdem erinnerte er sich nur zu gut an den Brief, den Schonebeck dem Pfarrer geschrieben hatte und von dem er genug entziffert hatte, um zu wissen, dass Niesing selbst alles andere als »reinen Geistes oder Gewissens« war, wie er es irgendwann in seiner Philippika von jedem Einzelnen einforderte. Nein, Jan misstraute ihm zutiefst.

Nach der Messe wartete Jan darauf, dass Nieuwe-Jupp mit dem Wagen kam, den sie ein Stück die Straße hinauf abgestellt hatten. Weil Stine ihn begleitet hatte, blieb Jan allein und hielt sich abseits, während sich die Kirchgänger langsam zerstreuten. Plötzlich sah er sich von einer Gruppe von Männern umringt, zu der außer Paul Schulze Hundrup und seinen Söhnen auch Ludger Holtkamp und Franz Pentrop gehörten. Paul machte den Wortführer.

»Ich wollte es nicht glauben! Sie haben dich also laufenlassen. Einen Mörder, der für diese preußischen Amtmänner etwas zu gewitzt ist. Aber glaub nicht, dass du uns auskommst«, zischte er. Stumm schloss sich der Kreis enger um Jan. Ein geradezu feierlicher Ernst lag auf allen Gesichtern.

»Was soll das heißen?« Ungläubig schaute Jan von Ludger zu Franz. Er konnte sich nicht erinnern, jemals Streit mit ihnen gehabt zu haben. Was ging in den beiden vor?

»Das weißt du nicht?«, fragte Paul höhnisch. »Ich dachte, du kannst hellsehen. Weißt du, was Matthias überall rumerzählt hat? Das Blut von Agnes hat an deinen Händen geklebt.« Paul zitterte auf einmal, und sein Blick verschleierte sich. »Ihr Blut!«, stöhnte er auf.

Jan begriff, dass Paul während seiner dreitägigen Haft die Gelegenheit genutzt hatte, die Nachbarn auf seine Seite zu bringen und alle Wut, die sie seit dem Schnadgang berechtigterweise auf ihn hatten, umzulenken. Jetzt galt die Wut nur noch Jan. Sie alle waren von seiner Schuld inzwischen felsenfest überzeugt. Er konnte es ihnen nicht einmal verübeln. Er wusste ja selbst nicht, was mit ihm in jener Nacht passiert war. Agnes' Blut an seinen Händen … Ja, vielleicht war genau das geschehen, was alle glaubten. Was Niesing glaubte.

Der Pfarrer eilte mit dem Küster, der sonntags auch als Organist Dienst tat, vorbei. Jan sah ihm merkwürdig gelähmt nach.

»Wir geben dir drei Tage Zeit, um von hier zu verschwinden«, sagte Franz bedächtig.

»Sonst?«

Nicht weit von der Kirchtür entfernt stand Marie und spähte herüber. Die Lücke zwischen Franz und Paul war gerade so breit, dass sie ihn sehen konnte. Hatte er daran gezweifelt, dass sie noch zu ihm stand? Vielleicht. Aber nun traf ihn ein zärtlicher Blick von ihr. Würde sie zu ihm kommen, weil sie wusste, was die anderen von ihm dachten? Das wollte er auf gar keinen Fall. Marie durfte in die Auseinandersetzung nicht hineingezogen werden.

Noch blieb sie stehen und sah über die Schulter zu ihrer Mutter, die sich zusammen mit ihrer Magd gerade entfernte.

»Jeder von uns hat eine Axt zu Hause und weiß damit umzugehen«, sagte Paul drohend.

»Erklärt das dem Amtmann, er wird sich dafür interessieren«, warf Jan rasch ein.

Endlich hatte er begriffen: Ohne einen Schuldigen fanden seine Nachbarn weder zu innerem Frieden noch zu gegenseitigem Vertrauen zurück. Jeder hier fühlte sich so erschüttert, so bedroht, dass er sein normales Leben nicht fortführen konnte. Reine Hilflosigkeit trieb sie zu dieser gefährlichen Zusammenrottung. Und er konnte nichts dagegen tun. Hier, in diesem Moment sah er sich außerstande zu sagen: Ich bin's nicht gewesen. Ich bin unschuldig.

Marie kam zögernd auf sie zu. Was würde mit ihr geschehen, wenn sie sich offen zu ihm bekannte? Er musste sie vor der Wut und Missachtung der Nachbarn schützen. Vor allem schützen.

Als Jan bemerkte, wie Paul mit der Hand unter den Sonntagsrock fuhr, fragte er sich, ob er einen Hirschfänger dabeihatte. Ein schneller Stich in die Seite würde genügen. Vielleicht nicht gleich ein tödlicher, aber er würde beweisen, wie ernst es seinen Nachbarn war. Damit hatte er nicht gerechnet. Wo blieb nur Nieuwe-Jupp mit dem Wagen? Er versuchte, einen Schritt zurückzutreten, aber das war nicht möglich.

Gleich würde Marie bei ihnen sein. Dann lieber Paul und sein Messer.

Er musste die Schuld auf sich nehmen.

Schnell musste es gehen. Unauffällig.

»Ihr traut euch ja doch nicht. Und du Hanswurst schon gar nicht«, fuhr er Paul an, »von allen Dummen hier bist du der Dümmste.« Reine Verzweiflung, wenig Überlegung.

Aber er hatte richtig gerechnet. Paul kam in Fahrt, seine Hand zuckte vor, eine Klinge blitzte auf.

Noch stieß er nicht zu. Hatte er etwa doch Bedenken?

»Was hindert dich?«

Marie beschleunigte jetzt den Schritt. Hatte sie das Messer

gesehen? Wusste sie, was vorging? Bis auf die Gruppe um Jan hatten fast alle Kirchgänger den Platz verlassen.

»Du sollst wissen, was wir von dir halten, Jan Droste Tomberge. Du bist …«

»Hat Niesing doch ausführlich erklärt: Ich bin ein Mörder. Sprich's nur aus. Das wird dich erleichtern, und dann kannst du über mich herfallen.«

Johanna, Pauls Frau, war noch da und sprach Marie an, so dass sie für einen Augenblick stehen bleiben musste.

Aus den Augenwinkeln hatte Jan Pauls Hand mit dem Messer unablässig beobachtet. Nun sah er den Stoß kommen. Instinktiv riss er den Arm hoch, um das Messer abzufangen.

In diesem Moment drängte sich eine kleine Gestalt zwischen den Männern hindurch und trat Paul heftig gegen das Schienbein. Tobias. Paul schrie auf, der Kreis öffnete sich ein wenig, und Jan schlüpfte nach draußen, Tobias mit sich ziehend. Der Kleine blickte nur kurz zu ihm auf, riss sich los und rannte davon.

»Jan!«, schrie Marie außer sich. Aber Jan blickte sich nicht um, sondern eilte auf die Straße, auf der ihm endlich Nieuwe-Jupp mit dem Wagen entgegenkam.

»Warum hat das so lange gedauert?«, herrschte Jan ihn an, während er sich zu ihm auf den Bock schwang. Stine saß hinten.

»Das Pferd war ausgeschirrt«, murmelte Nieuwe-Jupp betreten.

Jan nahm ihm Peitsche und Zügel aus der Hand.

Da sah er Tobias neben dem Wagen auftauchen.

»Geh nicht ins Moor«, rief er ihm zu.

Tobias schüttelte den Kopf. »Woher denn? Da sind überall Soldaten«, rief er ihm nach, als das Pferd endlich antrabte.

Kurz darauf zog Paul mit seiner Kutsche vorbei. Sobald er auf Augenhöhe war, schwang er seine Peitsche. Jan duckte sich, aber da hatte ihm Nieuwe-Jupp schon in die Zügel gegriffen. Das freie Ende schnellte hoch, so dass sich Pauls Peitsche im Zügel verfing. Ein Ruck, und die Peitsche flog über Jan hinweg in den Straßengraben.

Bis zum Hof überließ es Jan Nieuwe-Jupp zu lenken.

Erst jetzt fiel ihm auf, dass der Frost nachgelassen hatte und weich wurde. Im Moor brach nun eine tückische Zeit an. Nur wer sich dort sehr genau auskannte, durfte sich noch hineinwagen. Als er Nieuwe-Jupp nach den Soldaten fragte, die Tobias erwähnt hatte, erfuhr er, dass seit zwei Tagen Soldaten weit ins Moor ausschwärmten und es tatsächlich schon zu einem bedenklichen Zwischenfall gekommen war. Nur mit knapper Not hatte man einen der Männer vor dem Ertrinken gerettet.

»Und was suchen sie dort?«, fragte Jan nach einer Weile.

Nieuwe-Jupp zuckte nur die Schultern.

»Drei Tage, Jan!«, hatte Paul gebrüllt, als er an ihnen vorbeifuhr. Drei Tage Galgenfrist, dachte Jan, und endlich gab er der Angst Raum, die ihn vor der Kirche inmitten der Nachbarn gepackt hatte. Angst, nichts als Angst spürte er.

Am Nachmittag kam überraschend Klara auf den Hof. Hatte Jan erwartet, dass sie Marie mitbrachte? Nein. Dass Klara aber ihretwegen kam, ahnte er, noch während sie das übliche Begrüßungsritual abhielten. Er bat sie in die Küche ans Herdfeuer und fragte sie, ob ihr eine Schale Kaffee genehm sei. Klara nickte. Wann kam sie zur Sache? Vorerst beobachtete sie nur, wie Stine in einer langstieligen Kanne den Kaffee kochte, und holte ihr unvermeidliches Nähzeug hervor. Jan war versucht, sein Strickzeug herauszukramen. Das hätte ein nettes, trügerisch einvernehmliches Bild von ihnen beiden ergeben, aber er verzichtete darauf.

Klara konnte Mägde allein mit ihren Blicken lenken, und so war es nicht verwunderlich, dass Stine sie von sich aus allein ließ, sobald sie den Kaffee eingeschenkt hatte.

»Ich komm wegen Marie«, sagte Klara endlich.

»Wie geht es Anton?«, warf Jan rasch ein. Er war noch nicht bereit für das Gespräch.

Klara säumte ein Nachthemd. Es war aus mittelfeinem Leinen und hatte oben am Hals ein Bündchen mit einer hübschen kleinen Krause. Also kein Männerhemd. Wie Klara es schaffte, trotz ihrer verkrümmten, knotigen Finger noch die Nadel zu handhaben, war zu bewundern. Klara achtete nicht auf etwas so Unwichtiges wie Schmerzen, solange sie ihre Hände noch gebrauchen konnte. Die Hand, die gerade die Nadel durch den Stoff stoßen sollte, hielt inne. »Gott wird ihn schon bald zu sich holen.«

Jan erschrak, denn damit hatte er nicht gerechnet. Trotz des fortgeschrittenen Alters hatte er in Anton bisher einen Mann von unverwüstlicher Kraft gesehen, einen, der auch seinem Leben ein wenig Halt gegeben hatte, bis jetzt zumindest. Wäre Anton in der Kirche gewesen, hätte es die Bedrohung durch die Nachbarn nicht gegeben. Nie würde Anton ein vorschnelles Urteil fällen oder sich zum Richter aufspielen. Zu so etwas gab er sich nicht her. Antons Tod mochte sich Jan überhaupt nicht vorstellen.

»Das tut mir leid, das tut mir so leid«, stieß er hervor und meinte es auch so. »Ich hab ihn gern, weißt du das, Möhne Klara?« Ihn und dich ja auch, dachte er und merkte nicht einmal, dass er wieder die alte Anrede aus der Kindheit benutzte.

»Du kannst nichts dafür«, erklärte Klara ruhig.

»Dann bist du wahrscheinlich die Einzige, die so denkt«, murmelte Jan. »Möchtest du noch Kaffee?«

Klara hatte ihre Schale nicht mal angerührt. Aber nun trank sie einen Schluck, prüfte den Geschmack im Mund und nickte leicht, bevor sie die Schale wieder an die Lippen setzte. Ja, Stine konnte Kaffee kochen.

»Ich bin wegen Marie hier«, begann Klara erneut, als sie die Schale auf den Hocker neben sich gestellt hatte.

Jan dachte daran, wie es wäre, wenn Marie dieses Nachthemd trug und er es hochstreifte, um ihre nackten Schenkel zu streicheln. Ja, er konnte ihre Haut spüren, glatt und warm und … Die Sehnsucht nach Marie brachte ihn beinahe um, aber er durfte sie sich nicht anmerken lassen.

Drei Tage hatten ihm die Nachbarn eingeräumt, was konnte er in so kurzer Zeit ausrichten? Marie auffordern, mit ihm zu fliehen?

Klara sah verhärmt und grau aus, aber das täuschte Jan nicht über ihren unbeugsamen Willen hinweg. Sie konnte sehr viel besser kämpfen als der großmäulige Paul, besser selbst als ihr Mann Anton. Vor ihr musste er sich fürchten, soviel wie vor den anderen. Erstaunlich war, dass Anton immer noch nicht den Hof übergeben hatte. Auch Jans Vater hatte diesen Schritt viel zu lange hinausgezögert. Bernard hatte heiraten wollen, aber Agnes hatte die Bedingung gestellt, dass sich sein Vater vorher aufs Altenteil zurückziehen sollte. Nur wollte kaum ein Bauer die Herrschaft über den Hof freiwillig abgeben. Und manche Söhne ließen später ihre alten Väter als Buße für alle frühere Unterdrückung und Pein beim Essen nicht mal mehr am Tisch sitzen. Marie wollte so ein dumpfes, enges Leben nicht. Sie träumte von etwas anderem, wusste aber sicher nicht genau, wovon. Einfach nur leben, hatte sie gesagt.

»Was ist mit ihr?« Hatte Marie sich ihrer Mutter anvertraut? Wahrscheinlich. Aber wie weit?

»Ich weiß, dass du es gut meinst mit unserer Marie«, erklärte Klara und legte eine kleine Pause ein, wie um ihm Gelegenheit zu einer Entgegnung zu geben, aber Jan schwieg. Immerhin bestand noch eine winzige Chance, dass sie den Umstand, in ihm den Erben des Droste-Hofs vor sich haben, für wichtiger hielt als den Mordverdacht. Ihre Marie und ein Hoferbe. Klara hatte sich schon in der Vergangenheit als kühle Rechnerin erwiesen. »Und ich weiß auch, dass sie dich mag«, fuhr sie fort.

Wusste sie, was vorging? Wäre sie bereit, für ihn unter der Voraussetzung einzutreten, dass es ihm nicht nur gelänge, die Verfemung durch die Nachbarn aufzuheben, sondern er sich auch auf dem Hof halten konnte und er Marie heiratete?

Klara lächelte leicht geringschätzig. »Ja, sie hat mir alles erzählt. Mütter haben ein Gespür für ihre Töchter, sie wissen Bescheid über sie, und sie wissen auch, wie sie mit ihnen umgehen müssen. Marie ist oft wild und hat manchmal seltsame Einfälle, aber im Grunde genommen ist sie sich darüber im Klaren, was richtig und anständig ist. Und da du sie gernhast, wirst du nichts mehr tun, was ihr schadet.«

»Das hab ich nie gewollt.«

»Ich weiß.«

Sie wollte, dass er auf Marie verzichtete und sie Karl Vennschott überließ.

Ihre beiden Söhne waren unter denen gewesen, die Jan vor der Kirche abgepasst hatten.

Klara legte ihm die Hand auf den Arm. »Geh zurück zu deinen Schafen. Das ist das Beste. Du hast dich hier bei uns nie wohl gefühlt. Dein Platz ist woanders. Wenn Anton noch sprechen könnte, würde auch er dir das sagen.«

Die schlimmste Anklage ist die, die im Namen der Freundschaft und alter Zuneigung erhoben wird. Er war ihr nicht gut genug, nicht mal als Nachbar. Sie sah ihn genau so wie alle anderen, ein Unruhestifter, ein haltloser Mensch, ein Spökenkieker, der nicht ganz bei Verstand war und möglicherweise den eigenen Bruder ermordet hatte und dessen Frau. Allein der Verdacht genügte, um ihn aus der Gemeinschaft auszustoßen. Und außerdem war er der Verführer ihrer Tochter. Dennoch zeugte es von Hochherzigkeit, dass sie ihn nicht offen beschimpfte. Und es war natürlich ein kluger Schachzug von ihr, so vorzugehen und ihn auf diese Weise in die Knie zu zwingen. Klaras Klugheit hatte er immer schon bewundert. Ihre Tochter schien wenig davon geerbt zu haben, da sie sich auf ihn eingelassen hatte.

»Marie hat von mir nichts zu befürchten.«

»Ist das ein Versprechen?«, hakte Klara mit auf einmal harscher Stimme ein. »Du wirst sie in Ruhe lassen? Ich hab ihr nämlich verboten, mit dir zu sprechen oder dich noch einmal zu sehen. Und außerdem wird sie in drei Wochen heiraten.«

Jan sagte eine Weile nichts. Mit einem Rest von Vernunft gestand er sich ein, dass es für Marie nur die Wahl zwischen Karl Vennschott und – dem Tod gab. Ja, in seiner Nähe lauerte auf sie der Tod.

»Das ist gut«, flüsterte er. Sein Mund war so trocken, dass er kaum sprechen konnte. Hastig trank er den Rest Kaffee aus seiner Tasse. »Behalte sie auf dem Hof. Du hast es bestimmt gehört, überall trifft man hier auf Soldaten, da sollte ein Mädchen nicht allein herumlaufen.«

Klara machte den Mund auf, als wollte sie etwas erwidern, aber dann legte sie ihr Nähzeug zusammen. »Wir sind uns also einig. Ich hoffe, du hältst dein Versprechen, Jan Droste Tomberge. Wenn nicht, dann …«

»Dann was?«

»Jan, ich bin nur eine schwache Frau, die sich nicht gegen alle und alles stemmen kann.«

Es war klar, was sie meinte. Sie würde ihre Söhne nicht aufhalten können. Weder sie noch die Nachbarn.

Sobald Klara fort war, hielt es Jan nicht länger in der Küche. Zur Bekämpfung seiner Unruhe trat er in den Garten hinaus. Auf einem der Beete stand noch etwas Kohl. In der Kälte war er braun und schlaff geworden. Der Garten war einmal der Stolz von Jans Mutter und Grootmöhne Trude gewesen. Der Buchsbaum, der die Beete säumte, war mindestens zwei Jahre nicht mehr geschnitten worden. Unkraut wucherte auf den Wegen und den Beeten, die sich um das Rondeelchen in der Mitte gruppierten. Aus den kahlen Rosensträuchern im Rondell ragte ein Pfahl heraus, auf dem im Frühjahr eine gläserne Rosenkugel prangte. Auf diesem Pfahl hatte der Kopf von Agnes gesteckt.

Der Gedanke an Agnes breitete sich wie eine Gewitterwolke in Jans Kopf aus. Klara hatte beim Abschied gesagt, wie sehr sie der Tod von Agnes bekümmere und erschüttere.

»Ja, mich auch«, hatte Jan geantwortet. »Das hat sie wirklich nicht verdient, keiner hat so einen Tod verdient.« Und das stimmte. Selbst eine Frau wie Agnes, die niemanden außer sich selbst geliebt, die allen das Leben schwergemacht, die voller Ränke, Tücke und Häme gesteckt hatte, hatte nicht so einen Tod verdient. Und doch hatte jemand ein Urteil gesprochen und es vollzogen.

Es war eine Hinrichtung gewesen! Und wer war der Richter und Henker?

Die frische Luft vertrieb das dumpfe Gefühl nicht, es nahm im Gegenteil zu. Vor Benommenheit taumelte er über die Wege, die mit alten Fußspuren übersät waren. Welche davon stammten von ihm selbst?

Unvermittelt wurde die Vergangenheit lebendig. Verschwommen sah er Grootmöhne Trude zwischen den Beeten auftauchen. Besonders genau konnte er sie nicht erkennen, doch sie musste es sein. An ihrem Arm hing wie gewohnt ein Korb, und sie schimpfte leise vor sich hin. Wie früher. Aber sie nahm keine Notiz von ihm. Wahrscheinlich regte sie sich über den Zustand des

Gartens auf, obwohl sie einen anderen vor Augen haben musste. Schließlich war sie seit über zehn Jahren tot. Und auf einmal sah er sich selbst. Dort ging er, ein großer Mann, leicht gekrümmt, als hätte er eine unsichtbare Last zu tragen, die Arme hingen schwer herab, ebenso die Hände, seine großen schwieligen Hände. Seine Hände fühlten sich fremd an. Völlig fremd, wie die eines anderen Mannes. Hände, die schreckliche Dinge tun konnten. Das Fremdheitsgefühl setzte sich bis in die Arme hinein fort, während er sich selbst beobachtete. Wohin wollte sein Doppelgänger? Was machte er überhaupt hier? Plötzlich schaute ihn das Doppelbild an. Jan erschrak fast zu Tode, als er den Wahnsinn in seinen Augen leuchten sah.

2

»Drei Tage« hatte Paul geschrien. Von diesen Tagen vergingen zwei, in denen Jan überlegte, wie er mit Marie Verbindung aufnehmen könnte, ohne dass ihm Klara auf die Schliche kam. Es fiel ihm nichts ein. Und am dritten Tag gegen Mittag kam ihm Pfarrer Niesing dazwischen. Matthias hatte Jan gemeldet, dass der Pfarrer vorgefahren war.

Als Jan auf den Hof hinaustrat, half Niesing gerade jemandem, abzusteigen, wobei er ihm gut zuredete.

»Sei nur ganz ruhig. Ich bin sicher, dass du willkommen bist. Gib mir deinen Sack, und halt dich an meiner Schulter fest.«

Niesing stand wie ein Fels, während er einem höchst ungelenken Mann jeden Griff und jeden Schritt erklärte, um ihn sicher aus dem Wagen zu schaffen. Jan kam den beiden nicht zu Hilfe. Es war zu unwirklich und widersinnig, dass ihm Niesing einen Gast ins Haus brachte. Wer immer das sein mochte. Der Mann hielt sich schlecht und war gekleidet wie ein Landstreicher. Vielleicht dachte Niesing, dass er, Jan, noch einen weiteren Knecht gebrauchen konnte. Einen wie Nieuwe-Jupp? Einen Bettler? Weil in einem verrufenen Haus kein anständiger Mensch Dienst tun wollte?

Jetzt hatten es die beiden geschafft. Niesing starrte einen Moment auf den Schnappsack in seiner Hand und reichte ihn dann mit einer entschiedenen Geste seinem Begleiter. Jan spürte, wie jemand hinter ihn trat.

»Noch 'n Hungerleider?«, stieß Stine hervor.

»Möglich«, sagte Jan.

Niesing strahlte pastorales Wohlwollen aus, als er sich nun Jan zuwandte. »Ich bringe dir hier jemanden, den ich in Münster aufgelesen habe. Stell dir vor, er hat mich angesprochen, weil er mich erkannt hat! Nach all den Jahren hat er mich erkannt.« Von neuem überwältigt von der wunderlichen Laune des Schicksals, das dieses Zusammentreffen auf dem Domplatz in Münster arrangiert hatte, schüttelte er den Kopf. »Die Wege Gottes sind wahrhaft weise, aber unergründlich.«

Niesing winkte auffordernd, aber Jan machte keinen Schritt auf den Ankömmling zu.

Als der Pfarrer das sah, wirkte er sichtlich verdrossen, aber dann hellte sich seine Miene wieder auf. »Du erkennst ihn nicht! Dacht ich's mir doch. Aber wenn du genau hinschaust, wirst du wissen, wer er ist«, sagte er gönnerhaft. »Ich habe ihn ja letztlich auch erkannt.«

Der Mann wandte sich halb ab und zog den Kopf in die Schultern, als würde er immer noch befürchten, trotz Niesings Begleitung vom Hof gejagt zu werden. »Ich hab Euch gleich gesagt, es ist zu viel Zeit vergangen.« Eine rostige Stimme, kaum mehr als ein Flüstern.

»Nun aber!« Niesing wurde energisch. »Und ich habe dir gesagt, du hast ein Recht, hier zu sein. Ganz gleichgültig, wie viel Zeit vergangen ist, seit du von hier weggegangen bist.«

Siebzehn Jahre!, dachte Jan benommen, es ist siebzehn Jahre her.

Nieuwe-Jupp trat neben ihn, wahrscheinlich hatten ihn die Stimmen aus dem Schuppen gelockt, wo er eine alte, kaum noch brauchbare Sense gedengelt hatte. »Wer ist das?«

Endlich konnte sich Jan aus seiner Starre lösen. »Mein Bruder Lütke-Hubert, den wir alle für tot gehalten haben.«

»Ja«, sagte Niesing erschüttert, »es ist, als sei er von den Toten auferstanden. Er wird dir selbst sagen, was er an Schrecklichem in all den Jahren fern von hier erlebt hat. Er braucht einen Platz, wo er sich ausruhen kann, Jan.«

Der Mann war stehen geblieben, keineswegs sicher, willkommen geheißen zu werden. Und der Eindruck war richtig. »Ausgerechnet hier?«, fragte Jan trocken.

»Was bist du denn für ein Mensch?«, brauste Niesing auf. »Hier steht dein Bruder, den du so lange vermisst hast, den du betrauert hast – jedenfalls nehme ich das zu deinen Gunsten an –, und nun, da er wahrhaftig lebendig vor dir steht als kleines Wunder Gottes, benimmst du dich, als brächte ich dir einen streunenden Hund. Jan Droste Tomberge, du bist ein Unmensch!«

»Das sagen alle hier, selbst Ihr, Herr Pfarrer.«

Niesing stutzte betroffen, fasste sich aber rasch wieder. »So wahr ich hier stehe: Du wirst ohne Wenn und Aber deine Christenpflicht erfüllen und dich um deinen heimgekehrten Bruder kümmern. Er braucht deine Pflege und Fürsorge.«

Stine schnaufte. Jan warf ihr einen Seitenblick zu. Nein, Stine war über diesen Zuwachs ihrer Hausgemeinschaft nicht erbaut, Niesings Getöse über Christenpflicht machte keinen Eindruck auf sie. Ebenso wenig wie auf ihn.

»Das wird nicht gehen, Hochwürden.«

»Was sagst du da?« Niesing wurde nun richtig wütend, sein Gesicht lief vor Ärger rot an.

»Ich kann mich nicht um ihn kümmern, da mich meine Nachbarn von hier fortjagen wollen. Wenn mir mein Leben lieb ist, muss ich noch heute von hier fort. Sie haben mir drei Tage Zeit gegeben, um zu verschwinden. Heute Abend sind die drei Tage um. Es muss sich also jemand anders um Lütke-Hubert kümmern.«

Die Gestalt des Fremden straffte sich ein wenig. Der Hut saß ihm so tief im Gesicht, dass es kaum zu erkennen war, aber nun schob er ihn zurück. Zum ersten Mal konnte Jan die Augen sehen. Sie musterten ihn abwägend und keineswegs scheu.

»So weit ist es mit dir gekommen?«, fragte Lütke-Hubert.

»So weit ist es gekommen?«, schrie nun auch Niesing. »Das dulde ich nicht, das werde ich niemals dulden! Diese Menschen! Haben denn alle vergessen, dass sie Christen sind? Wer hat dir gedroht? Sag es mir sofort.«

Lütke-Hubert machte zaghaft einen Schritt auf Jan zu. Nieuwe-Jupp wollte vortreten, um dem Bruder seines Herrn den Sack abzunehmen, aber Jan hielt ihn mit einem raschen Griff zurück.

»Nein!«, antwortete Jan.

»Ich werde es auch so herausfinden«, entgegnete Niesing, der das Nein auf sich bezogen hatte. »Kümmere du dich um deinen Bruder, ich kümmere mich um die Nachbarn. Ich werde ihnen so ins Gewissen reden, dass sie mich um Erbarmen anflehen. Das ist das Wenigste, was ich tun kann.«

Jan nickte. »Dann willkommen zu Hause, Lütke-Hubert.«

Energisch hieß Niesing Nieuwe-Jupp sich um sein Pferd und den Wagen kümmern und kam mit in die Küche. Anscheinend wollte er doch erst einmal abwarten, wie sich das Wiedersehen zwischen den Brüdern weiter gestaltete. Vielleicht befürchtete er, dass Jan, sobald er abgefahren war, Lütke-Hubert vom Hof scheuchte.

Matthias war nicht mit hinausgekommen, sondern hatte nur, in der Niendüer stehend, gelauscht und verdrückte sich nun zu den Pferden, denen er die Hufe auskratzen und das Fell striegeln sollte. Deutlicher konnte er nicht kundtun, wie wenig ihn die Vorgänge auf dem Droste-Hof angingen, aber vielleicht wollte er sich einfach nur heraushalten, bis sich die neue Situation besser abschätzen ließ.

Während sich alle anderen in die Küche begaben, trat Stine an Jan heran. »Wer ist denn nun der Bauer?«, fragte sie. »Er«, sie wies mit einer Kopfbewegung auf Lütke-Hubert, »oder du?«

Unberechtigt war die Frage nicht. Lütke-Hubert war der Ältere, und nach Recht und Brauch hatte er nun das Sagen auf dem Hof. Nur, was trieb Stine, jetzt schon diese Frage aufzuwerfen? Machte sie sich Gedanken um ihre Stellung?

»Um Gottes willen«, mischte sich Lütke-Hubert sofort ein. »Ich möchte doch nur einen Platz, wo ich bleiben kann. Und wenn ich ganz und gar unwillkommen bin, gehe ich gleich wieder, ganz egal, was der Pfarrer sagt.«

Niesing sah wohl seine Chance, Schicksal zu spielen, noch nicht völlig ausgereizt, also blieb er zum Essen. Sicher genügte es nicht seinen Ansprüchen, denn es gab nur Bohnen- und Speckeintopf aus dem Kessel, der seit dem Morgen an der Säge über dem Feuer hing und dort vor sich hinköchelte.

Lütke-Hubert war vierzehn Jahre älter als Jan, und das sah man. Er hatte viel erlebt. Was es war, erläuterte Niesing in den Grundzügen, wie er überhaupt den maßgeblichen Teil der Unterhaltung bestritt, während sich Lütke-Hubert lieber in der Küche umschaute, als würde er sich vergewissern, dass alles noch seiner Erinnerung entsprach. Das Herdfeuer mit den blauweißen Kacheln, der Geruch nach Schinken, Bohnen, altem Holz und Stein. Die geschwärzten Balken an der Decke, die schief getretene Treppe zur Upkammer, das Schrankbett, in dem die Schwester Lina früher geschlafen hatte, die Tür in den Garten, in der jeden Augenblick Grootmöhne Trude erscheinen konnte. Früher jedenfalls. In den guten alten Zeiten, die Niesing zwischendurch erwähnte und die es in Jans Erinnerung nie gegeben hatte.

Lütke-Hubert hatte Napoleons Feldzug nach Russland mitgemacht und auch den katastrophalen Rückmarsch, auf dem der größte Teil der Armee umgekommen war. Er hatte es noch bis über mehrere Grenzen geschafft und war in einem kleinen Ort im Brandenburgischen entkräftet zusammengebrochen und lange in einem Kloster gepflegt worden. Wiederhergestellt hätte er heimkehren können, hatte sich aber an das Soldatenleben so gewöhnt, dass er sich gleich wieder anderswo verpflichtet hatte. Und dann war Napoleon ja zurückgekehrt, und er hatte wieder für ihn gekämpft. Niesing schämte sich für Lütke-Hubert, der sich so lange diesem Unhold angeschlossen hatte. Nachdem Napoleon endgültig geschlagen war, hatte Lütke-Hubert sich erst recht nicht heimgetraut. Er war nach einiger Zeit des Herumlungerns in preußische Dienste getreten, aber irgendwann, nach so vielen Jahren, hatte er nun doch beschlossen, seinen Abschied zu nehmen. Gerade war er von der Kommandantur in Münster gekommen und wollte nur noch rasch in den Dom, um eine Kerze anzuzünden, weil er all die Kämpfe lebend überstanden hatte, als er auf den Herrn Pfarrer gestoßen war.

Lütke-Hubert förderte ein verknittertes Dokument zutage,

das er Jan herüberreichte. Jan studierte es, während Niesing nochmals die göttliche Fügung pries, die bei diesem Zusammentreffen ihre Hand im Spiel gehabt haben musste. Heimkehrer, zumal demütige und kleinlaute, waren bei Pfarrern sehr beliebt, dienten sie doch sinnfällig als Beispiel des verlorenen Sohnes und reuigen Sünders aus der Bibel.

In all den Dienstjahren hatte es Lütke-Hubert nicht einmal zum Feldwebel gebracht. Wie das denn sein könne, wunderte sich Niesing. Schließlich sei er kein ungeschickter oder blöder Bursche. Lütke-Hubert war das Nachfragen unangenehm. Während er seine Hände zu kneten begann, wurde sein Blick vage. Ehrgeiz habe er nie gehabt, nuschelte er, der sei ihm völlig fremd.

Das war früher schon sein Problem gewesen, erinnerte sich Jan, damals, als er noch zu Hause lebte. Er schaute sich das Papier genauer an.

Das Dokument war in einer schnörkeligen Schrift ausgestellt, deren Bögen unten und oben über die Zeilen hinausreichten, so dass manche Worte ein wenig ineinanderliefen. Vor allem mit dem Entlassdatum hatte Jan Mühe, zumal hier ein Knick verlief und ein Fleck eine Zahl nahezu unleserlich machte. Lütke-Hubert deutete mit einem Finger auf einen Satz ganz unten.

»Da steht, dass ich sogar eine Pension erhalte. Nicht viel, aber ich muss dir nicht auf der Tasche liegen.«

Jan faltete die Bescheinung zusammen und reichte sie ihm zurück. »Ist schon recht«, sagte er einsilbig. »Du kannst mein Bett in der Stube haben.«

»Nicht die Upkammer?«, fragte Stine. Da niemand sie daran gehindert hatte, hatte sie sich zu ihnen gesetzt. Aber auch Nieuwe-Jupp saß bei ihnen. Lediglich Matthias hatte sich nach dem Essen gleich wieder verdrückt. Bei Tisch hatte er kein Wort mit Lütke-Hubert gewechselt und nur mürrisch genickt, als Jan die beiden miteinander bekannt gemacht hatte.

Lütke-Hubert schaute auf seine Hände, die wieder kneteten. Es waren große Hände, alle Droste-Söhne hatten diese großen, kräftigen Hände. Die hatten sie von ihrem Vater geerbt, zusammen mit der Statur und dem guten Aussehen. Jan hatte beobachtet, wie Lütke-Hubert den Kopf einzog, als er durch die Tür in die Küche trat. Die gleiche Bewegung – ein leichtes Vorneigen bei gleichzeitigem Hochziehen der Schultern – hatte er tausendmal und öfter beim Vater gesehen.

»Ich will meine alte Kammer über den Hillen«, sagte Lütke-Hubert beinahe demütig und schaute plötzlich auf, »wenn es dir recht ist, Jan.«

Jan hielt seinen Blick fest. »Das hier ist dein Haus.«

Das Erschrecken kam unmittelbar, dann verschleierte sich Lütke-Huberts Blick und nahm wieder etwas Vages und Abwesendes an. »Nein.«

Niesing räusperte sich. »Ihr werdet euch schon einigen. Aber das muss nicht heute sein. Erst einmal musst du ja ein wenig heimisch werden, Lütke-Hubert. Die Nachbarn werden sich freuen, wenn sie erfahren, dass du wieder hier bist.«

Lütke-Huberts Blick wanderte zum Feuer. »Wer lebt denn noch?«

Jan begann aufzuzählen, wurde aber von Niesing unterbrochen, als er bei den Schulze Hundrups angelangt war.

»Der alte Heinrich ist gestern Abend gestorben. Nicht ohne Trost. Ich kam noch rechtzeitig, um ihm die Sterbesakramente zu spenden. So war sein Hinübergehen ein ganz friedliches. Er war ja auch geraume Zeit schon nicht mehr ganz bei uns.«

Lütke-Hubert starrte in die Flammen und fuhr sich mit einer Hand nachdenklich über den Mund. »Der alte Heinrich also. Kann mich gut an ihn erinnern.«

Jan fiel ein, dass er den alten Heinrich etwas hatte fragen wollen, und bedauerte nun, nicht mehr dazu gekommen zu sein. Es wäre wichtig gewesen. Aber inzwischen war er sich der Antwort beinahe sicher. Ohne es zu bemerken, seufzte er im selben Augenblick auf wie sein Bruder.

»Bennard und Agnes«, sagte Lütke-Hubert leise, als fiele es ihm schwer, ihre Namen auszusprechen. »Der Herr Pfarrer erwähnte, dass sie tot sind. Und ganz kurz erst.« Fragend sah er Jan mit seinem verhangenen Blick an.

Jan spähte zu Niesing, der bedeutungsvoll den Kopf schüttelte. Also hatte Niesing nicht erzählt, wie die beiden gestorben waren. »Lass uns später darüber reden«, sagte Jan beklommen.

Lütke-Hubert streckte die Hand nach ihm aus. Kurz bevor er ihn berühren konnte, stand Jan auf, und im gleichen Augenblick erhob sich auch Niesing, so dass es nicht danach aussah, als wäre er der Berührung ausgewichen.

»Dann will ich euch nun allein lassen«, sagte Niesing salbungsvoll. »Aber vorher sage ich dir noch, Lütke-Hubert, dass du jederzeit bei mir willkommen bist. In einem langen Soldatenleben muss es manches geben, was auf dem Gewissen lastet und durch Reue und Buße gesühnt werden sollte.«

»Ja«, sagte Lütke-Hubert. Es klang unendlich bedrückt und traurig. »Das treibt mich schon um.«

»Also scheu dich nicht, dich mir anzuvertrauen. Die Beichtzeiten sind immer noch dieselben, und für dich bin ich bereit, eine Extrazeit einzuräumen.« Niesing wandte sich an Jan. »Und das Gleiche gilt für dich.« Seine Stimme wurde hart. »Gibt es nicht auch etwas, was du mir anzuvertrauen hast? Oder vielmehr deinem Herrgott, den ich in der Beichte vertrete?«

Da gäbe es einiges, Pfarrer Niesing, dachte Jan, nur dass ich dir nicht die Macht über mich einräumen will, die dir dieses Wissen verleihen würde. Ohnehin traue ich dir nicht über den Weg. Er begleitete den Pfarrer hinaus zu Pferd und Wagen. Als er auf die Tenne zurückkehrte, stand Lütke-Hubert da, schaute sich um, und seine ganze Haltung verriet, dass er tief in die Vergangenheit eingetaucht war. Jan wollte rasch an ihm vorbei, aber Lütke-Hubert hielt ihn fest. Es war, als ob Jan ein Blitz durchs Hirn fuhr. Hastig trat er beiseite und streifte die Hand von seinem Arm ab.

»Es ist so still hier«, flüsterte Lütke-Hubert, der nichts bemerkt hatte. »Diese Stine hat gesagt, dass nur noch zwei Knechte da sind und sie die einzige Magd ist. Früher hatten wir wenigstens sechs Knechte. Ach, Jan, was ist bloß aus dem Hof geworden? Was für ein Jammer. Wenn unser Vater das wüsste!«

Jan brummte regelrecht der Kopf, er hatte sich noch gar nicht wieder fassen können, seit Lütke-Hubert aufgetaucht war.

»Wenn er bloß nicht so früh gestorben wäre«, fuhr Lütke-Hubert heiser fort.

Nicht jetzt, dachte Jan, das halte ich nicht aus. Sein Blick begann sich einzuengen und zu verschleiern, als er in die Vergangenheit gezogen wurde. Er wusste im Voraus, was jetzt kam. Noch aber drang Lütke-Huberts Stimme klar und deutlich zu ihm.

»Wenn wir doch bloß den Balken gehalten hätten, Bennard und ich.«

Den Balken, der den Vater erschlagen hatte. Jan stand mitten auf der Tenne und war gleichzeitig ein dreizehn Jahre alter Junge, der von einem Platz gegenüber auf der Kuhseite hoch oben in den Hillen zusah, wie der Balken aus der Verankerung gelöst wurde. Er war versucht, eine Warnung zu schreien, wusste aber, dass sie um viele Jahre zu spät kam. Die Pflöcke flogen heraus. Beide gleichzeitig. Ein Ruck ging durch den Balken. Alles kam jetzt zu spät, sogar die Reue. Noch behielt Jan ein Gespür für die Gegenwart, die Jetztzeit mit dem heimgekehrten Lütke-Hubert neben sich.

»Der Balken war viel zu schwer. Den hättet ihr niemals halten können«, sagte er mit einer fremd klingenden Stimme.

»Glaubst du? Glaubst du das wirklich?«

»Ganz bestimmt.«

Lütke-Hubert schüttelte den Kopf, es war wie ein immerwährendes Kopfwackeln, ein Zitterbild, das Jan regelrecht schwindelig machte. Als ob die Zeit in einer winzigen Schleife festhing.

»Wenn es doch bloß so einfach wäre«, sagte Lütke-Hubert mit müder Hoffnungslosigkeit. »Aber was weißt du schon.«

»Ich war damals dabei«, sagte Jan und spürte, dass ihm übel wurde. Er musste sich entscheiden, ob er vollends in die Vergangenheit eintauchen wollte oder die Gegenwart vorzog. Was wollte ihm die Vergangenheit mitteilen? Er schloss die Augen und zwang sich, ruhig zu atmen und das Denken einzustellen. Als er die Augen wieder öffnete, war Lütke-Hubert ans Ende der Kuhreihe gegangen und sprach auf den schnaubenden Bullen ein.

»Das ist aber ein gewaltiger Bursche«, rief er herüber und lachte unsicher.

Nach dem Abendessen erzählte Jan seinem Bruder, wie Bernard und Agnes gestorben waren. Jan hatte sich mit ihm in die Stube zurückgezogen, um mit ihm allein zu sein, und er gab sich die größte Mühe mit der Wortwahl, es war ein qualvolles Herantasten, das dennoch die Wirkung der schrecklichen Ereignisse kaum abmildern konnte. Hatte sich Lütke-Hubert am Nachmittag bei der Erwähnung der Todesfälle noch einigermaßen gefasst gegeben, so übermannte ihn diesmal Verzweiflung. Er stand auf und schlug den Kopf an die Wand. Wieder und wieder. Jan beobachtete ihn entsetzt und außerstande, dem selbstzerstörerischen Treiben Einhalt zu gebieten.

Fassungslos sah er zu, wie der Wahnsinn langsam verebbte. Nach einer Weile blieb noch ein Schluchzen und Schniefen übrig. Auch das hörte endlich auf. Inzwischen war es Nacht geworden. Als Jan daranging, für Lütke-Hubert etwas Milch warmzumachen, wankte dieser an ihm vorbei zur Küchentür, riss sie auf und brüllte seinen Schmerz in die Nacht hinaus. Jan hörte einen Laut aus dem Schrankbett herausdringen und wusste, dass das Gebrüll Stine geweckt hatte. Aber die Magd ließ sich nicht sehen.

Irgendwann gelang es ihm, Lütke-Hubert in der Stube ins Bett zu stecken, aber es konnte keine Rede davon sein, ihn dort allein zu lassen. Also versuchte er, ihn nach seinen Kriegserlebnissen auszufragen. Allzu viel gab der Bruder aber nicht preis. Getötet habe er, beteuerte er immer wieder, und Schuld auf sich geladen, die sich in einem langen Leben nicht mehr sühnen ließe. Schuld und Sühne, darauf kam er mehrmals zurück, das treibe ihn um.

»Glaubst du an Sühne, Jan?«, fragte er mit brüchiger, angestrengter Stimme.

Jan wünschte sich sehnlichst, dass er endlich still war.

»Ich weiß es nicht«, antwortete er vorsichtig.

»Aber ohne Reue und Sühne gibt es keine Erlösung. Weißt du das nicht? Jeder muss sühnen, wenn er Schuld auf sich geladen hat.«

»Das beredest du besser mit Pfarrer Niesing.«

»Nein, mit dir, Jan. Dich geht das an.« Jan sah im Licht der Kerze, wie sich Lütke-Hubert im Bett aufsetzte.

»Warum mich?«

»Aber das weißt du doch! Du vor allem.« Die Stimme wurde undeutlicher, sank zu einem Flüstern herab. »Der Schuld entgeht man nicht, Jan, sie quält einen über die Jahre hinweg, lass dir das gesagt sein. Deshalb musst du Buße tun, du darfst sie nicht aufschieben, oder die Schuld frisst dich auf.«

»Mit Schuld zu leben, habe ich schon vor langer Zeit gelernt. Darüber bringst du mir nichts mehr bei. Und nun schlaf endlich. Oder hast du mir noch etwas zu sagen?«

Lütke-Hubert begann zu weinen, er schluchzte laut auf, während er immer wieder nach Bernard rief.

Es wurde für Jan eine der längsten und grauenhaftesten Nächte seines Lebens, während sich Lütke-Huberts Schmerz austobte. Gegen morgen endlich schlief er friedlich und besänftigt ein. Jan verbrachte den kläglichen Rest der Nacht im Halbschlaf auf einem Stuhl hockend. Beim Aufwachen fühlte er sich innerlich und äußerlich zerschlagen. Lütke-Hubert war in seiner Trauer dagegen merklich ruhiger. Mit leiser Stimme konnte er darüber reden, wie sehr ihn der Tod von Bernard und Agnes dauerte. Agnes, sagte er, habe er zwar nie gemocht, dazu sei sie von Anfang an viel zu herzlos gewesen, aber so einen Tod, nein, so einen entsetzlichen Tod habe sie nicht verdient.

Niemand habe das, entgegnete Jan mit rauer, übernächtigter Stimme.

3

Klobbicke war in eine Stube geschafft worden, von der er eine schöne Aussicht über die innere Gräfte auf die äußere hatte und jetzt, wo Bäume und Büsche kahl standen, sogar in die umgebende Landschaft. Nur dass er immer noch nicht aufstehen und ans Fenster treten konnte. Zu sehr war sein Körper geschwächt, und auch all das gute Essen half ihm nicht auf die Beine, denn er behielt nur das Wenigste bei sich. In seinem Gemach stank es nach Erbrochenem, nach schlechtem Atem, nach den Ausdünstungen seines ungelüfteten Bettes und recht bedenklich nach dem Inhalt des Abtritteimers, den man der Schicklichkeit wegen hinter einen Wandschirm gerückt hatte. Von all diesen üblen

Gerüchen blieb Klobbicke verschont, weil sein Riechorgan urplötzlich seinen Dienst eingestellt hatte. Nur die Besucher litten so mächtig, dass es niemand lange bei ihm aushielt. Klobbicke verging daher in den wachen Stunden vor Einsamkeit. Viel zu viel Zeit musste er mit Nachdenken und Leiden verbringen und mit der Angst, allein schon deshalb versagt zu haben, weil er krank geworden war. Er würde diesen Fall nicht zum Abschluss bringen, und den Triumph würden andere einheimsen. Oft verwirrten sich seine Gedanken, dann sprach er laut mit dem Landrat, der ja längst tot war, und hielt diesem seine Verfehlungen vor, die, davon war Klobbicke überzeugt, zu seinem Tod geführt hatten. Manchmal hatte er das Gefühl, selbst der Landrat zu sein, das war das Allerschlimmste. In der Haut von jemandem zu stecken, der fortgesetzt Amtsmissbrauch begangen hatte. Denn Klobbicke war es vor seinem Zusammenbruch noch gelungen, einige weitere unsaubere Machenschaften des Herrn von Schonebeck aufzudecken. Aber er hatte das dumpfe Gefühl, dass sein Nachfolger oder Vertreter die Beweise nicht ernst nahm, denn er hatte Klobbickes Erklärungen mit einem Schulterzucken abgetan. Umso mehr war Klobbicke erleichtert, als er unerwartet wieder einmal Besuch von der Exzellenz erhielt.

»Schont Er sich auch genügend?«, nuschelte der Besucher durch das Tuch, das er sich auch diesmal vor das Gesicht hielt. Klobbicke verstand die Vorsichtsmaßnahme. Ob sie allerdings wirklich einer Ansteckung vorbeugte, bezweifelte er. Immer noch quälte er sich mit Fieber und Husten.

»Und wird Er ordentlich versorgt? Ich habe nämlich Anweisung gegeben, dass man es Ihm so bequem wie nur möglich machen soll«, fuhr die Exzellenz gedämpft fort.

Klobbicke wischte die Sympathiebekundungen ungeduldig beiseite. »Habt Ihr davon erfahren, was ich alles über den Landrat herausgebracht habe?« Er strengte seine Stimme so an, dass ihn ein neuer Hustenanfall überkam.

»Echauffier Er sich nicht«, mahnte der Geheimrat nach Abflauen des Hustens streng. »Ich bin über alles im Bilde, was den Fall betrifft. Und ich werde nun persönlich eingreifen.«

»Ihr?«, stöhnte Klobbicke auf.

»Ja, ich, also konzentriere Er sich darauf, gesund zu werden, damit wir unseren Sieg gemeinsam feiern können.«

Unseren Sieg ..., das Entscheidende war das »Wir«. Klobbicke fühlte sich geschmeichelt, nein geadelt von diesem »Wir«. Er schloss die Augen, merkte aber, dass sein Besucher sich erhob. Er hörte das Stuhlrücken. Da fiel ihm noch etwas ein, was er unbedingt erzählen musste. Einer der Gendarmen hatte ihn aufgesucht und ihm etwas anvertraut, das er loswerden musste.

Wenig später nickte er ein, während sich sein Besucher so unauffällig und leise davonmachte, wie er gekommen war.

Lütke-Hubert entpuppte sich als ebenso angenehmer wie unauffälliger Hausgenosse und fügte sich nach anfänglichen Schwierigkeiten recht gut ein – sah man von einer Unruhe ab, die sich immer wieder im Kneten und Reiben der Hände zeigte, in seiner Einsilbigkeit und zeitweiligen geistigen Abwesenheit. Aber das alles zeugte nur davon, wie schwer er es in der Fremde gehabt haben musste.

Jan hatte nicht mehr darauf bestanden, dass er in die Stube oder die Upkammer zog, da er das strikt ablehnte, und ihm seinen Willen gelassen. Die Kammern in den Hillen boten nur eine karge Unterkunft, aber das störte den Heimkehrer nicht. Er habe es, betonte er, während der vielen Feldzüge oft wesentlich schlechter getroffen. Beinahe täglich ging er zur Kirche und besuchte den Friedhof. Ob er eine Beichte ablegte, wusste Jan nicht, aber jeden Abend bestand sein Bruder darauf, dass alle mit ihm gemeinsam um die Vergebung der Sünden beteten. Also haderte er noch mit der Vergangenheit und kam nicht mit sich ins Reine.

Stine mochte Lütke-Hubert so wenig wie er sie, aber vielleicht mochte er Frauen generell nicht. Über Bernard sprach er nicht mehr. Jan vermutete, dass er befürchtete, wieder von Trauer und Schmerz überwältigt zu werden, sobald er auf den Toten zu sprechen käme. Was für ein Verhältnis hatten seine älteren Brüder überhaupt zueinander gehabt? Lütke-Hubert war nur ein Jahr jünger als Bernard, aber als Zweitgeborener hatte er nicht viel zu erwarten gehabt. Das hatte ihn anscheinend nie gekümmert, die

Machtkämpfe, die Brüder sonst oft austrugen, blieben bei den beiden aus. Im Gegenteil, Lütke-Hubert bewunderte den Älteren. Erst mit Bernards Interesse an Agnes änderte sich ihr enges, problemloses Verhältnis. Genau wie bei ihm.

Lütke-Hubert war seit zwei Tagen da, als Josef Wierling zu Besuch kam. Jan hatte die ganze Zeit damit gerechnet, dass die Nachbarn zum Schlag ausholten, aber dass sie Josef als Vorboten schickten, überraschte ihn. Zweifellos war Josef der Schwächste von ihnen. Aber sein Hass auf Jan mochte den Ausschlag gegeben haben. Und ein Vorbote kündigte ja nur an. Die eigentliche Streitmacht, dachte Jan, als Josef auf die Tenne trat, sammelte sich jetzt irgendwo. Wie würden sie vorgehen? Sollte Josef ihm das mitteilen, um ihm eine letzte Chance einzuräumen, lebend zu entkommen?

Josef nahm die Filzkappe ab und drehte sie unsicher in der Hand.

»Was führt dich her?«, fragte Jan.

»Der Tod«, antwortete Josef und blickte ihn endlich an. Obwohl er etwas in der Art erwartet hatte, verschlug die Unverblümtheit Jan den Atem.

»Der Tod von Heinrich«, fuhr Josef schleppend fort.

Jan entspannte sich, blieb aber wachsam. »Von Heinrich?«

»Heinrich Schulze Hundrup ist Sonntagabend gestorben. Ich hab's übernommen, euch den Tod anzukündigen. Die Beerdigung ist morgen, jetzt können wir ja wieder beerdigen. Der Frost ist vorbei. Nahezu.« Josef musterte angelegentlich die Kühe, während er sprach.

»Und ich werde zur Beerdigung erwartet?«, fragte Jan ungläubig. »Hat dich Paul geschickt, um mir das zu sagen?«

Josef schwieg erst einmal, als müsste er sich genau überlegen, was er antworten wollte. »Ich danke dir, dass du uns anderen auf dem Schnadgang verraten hast, was mit der Aufteilung der Allgemeinheit im Busch ist. Das wird mich erledigen. Aber es ist besser, wenn ich's jetzt schon weiß.«

Auch Josef hatte zu der Gruppe gehört, die Jan vor der Kirche aufgelauert und bedroht hatte, aber er hatte sich, erinnerte sich

Jan nun, nicht gerade in den Vordergrund gedrängt. Vielleicht hatte er nur wissen wollen, was die anderen vorhatten.

»Ich will ehrlich zu dir sein«, fuhr Josef fort. »Ich wäre froh, wenn du von hier weggehst und ich dich nie mehr sehen muss. Aber ich mach nicht gemeinsame Sache mit den anderen. So weit gehe ich nicht. Schon wegen Tobias. Ich will mir nichts aufs Gewissen laden.«

»Hat Pfarrer Niesing mit dir geredet?«

»Nee, da bin ich selbst drauf gekommen.«

Also hatte Niesing sein Versprechen bisher nicht gehalten. Jan merkte, dass er darauf gehofft hatte, dass es dem Pfarrer gelang, den Tollköpfen unter den Nachbarn den Schneid mit einer kleinen Höllenpredigt abzukaufen. Er brauchte eine Atempause, er brauchte Zeit. Anscheinend hatte er die nicht. Vor oder nach der Beerdigung würden sie es so einrichten, dass sie ihn erledigen konnten. Wahrscheinlich würden sie ihn spurlos in einem der Moorlöcher verschwinden lassen, und er wäre nicht der erste Verfemte, der so endete. Wer würde den Henker machen? Paul?

Jemand näherte sich von hinten. Jan bemerkte, wie sich Josefs Gesichtsausdruck änderte. »Lütke-Hubert!«, stammelte er. »Es stimmt also doch. Du bist zurück!«

Falls Niesing nicht die Nachbarn informiert hatte, blieb nur einer, der die Nachricht weitergetragen haben konnte: Matthias, der mindestens einen von zwei Abenden bei seiner Liebsten auf Potthoffs Hof verbrachte.

»Josef? Josef Wierling? Ich glaube, ich erkenne dich!«, sagte Lütke-Hubert.

Die beiden betrachteten sich wie zwei Menschen, die sich früher gut gekannt hatten und nun vorsichtig die nicht mehr ganz so vertrauten Züge des anderen erkundeten. Josef kam als Erster zu einem Urteil. »Du bist es wirklich«, sagte er staunend. »Älter, ja, aber immer noch du.«

Lütke-Huberts Haltung hatte sich verändert. Schleppte er sich sonst wie ein alter Mann umher, so hatte er sich jetzt gestrafft und sichtlich an Kraft gewonnen. Der Eindruck von Alter und Schwäche, den er meist machte, war vielleicht nur eine Täuschung. Angemessen förmlich überbrachte Josef Lütke-Hubert die Einladung zum Beerdigungskaffee auf dem Hundrup-Hof. Er würde dort erwartet, sagte er ernst, Jan nicht.

»Ich geh nicht ohne Jan«, sagte Lütke-Hubert bestimmt.

»Das wäre nicht gut, wenn Jan mitkäme«, wandte Josef unglücklich ein.

»Dann bleib ich auch hier«, entgegnete Lütke-Hubert.

»Aber einer von euch muss dabei sein.« Den Einwand brachte überraschenderweise Stine vor. Keiner hatte die Magd bemerkt. Sie saß auf ihrem Melkschemel und molk die einzige Kuh, die jetzt noch Milch gab. Aber nun war sie fertig, stand auf, den einbeinigen Melkschemel am Hintern. Jan dachte zum ersten Mal, wie seltsam das aussah, wenn jemand mit dem Melkschemel, der mit einem Band um die Hüfte befestigt war, herumlief. Die Kuh hatte nur wenig Milch gegeben, es war abzusehen, wann sie völlig trocken stand. Stine ging an den Männern mit finsterer Miene vorbei. »Es gehört sich so, Bauer.«

Lütke-Hubert sah ihr schaudernd nach. »Schick sie weg, Jan. So eine können wir hier nicht brauchen.«

»Das meinst du nicht im Ernst«, widersprach Jan energisch. »Ich bin sehr zufrieden mit unserer Stine.«

Josef verabschiedete sich bald, brachte es aber fertig, Jan vor den Nachbarn zu warnen, ohne wirklich deutlich zu werden. Nein, wiederholte er, es wäre gar kein guter Einfall, wenn Jan zum Beerdigungskaffee käme, er würde ihm dringend raten, sogar der Beerdigung fernzubleiben.

Dem Rat folgte Jan nicht wegen der Warnung, sondern weil ihm der Anwalt, dieser Henning Schult-Henning, den Bernard beschäftigt hatte, einen Brief mit einer unverschämten Forderung geschickt hatte. Wegen des Briefs ritt er nach Münster, musste dort jedoch feststellen, dass der Advokat nicht zu sprechen war. Der Brief war einige Zeit unterwegs gewesen und der Absender für ein paar Tage verreist. Unverrichteter Dinge kehrte Jan gegen Abend zurück. Zu seinem Erstaunen fand er einen Besucher vor.

4

Lütke-Hubert hatte den unerwarteten Gast empfangen, einen älteren Mann in äußerst schlichter, fast ärmlicher Kleidung, wie sie unter Lehrern auf dem Land üblich war. Ein enger dunkelgrauer Rock, eine dunkle, etwas beulige Hose, ein nicht sehr modischer Hut mit leicht speckigem Rand, ein vom Alter vergilbtes Halstuch, das ohne sonderliches Geschick gebunden war.

Der Besucher saß ein wenig in sich zusammengesunken auf einem der Lehnstühle recht weit links am Herdfeuer auf der Gesindeseite.

Sobald Jan die Küche betrat, stand Lütke-Hubert hastig auf und ging ihm entgegen. »Er war schon hier, als ich von der Beerdigung heimkam.«

»Der Beerdigung?« Jan spähte an seinem Bruder vorbei, um herauszufinden, wer ihnen da ins Haus geschneit war. Der Mann hatte sich kurz umgeschaut und kehrte ihm nun den Rücken zu, als wollte er den Brüdern Gelegenheit zu einer diskreten Verständigung geben.

Das graumelierte Haar des Fremden endete auf dem Kragen des Rocks in einer Rolle.

»Heinrich Schulze Hundrups Beerdigung. Josef hat mich abgeholt. Was sollte ich denn machen? Die Magd hat ja recht. Dass keiner von uns die Drostes vertritt, wäre nicht … Ach, es ist gut, dass du zurück bist. Was Josef mir da alles erzählt hat …« Er brach ab, als sich der Fremde nun doch erhob.

Ein schmächtiger Mann mit schmalem Kopf, eingesunkenen Augen und grauen Bartstoppeln in einem wie mit Asche bepuderten Gesicht. Wer mochte das sein? Jan zermarterte vergeblich sein Gedächtnis, während er sich wünschte, von niemandem mehr behelligt zu werden. Er hatte genug von Überraschungsbesuchen.

»Also hat sich das Warten ja doch noch gelohnt«, sagte der Fremde mit volltönender Stimme.

Diese Stimme! Weit, weit zurückliegende Erinnerungen wurden geweckt, die mit dem Mann vor Jan auf keinen Fall in Verbindung stehen konnten.

»Ach ja?«, sagte er vorsichtig.

Der Mann lächelte, ein leises, beinahe wehmütiges Lächeln.

Immer noch kein Erkennen. Mit notdürftig gezähmtem Unmut wandte sich Jan an Lütke-Hubert: »Wer ist das?«

»Ja, dir geht es genauso wie deinem Bruder«, mischte sich der Mann freundlich ein. »Auch er hat mich nicht erkannt. Allerdings war er damals schon zu alt für die Schule.«

Schule?

Jetzt kam Jan eine Idee. Nein, das war zu verrückt. Energisch schüttelte er den Kopf.

Das Lächeln vertiefte sich. »Ja, ja, ich ahne, dass du auf der richtigen Spur bist.«

Vage Übereinstimmungen mit einem Gesicht von früher. Na und? So leicht würde er es dem anderen nicht machen. Und überhaupt! Was wollte er hier? Gerade jetzt? Ungünstiger hätte er den Zeitpunkt für einen Besuch kaum wählen können.

»Ich erinnere mich an jemanden, dem es hier schnell zu langweilig geworden ist«, sagte er kühl. »An der Langeweile hat sich nicht viel geändert. Noch immer die gleichen Leute, die ihren Acker bestellen und über nichts anderes nachdenken, als was sie morgen zu tun haben. So wenig wie früher dürfte ein gelehrter Mann wie Ihr hier etwas finden, was interessant erscheint.«

»Noch immer der gleiche Widerborst«, sagte der Mann aufgeräumt. »Dabei dachte ich, wenigstens bei dir etwas Gutes bewirkt zu haben. Liest du noch gelegentlich? Ich meine, nicht nur in der Bibel.«

Lütke-Hubert schlurfte zu seinem Stuhl zurück. »Der Herr Lehrer Hölker hat zwei Stunden auf dich gewartet, Jan, nur um dir einen guten Tag zu wünschen. Er wollte nicht aufbrechen, ohne dich gesehen zu haben. Ich hab ihm gesagt, das kann spät werden.«

Zwei Stunden! Zwei Stunden hatte ein Eigenbrötler wie Lütke-Hubert mit dem Mann reden und ihm Gesellschaft leisten müssen. Die Anstrengung war ihm anzumerken. Auch Lütke-Hubert wünschte den Besucher ganz offensichtlich dahin, wo der Pfeffer wächst.

Es musste bald zwanzig Jahre her sein, dass Clemens Hölker

die Stelle als Lehrer an der Venner Schule angetreten hatte. Und er war der seltsamste Lehrer, den man hier je erlebt hatte. In den paar Jahren, die er es auf der Stelle aushielt, hatte er nie einen Schüler verprügelt. Wahrscheinlich sein größter Fehler.

Damals war er ein junger Mann, der frisch vom Lehrerseminar kam und romantische Vorstellungen vom Landleben hegte. Der mit dem Vorsatz antrat, den unverbildeten Geist seiner Schüler zu formen und ihnen mehr Bildung zu vermitteln als üblich. Jan und einige seiner Mitschüler hatten sogar einige Monate Lateinunterricht erhalten. Er besaß noch Bücher, die ihm Clemens Hölker bei seinem etwas plötzlichen Abschied geschenkt hatte. Philosophische Werke, schwere Kost für einen Bauernsohn. Noch immer las er darin, wenn er Abstand von seinem Leben gewinnen wollte.

Clemens Hölker hatte er einiges zu verdanken.

Aber es hatte auch Stunden gegeben, die Jan mit ihm allein verbracht hatte und an die er sich nur mit Unbehagen erinnerte.

Das war Vergangenheit. Hölker würde wieder verschwinden, und er würde ihn erneut vergessen.

Stine kam mit ein paar Äpfeln aus dem Keller herauf, stutzte, als sie Jan sah, und deutete dann auf Clemens Hölker: »Bleibt der zum Essen?«, fragte sie.

»Ja, gern«, antwortete Clemens freudig, »was gibt es denn Gutes?« Sein Blick schweifte von Stine hinauf in den Bosen, wo die Schinken hingen.

Stine bereitete in der großen Eisenpfanne ein Mahl aus geschmorten Äpfeln, ein paar wenigen Eiern und viel eingeweichtem altem Brot unter Zugabe von Schmalz zu, und Jan ließ sie einige Scheiben geräucherten Speck auf einem Holzbrett anrichten, weil er sich dem Gast gegenüber nicht lumpen lassen wollte. Clemens Hölker sprach dem Essen zu, als hätte er sich schon lange nicht mehr satt gegessen. Die Lehrer auf dem Land, die darauf angewiesen waren, einen Teil ihres Lebensunterhalts mit dem Bestellen eines Gartens oder eines kleinen Ackers zu bestreiten, waren schon für gewöhnlich arm dran und in diesem Winter besonders. Dass aus Clemens Hölker trotz seiner großen Bildung nichts Besseres geworden war, wunderte Jan dennoch.

Soweit er sich erinnerte, kam sein ehemaliger Lehrer aus einer angesehenen Kaufmannssippe in Münster. Konnte die ihn nicht unterstützen?

»Habt Ihr Familie?«, fragte er ihn, als sie die Mahlzeit beendet hatten und nur noch ihr Bier austrinken mussten.

»Nein.« Clemens schwieg einen Augenblick. »Es gab da schon ein Mädchen, das ich sehr gernhatte. Aber sie hat sich für einen anderen entschieden. So ist das eben, da konnte ich nichts machen. Und eine andere wollte ich nicht. Da blieb nur der Verzicht.« Es war ein überraschendes Bekenntnis, und es rührte Jan. So offen hatte sich Clemens Hölker früher nie gegeben. Dieser Verzicht auf seine Liebste musste aus ihm einen so graugesichtigen Mann gemacht haben. Einen Mann, der zu früh aufgehört hatte, richtig zu leben.

»Was ist mit dir?«, setzte der Lehrer leise hinzu.

Ich habe ein Mädchen, dachte Jan wehmütig, aber auch sie wird einen anderen heiraten, wenn nicht … Er riss sich zusammen. So rasch würde er sich keine Geständnisse entlocken lassen. »Schäfer taugen nicht zur Ehe. Die letzten neun Jahre hab ich mit Schafen in der Heide verbracht. Ich bin erst seit kurzem hier.«

Lütke-Hubert lehnte sich ein wenig vor. »Marie Potthoff lässt dich grüßen. Ich hab sie auf der Beerdigung gesehen und beim Kaffeetrinken. Sie hat mir ausdrücklich aufgetragen, dass ich dich von ihr grüßen soll.« Fragend musterte er seinen Bruder.

Jan gedachte nicht, auf diesen fragenden Blick einzugehen. Das indes tat Clemens Hölker.

»Ist sie hübsch, diese Marie?«, fragte er mit einem anzüglichen Unterton.

Lütke-Hubert schien verwirrt. »Hübsch? Kann ich nicht sagen«, antwortete er hilflos.

Jan gab Stine einen Wink, Bier nachzuschenken, und hoffte, dass sich damit das Thema erledigte.

»Doch, das ist sie, die Marie«, meldete sich Matthias vom unteren Tischende. Nieuwe-Jupp grinste breit.

»Dann trinke ich auf die hübsche Marie und ihren Gruß«, sagte Clemens schelmisch. »Es muss doch etwas Besonderes sein, wenn dich ein hübsches Mädchen grüßen lässt.«

Besorgt fragte sich Jan, wie lange der Lehrer bleiben wollte. Wie war er überhaupt hergekommen? Es stand kein fremdes Pferd im Stall. Auf die Frage, wo er gegenwärtig beschäftigt sei, hatte er nicht geantwortet. Vielleicht hatte er seine Stelle verloren und wollte bei Pfarrer Niesing nachfragen, ob er in der Venner Schule als Hilfslehrer arbeiten könnte.

»Wollt Ihr uns nicht verraten, was Euch herführt? Oder habt Ihr bereits mit Lütke-Hubert darüber gesprochen?«

»Hat er nicht«, sagte Lütke-Hubert, »aber was ich noch sagen wollte: Paul lässt dir auch Grüße bestellen. Es klang aber nicht besonders freundlich.«

Die Drohung hing also immer noch in der Luft. »Verstehe«, sagte Jan bedrückt.

»Kenne ich diesen Paul? Wieso stehst du dich nicht gut mit ihm?«, meldete sich Clemens und sah aufmerksam von einem zum anderen. Schon früher hatte er immer Dinge wissen wollen, die ihn nichts angingen.

»Ist wegen dem Tod der Bäuerin, war ja seine Schwester«, murmelte Matthias.

»Ach ja«, sagte Clemens harmlos, »Lütke-Hubert sagte, es hätte noch mehr Trauerfälle gegeben.«

»Mord«, sagte Matthias.

Jan schlug mit der flachen Hand auf den Tisch. »Du sei still! Wenn ich was von dir hören will, sag ich es dir. Und wenn du fertig bist, mach dich davon.«

Beleidigt stand Matthias auf, und Nieuwe-Jupp schloss sich ihm an, bevor Jan auf die Idee kommen konnte, auch ihn hinauszuweisen. Als ob er das vorgehabt hätte!

»Kann ich über Nacht bleiben?«, erkundigte sich Clemens, sobald sie allein waren.

Jan hatte die Frage befürchtet. Wo sollte der Lehrer jetzt noch hin? Er konnte doch nicht durch die Nacht zu Fuß zurück nach Münster laufen. Nicht mal nach Senden.

»Sicher. Platz haben wir genug«, antwortete er nicht allzu entgegenkommend.

»Und ginge es auch für einige Tage?«

»Da wärt Ihr bei Pfarrer Niesing besser aufgehoben.«

»Ich glaube nicht. Niesing hat mich damals fortgeschickt, weil er meine Art, Schule zu halten, für unverantwortlich hielt. Besonders den Lateinunterricht hat er mir übelgenommen. Nein, ich glaube nicht, dass ich bei ihm nach einem Quartier fragen sollte.«

»Er hat Euch damals – entlassen?«, fragte Jan verblüfft.

»So könnte man sagen.« Clemens schmunzelte. »An meinen Ansichten, was das Schulehalten betrifft, hat sich übrigens nichts geändert. Noch immer bin ich davon überzeugt, dass Kinder mehr lernen sollten, als in der Bibel herumzubuchstabieren, Kirchenlieder zu singen und Eltern und anderen Respektspersonen gegenüber unbedingten Gehorsam zu leisten. Pfarrer Niesing würde in mir den alten, unbequemen Rebellen finden, denn ich glaube nicht, dass er seine Ansichten geändert hat.«

»Da mögt Ihr recht haben«, sagte Jan schwach. »Dann seid Ihr nicht darauf aus, wieder für ihn zu arbeiten? Wenigstens über den Winter?« Die Venner Bauern ließen ihren Lehrer nicht verhungern. Aber es gab ja bereits einen, und Clemens hatte gerade selbst gesagt, dass er von Niesing nichts zu erwarten hatte.

»Nein«, erklärte Clemens, »mich führt etwas anderes her.« Er legte eine Pause ein und wartete ab.

Jan war alle Möglichkeiten durchgegangen. Blieb nur noch offene Bettelei. Clemens Hölker ein Bettler? So richtig passte das nicht. Was war's dann? »Dann erklärt's uns«, forderte er eine Spur zu harsch und merkte erschrocken, wie sehr ihn Hölker allein durch dieses Abwarten aus der Fassung gebracht hatte. Er musste sich besser zusammennehmen. Warum machte ihn der Lehrer so nervös?

»Hast du schon einmal von den Kornvereinen in Münster gehört?«

Jan wollte schon den Kopf schütteln, dann fiel ihm die Sitzung des Landwirtschaftsvereins ein. »Ja, kürzlich erst.«

»Nun, ich bin für einen der Kornvereine unterwegs. Um eine Hungersnot in Münster abzuwenden, brauchen wir viel Unterstützung.«

Also doch Bettelei! Jan entspannte sich.

»Geld? Da seid Ihr bei den hiesigen Bauern an der falschen

Adresse.« Jan wollte nicht sagen, bei mir auch. Nur ungern erinnerte er sich an die Forderung des Advokaten. Er wusste noch nicht, wie er sich diesmal dagegen wehren konnte.

»Geld wäre schon wünschenswert. Aber das Geld dient nur dazu, Korn und andere Lebensmittel zu kaufen. Und da steckt augenblicklich der Haken. Die Lieferungen aus dem Osten verzögerten sich wegen des strengen Frostes. Und nun ist der Frost vorbei, aber die Wege weichen auf. Also noch mehr Hindernisse. Nein, ich bin hier, um zu fragen, ob die Venner Bauern Getreide erübrigen können. Der Kornverein würde auch ...«, er sprach zögerlich weiter, »... etwas dafür zahlen.«

Wahrscheinlich nicht genug, dachte Jan. »Wie seid Ihr überhaupt hergekommen? Zu Fuß?«

Clemens lächelte wieder. »Nur das letzte Stück. Ich habe mich von einem Bauern mitnehmen lassen, um die Kosten für die Postkutsche zu sparen.«

Jan war versucht zu fragen, wer der Bauer gewesen war, ließ es aber dann sein. Etwas anderes war wichtiger. »Heute Nacht könnt Ihr gern bleiben. Aber länger wäre nicht empfehlenswert.«

Natürlich wollte Clemens mehr wissen, und Jan war sehr unbehaglich zumute, als er ihm eine weitere Erklärung gab.

»Meine Nachbarn denken, ich hätte erst meinen Bruder und dann auch noch meine Schwägerin erschlagen. Paul Schulze Hundrup hegt den größten Groll gegen mich und will mich mit seinem Gruß daran erinnern, dass sie mir gemeinsam an den Kragen wollen. Agnes war ja seine Schwester. Ihr solltet Euch daher nicht länger als nötig hier aufhalten, um nicht selbst in Gefahr zu geraten. Ich denke, Ihr werdet es auch so erfahren: Ich war drei Tage auf Groß-Schonebeck in Haft, aber dann hat man mich freigelassen. Ich weiß nicht einmal, warum.«

Lütke-Hubert keuchte erschrocken auf. »Davon hat mir niemand was gesagt. O Gott, o Gott, o Gott ...!« Er konnte sich gar nicht beruhigen. Erst als sich Clemens laut und vernehmlich räusperte, verstummte er.

»Vielleicht kann ich etwas für dich tun, wenn ich doch hierbliebe«, begann Clemens behutsam. »Ich werde ja ohnehin alle reihum aufsuchen. Und dann könnte ich Fürsprache für dich halten und überhaupt nachfragen, was sie auf die Idee bringt, dass du diese schrecklichen Taten begangen hast. Mit mir werden sie reden, davon bin ich überzeugt.«

Die Bauern hatten nicht allzu viel von ihrem weltfremden Schulmeister Hölker gehalten. Sie hatten ihn zwar gewähren lassen, weinten ihm aber keine Träne nach, als er seinen Abschied nahm. Jan überlegte, wie er Clemens von seinem sinnlosen Vorhaben abbringen sollte. Aber weil er bis in die Knochen müde war und überhaupt schlechter, gedrückter Stimmung, fiel ihm das Sprechen allmählich schwer, und er unterließ es, seine Einwände zu erläutern. Wahrscheinlich würde Clemens bald genug selbst darauf kommen, was ihm hier blühte.

5

Lütke-Hubert hatte sich nicht dazu geäußert, dass der Lehrer bei ihnen bleiben wollte. Wahrscheinlich war es ihm gleichgültig. Außerdem war Clemens tagsüber niemandem im Weg. Er ritt auf einem von Jans Pferden von Hof zu Hof und trug seine Bitte um Korn vor, nahm die Ablehnung mit guter Haltung hin, ließ sich zum Essen einladen und begann sich umzuhören. Jan hatte ihm das Bett in der Stube überlassen und zog widerwillig in die Upkammer, denn Agnes spukte hier. Er spürte sofort die schwere, bedrückende Gegenwart eines ruhelosen Geistes, der keine Erlösung fand. Entsprechend furchtbar war die erste Nacht, und die Aussicht auf weitere dieser Art war nicht verlockend.

Die Unruhe der Pferde weckte ihn, oder vielleicht war eine Ahnung in seinen zerquälten Schlaf gedrungen. Jemand schlich ums Haus. Stine schlief noch und auch der Hund auf der Tenne, den Kopf unter einer Pfote verborgen. Erst als Jan ganz nah an ihn herantrat, schreckte er auf und bellte kurz.

»Ja, du Wachhund, du hast nichts gehört, was?«, sprach er den Hund an. Mit einem Ruck riss er die Niendüer auf. Er hatte Angst, gestand er sich ein. Schneidende Angst. Dennoch trieb es ihn hinaus.

Sofort roch er das Blut. Er taumelte zurück und prallte mit

dem Rücken gegen die geschlossene Hälfte der Niendüer. Etwas drückte gegen seinen Rücken. Nicht das Holz der Tür, sondern etwas Weiches. Als er sich umwandte, entdeckte er ein totes Karnickel, das an die Tür genagelt war. Ein kopfloser blutiger Kadaver. Das abgezogene Fell war danebengeheftet und die ganze Tür mit Blut besudelt. Eine Warnung! Eine Drohung, wie sie deutlicher nicht hätte ausfallen können. Wie viel Zeit blieb ihm noch für das, was er tun musste?

»Was, so früh schon auf?«, rief Clemens. Er stand hinten im Stall, den Rock über das lange Nachthemd gezogen, das Jan ihm geliehen hatte.

Jan blieb in der Niendüer stehen. Hatte er Blut am Rücken? Wahrscheinlich. »Geht in die Küche, weckt Stine, seid so gut. Sie soll den Kaffee aufsetzen. Ihr mögt doch Kaffee zum Frühstück?«

Clemens rührte sich nicht.

»Ich komme auch gleich!«, rief Jan mit angestrengter Munterkeit.

Clemens verharrte noch einen Moment, drehte sich endlich um und ging zurück in die Küche.

Jan trug seine Hose über dem Nachthemd. Nun streifte er trotz der Kälte das blutbefleckte Hemd über den Kopf. Schaudernd ging er zum Brunnen, zog einen Eimer Wasser herauf, tauchte das Hemd hinein, wusch es aus und rieb sich damit über den Rücken. Seine Haut fühlte sich wie Eis an. Aber er war noch nicht fertig. Er rannte in den Schuppen, holte eine Schaufel, schlug den Kadaver von der Tür, riss das Fell herunter, nahm beides mit der Schaufel auf und schob es tief in den Misthaufen. Die Blutflecken auf der Tür spülte er mit ein paar Eimern Wasser ab, bis sie kaum noch zu erkennen waren. Erst dann war er einigermaßen beruhigt.

Beim Frühstück schlug er Clemens noch einmal vor, ins Pfarrhaus zu ziehen. Niesing würde ihn, wenn er seine Mission für den Kornverein erläuterte, sicher für einige Tage bei sich aufnehmen. Nicht sehr überzeugend versprach Clemens, darüber nachzudenken.

Abends berichtete er recht aufgeräumt von seiner zweiten

Tour. Zwar habe er wieder nichts erreicht, aber er sei längst nicht bereit, seine Bemühungen aufzugeben. Matthias lachte über seinen Unverstand. Erst später sollte Clemens auf ein paar Einzelheiten seiner Besuche zu sprechen kommen.

Zunächst bat er Jan um Tabak, da er leider seinen in Münster vergessen hatte. Jan hatte auch keinen, aber Lütke-Hubert bot an, etwas von seinem Knaster zu holen.

»O ja, Soldatentabak ist starkes Kraut«, sagte Clemens erfreut. Lütke-Hubert verließ die Küche.

»Komm, setzen wir uns dorthin.« Clemens deutete auf die Lehnstühle am Herdfeuer, als wäre er der Hausherr. Mit einem unguten Gefühl folgte ihm Jan.

»Ich hab einiges von deinen Nachbarn erfahren, was dich angeht, Jan«, begann Clemens zügig. »Aber bevor ich's dir erzähle, beantworte mir eine Frage. Klara Potthoff sagte da etwas, was ich nicht verstehe.«

»Klara?«, frage Jan verwundert.

Clemens bedeutete Jan, näher heranzurücken, und dämpfte die Stimme. »Nachdem der Tote am Baum entdeckt wurde, hat Anton dich aus der Heide holen wollen, hat Klara gesagt. Aber er ist dir schon kurz vor Münster begegnet.«

»Und?«

»Alle rätseln darüber, woher oder wohin du unterwegs warst.«

»Warum soll das wichtig sein?«

»Was weiß ich, sie machen sich halt Gedanken darüber. Einige sagen, du hast es gewusst.«

»Was?«, fragte Jan.

Clemens seufzte. »So kommen wir nicht weiter, Jan. Warst du auf dem Weg von Münster oder nach Münster?« Er legte eine Pause ein, betrachtete Jan abwartend.

»Was genau wollt Ihr wissen?«, fragte Jan schließlich. »Ich war in der Loddenheide, ich hab dort meinen Schäferkarren stehen.«

»Loddenheide«, wiederholte Clemens nachdenklich. »Das ist nicht gar so weit von hier. Hattest du daran gedacht, hier vorbeizuschauen? Warst du hier, und dann hat dich doch der Mut verlassen und du bist auf die Straße nach Münster abgebogen?«

Clemens baute eine schwankende Brücke und hoffte, dass Jan

sie betrat. Das war keine gute Idee. Wie genau kannte sich Clemens hier noch aus? Früher war er auf der Suche nach seltenen Pflanzen oder Steinen viel in der Gegend herumgewandert, und nach einiger Zeit war ihm jeder Weg und Steg vertraut. Ziemlich sicher war sich Jan, dass Clemens seit damals das Wegenetz durch die Loddenheide, die Verbindungen in die Venne und die Abkürzungen zur Chaussee nach Münster im Kopf hatte. Jan würde ihm nichts sagen. Nichts über Gesichte und Ahnungen, nichts über schwere Träume voller Blut und Gewalt. Nichts über Erinnerungen oder Vorwissen. Dem war Clemens schon früher nachgejagt, als Jan noch ein Kind war, das irgendwie mit der Gabe der Hellseherei zurechtkommen musste. Schon damals hatte Clemens die Geheimnisse seines Geistes zu ergründen versucht und nicht aufgehört, ihn zu bedrängen. Jetzt fing das von vorn an.

Als Lütke-Hubert wieder eintrat, wechselte Clemens das Thema. Er schlafe ausgezeichnet in Jans Bett, sagte er, und sei so überaus dankbar für die freundliche Aufnahme in seinem Haus. Nach diesem Bekenntnis wäre es Jan äußerst schwer geworden, ihn vor die Tür zu setzen. Auch das war so eine Eigenart von Clemens. Mit beharrlicher Bescheidenheit setzte er seine Wünsche durch, indem er die der anderen ignorierte. Von einem Umzug ins Pfarrhaus war nicht mehr die Rede.

Klara hatte ihrer Tochter nichts davon erzählt, dass sie Karl Vennschott zum Abendessen erwartete. Pünktlich traf er ein, in seinem besten Anzug, die etwas schütteren Haare mit einer gar nicht so übel riechenden Pomade an den Schädel geklebt. Groß, ein wenig gebeugt, keine schlechte Erscheinung. Er grüßte höflich, und seine Augen leuchteten auf, als Marie hereinkam und sich die Schürze herunterriss, die sie beim Melken getragen hatte.

Alles lief, wie es sollte. Erst einmal wurde über den Winter und das Wetter geredet, über die Viehkrankheiten und was es sonst an ewig gleichen Themen abzuhandeln gab. Die Unterhaltung führten hauptsächlich Klara und Karl. Anton saß zwar bei ihnen, aber er konnte nicht mehr sprechen, und niemand wusste, wie viel er verstand. Seine Augen glitten unruhig von einem zum anderen, als ob er darüber rätselte, wohin er geraten wäre. Ab und zu seufzte er, und ein Speichelfaden löste sich von seiner Unterlippe, den Klara liebevoll wegwischte. Karl bemühte sich, nicht allzu oft hinzuschauen, und ließ seinen Blick lieber auf Marie ruhen, die mit der Magd in der Kochecke hantierte. Endlich war der Augenblick gekommen, da sich alle zu Tisch begaben. Hinnerk und Johann halfen dem Vater auf, brachten ihn aber in seine Schlafkammer zurück. Karl war die Erleichterung darüber anzumerken, leutselig gab er Marie einen Klaps auf den Hintern.

»Lass das, ja?«, fuhr sie ihn an. »So weit sind wir nicht miteinander.«

Karl lachte unsicher.

Klara drückte Marie die Pfanne mit den Spiegeleiern in die Hand. Eine ganze Pfanne voll Spiegeleier für Karl allein. Die anderen, einschließlich der Magd, die unten am Tisch saß und mit großen sehnsüchtigen Augen zuschaute, würden sich mit Eintopf begnügen. Ernsthaft und konzentriert schaufelte Marie die fetttriefenden Eier aus der Pfanne auf Karls Teller.

»Danke, Marie«, sagte Karl feierlich und nahm die Gabel in die Hand. Niemand aß, obwohl die dampfende Suppenschüssel längst auf dem Tisch stand.

Dies hier war ein großer Moment. Die Spiegeleier, von Marie serviert, waren die Antwort, die sich Karl heute abholen kam. Das Ja von Marie, seiner Braut. Mit dem ersten Mundvoll Spiegeleier war der Bund fürs Leben besiegelt. Deshalb ließ sich Karl Zeit. Während Marie zurück zum Herd gegangen war, verrührte er das noch flüssige Gelbei. So hatte er die Eier am liebsten. Dann nahm er eine Prise Salz zwischen Daumen und Zeigefinger und bestreute sein Essen. Fragend sah er zum Herd. Doch, Marie schaute zu ihm herüber. Er hob die Gabel, von der das Gelbei tropfte. Genussvoll schloss er einen Moment die Augen und riss sie wieder auf, als etwas auf seinen Teller klatschte.

Mitten auf den Eiern lag ein Pfannkuchen.

»Das ist meine Antwort«, sagte Marie gelassen. »Die Eier sind nicht von mir, die hat die Magd gebraten. Aber der Pfannkuchen, den hab ich gemacht. Für dich.«

Karl sprang auf.

»Marie!«, schrie Klara.

»Das kannst du nicht meinen«, sagte Karl betroffen. »Für den Pfannkuchen bin ich nicht gekommen. Der gilt nicht. Ein Nein war nicht abgesprochen.«

»Nein«, räumte Marie ein, »aber mir hat auch niemand gesagt, dass du heute kommst. Dann hätte ich dir eine Nachricht geschickt, dass du dir den Weg sparen kannst.«

»Warum? Warum, Marie?«, fragte Karl mit verzerrtem Gesicht. »Was hab ich dir getan?«

»Nimm sie nicht ernst«, mischte sich nun Klara ein. »Das Kind ist verwirrt. Ich hätt's ihr wirklich sagen sollen. Es ist mein Fehler.«

»Marie!«, flehte Karl.

»Ich kann dich nicht heiraten. Ich bin guter Hoffnung«, sagte Marie. Gern hätte sie mit dieser Eröffnung gewartet, aber es blieb ihr keine Wahl. Dabei war sie sich ihrer Sache keineswegs sicher. Nicht im Geringsten.

»Guter was?«, stotterte Karl.

»Hoffnung. Nicht von dir, aber das weißt du ja.«

Es war eine Schande, mit einem so ehrenwerten Bewerber derart grob umzugehen. Johann schaute betreten weg, in Hinnerk ballte sich Zorn zusammen.

»Ich nehm dich trotzdem. Hoffentlich wird's ein Junge«, stieß Karl hervor.

Ein Bauernhof war keine Angelegenheit nur für eine Generation, er war eine Aufgabe für viele. Karl Vennschotts Hofstelle bestand erst einige Jahre, aber wenn etwas daraus werden, wenn sich all die Plackerei lohnen sollte, brauchte er einen Erben. Seine erste Frau hatte ihm keinen geschenkt, und der Jüngste war er auch nicht mehr.

Marie verstand ihn voll und ganz. »Mein Kind kriegst du nicht«, beschied sie ihn ruhig.

Hinnerk war aus der Bank getreten und riss seine Schwester zu sich herum. »Jetzt sagst du sofort, mit wem du im Heu gewesen bist. Dann schlag ich ihn tot.«

Da entfuhr Klara etwas Dummes: »Aber das habt ihr doch sowieso schon vor.«

6

»Heute bin ich auf Soldaten und etliche Gendarmen getroffen«, erzählte Clemens leichthin. Er war spät heimgekehrt, nachdem er wieder den Tag auf den Höfen der Umgebung verbracht hatte, auf welchen, verriet er nicht. Allerdings wollte Jan auch nichts Genaueres wissen. Immer mehr empfand er Clemens' Gegenwart als Belästigung, obwohl dieser weiß Gott kein unangenehmer Kerl war. Er störte Jan nur bei seiner verzweifelten Suche nach der Lösung all der Probleme, die ihn gleichzeitig bedrängten. Solange er sich in den Abendstunden Clemens widmen musste, konnte er nicht in Ruhe nachdenken. Tagsüber fehlte ihm bei der vielen Arbeit, die zu erledigen war, die Zeit dazu.

»Sie treiben sich schon länger hier in der Gegend herum. Weiß der Himmel, was sie suchen.«

»Vielleicht einen Knopf?«, fragte Clemens humorvoll.

Jan sog scharf den Atem ein. »Wie kommt Ihr darauf?«

Das war das Allerlästigste: Man wusste nie, was dem Fuchs Clemens im Kopf herumging. Was sollte die Bemerkung über den Knopf?

Clemens stopfte seine kurze Pfeife mit Lütke-Huberts stinkendem Knaster, entzündete einen Span am Herdfeuer und setzte die Pfeife genüsslich in Brand.

»Das war nur ein Scherz«, erklärte er gemütvoll. »Tatsächlich hat einer der Gendarmen mir erzählt, dass er dabei gewesen ist, wie man den kopflosen Toten geborgen hat, der am Rand des Moors hing. Der Amtmann hatte ihm aufgetragen, den Baum noch eine Weile unauffällig im Auge zu behalten. Und da hat der Gendarm doch tatsächlich beobachtet, wie einer der Bauern zurückgeblieben war und etwas vom Boden aufhob.«

Wie hatte Clemens den Mann zum Sprechen gebracht? Und wusste Clemens, dass er dieser Mann gewesen war? Warum beschäftigte sich der Lehrer überhaupt mit solchen Fragen?

»Wie ich sehe, trägst du an deiner Jacke einen Knopf, der nicht ganz zu den anderen passt.« Clemens deutete auf den obersten Knopf, den Jan selbst angenäht hatte. Der Knopf, den er unter dem Baum gefunden hatte und dessen Muster abgegriffener war als das der übrigen. Jetzt brannte der Knopf ein Loch in seinen Verstand.

Konnte die Bemerkung mehr als ein Schuss ins Blaue sein? Selbst wenn. Jans Magen krampfte sich zusammen, während sich eine leise Wut auf seinen Gast entwickelte, diesen undurchsichtigen Heimlichtuer.

Lütke-Hubert schielte herüber. »Ich hab auch solche Knöpfe. Haben wir alle. Einen Satz Silberknöpfe mit Adler drauf. Und ich hab meine noch. Ich hole meine Jacke.« Clemens machte eine Bewegung, als ob er ihn aufhalten wollte, ließ aber dann die Hand sinken. Jan wartete, bis die Schritte seines Bruders nicht mehr von der Tenne zu hören waren.

»Was habt Ihr sonst noch erfahren? Was suchen die Soldaten im Moor?«, fragte er mit harscher Stimme.

»Was glaubst du?«

Jan sah auf seine Hände, die er mit einiger Mühe ruhig hielt, während in seinem Verstand die Gedanken durcheinandergaloppierten. Das hier war keine normale Unterhaltung. Jetzt war eiskalte Überlegung gefragt, zu der er sich im Augenblick gar nicht fähig fühlte.

»Vielleicht die Jacke des Toten, nebst Hose, Hemd und was er sonst noch trug. Habt Ihr gehört, dass der Tote auch der hiesige Landrat sein könnte, der Herr von Schonebeck?« Er starrte Clemens forschend an, um zu sehen, ob es ihm gelang, ihn auf die neue Fährte zu locken.

Clemens nahm die Pfeife aus dem Mund und nickte gedankenvoll. »Ja, hab ich. Vielleicht wäre es dir lieber, wenn es der Landrat wäre. Und natürlich fragt man sich, was den Landrat eindeutig von deinem Bruder Bernard unterscheidet. Ihn jetzt noch unterscheiden könnte.«

Die Hände. Jan hatte die Hände völlig vergessen. Alle Droste-Söhne hatten die gleichen Hände, groß und breit und kräftig, die drei mittleren Finger beinahe gleichlang. Typische Droste-Hände. Und die des Landrats waren ganz sicher nicht so schwielig und abgearbeitet wie die Bernards.

Erstaunlich, wie lange Lütke-Hubert brauchte, um seine Jacke zu holen. Jan war einmal oben in seiner kleinen Kammer gewesen, um nachzusehen, wie es dort aussah. Alles war in Ordnung, in bester sogar. Jan hatte nicht gewusst, dass Lütke-Hubert sich inzwischen derart auf Ordnung verstand. Jedes Kleidungsstück hing sauber gebürstet an einem Haken an der Tür oder akkurat gefaltet auf dem Wandbrett. Nirgends ein Stäubchen, dabei hatte Stine bestimmt nicht dermaßen gründlich saubergemacht. Aber die Sauberkeit erklärte, was Lütke-Hubert in den langen Stunden, die er in der Kammer zu verbringen pflegte, trieb. Auf dem Hof trug er nur noch Klompen, die Lederstiefel vor dem Bett glänzten vor Wichse. Absätze, Sohlen peinlich sauber. Wieso hatte er so wenig acht auf sein Entlasspapier gegeben? Jan hatte es unter den zwei Hemden auf dem Wandbord gefunden und es sich gründlicher als zuvor angesehen.

»Aber warum sollte der Tote der Landrat sein?«, fragte Clemens, um die Aufmerksamkeit wieder auf sich zu ziehen.

Jan schrak zusammen und krampfte vor Ungeduld die Fäuste um den Bierkrug. Er brannte darauf, mit seinen Gedanken allein zu sein, und musste sich sehr beherrschen, um Clemens weiterhin einigermaßen gelassen Rede und Antwort zu stehen. Nur zu klar war er sich darüber, dass jedes auffällige Verhalten dem anderen nur gefährliche Schlussfolgerungen nahelegte.

»Haben Euch die Nachbarn nicht erzählt, dass er nicht gerade beliebt in der Gegend war? Und er war wohl ein wenig zu habgierig, wie mancher andere hier auch, den ich Euch nennen könnte.«

Die Hände waren der Schlüssel, das war ihm längst klar. Aber er wusste auch, dass die Dinge längst nicht so einfach lagen, wie Clemens sie sich zurechtzulegen schien. Hölker hielt sich besser aus allem raus. Wie konnte er ihn bloß loswerden? Das Problem beschäftigte ihn mehr und mehr. Das Allerletzte, was er gebrauchen konnte, war ein ebenso neugieriger wie scharfsinniger Beobachter.

Am Nachmittag, als es gerade sehr ruhig im Haus gewesen war, hatte Jan auf der Tenne gesehen, wie Lütke-Hubert wieder einmal nach oben zu den Hillen über der Pferdeseite starrte, während er unablässig die Hände rang. Er schaute dorthin, wo der Balken gesessen hatte. Diesmal wollte Jan bewusst in die verhängnisvolle Vergangenheit eintauchen. Aber sie ließ sich nicht herbeizwingen. Er musste sich mühsam erinnern. Denk nach, mahnte er sich. Wie war es damals gewesen? Wer war hier? Paul war da und sein großmäuliger Vater Heinrich, von dem sich sein eigener Vater stets angegriffen fühlte. Auch diesmal war dieser so in Rage versetzt worden, dass er jeden anfuhr, der ihm in die Quere kam. Sein letztes Opfer war Lütke-Hubert.

Lütke-Hubert mochte keinen Streit, Streit war ihm zuwider, und die Auseinandersetzung, die zwischen dem Vater und Bernard um die Übergabe des Hofes tobte, machte ihn kreuzunglücklich. Wo er konnte, wich er dem Streit aus, aber Bernard versuchte, ihn als Verbündeten zu gewinnen. Jan erinnerte sich an ein erlauschtes Gespräch zwischen den beiden. Damals hatte Bernard dem jüngeren Bruder den Wierlings-Kotten angeboten. Die Wierlings würde er raussetzen, um Lütke-Hubert zu einer eigenen Hofstelle zu verhelfen, sobald der Vater sich aufs Altenteil zurückgezogen hätte und in die Hofangelegenheiten nicht mehr dreinreden konnte. Aber damit kam er bei Lütke-Hubert schlecht an. Selbständig arbeiten war nicht dessen Sache, deshalb war er später beim Militär sicher gut aufgehoben gewesen. Bloß nicht nachdenken und eigene Entscheidungen treffen müssen. Ein ewiger Zweiter.

Jan sah nun klar die Hände der beiden, wie sie sich um den Balken krampften, bis die Sehnen auf den Handrücken wie Stricke hervortraten. Es hätte gutgehen können. Es hätte nur noch eines Augenblicks bedurft, bis man den Balken gefahrlos hätte abseilen können. Einer der Knechte stieg schon hinauf zu den beiden, um ihnen zu helfen.

Und da rief der Vater von unten Lütke-Hubert etwas zu, etwas Hässliches und Herabsetzendes.

Auf einmal war Jan mitten in der Vergangenheit. Eindringlich spürte er, wie verletzt sich Lütke-Hubert von den Worten des Vaters fühlte. Jetzt war Jan Lütke-Hubert. Ein dumpfer, böser Schmerz bohrte sich tief in die Seele und richtete dort Unheil an.

Jan hielt den Schmerz, die Dunkelheit, die Verdüsterung nicht länger aus. Mit aller Macht riss er sich aus Gefühlen, die nicht seine eigenen waren. Oder waren sie es doch? War er das, der dieses dumpfe Pochen und Drängen spürte?

Wer hatte zuerst den Griff gelockert? Bernard oder Lütke-Hubert oder beide gemeinsam? Wie unausweichlich war es, dass sie den Balken fallen ließen? Unglück oder Absicht? So deutlich hatte sich Jan die Frage noch nie gestellt, und es graute ihm davor, der Antwort auf den Grund zu gehen.

Und er wollte nicht länger im Kopf seines Bruders stecken.

Ohne dass Lütke-Hubert ihn bemerkte, zog er sich zurück und verließ die Tenne.

Clemens beobachtete ihn schon wieder. Dessen wurde sich Jan gerade bewusst. Teufel auch, jetzt hatte er sich doch völlig vergessen, versunken in der Vergangenheit. Das durfte ihm nicht noch mal passieren.

»Du hast Schweiß auf der Stirn. Fehlt dir was? Du bekommst doch nicht etwa Fieber?«, fragte Clemens besorgt.

Diese Anteilnahme glaubte Jan ihm nicht. Die war nur ein strategisches Mittel, um ihn dazu zu bringen, ihm sein Inneres zu öffnen. Da kannst du lange warten, dachte er aufgebracht, nur zu, mach weiter, mich kriegst du nicht zum Reden.

Nun zog Clemens ein Blatt aus der Tasche und wedelte ihm damit vor der Nase herum. »Das hab ich in der Stube gefunden, in einem Buch, das ich dir mal geschenkt habe. Sagtest du nicht, dass du eigentlich Schäfer bist? Wie viele Schafe hast du? Hier steht, dass du zweihundert an die Kommandantur in Münster verkauft hast. Ist das so üblich? Ludger Holtkamp hat mir erzählt, dass du Geschäfte mit den Preußen machst. Eigentlich wissen alle hier davon. Nur von dem Verkauf der Schafe hat niemand etwas gewusst.«

»Aber Ihr habt den Nachbarn davon erzählt?«

»Warum nicht? Ist das denn ein Geheimnis? Wenn es hätte geheim bleiben sollen, hättest du diesen Wisch verbrennen müssen«, sagte Clemens schmunzelnd. »Für die Nachbarn sieht es so aus, als hättest du dich bereits entschlossen, dich hier für immer einzunisten, noch bevor das Schicksal deines Bruders eindeutig geklärt ist. Keine Schafe – kein Schäfer mehr. Sondern Bauer.«

Unverkennbar wurde Clemens langsam deutlicher.

»Ihr redet Unsinn«, stieß Jan heftig hervor, mäßigte sich aber dann. »Das hab ich auf der Kommandantur längst geklärt. Dort wollte man wissen, wie es mit der Abweidung der Heiden in diesem Jahr steht, zu der ich mich vertraglich verpflichtet habe. Und ich hab dem Leutnant gesagt, dass ich jederzeit eine neue Herde zusammenstellen kann. Aber wenn Ihr solche Dinge bei den Nachbarn herumerzählt, ist das für mich nicht gerade eine Hilfe. Eher das Gegenteil.«

»Wenn du das so siehst …«, sagte Clemens betreten. Fast hätte Jan ihm die halbe Entschuldigung abgenommen, wenn er nicht den Anflug einer selbstzufriedenen Miene bemerkt hätte, der die Worte begleitet hatte.

Sie schwiegen, bis Lütke-Hubert mit der Joppe zurückkehrte.

»Seht Ihr«, sagte er geschäftig, »meine Knöpfe sind alle noch dran. Es sind die, die ich vom Grootvadder übernommen habe.«

Zwölf Silberknöpfe, in zwei Reihen aufgenäht, alle identisch. Clemens beugte sich vor und betrachtete sie sehr genau einen nach dem anderen.

Er war noch damit beschäftigt, als Matthias hereinkam. Jan konnte sich denken, wo er den Abend bis jetzt verbracht hatte. Es erstaunte ihn allerdings, dass er sich noch in der Küche blicken ließ. Vielleicht hoffte er auf einen letzten Schluck Bier vorm Schlafengehen. Aber an der Art, wie er sich breitbeinig aufbaute, die Arme vor der Brust verschränkt, merkte er, dass der Knecht unbedingt etwas loswerden wollte.

»Was gibt es?«, fragte Jan betont knapp.

»Marie Potthoff hat Karl Vennschott Pfannkuchen vorgesetzt.«

Clemens ließ die Jacke los, die Lütke-Hubert noch mit einer Hand festgehalten hatte. »Und was heißt das?«

»Dass sie diesen Vennschott, den die Eltern für sie ausgesucht haben, nicht heiraten will. Sie hat sich einen anderen in den Kopf gesetzt.« Herausfordernd direkt blickte Matthias Jan ins Gesicht.

Marie hatte Karl Vennschott abgewiesen! In Jan brach ein grandioses Hochgefühl aus, das allen Unmut und die Anspannung der letzten halben Stunde wegschwemmte. Er wusste sich kaum noch zu fassen. Marie würde sich von ihren Eltern nicht zwingen lassen. Dieses unglaubliche Mädchen ließ sich in der Liebe zu ihm nicht beirren. Gern wäre er aufgesprungen und zu den Potthoffs hinübergerannt. Was hielt ihn noch hier? Einen Moment war ihm die Anwesenheit der anderen völlig entglitten.

»Marie ist ein schlechtes Mädchen«, sagte Lütke-Hubert ernst.

»Was?«

»Marie ist ein schlechtes Mädchen«, wiederholte Lütke-Hubert dumpf.

»Überhaupt nicht«, widersprach Jan nachdrücklich und atmete tief auf. »Da täuschst du dich aber sehr.«

»Bestimmt«, bestätigte Clemens amüsiert. »Ein Mädchen sollte selbst die Wahl treffen.«

Heroisch widerstand Jan der Versuchung, aufzustehen und sich irgendwohin zurückzuziehen, wo er wenigstens ungestört an Marie denken konnte, wenn er schon nicht zu ihr konnte. Nur mit fast unmenschlicher Selbstdisziplin hielt er es noch bei den anderen aus.

Lütke-Huberts Augen verschleierten sich, während er sich setzte und die Jacke an sich drückte. »Es ist nicht gut, wenn Kinder ihren Eltern nicht gehorchen.«

»Da mag was dran sein«, bestätigte Clemens. »Also Pfannkuchen, na so etwas! Könnte ich noch etwas von eurem vorzüglichen Bier haben? Stine, bist du so gut und schenkst mir ein?«

»Hinnerk Potthoff will dem Kerl, mit dem sich Marie eingelassen hat, ans Leder. Ich dachte, dass sollte ich noch sagen«, warf Matthias ein und ging zur Tür.

»Ist gut«, sagte Jan. Schlagartig besann er sich darauf, was er erledigen musste, bevor er auch nur daran denken konnte, sich vor aller Welt zu Marie zu bekennen. Jetzt war ganz sicher nicht der richtige Zeitpunkt, den Potthoffs einen Besuch abzustatten.

Der Knecht schien mit der Wirkung seiner letzten Bemerkung so unzufrieden, dass er unschlüssig in der Tür stehen blieb. Schließlich gab er sich einen Ruck.

»Und was liegt morgen an, weißt du das schon, Bauer?«

»Du reitest zum Hufschmied nach Senden rüber und sagst ihm, dass er zum Beschlagen herkommen soll.«

Jan hörte die Tür klappen und war sicher, dass Matthias jetzt nur noch an den Ritt nach Senden dachte und daran, wie er die seltene Gelegenheit ausnutzen konnte.

»Und was wirst du morgen tun?«, fragte Clemens.

»Ich geh ins Moor«, sagte Jan langsam, »wegen der Hände. Darum geht es doch, nicht wahr? Die Hände des Toten. An ihnen wird er zu erkennen sein.« Jetzt hatte das Spiel begonnen, in welchem er alles auf eine Karte zu setzen gedachte. Ein mörderisches Spiel, leicht zu verlieren. Über seine Chancen mochte er nicht einmal Vermutungen anstellen. Aber es wurde Zeit, es zu beginnen, jede Verzögerung war gefährlich für …

»Und du weißt, wo sie sind?« Clemens verbarg sein Gesicht hinter Tabaksqualm, so dass seine Miene nicht mehr zu erkennen war. Aber Jan genügte die Stimme vollkommen, die ihren verbindlichen Klang verloren hatte. Es war sogar besser, nur die Stimme zu hören. Es war die Stimme eines Mannes, den Jan nicht kannte, der aber nun langsam seine wahren Absichten enthüllen würde. Nur würde er, Jan, dem anderen zuvorkommen und ihn damit außer Gefecht setzen.

»Ich kann es mir denken. Ja, Lehrer Hölker, Ihr vermutet richtig. Meine Gabe wird mir den Weg weisen, und im Moor fühle ich mich noch immer ganz zu Hause«, sagte er mit erhobener Stimme. »Und wenn ich die Hände gefunden habe, dann …« Er fuhr sich mit den Händen über das Gesicht und hielt inne. Er hörte, wie Lütke-Hubert aufstand und hinausging.

Jetzt war er mit Clemens allein. Clemens Hölker hatte aufgehört, ein Lehrer zu sein, als er die Venne verlassen hatte, zurückgekehrt war er als Jäger. Clemens war nur seinetwegen hier.

»Ihr wollt mir helfen, habt Ihr gesagt. Aber alles, was Ihr tut, ist, mich bei den Nachbarn anzuschwärzen, scheint mir. Warum habt Ihr ihnen vom Verkauf der Schafe erzählt?«

Clemens wedelte mit einer Hand durch den Rauch vor seinem Gesicht. »Nun, deine Nachbarn sind sowieso nicht gut auf dich zu sprechen. Josef Wierling hat mir vom Schnadgang erzählt. Da muss es recht hoch hergegangen sein. Und irgendwie hab ich den Eindruck gewonnen, dass du an dem Streit, der sich entwickelt hat, nicht ganz unschuldig warst.«

»Ich habe nur gesagt, was im Landwirtschaftsverein besprochen worden ist.«

»Nein, du hast bedacht und vorsätzlich Unfrieden gesät«, sagte Clemens bestimmt. »Kann es sein, dass du eine alte Rechnung mit deinen Nachbarn begleichen willst? Mit den Menschen, von denen du als Kind viel hast erdulden müssen? Wie weit kann Rache gehen?«

Das werde ich dir nicht verraten.

»Ich weiß es nicht. Es geht ja gar nicht um Rache.«

»Nein?« Die Stimme wurde immer härter. »Um Zorn vielleicht? Einen Totschlag aus Wut heraus? Agnes hat sich nicht mehr gut mit ihrem Mann verstanden. Wäre es denkbar, dass Stine, von Agnes angestachelt, Bernard erschlagen hat? Und als Stine in der letzten Zeit von Agnes drangsaliert wurde, hat sie auch Agnes erschlagen. Stines Kraft ist unverkennbar. Ein Schlag mit der Axt dürfte ihr nicht sonderlich schwerfallen. Und Paul Schulze Hundrup? Auch er hatte seinen Ärger mit Bernard, das haben mir einige Nachbarn verraten, ebenso den Streit zwischen Anton Potthoff und deinem Bruder. Es ist erstaunlich, was sie mir alles erzählt haben. Überall Gier und Neid. Nur bei dir nicht, wie sonderbar. Aber stimmt das? Jan Droste Tomberge. Schau mich an!«

Jan zuckte zusammen, gab sich dann aber dem Blick der unbarmherzigen Augen preis. Ein schwer einschätzbares Risiko.

»Hast du deinen Bruder erschlagen?«

Um die Axt musste er sich auch noch kümmern. Im Augenblick spürte er wieder den Stiel in der Hand und sah sich, wie er zum Schlag ausholte. Es war fast unmöglich, die fragmentarischen Erinnerungen nach etwas Eindeutigem zu durchforschen.

»Vielleicht habe ich morgen eine Antwort für Euch.« Jan stand geschmeidig auf. »Schlaft wohl, Lehrer Hölker.«

Kapitel 7: Im Moor

1

Jan musste dringend mit Marie sprechen. In der Nacht, in einem dieser furchtbaren Wahrträume, die sich in letzter Zeit häuften, hatte er sie durchs Moor laufen sehen. Marie schrie und rannte vor jemandem davon. Er musste sie warnen.

Aber dann kam Nieuwe-Jupp zum Frühstück mit einer Axt in der Hand herein. »Hab ich im Bienenhaus gefunden«, sagte er lakonisch und legte die Axt auf den Tisch. Deutlich waren die dunklen Flecken auf der Schneide zu erkennen.

Jan starrte die Axt an. »Du hast sie unter den Kästen mit den Bienenvölkern gefunden, nicht wahr?«, fragte er.

»Ja«, sagte Nieuwe-Jupp. »Das war wohl der einzige Ort, an dem sich niemand nachzusehen getraute. Woher weißt du, wo sie sich befand?«

Jan starrte auf die Axt und schwieg.

»Je nun«, sagte Clemens Hölker langsam und stand auf. »Jetzt ist wohl alles klar.«

Jan erhob sich ebenfalls und winkte Stine, die den heißen Griff der Kaffeekanne mit einem Tuch umwickelt hielt, freundlich beiseite. »Dann wird es wohl nichts mit dem Frühstück. Ich muss los. Schickt Matthias wegen der Axt zum Amtmann.«

»Wo willst du hin?«, fragte Lütke-Hubert. Er war gerade hereingekommen und blieb in der Tür stehen. Jan trat dicht an ihn heran und flüsterte ihm hastig zu: »Immer noch ins Moor. Erinnerst du dich an den verdrehten Baum auf Vaters letztem Feld am Moorrand? Dort treffen wir uns in einer Stunde. Aber sag niemandem was, ich fleh dich an.« Beschwörend legte er ihm kurz die Hand auf den Arm und rannte hinaus. Im Handumdrehen hatte er ein Pferd auf den Hof geführt, ihm die Trense ins Maul geschoben, den Zügel gefasst und sich auf den

Pferderücken geschwungen. Er hatte noch nicht verlernt, ohne Sattel zu reiten. Sein erstes Ziel war immer noch Marie.

Hinnerk stand auf der Tenne der Potthoffs und gabelte ein wenig Heu in die Raufe auf der Pferdeseite.

»Gut, dass du von selbst kommst«, sagte er schwerfällig und kam Jan mit der Heugabel entgegen.

»Ich muss Marie sprechen«, sagte Jan.

»Das lass mal lieber.« Hinnerk hielt die Gabel nun leicht schräg vor sich. Mörderisch scharf sahen die drei Zinken aus, die sich langsam auf Jan richteten.

»Hinnerk! Ich hab dir nie was getan«, stieß Jan beschwörend hervor.

»Das seh ich anders. Vadder ist in der Nacht gestorben.« Verwunderung klang aus Hinnerks Stimme. Der Tod des Vaters, obwohl nicht völlig unerwartet, hatte ihn noch nicht ganz erreicht. Er musste noch hineinwachsen. Vielleicht machte ihn das langsam und schwerfällig.

»Ich muss Marie warnen. Sie soll nicht vom Hof gehen. Sie soll nirgendwohin gehen, bis …«, rief Jan.

Unvermittelt stach Hinnerk zu. Jan sprang zur Seite, aber einer der Zinken fuhr ihm durch die Jacke. Der Atem stockte ihm. Ein höllischer Schmerz durchzuckte seine Rippen, bevor er so weit zurückweichen konnte, dass er von der Gabel loskam.

»Halt still, ich krieg dich doch. Und wenn nicht heute, dann morgen. Und wenn ich nicht, dann einer von den anderen. Wir warten nicht länger«, sagte Hinnerk ruhig. »Aber es wär mir schon recht, wenn ich dich drankriege.«

Die Rippe brannte.

»Damit kommt ihr nicht durch. Ihr seid allesamt zu blöd, um zu begreifen, was sich vor eurer Nase tut.« Jan wollte ihn reizen, um ihn zu größerer Unvorsichtigkeit zu verleiten.

Diesmal sah er den Stoß kommen. Er wich aus, geriet aber vor die Raufe. Hinter sich hörte er die Pferde unruhig schnauben. Sie wollten ihr Heu, das vor der Raufe auf der Tenne lag, nicht weit von Jan entfernt.

Hinnerk atmete hörbar aus. »Du täuschst keinen mehr hier. Wir haben genug von dir. Tobias hat recht. Du bist der Teufel.«

Nichts, was sich zur Verteidigung geeignet hätte, hing oder stand in der Nähe. Nicht einmal ein Melkeimer befand sich in Reichweite. Jan kämpfte die Furcht nieder, die von dem Schmerz in der Seite befeuert wurde. Der Schmerz war nur ein Vorgeschmack. Hinnerk grinste verächtlich, wahrscheinlich erkannte er die Furcht und fühlte sich schon als Sieger.

Jan stieß einen Fuß ins Heu und wirbelte das Heu so hoch, dass es einen Moment Hinnerk einhüllte. Hinnerk begann zu husten, Jan griff zu und packte den Stiel der Heugabel, aber Hinnerk riss sie an sich, sprang nun seinerseits zurück, fuhr halb herum und stieß wieder zu. Nur weil sich Jan weggedreht hatte, wurde er nicht ins Herz getroffen. Aber diesmal hatten ihn zwei der Zinken erwischt. Er schrie auf.

Hinnerk brach in ein Triumphgeheul aus.

»Ich will doch nur Marie ...«, schrie Jan.

»Die kriegst du nicht!«

»Jan!« Marie erschien in der Tür. »Hinnerk! Hört sofort auf.«

Hinnerks Blick brannte so unverhohlen vor Mordlust, dass Jan jeden Gedanken an Gegenwehr aufgab. Er spürte, wie ihn eine tödliche Schwäche lähmte. Hinnerk würde ihn vor Maries Augen abstechen.

»Marie, bleib hier, rühr dich nicht von hier fort«, schrie er.

»Hinnerk, lass ...«, schrie Marie.

Jan ahnte mehr, als dass er sah, wie die Forke schwankte, sicheres Zeichen eines unmerklichen Zögerns. Eine winzige Chance. Er hastete rückwärts zur Tür, riss sie auf, und in dem Moment, als Hinnerk ihm nachsetzte, warf er die Tür zu. Mit einem dumpfen Laut drangen die Zinken ins Holz.

Hoffentlich hatte Marie verstanden, was er ihr sagen wollte. Er hatte alles falsch angefangen, aber nun kam die Reue zu spät. Mit einem Satz schwang er sich wieder aufs Pferd und preschte davon.

Lütke-Hubert war noch nicht eingetroffen, als er den verdrehten Baum erreichte und aus dem Sattel glitt. Das Pferd würde er nun nicht mehr brauchen, deshalb machte er den Zügel an einem

Busch fest und spähte den Weg entlang, den der Bruder kommen musste.

Die Brust schmerzte Jan. Vorsichtig tastete er die Stellen ab, wo er von der Heugabel getroffen worden war, und atmete nur noch sehr vorsichtig. Jeder Atemzug schmerzte. Sicher blutete er, denn das Hemd klebte an der Haut.

Wieso tauchte Lütke-Hubert nicht auf? Er hatte am Abend, bevor er mit der Jacke zurückkam, die Unterhaltung mit Clemens belauscht. Auch als er angeblich zu Bett ging, hatte er gelauscht. Die Tür zur Tenne hatte Jan nur angelehnt vorgefunden, als er einen letzten Rundgang machte, wie immer vor dem Schlafengehen.

Lütke-Hubert musste glauben, dass Jan Bernards Hände holen wollte.

Wieder spähte Jan zum Weg, dann zum Himmel hinauf. Wie lange wartete er bereits hier? Vielleicht lag er ja völlig falsch mit seinem Plan, und Lütke-Hubert war ohne ihn ins Moor gegangen.

Da lief jemand den Weg entlang, direkt auf ihn zu. Zu klein für Lütke-Hubert.

Es war Tobias.

»Geh nach Hause, geh sofort nach Hause«, herrschte er ihn an.

»Marie sucht dich«, stammelte Tobias.

»Woher weißt du das?«

Tobias keuchte. »Grootvadder hat mich zu Potthoffs geschickt, fragen, ob wir etwas …«

Jan griff Tobias am Arm. »Was ist mit Marie, Tobias! Wieso sucht sie mich? Ich hab ihr doch gesagt, sie soll …«

»Weiß ich doch nicht, warum sie dich sucht«, fiel ihm Tobias aufschluchzend ins Wort. »Ich dachte, ich find dich schneller als sie. Hab ich ja auch. Aber Hinnerk sucht dich auch und Lütke-Hubert …«

Jan ging in die Knie, um mit dem Kind auf Augenhöhe zu kommen, und diesmal sprach er ruhiger. »Tobias, geh nach Hause. Das hier ist nichts für dich. Danke, dass du nach mir gesucht hast und mir von Marie erzählt hast. Und jetzt geh und nimm mein Pferd mit. Bring es zurück auf den Hof.«

Er wartete nicht auf eine Antwort, sondern lief los ins Moor.

Wo war Marie? Im Geist sah er sie vor sich, rennend, atemlos vor Angst.

Überall hatte die Eisschmelze eingesetzt. Jetzt zeigte sich, wie viel Regen den Sommer und den Herbst über gefallen war. Je tiefer Jan ins Moor eindrang, desto feuchter wurde es. Wasser gurgelte unter seinen Füßen, immer wieder gab der Boden nach, nur rasches Laufen rettete ihn, ein Sprung, ein Hakenschlagen, ein Taumeln.

Der Trommelruf eines Moorvogels hallte in der Luft. Krähen stiegen auf, eine Wolke von Krähen irgendwo vor ihm. Und da sah er sie: Marie rannte über einen schmalen schwankenden Pfad zwischen zwei ausgedehnten Moorkolken. Sie schrie. Sie hatte ihn noch nicht gesehen. Warum schrie sie? Er war doch hier und nicht hinter ihr. Zwischen ihm und ihr glänzte schwarzes Wasser.

Aber da war Lütke-Hubert. Marie stolperte. Ehe sie sich aufrappeln konnte, hatte Lütke-Hubert sie erreicht und packte sie an den Haaren.

»Nein!«, schrie Jan.

Der Kolk war viel zu breit, um darüber zu springen.

»Lass sie los, Lütke-Hubert!«

Marie wehrte sich, aber sie steckte mit einem Fuß fest. Jan spürte, dass der Pfad nicht sicher war. Je mehr sich Marie bewegte, desto mehr geriet auch der Pfad in Bewegung und löste sich auf.

»Kann nicht«, antwortete Lütke-Hubert und zog mit einer Hand ein Messer unter der Joppe hervor.

Jan spürte, wie er zitterte. Er musste ruhig bleiben, sich auf den nächsten Schritt konzentrieren. Warum war dieser Kolk nur so breit? Ob er dennoch springen sollte? Sein Fuß tastete sich in den modrigen Grund, sank langsam ein. Nein, das war keine Lösung.

Marie schluchzte, starrte zu ihm herüber, die Augen riesengroß vor Angst.

Warum war sie nicht zu Hause geblieben? Wie er jetzt noch seinen Plan ausführen sollte, wusste Jan nicht. Die Gefahren, die Risiken, die Qualen hatten sich verdoppelt. Zu viel, um sie zu beherrschen.

Vorsichtig zog Jan den Stiefel aus dem Grund, setzte einen Fuß seitwärts.

»Wieso kannst du nicht, Lütke-Hubert? Das ist Marie, Potthofs Jüngste, du kennst sie«, rief er.

»Hab euch gesehen, euch beide, hier im Moor. Habt euch gepaart wie die Tiere. Das hättet ihr nicht tun dürfen. Sie ist schlecht, ich hab's dir gesagt, genau wie Agnes«, rief Lütke-Hubert gereizt.

Lütke-Hubert hatte also gesehen, wie er mit Marie …

Maries Gegenwehr erschlaffte. Sie war in die Knie gesunken, am ganzen Leib zitternd. Jan spürte ihr Zittern und ihre Verzweiflung über die Entfernung hinweg.

»Warum hast du Agnes erschlagen?«

»Sag ich doch: Sie war schlecht«, erklärte Lütke-Hubert, »sie hat Bennard verdorben.«

Sprich mit ihm, befahl sich Jan, rede weiter.

»Lütke-Hubert«, sagte er so sanft wie möglich. »Erinnere dich. Denk nach.«

»Tu ich die ganze Zeit schon, seit Jahren.«

Gut, dass Lütke-Hubert mit ihm sprach, nur seine Stimme wurde immer undeutlicher, regelrecht verwaschen. Das war nicht gut.

»Du hast den Balken nicht halten können. Das ist es, was dich umtreibt, nicht wahr? Weil du denkst, dass du das Unglück hättest verhindern können. Deshalb bist du fortgegangen. Aber es hat dich nicht losgelassen, all die Jahre nicht. Wann bist du zurückgekehrt?«

Er hatte vier, fünf Schritte um den Kolk herum geschafft. Der Wind pfiff stärker, trug verwehte Stimmen heran. Es würde schwierig sein, bis zu Lütke-Hubert vorzudringen, bevor dieser seine Absicht wahrmachte. Was er vorhatte, lag auf der Hand.

»Vor zwei Monaten«, antwortete Lütke-Hubert.

»Das hab ich mir gedacht. Du hast das Datum auf deinem Entlassschein unkenntlich gemacht. Aber es ist doch noch zu erraten. Und Heinrich Schulze Hundrup hat dich gesehen. Er hat dich aber für Vadder gehalten. Das ist mir erst später aufgefallen: Du siehst Vadder ziemlich ähnlich. Schade, dass ich nicht gleich auf die Verwechslung gekommen bin. Heiligabend bist du um die Kirche herumgelaufen, ich hab's gespürt.«

»Hab euch alle dauernd beobachtet. Außer Heinrich hat mich aber niemand gesehen. Und wenn doch, bin ich für einen Bettler gehalten worden. Einen Bettler guckt keiner richtig an.« Lütke-Hubert kicherte, es klang grausig.

Aber immerhin war er nun völlig auf das Gespräch konzentriert, es schien ihn zu erleichtern. Darauf musste Jan setzen.

»Du hast dich hier im Moor versteckt. Warum hast du dich mir nicht zu erkennen gegeben? Ich bin nur deinetwegen so oft hier gewesen.« Ich hab dich gesucht, ohne genau zu wissen, dass du es bist, hinter dem ich her war, dachte Jan. Ich hab mich verwirren lassen, vom Moor, von den Erinnerungen.

»Ja? Das überrascht mich. Wenn die Soldaten nicht überall aufgetaucht wären, dann … Ich bin zurück nach Münster, wollte dort bleiben, bis die Soldaten … Bleib stehen!«, schrie Lütke-Hubert plötzlich. »Bleib stehen! Komm mir bloß nicht dazwischen. Oder ich muss dich auch … Wenn ich das Mädchen erledigt habe, war nichts umsonst. Sie ist die Letzte. Versprochen. Um Bennard tut es mir leid, aber ich musste ihn bestrafen. Und Agnes auch.« Er riss Marie auf die Füße und hob das Messer.

Hunde heulten. Es war ein grässliches, unterweltliches Heulen, das aus der Tiefe des Moores drang.

Jan verfluchte die Hunde, verfluchte seine eigene Hilflosigkeit und machte sich bereit, sich auf den Bruder zu stürzen, er konnte doch nicht untätig zusehen, wie …

Lütke-Hubert zögerte, das Heulen und das Brausen des Windes verwirrten ihn.

Jan schluckte, die Stimme gehorchte ihm kaum noch. »Wie hast du es bei Bennard gemacht?«

Ein verschlagener Ausdruck erschien auf Lütke-Huberts Gesicht. »War nicht schwer. Ich war Späher bei der Armee, da lernt man ganze Kompanien im Auge zu behalten, ohne dass sie es merken. Ich hab ihn einmal abgepasst. Bennard hat mich nicht erkannt und wollte partout nicht glauben, wer ich sei, aber ich hatte ja mein Entlasspapier dabei. Dann wollte er, dass ich auf den Hof zurückkomme, zu ihm und Agnes. Hab ihm gesagt, ich überleg's mir, und hab mich mit ihm verabredet. Die Axt hab ich mir vorher beschafft, ich wusste ja, wo sie hing. Am Ende war's leicht. Er war so überrascht, weißt du?« Er hielt Marie die Klinge an den Hals. »Willst du wirklich zusehen?«

Jan spannte die Muskeln an, voll auf jede noch so kleine Bewegung des Messers konzentriert.

»Ich hab einen Knopf von seiner Jacke gefunden. Lag unter dem Baum«, warf er ein.

Nicht weit von ihm erspähte Jan aus dem Augenwinkel einen langen Stock.

»Einen Knopf? Von Bennard?«

Lütke-Huberts Hand zuckte. An Maries Hals, knapp unter der Kinnlinie, bildete sich ein roter Fleck.

Marie röchelte, aber der Fleck vergrößerte sich nur langsam. Nicht die Ader, er kann nicht die Halsschlagader getroffen haben, zuckte es Jan durchs Hirn, während er in die Hocke sank. Nicht die Ader …

Der Sumpf trägt nicht. Der Sumpf lässt dich nicht rüber, hämmerte es in seinem Kopf. In der dicken Brühe kommst du nicht mal schwimmend vorwärts.

»Ja, von Bennard«, wiederholte er rasch und atemlos. »Die Krähen wollten ihn sich holen. Da, da sind sie!« Er schrie gellend auf und deutete in den Himmel, wo tatsächlich ein riesiger Schwarm kreiste. Einen winzigen Augenblick ließ sich Lütke-Hubert ablenken. Er starrte nach oben.

In einer Bewegung fasste Jan den Stock und warf ihn wie eine Lanze. Der Stock streifte Marie und traf Lütke-Hubert in den Bauch.

Rückwärtstaumelnd verlor Lütke-Hubert das Messer. Er schrie auf, Marie schrie und stolperte einen Schritt nach vorn. Beide schwankten, rutschten, verloren den Halt unter sich, weil sich der Pfad endgültig auflöste. Nur noch Moor war da, schwarzes, träge saugendes Moor.

Jan rannte um den Kolk herum, kam aber auf einmal nicht mehr weiter. Er fiel der Länge nach in den Matsch, wollte vorwärtsrobben, aber es gelang ihm nicht. Der Boden war viel zu weich, jetzt wurde es für ihn gefährlich. Vor ihm versank Marie in der braunen Brühe. Auch Lütke-Hubert versank, er streckte die Hand flehentlich nach ihm aus, weil er nun begriff, was vorging.

»Hilf mir raus«, stammelte er. Etwa vier Ellen von ihm entfernt, tauchte Marie wieder auf, zum Glück außerhalb seiner Reichweite. Was wusste Marie übers Moor? Über die Tücke des Moorwassers? Wie dick war die Brühe hier?

Jan hatte gerade noch so viel Halt, dass er die Hand nach Marie ausstrecken konnte. Er erreichte nur ihre Fingerspitzen. »Langsam, Marie«, sagte er leise. »Keine heftige Bewegung, das Moor gibt dich frei, wenn du tust, was ich dir sage. Wenn du mir vertraust.«

Er traute sich ja selbst nicht. Es war nichts als ein hohles Versprechen.

Ein Hund hechelte hinter Jan, stupste ihn an, schnappte nach einem Hosenbein, jaulte.

»Fass!«, zischte er. »Fass!«

Der Hund fasste tatsächlich.

Bestimmt konnte Marie nicht schwimmen. Ebenso wenig wie Lütke-Hubert.

»Hol mich raus!«, heulte Lütke-Hubert und versuchte, nach ihm zu langen.

»Gleich, Lütke-Hubert, halt auch du dich ruhig.«

Keiner von den Männern, die nun überall um die Kolke herum auftauchten, traute sich heran. Büchsen wurden angelegt, Jan hörte, wie die Hähne gespannt wurden. Unter den Stimmen, die durcheinanderschrien, erkannte er ein paar seiner Nachbarn. Jemand erteilte Befehle. Jemand, den er noch nicht gut genug kannte, aber das würde sich bis zum Abend geändert haben. Erst einmal musste er sich um Lütke-Hubert kümmern und dabei Marie vergessen. Ja, er würde sich später Vorwürfe machen, das war unausweichlich. Es galt, die Angst Lütke-Huberts in Schach zu halten. Jans Absicht hatte schon vorher festgestanden, nicht so klar, nicht so deutlich zwar, aber nun gab es keine Wahl mehr. Die Entscheidung war gefallen.

Noch durfte Lütke-Hubert vom Tod, der ihm bevorstand, nichts merken, noch sollte er darauf vertrauen, dass er ihn herausholte. Seine Augen waren arglos wie die eines Kindes geworden.

Niemand durfte den Versuch machen, Lütke-Hubert zu helfen. Auch das war wichtig.

Aus den Augenwinkeln beobachtete Jan, dass irgendwer mit einem Stock herumfuchtelte. »Hört auf, das ist gefährlich. Überlasst alles mir. Geht zurück, bevor noch mehr vom Moorboden einbricht.«

Alle spürten ja den weichen, allzu nachgiebigen Untergrund. Verunsichert wichen die Helfer zurück.

Gut so.

Das Moor tat seine Arbeit, und Jan wurde der Arm beinahe lahm, während er sich so weit streckte, dass er endlich Maries ganze Hand zu fassen vermochte. Er wich Maries Blick aus, denn den hätte er nicht ertragen. Er hoffte nur, dass ihm gelang, was er vorhatte. Wenn nicht – daran mochte er jetzt nicht denken.

Ja, das Moor kam voran. Und je länger die Leute herumstanden, desto mehr tat sich unter ihren Füßen. Einige der Männer traten bereits weiter zurück.

»Jan«, rief Lütke-Hubert verzweifelt, »hilf mir!«

Maries Finger zuckten in seiner Hand, sie drohten ihm zu entgleiten. Er merkte, dass Marie zappelte, und hätte sie gern beruhigt, aber das kam nicht in Frage. Jetzt nicht.

»Das tue ich doch, mach die Augen zu, Lütke-Hubert, mach sie zu.«

Der Hund hinter Jan knurrte, ließ aber das Hosenbein nicht los. Nur undeutlich spürte Jan die Zähne des Tiers, die in seine Wade eingedrungen waren. Schmerz, der keine Bedeutung hatte. Falls der Hund losließe, würde Jan Marie nicht mehr halten können, seine Hand, sein ganzer Arm, tauchte eh schon in den Modder ein.

Wahrscheinlich kamen sie alle drei hier um.

Lütke-Hubert schloss die Augen, bewegte sich dabei, und da hatte er den Punkt erreicht, auf den es ankam. Nun ging es rasch. Ein Schwappen und Brodeln durchdrang die vielen anderen Geräusche. Lütke-Hubert tauchte unter, kam hoch, riss die Augen wieder auf und ruderte schreiend mit den Armen. Aber da schlug das Moorwasser endgültig über ihm zusammen.

Mit einem Ruck zog Jan Marie näher, bekam den Arm zu

fassen und robbte nun stetig rückwärts, während um ihn herum eine hektische Betriebsamkeit begann. Wieder schrien Männer durcheinander, einige angelten nun doch noch mit Stöcken nach Lütke-Hubert, aber Jan wusste, dass es zu spät war, dass sein Bruder gerade dabei war, seinen Frieden zu finden.

Jemand ergriff von hinten seine Beine, und allmählich gewann er festen Grund und zog Marie mit sich.

2

»Wer ist das?« Jan deutete auf Nieuwe-Jupp.

»Einer meiner besten Leute. Er hat schon in Bonn für mich gearbeitet«, antwortete Clemens.

»Also habt Ihr von ihm alles erfahren, was hier vorging. Und wenn ich ihn nicht als Knecht eingestellt hätte?«

Nieuwe-Jupp saß mit Stine auf der Bank hinten am Tisch und blinzelte kurz herüber, als er seinen Namen hörte. Mit Stine teilte er sich einen Krug Bier, überhaupt verstanden sich die beiden prächtig.

»Verlass dich darauf, er hätte einen Weg gefunden, sich mit dir näher bekannt zu machen. Er wird leicht unterschätzt. Das ist einer seiner besonderen Vorzüge.«

»Schon gut. Und Ihr? Wer seid Ihr?«

Clemens seufzte. »Ja, Jan, es ist schon seltsam, was aus mir geworden ist. Ich habe in Bonn studiert, nachdem ich von hier fortgegangen bin. Jurisprudenz. Das hätte ich zuvor nie gedacht, dass mich die Jurisprudenz fesseln könnte. Ich habe dann etliche Jahre in Bonn am Gericht gearbeitet. Und jetzt, nun, ich bin der neue Gerichtspräsident von Münster.«

»Geringer ging's nicht?«, fragte Jan. »Ein Gerichtspräsident, der sich auf meine Fährte heftet, um mich zur Strecke zu bringen? Ist das nicht zu viel der Ehre für einen kleinen Sünder wie mich?« Es klang ein wenig bitter.

Clemens bewegte unbehaglich die Schultern. »Ich hatte es mit zwei Fällen zugleich zu tun, nämlich mit dem des Landrats und dem deines Bruders. Einer von ihnen war der Tote am Baum und lange war unklar, wer. Als aber Agnes auch getötet wurde, konnte ich davon ausgehen, dass der Tote am Baum dein Bruder war. Es ergab sonst keinen Sinn. Jemand verfolgte die Droste Tomberges mit seinem Hass. Wir haben darüber gesprochen, wer sich sonst verdächtig gemacht hatte. Aber wirklich verdächtig warst nur du. Dein Name tauchte immer wieder auf, ein Name, der mich wie kein anderer an meine Zeit als Lehrer erinnerte und der mich bewog, selbst einzugreifen.«

Jan schaute zur Stubentür. Marie hatte sich geweigert, sich von Hinnerk und ihrer Mutter nach Hause bringen zu lassen. Aber erst Clemens' Eingreifen hatte die Potthoffs daran gehindert, Marie ihren Willen aufzuzwingen. Sie war mit Jan auf den Droste-Hof gekommen, wo sich Stine sofort energisch ihrer annahm. Nun lag Marie im Bett in der Stube, mit heißer Suppe versorgt und mit zwei heißen Ziegelsteinen an den Füßen. Jan war sicher, dass es Stines Fürsorge gelingen würde, eine Erkältung zu verhindern. Marie war stark.

Hinnerk hatte sie zu Hause einsperren wollen, aber sie war ihm entkommen und hatte sich auf die Suche nach Jan gemacht. Erst war sie Tobias begegnet und dann auf Lütke-Hubert gestoßen. Der hatte sie mit ins Moor genommen, wo er sich mit Jan treffen wollte, wie er beteuert hatte. Aber irgendwann war er ihr unheimlich geworden, und dann hatte sie das Messer gesehen, das Lütke-Hubert vor ihr unter der Jacke versteckte. Da hatte sie versucht wegzulaufen.

Marie wollte überhaupt nicht mehr nach Hause. Jan hatte nichts dagegen, dass sie gleich für immer bei ihm blieb.

Diesmal rauchte Clemens nicht mehr Lütke-Huberts Tabak, sondern ein feines Kraut, das würzigen Duft verbreitete. »Sag mir eins«, fuhr er fort. »Hat dich deine Sehergabe bewogen, nach neun Jahren Abwesenheit in die Venne zurückzukommen? Hast du gewusst, dass etwas Schreckliches mit deinem Bruder geschehen war? Das würde mir einiges erklären.«

Immer noch der alte Seelenjäger, dachte Jan. Das könnte dir so passen.

»Ich hab Euch gesagt, warum ich auf der Straße nach Münster unterwegs war.«

»Komm mir nicht mit diesen Ausreden«, entgegnete Clemens streng, »sag mir die Wahrheit, und ich vergesse, dass du Lütke-Hubert im Moor hast ertrinken lassen.«

Jan sah ihn forschend an. »Das wisst Ihr?«

»Denkst du, ich bin blöd. Warum, Jan?«

»Weil ich ihm das Henkersbeil oder den Strick ersparen wollte. Ich wollte nicht zusehen müssen, wie er zur Richtbank geführt wird.«

»Glaubst du im Ernst, dieser Tod im Moor war angenehmer?«

Clemens war dabei gewesen, als Lütke-Hubert im Moor versank, und hatte alles gehört, was die Brüder gesprochen hatten. Der Tod von Bernard und Agnes war nun aufgeklärt.

Jan stand auf und legte Torf nach. »Einen angenehmen Tod hätte es für Lütke-Hubert so oder so nicht gegeben. Ich wollte ihm das Warten auf den Tod ersparen, das Gericht, die Reue, all den Schmerz, den er noch hätte ertragen müssen. Gestorben ist er vor langer Zeit, hier auf dem Hof, zusammen mit meinem Vater. Ich habe erst in den letzten Tagen erkannt, ein wie schwacher und gebrochener Mensch er war. Seine äußere Stärke hat mich wie alle anderen getäuscht. Ich glaube, er hat nicht immer gewusst, dass er Bennard getötet hat.«

»Getäuscht worden ist hier viel.«

Es war der alte Hofhund, der Jan aufgespürt hatte. Tobias hatte ihn geholt, und er hatte Soldaten, Gendarmen, Nachbarn und alle, die sich an der Suche beteiligten, ins Moor geführt. Und es war der alte Hund, der Jan an der Hose gepackt hatte. Zu den Stichen in der Brust hatte Jan noch ein paar Bisswunden davongetragen, aber alle die Verletzungen waren von Nieuwe-Jupp recht fachkundig versorgt worden. Sogar darauf verstand sich dieser seltsame Knecht. Nur die Hose hatte Jan zum Nähen Stine überlassen. Der Hund hatte einen neuen Platz erhalten, direkt am Feuer auf einer alten Decke. Er hob den Kopf, riss die Schnauze auf und gähnte zufrieden, bevor er sich bequemer zusammenrollte.

»Vor allem Ihr habt alle getäuscht. Ich hoffe, es hat sich für Euch gelohnt, Herr Gerichtspräsident Hölker. Habt Ihr herausgefunden, was mit dem Landrat passiert ist?«

Clemens lächelte. »So grausig es klingt, der Tod deines Bruders hat es mir ermöglicht, besser im Verborgenen zu ermitteln. Solange man seine Leiche für die des Landrats hielt, hatte ich es leichter mit den Nachforschungen. Die Mörder mussten glauben, dass eine völlig falsche Spur verfolgt wurde. Das wiegte sie einerseits in Sicherheit, machte sie aber gleichzeitig unzufrieden und unvorsichtig. Zwei von ihnen haben sich mit deinem verstorbenen Knecht im Gasthaus in Senden unterhalten, um herauszufinden, wie weit die Ermittlungen gediehen waren. Die Beschreibung eines dieser Fremden passte auf einen Mann, in dessen Stall das Pferd des Landrats stand. Einem meiner Männer war das Brandzeichen aufgefallen. Der Mann hatte behauptet, das Pferd sei ihm zugelaufen. Wir hatten endlich einen Anhaltspunkt und konnten das Schicksal des Herrn von Schonebeck aufklären, nachdem ein paar scharfe Verhöre den Kerl gesprächig gemacht hatten. Gestern ist die Leiche des Landrats samt Wagen in der Davert gefunden worden.« Clemens nahm einen Schluck aus seinem Bierkrug und wischte sich den Schaum vom Mund. Vergeblich wartete Jan darauf, dass er fortfuhr.

»War er noch in einem Stück?«, fragte Jan schließlich.

»Doch, das war er.«

Lütke-Hubert hatte Bernard die Hände abgeschlagen, weil es sein Bruder gewesen war, der zuerst den Balken losgelassen hatte. Die Hände mussten für sich bestraft werden. Eines Tages würden sie vielleicht unter einem Busch gefunden werden. Jan hatte keine Ahnung, wo sie sein konnten.

»Das ist immer noch nicht alles.«

»Nein, das ist nicht alles. Wie ja auch im Falle deines Bruders noch nicht alles geklärt ist. Also, hast du seinen Tod vorhergesehen?«

»Habt Ihr mich irgendwann für den Schuldigen gehalten?«

Clemens sah angelegentlich zu den Schinken im Wiemen hinauf. »Ich habe veranlasst, dass man dich aus der Haft entlässt. Hätte ich das getan, wenn ich dich für schuldig gehalten hätte?«

Jan grinste. »Ich denke, es war die einfachste Art, sich an meine Fersen zu heften und zu sehen, was ich anstellen würde.«

»Stimmt. Was ist mit der Axt? Wieso wusstest du auf einmal, wo sie zu finden war?«

»Weil ich im Bienenhaus gewesen bin und mich dort ein heilloser Schrecken überkommen hat, aber dass die Axt die Ursache war, wusste ich erst, als Nieuwe-Jupp sie auf den Tisch legte. Wie Nieuwe-Jupp schon sagte: Das Bienenhaus flößte den Soldaten und Gendarmen so viel Furcht ein, dass sie dort nicht nachgesucht hatten. Aber was den Landrat betrifft: War es ein Attentat? Der Landrat war unbeliebt, wie die Regierung ja überhaupt unbeliebt ist. Ich hab mal einen jungen Stutzer in Münster beobachtet, der einen Soldaten in den Hintern getreten hat. Nur so. Ich denke nicht, dass er sein Opfer näher kannte.«

Clemens seufzte wieder. »Ja, es war ein Attentat. Ausgeführt von einer Gruppe junger, unberatener Hitzköpfe, die ein Zeichen setzen wollten, ein Zeichen der Rebellion gegen die Regierung. Am Wagen klebte ein Zettel, auf dem allerlei wirres Zeug stand, Anklagen, ein Manifest zur Freiheit Westfalens von den Preußen und so weiter. Für ihr Attentat hatten sie sich ausgerechnet den Herrn von Schonebeck ausgesucht, der im alten Trott herumwirtschaftete und mit neuen Gesetzen und Ideen kaum etwas am Hut hatte. Er ist ein Übeltäter, so weit haben sie keinen Unschuldigen erwischt. Sie hatten dem Landrat eine Nachricht zugespielt, dass ihn einer seiner Schwager, der hinter Davensberg sein Gut hat, dringend sprechen müsste. In der Davert haben sie ihm dann aufgelauert. Du kennst die Davert. Dort kann man mit Leichtigkeit jemanden spurlos verschwinden lassen. Es wird wirklich Zeit, dass der Sumpf trockengelegt wird.«

»Wird schwierig«, sagte Jan pessimistisch.

»Ach was, man muss nur energisch durchgreifen.« Es war schon verwunderlich, wie sich bei Clemens das Graue verlor und unter der Ascheschicht jemand anderes hervorkam. Ein Gerichtspräsident! Es war nicht zu fassen.

»Das werde ich Euch schwermachen«, sagte er langsam, »denn ich hab vor, mich mit meinen Nachbarn zusammenzutun, sobald sie wieder mit mir reden. Ich werde dafür sorgen, dass niemand, der hier lebt, bei der Aufteilung der Venne und des Stücks der Davert, an dem auch wir unsere Rechte haben, leer ausgeht. Denn das würde viele wie zum Beispiel die Lütke Wierlings in den Ruin treiben.«

»Und ich dachte, du bist für alle Zeit von deinen Nachbarn kuriert und ziehst vielleicht in die Stadt. So, wie du die anderen und auch mich an der Nase herumgeführt hast, bist du ein Mann, für den ich eine bessere Aufgabe habe, als hier den Bauern und Einfaltspinsel zu geben. Ich frag mich nur, warum es so lange gedauert hat, bis du Lütke-Hubert auf die Schliche gekommen bist. Hat dir deine Gabe denn nicht geholfen?«

Er ließ einfach nicht locker, dieser Gerichtspräsident. Nein, dachte Jan, meine Gabe hat mir nicht geholfen, ganz im Gegenteil. Meine Gabe, wie du es nennst, hat mich zeitweilig glauben lassen, dass ich selbst der Täter bin. Ich hab ja zwischen fremdem und eigenem Erleben nicht mehr unterscheiden können. Und ja, ich habe sofort gewusst, dass der Tote am Baum mein Bruder ist. Er starb, als ich die Nacht in der Loddenheide verbracht habe, also gar nicht weit weg von ihm, und ich hatte einen schrecklichen Traum, einen Wahrtraum, der mich dort zum ersten Mal heimgesucht hat.

»Du bist wirklich ein Holzkopf, Clemens Hölker. Nun hör schon auf herumzubohren. Na schön, wenn du es wirklich wissen willst: Die Gabe ist immer noch da und ein rechter Fluch.«

Clemens schmunzelte beifällig. »Tja, und da war dieser Knopf. Ich nehme an, er stammt von Bernards Jacke. Nicht von deiner, an der aber auch ein Knopf fehlte, wie ich dank Nieuwe-Jupps Ermittlungseifer erfahren habe. Ja, er versteht sich auch mit anderen Mägden sehr gut. Mit Potthoffs zum Beispiel. Du hast ihn gleich erkannt – den Knopf. Warum hast du nichts darüber gesagt?«

Jan dachte nach. »Ich bin mir nicht sicher. Vorsicht, nehme ich an. Wahrscheinlich wollte ich erst einmal abwarten, was weiter geschehen würde. Dann überschlugen sich die Ereignisse und irgendwann hatte ich niemanden mehr, mit dem ich reden konnte.«

»Nicht mal Marie?«, neckte Clemens sacht.

»Die am allerwenigsten. Um Marie hatte ich die ganze Zeit Angst. Gut, dass das vorbei ist.«

Clemens hob den Bierkrug. »Darauf trinken wir und auf deine hübsche Braut.« Ein Hauch von Neid, von Wehmut und Sehnsucht trat in seine Augen.

Clemens Hölker ordnete eine Untersuchung des Prozesses an, den Bernard Droste Tomberge gegen den verstorbenen Landrat geführt hatte, und dabei kam auch die etwas fragwürdige Rolle des Advokaten Henning Schult-Henning zur Sprache. Daraufhin musste Jan die Forderung des Advokaten nicht mehr begleichen. Und bei einem der vielen Gespräche, die er noch mit Clemens führte, fiel ihm ein, dass er seinem ehemaligen Lehrer bereits in Münster über den Weg gelaufen war, bei seinem Besuch mit Paul dort. Er war jener Mann, den er im Regierungsgebäude hatte verschwinden sehen.

Jan gelang es tatsächlich, sich mit seinen Nachbarn zusammenzuschließen. Stine blieb als Magd auf dem Hof, und Marie kam gut mit ihr aus. Im Spätherbst wurde ihre erste Tochter geboren, die sie Lina nannten.

Tobias schickte Jan auf seine Kosten in die Schule, stattete ihn großzügig mit Kleidung und Büchern aus und überwachte persönlich seine Lernfortschritte.

Klobbicke erlebte die Auflösung der Fälle nicht mehr, denn er starb am gleichen Tag, an dem Lütke-Hubert im Moor ertrank, aber der Gerichtspräsident Clemens Hölker hielt bei der Beerdigung eine Rede auf den Amtmann, der so vorbildlich seine Pflicht getan hatte. Die Rede war dermaßen ergreifend, dass nicht wenige, die Klobbicke noch Monate zuvor bei jeder Gelegenheit verwünscht hatten, nun außerordentlich gerührt waren.

Pfarrer Niesing büßte einen Teil seiner Einkünfte ein, als man feststellte, dass ihm seine Pfründen in diesem Umfang längst nicht mehr zustanden. Der Verlust schmerzte ihn nicht lange, da ihn noch vor dem Sommer der Schlag traf. Er war sofort tot.

Bernards Hände gab das Moor nicht mehr frei, auch die Kleidung tauchte nie mehr auf, aber ab und zu fand sich ein schwarz angelaufener Silberknopf.

Das Moor bestand noch eine ganze Weile fort. Erst in den vierziger Jahren wurde es endlich aufgeteilt und weitgehend trockengelegt.

Nachbemerkung

Die Davert umfasste ursprünglich ein großes Gebiet zwischen Senden, Ottmarsbocholt, Rinkerode und Amelsbüren und bestand aus Sümpfen, Mooren, Moorheide und Bruchwäldern.

Die Auseinandersetzungen um die Aufteilung der Davert und des angrenzenden Venner Moors dauerte tatsächlich viele Jahre, denn es gab, wie im Buch erwähnt, nicht genug Land, um alle Ansprüche der Rechteinhaber, zu denen neben Hofpächtern auch Kommunen und Pfarreien wie die in der Venne gehörten, erfüllen zu können. Man einigte sich schließlich nach recht zähen Verhandlungen in vielen Fällen auf Ausgleichszahlungen.

Erste Gespräche über die Aufteilung der Davert fanden 1813 statt, und zwar zwischen einigen Grundherren, Vertretern der Regierung in Münster und den Davertgemeinden. 1841 wurde die abschließende Urkunde über die Teilung ausgefertigt.

1822 wurde von einigen Interessenten auch die Teilung des Venner Moors beantragt. Anfangs sprach sich die Mehrheit der Rechteinhaber noch dagegen aus. Eine entscheidende Sitzung, auf der manche offene Frage geklärt werden konnte, fand 1834 in einer Wirtschaft statt, und 1838 wurde die Teilung endgültig besiegelt.

Die Familie der Schonebecks war um 1830 in der männlichen Linie längst erloschen, und das Landratsamt befand sich in Wolbeck und nicht auf Groß-Schonebeck.

Der Patron der Venner Pfarre war der Stadtrat von Münster, der in Absprache mit dem Bischof den Pfarrherrn einsetzte. Dieser überließ den Posten oft einem Hilfspfarrer, denn die Pfarre in der öden Moorgegend war nicht gerade beliebt, und das Pfarrhaus, zu dem ein kompletter Gutsbetrieb gehörte, alles andere als komfortabel. In Briefdokumenten sind eine Menge Klagen über undichte Dächer und die marode Einrichtung erhalten.

Der Amtsträger, der um 1830 dort tätig war, hatte keine Ähnlichkeit mit Niesing.

Begriffserklärungen

Bosen – Rauchfang.

Gräfte – Wassergraben um den Hof, Kennzeichen großer Höfe.

Kotten – Nachgeschaltete kleine Hofstelle, deren Kötter oder Heuerling war dem Bauern des großen Hofes dienstverpflichtet.

Lieftucht – Austragshäuschen

Mudde – Torfschlamm.

Niendüer – Zweiflügelige Bogentür, die von der Tenne auf den Hof führt, die Türflügel sind meist noch quer unterteilt.

Tenne – Gehört zum Stallbereich des Bauernhauses, der Stall schließt sich an den Wohnteil an. »Tenne« bezeichnet die Fläche zwischen Kuh- und Pferdeseite, auf der im Winter auch gedroschen wird.

Uchtmesse – Mitternachtsmesse.

Eva Maaser
Der Moorkönig
Roman
304 Seiten
ISBN 978-3-7466-1667-4

Vom Kind mit dem Zweiten Gesicht

In einer Sturmnacht des Jahres 1803 wird auf einem westfälischen Bauernhof ein merkwürdiger Knabe geboren. Keiner ahnt, dass er mit der Gabe der Hellseherei geschlagen ist – ein Spökenkieker eben. Nur im düsteren Venner Moor fühlt er sich wohl, und so nennt ihn sein Bruder den »Moorkönig«. Allmählich begreift er seine Gabe als Gunst, deren Grenzen er erkundet.

»Poetische Bilder wechseln mit beklemmenden Spukwelten ... Das Grauen dieser unheimlichen, unergründlichen Landschaft schickt Eva Maaser über den Rücken des Lesers.«
MÜNSTERSCHE ZEITUNG

Mehr Informationen erhalten Sie unter www.aufbau-verlag.de oder in Ihrer Buchhandlung

aufbau taschenbuch

Eva Maaser
Der Paradiesgarten
Roman
694 Seiten
ISBN 978-3-7466-1960-6

Gartenkunst von Orient bis Okzident

Christoph, Gärtnerjunge bei den Benediktinern am Tegernsee, macht sich um 1200 auf die Suche nach dem Garten Eden. Auf dem Weg ins biblische Paradies, das im Süden liegen soll, schließt er sich dem vierten Kreuzzug an, gelangt über Konstantinopel und Kairo nach Bagdad, erfährt Gewalt und Liebe - und muss einsehen, dass der Garten Eden für Menschen nicht erreichbar ist. Doch zugleich hat Christoph, süchtig nach Schönheit, auf jeder Reiseetappe zwischen Orient und Okzident neue Gärten kennengelernt. Inzwischen ein erwachsener Mann, kehrt er nach Europa zurück und fällt in einen tiefen Zauberschlaf, aus dem er erst hundert Jahre später erwacht. Seine Suche nach dem Paradiesgarten setzt Christoph jetzt als Zeitreise fort, arbeitet in Granada, Italien und Versailles als Gärtner. Fast hat er sein Ziel aus den Augen verloren, als es ihn nach England verschlägt. Zum ersten Mal beginnt er, selbst eine Gartenlandschaft anzulegen, um Natur und Kultur zu perfekter Schönheit zusammenzuführen.

»Kein Sachbuch könnte einen so in Atem halten wie dieses intelligente Erzählwerk!« LAUSITZER RUNDSCHAU

Mehr Informationen erhalten Sie unter
www.aufbau-verlag.de oder in Ihrer Buchhandlung

aufbau taschenbuch

Titus Müller
Die Jesuitin von Lissabon
Historischer Roman
453 Seiten
ISBN 978-3-352-00782-8

»Ein erstaunlicher Autor«

HESSISCHER RUNDFUNK

Antero Moreira de Mendonça hasst die Jesuiten. Als ein Erdbeben von biblischer Wucht Lissabon 1755 zerstört und die Jesuiten den Zorn Gottes predigen, sieht Antero die Gelegenheit gekommen, sich am Orden zu rächen. Doch Gabriel Malagrida, der als Prophet verehrte Jesuitenführer, ist ihm ein machtvoller Gegner. Mit Hilfe der Kaufmannstochter Leonor gelingt es Antero, dem Kerker und der Hinrichtung zu entgehen. Was Antero nicht weiß: Leonor gehört zur Gefolgschaft der Jesuiten. Für wen schlägt Leonors Herz – für Antero oder ihre grausamen Glaubensbrüder?

»Ein authentischer Anlass und eine faszinierende Handlung. Jede Seite atmet Geschichte.« WOLF SERNO

Mehr von Titus Müller im Taschenbuch (Auswahl):
Das Mysterium. Roman. AtV 2526-3
Die Brillenmacherin. Roman. AtV 2288-0
Die Todgeweihte. Roman. AtV 2180-7

Mehr Informationen erhalten Sie unter
www.aufbau-verlag.de oder in Ihrer Buchhandlung

rütten & loening

Martina André
Die Teufelshure
Roman
662 Seiten. Broschur
ISBN 978-3-352-00773-6

Ein magischer Zirkel

Schottland im Jahr 1641. Der Highlander John Cameron verliebt sich in die rothaarige Madlen MacDonald, obwohl es heißt, sie sei die Mätresse eines zwielichtigen Lords. Nach einer Liebesnacht wird John ins Gefängnis gesteckt. Dort erfährt er, dass Madlens Lord Häftlinge kauft, um an ihnen Experimente durchzuführen. Edinburgh, 2009. Die Biologin Lilian von Stahl versucht, den Erinnerungscode in menschlichen Genen zu entschlüsseln. Bei einem Selbstversuch sieht sie einen Mann in altertümlicher Kleidung vor sich. Als sie wieder erwacht, hat sie zwei Worte im Gedächtnis: Madlen MacDonald. Auf der Suche nach ihr gerät sie in ein altes Herrenhaus und steht plötzlich vor John Cameron, dem Mann aus ihrer Vision. Welches Geheimnis hütet der Schotte? Und warum behauptet er, nun sei sie plötzlich in großer Gefahr?

Mehr von Martina André im Taschenbuch:
Die Gegenpäpstin. Roman. AtV 2323-8
Das Rätsel der Templer. Roman. AtV 2498-3
Schamanenfeuer. Roman. AtV 2615-4

Mehr Informationen erhalten Sie unter
www.aufbau-verlag.de oder in Ihrer Buchhandlung

rütten & loening